# MÉMOIRES MORTES

Chroniqueur judiciaire, puis informaticienne au bureau du médecin légiste de Virginie, Patricia Daniels Cornwell s'est lancée en 1990 dans le roman criminel avec *Postmortem*, qui a remporté les quatre plus prestigieux prix de littérature policière, notamment le Edgar Poe Award, ainsi que le Prix du Roman d'Aventures 1992. Elle est aujourd'hui l'auteur de quatre romans qui l'ont propulsée parmi les plus grands, à la fois par sa maîtrise de deux genres différents, la procédure policière et le suspense, et par l'originalité de son héroïne, le Dr Kay Scarpetta.

D0727823

*Dans Le Livre de Poche :*

ET IL NE RESTERA QUE POUSSIÈRE.
UNE PEINE D'EXCEPTION.

# PATRICIA D. CORNWELL

# *Mémoires mortes*

TRADUIT DE L'AMÉRICAIN
PAR GILLES BERTON

LIBRAIRIE DES CHAMPS-ÉLYSÉES

*Titre original :*

BODY OF EVIDENCE

# PROLOGUE

13 août
Key West

Cher M,

Trente jours ont passé, marqués seulement par de légères variations de couleur et de direction du vent. Je pense trop et ne rêve pas.

Je passe presque tous mes après-midi chez Louie, à écrire sur la terrasse, face à l'océan. L'eau compose une belle mosaïque de verts : émeraude au-dessus des bancs de sable, elle tourne à l'aigue-marine dès qu'il y a un peu de fond. Le ciel est en perpétuel mouvement, sans cesse balayé de petits nuages qui filent comme de la fumée blanche. La brise continuelle assourdit les cris des baigneurs et des plaisanciers qui viennent amarrer leur bateau au large de la plage. Lorsque éclate une averse, comme il arrive presque chaque jour en fin d'après-midi, je reste à l'abri, sous l'auvent, assise à ma table, à humer l'odeur de la pluie et à regarder l'eau se brouiller comme une fourrure caressée à rebrousse-poil. Parfois le soleil continue de briller pendant l'ondée.

Personne ne me dérange. Dans ce restaurant, je fais presque partie de la famille, au même titre que Zulu, le labrador noir qui bondit dans les vagues à la poursuite des frisbees, ou que les chats errants qui s'approchent sans bruit pour attendre poliment quelques restes. Aucun être humain ne mange mieux que les gardiens à quatre pattes de chez Louie. C'est un réconfort que de voir le monde traiter ses créatures avec autant de gentillesse. Je ne peux pas me plaindre de mes journées.

Ce sont les nuits que je redoute.

Dès que mes pensées font mine de se faufiler dans leurs sombres crevasses et de tendre leurs horribles toiles, je me réfugie dans les rues bondées de la Vieille Ville, attirée par le brouhaha des bars comme un moucheron par la lumière. Walt et PJ ont élevé mes habitudes nocturnes au rang d'un art. Walt rentre le premier, dès la tombée du crépuscule, quand les clients se font rares dans sa boutique de bijoux de Mallory Square. Nous débouchons des canettes de bière en attendant PJ. Ensuite nous sortons faire la tournée des bars et nous terminons presque toujours chez Sloppy Joe. Nous sommes devenus inséparables. J'espère en tout cas qu'eux deux ne se sépareront jamais. Leur amour ne me paraît plus anormal. Rien ne me paraît plus anormal, sauf la mort que je vois partout.

Hommes émaciés aux visages blafards, dont les yeux sont des fenêtres par lesquelles j'entrevois leurs âmes tourmentées. Le sida est un holocauste qui consume les offrandes de cette petite île. Il est étrange que je puisse me sentir chez moi parmi les exilés et les mourants. Il se pourrait même qu'ils me survivent. Quand je suis allongée les yeux grands ouverts, la nuit, à écouter le ronronnement du ventilateur, je suis assaillie d'images décrivant la façon dont ça se passera.

Chaque fois qu'un téléphone sonne, les souvenirs me reviennent. Chaque fois que quelqu'un marche derrière moi, je me retourne. Le soir je regarde dans ma penderie, derrière le rideau, sous le lit, puis je coince une chaise derrière la porte.

Seigneur, je ne veux pas rentrer chez moi.

Beryl

30 septembre
Key West

Cher M,
Hier chez Louie, Brent est venu me trouver sur la terrasse pour me dire qu'on me demandait au téléphone.

Le cœur battant je suis allée prendre la communication. J'ai entendu les grésillements d'un appel longue distance, puis on a raccroché.

Imagine dans quel état ça m'a mise! J'ai essayé de me convaincre que c'était de la paranoïa. Que si c'était lui, il aurait dit quelque chose, juste pour s'amuser de ma peur. Ce n'est pas possible qu'il sache où je suis. Impossible qu'il ait suivi ma trace jusqu'ici. L'un des serveurs s'appelle Stu. Il a rompu avec son ami dans le Nord et est venu s'installer ici. Peut-être que c'est son ami qui appelait. La communication étant mauvaise, on a pu comprendre « Straw » au lieu de « Stu », et en m'entendant répondre il a raccroché.

J'aurais mieux fait de ne dévoiler mon surnom à personne. Je suis Beryl. Je suis Straw. J'ai peur.

Le livre n'est pas terminé, mais je n'ai presque plus d'argent et le temps a changé. Ce matin, il fait sombre et un vent violent souffle. Je suis restée dans ma chambre parce que chez Louie, les pages se seraient envolées dans l'océan. On a rallumé les réverbères. Les palmiers luttent contre les bourrasques comme des parapluies retournés. Dehors le monde gémit comme une bête blessée. Lorsque la pluie tambourine aux carreaux, on dirait qu'une armée féroce a mis Key West en état de siège.

Il faudra bientôt que je parte. L'île me manquera. Walt et PJ me manqueront. Ils m'ont réconfortée, rassurée. Je ne sais pas ce que je ferai quand je rentrerai à Richmond. Peut-être que je ferais mieux de déménager aussitôt, mais pour aller où?

Beryl

# 1

Je replaçai les lettres de Key West dans leur enveloppe bulle, fourrai une paire de gants de coton blanc dans ma serviette et pris l'ascenseur pour descendre, un étage plus bas, à la morgue.

Le carrelage du hall venait d'être passé à la serpillière et l'on s'activait derrière la porte close de la salle d'autopsie. La chambre réfrigérée en acier inoxydable se trouvait en face de l'ascenseur, en diagonale par rapport à lui. Comme chaque fois que j'en manœuvrais la lourde porte, une bouffée d'air froid et nauséabond me saisit les narines. Reconnaissant aussitôt le pied gracile qui dépassait d'un drap blanc, je m'approchai du chariot. Inutile d'examiner les étiquettes attachées aux orteils des autres cadavres : je connaissais chaque centimètre carré du corps de Beryl Madison.

Privés d'éclat, ses yeux bleus en amande fixaient le plafond. Le côté gauche de son visage était enlaidi par des coupures béantes aux lèvres pâles. Les muscles qui reliaient la tête à la poitrine avaient été sectionnés, et la gorge tranchée jusqu'à la colonne vertébrale. Juste au-dessus du sein gauche s'alignaient neuf coups de couteau semblables à de grosses boutonnières écarlates. Ils avaient été portés en succession rapide, et avec une telle violence que la garde du poignard s'était imprimée sur la peau. Les coupures que présentaient les avant-bras et les mains mesuraient d'un demi à une dizaine de centimètres. En comptant les deux blessures dorsales, mais sans compter les neuf coups de couteau à la poitrine ni la gorge tranchée, le corps portait vingt-sept plaies, infligées alors qu'elle tentait de se protéger de coups portés à l'aide d'une lame tranchante.

Je n'avais besoin ni de clichés ni de diagrammes. Il me suffisait de fermer les yeux pour voir le visage de Beryl Madison. Je pouvais imaginer avec une précision écœurante les violences auxquelles avait été soumis son corps. Son poumon gauche comportait quatre perforations. Ses artères carotides étaient presque sectionnées. Son arc aortique, son artère pulmonaire, son cœur et sa poche péricardique étaient transpercés. Elle était presque morte quand le meurtrier l'avait décapitée.

J'essayai de comprendre. Elle avait reçu des menaces de mort. Elle s'était enfuie à Key West, terrorisée. Elle ne voulait pas mourir. Elle était morte le soir même de son retour à Richmond.

*Au nom du Ciel, pourquoi l'as-tu laissé entrer? Pourquoi?*

Je remis le drap en place et poussai le chariot contre le mur du fond, avec les autres. Le lendemain à la même heure, son corps aurait été incinéré et ses cendres seraient en route pour la Californie. Beryl Madison aurait eu trente-quatre ans le mois prochain. Elle semblait n'avoir aucun parent en ce bas monde, à part une demi-sœur à Fresno. La lourde porte de la chambre froide se referma avec un bruit de succion.

Le contact chaud de l'asphalte du parking situé à l'arrière du BCME, le Bureau central du médecin expert, me réconforta, tandis que des traverses des voies ferrées voisines me parvenait l'odeur de la créosote qui mijotait sous un soleil inhabituellement chaud pour Halloween.

La grande porte vitrée était ouverte et l'un de mes assistants arrosait le ciment. En manière de plaisanterie, il dirigea le jet du tuyau à mes pieds, et des gouttelettes jaillirent sur mes chevilles.

– Hé, Dr Scarpetta, vous faites des journées de fonctionnaire, maintenant?

Il était 16 h 30 à peine passées, alors que d'habitude, je quittais rarement le bureau avant 18 heures.

– Vous voulez que je vous dépose quelque part? ajouta-t-il.

– Merci, quelqu'un doit me prendre.

Pour être née à Miami, je connaissais bien la région où

Beryl Madison s'était cachée durant l'été. Fermant les yeux, j'évoquai les couleurs de Key West – verts profonds, bleus vifs, couchers de soleil si fastueux que seul Dieu peut les contempler sans en être bouleversé. Beryl Madison n'aurait jamais dû retourner chez elle.

Scintillante comme du verre noir, une LTD Crown Victoria flambant neuve entra au pas dans le parking. J'attendais la vieille Plymouth habituelle et fus stupéfaite de voir, dans un chuintement, s'abaisser la vitre avant de la Ford.

– Z'attendez le bus ou quoi?

Mon étonnement se peignit dans les verres réfléchissants d'une paire de lunettes noires. Le lieutenant Pete Marino s'efforça de garder un air blasé en actionnant le déverrouillage électronique de la portière.

– J'avoue que je suis impressionnée, fis-je en me glissant dans le luxueux habitacle.

– J' l'ai eue avec ma promotion, dit-il en faisant ronfler le moteur. Pas mal, hein?

Tout en sortant mes cigarettes, je remarquai l'orifice béant dans le tableau de bord.

– C'est pour une veilleuse ou pour votre rasoir électrique?

– Merde, m'en parlez pas, rétorqua-t-il d'un air dégoûté. Un de ces enfoirés m'a piqué mon allume-cigare. Au lavage. Je leur ai laissé la bagnole une seule journée, vous vous rendez compte? Quand j'ai été la chercher, j' me suis aperçu que leurs foutus rouleaux avaient tordu l'antenne. J'ai tellement engueulé les gars que sur le moment j'ai même pas fait gaffe. (Parfois, Marino me rappelait ma mère.) C'est en rentrant que j'ai vu qu'on m'avait piqué ce machin.

Il se tut et chercha dans ses poches pendant que je fouillais mon sac à main en quête d'allumettes.

– Dites donc, docteur, j' croyais que vous deviez arrêter de fumer, remarqua-t-il en me balançant un briquet Bic entre les cuisses.

– Exact, marmonnai-je. Je m'arrête demain.

Le soir où Beryl Madison avait été assassinée, j'étais à l'opéra. J'avais fini la soirée dans un pseudo-pub anglais en compagnie d'un juge à la retraite qui perdait sa correction à mesure que la soirée avançait. Je n'avais pas emporté mon bip et la police, dans l'incapacité de me contacter, avait envoyé mon adjoint Fielding sur les lieux. C'était donc la première fois que je me rendais chez la romancière assassinée.

Windsor Farms n'était pas le genre de quartier où l'on se serait attendu à un drame aussi horrible. Les vastes maisons, en retrait de la route, étaient entourées de jardins impeccablement tenus. La plupart étaient équipées de systèmes d'alarme, et toutes étaient climatisées, donc dépourvues de fenêtres ouvrantes. L'argent n'assure peut-être pas l'éternité, mais il procure sans conteste une certaine sécurité. Je n'avais jamais eu à m'occuper d'un meurtre dans le quartier de Farms.

— Elle devait avoir de l'argent, fis-je tandis que Marino s'arrêtait à un stop.

Une femme aux cheveux d'un blanc neigeux, qui promenait un maltais non moins immaculé, nous coula un regard de côté pendant que le chien reniflait une touffe d'herbe.

— Foutue crotte à quatre pattes, siffla Marino d'un air dédaigneux tandis que dame et toutou s'éloignaient. Je déteste ce genre de clébard. Passent leur temps à aboyer comme des enragés et à pisser partout. Tant qu'à avoir un chien, vaut mieux en choisir un qu'ait des dents.

— Il y a des gens qui cherchent simplement de la compagnie, hasardai-je.

— Mouais. (Il se tut quelques instants, puis enchaîna sur ma remarque précédente.) C'est vrai, Beryl Madison avait de l'argent. Mais sa baraque lui avait coûté cher et elle a claqué presque toutes ses économies dans ce repaire à pédés, à Cul West. On n'a pas encore trié tous ses papiers.

— Est-ce que vous avez l'impression qu'on les a fouillés avant vous?

— Apparemment non, répondit Marino. Toujours est-il qu'elle se débrouillait plutôt bien. Elle savait y faire pour engranger le fric. Elle utilisait un tas de pseudonymes. Adair Wilds, Emily Stratton, Edith Montague.

Les verres réfléchissants se tournèrent à nouveau vers moi. Je ne connaissais aucun de ces noms, sauf Stratton.

– Stratton figure dans son état civil complet, dis-je.

– C'est p't'êt à cause de ça qu'on la surnommait Straw.

– Et à cause de ses cheveux (1), remarquai-je.

La chevelure de Beryl était d'une couleur miel à laquelle le soleil avait donné des reflets dorés. C'était une femme menue, aux traits réguliers et raffinés. Peut-être avait-elle été une vraie beauté de son vivant. C'était difficile de le deviner, à présent. La seule photo d'elle que j'avais pu examiner était celle de son permis de conduire.

– Quand j'ai vu sa demi-sœur, m'expliquait Marino, elle m'a dit qu'il y avait que ses amis qui surnommaient Beryl « Straw ». Je ne sais pas à qui elle écrivait quand elle était là-bas dans les Keys, mais cette personne connaissait son surnom. C'est mon impression, en tout cas. (Il baissa le pare-soleil.) J' comprends pas pourquoi elle a photocopié ces lettres. Ça me tarabuste. C'est vrai, quoi, vous en connaissez beaucoup, des gens qui photocopient leur courrier personnel ?

– Vous m'avez dit qu'elle avait l'habitude de tout garder, dis-je.

– Exact. Ça aussi ça me turlupine. Ce salaud la menaçait depuis des mois. Qu'est-ce qu'il a fait ? Qu'est-ce qu'il a dit ? Mystère : elle a pas enregistré ses coups de fil ni rien noté. Voilà une fille qui fait des photocopies de ses lettres mais qui prend aucune note quand un type menace de la buter. Ça vous paraît logique, ça ?

– Tout le monde ne pense pas d'une façon logique.

– Certaines personnes *ne pensent même pas*, répliqua-t-il, parce qu'elles sont embringuées dans quelque chose qu'elles veulent absolument cacher aux autres.

Il emprunta une allée recouverte de gravier et arrêta la voiture devant la porte du garage. L'herbe de la pelouse aurait eu besoin d'un bon coup de tondeuse, et une pancarte A VENDRE était plantée à côté de la boîte aux lettres. Un bout de ruban jaune utilisé par la police pour délimiter le lieu d'un crime pendouillait encore en travers de la porte d'entrée grise.

– Sa bagnole est dans le garage, dit Marino alors que

(1) Straw : paille.

nous descendions de voiture. Une jolie petite Honda Accord EX.

Je sentis les rayons obliques du soleil me réchauffer la nuque. Il faisait bon et le silence n'était troublé que par le crissement des insectes. Je pris une lente et profonde inspiration. Je me sentais soudain très fatiguée.

La maison était de style moderne et d'un extrême dépouillement. La façade en baies vitrées de l'étage reposait sur des piliers de soutènement, conférant à l'ensemble une allure de navire avec un pont inférieur ouvert. Construite en pierres brutes et bois gris, c'était le genre de maison qu'affectionnent les jeunes couples : vastes pièces, plafonds hauts, larges espaces gaspillés. Windham Drive se terminait en cul-de-sac à hauteur du pavillon, ce qui expliquait que personne n'ait rien vu ni entendu. De part et d'autre, des rideaux de chênes et de pins isolaient la maison des habitations voisines, tandis qu'à l'arrière la pelouse donnait sur une pente escarpée, plantée d'épais buissons et de rochers, au bas de laquelle s'étendait jusqu'à l'horizon une forêt touffue.

– Merde, lâcha Marino alors que nous faisions le tour de la maison. Je parie qu'il doit y avoir des chevreuils en pagaille par ici. Pas mal, hein ? Vous regardez par la fenêtre et vous vous croyez seul au monde. Ça doit être sensationnel quand il neige. Moi, j'aimerais bien une petite piaule dans ce genre. Un bon feu, l'hiver, avec un verre de bourbon, et vous restez devant la fenêtre à regarder la forêt. Ça doit être agréable d'être riche.

– Surtout quand on est en vie pour en profiter.

– Pour sûr, fit-il.

Les feuilles sèches craquèrent sous nos pas lorsque nous contournâmes la façade ouest. La porte d'entrée était de plain-pied avec le patio et comportait un judas qui me contemplait comme un œil énucléé. D'une pichenette, Marino balança son mégot dans l'herbe avant de plonger la main dans une poche de son pantalon bleu poudre. Il avait laissé sa veste dans la voiture, sa bedaine saillait par-dessus sa ceinture et les brides de son étui de revolver froissaient à hauteur d'épaule sa chemise blanche à manches courtes.

Il produisit une clé à laquelle pendait une étiquette jaune de la police, et tandis que je le regardais ouvrir le

14

verrou, je fus à nouveau frappée par la dimension de ses mains. Durcies et tannées, elles m'évoquaient à chaque fois des gants de base-ball. Il n'aurait jamais pu devenir musicien ou dentiste. La cinquantaine passée, avec des cheveux gris qui s'éclaircissaient, le visage aussi râpé que ses costumes, il restait pourtant impressionnant. Des flics de sa carrure ne se battent presque jamais. Les voyous rentrent dans leurs petits souliers dès qu'ils les voient.

Debout dans l'entrée, enveloppés d'un rayon de soleil, nous enfilâmes nos gants de coton blanc. Comme toutes les maisons qui restent vides, celle-ci sentait la poussière et le renfermé. L'Identité judiciaire de la police de Richmond avait tout passé au peigne fin mais n'avait rien déplacé. Marino m'avait assuré que la maison était restée dans l'état où elle était lorsque le corps de Beryl avait été découvert deux jours auparavant. Il referma la porte et alluma.

– Comme vous voyez, dit-il, c'est elle qui a fait entrer le type. Aucune trace d'effraction, et la baraque est équipée d'un système d'alarme sophistiqué. (Il pointa son doigt vers un panneau hérissé de boutons installé près de la porte.) Il est débranché à présent. Mais l'alarme hurlait quand on est arrivés, c'est comme ça qu'on a trouvé la maison.

Il m'expliqua que c'est par un coup de téléphone que la police avait été avertie du déclenchement de l'alarme. Peu après 23 heures un voisin avait composé le 911, alors que l'alarme retentissait depuis près de trente minutes. Une voiture de patrouille s'était aussitôt rendue sur les lieux. L'officier avait trouvé la porte entrouverte. Quelques minutes après, il avait rappelé le quartier général pour demander des renforts.

Le salon était en désordre, la table basse gisait sur le flanc. Des magazines, un cendrier en cristal, des coupes art déco, un vase jonchaient le tapis oriental. Une bergère bleu pâle était renversée tête-bêche, un coussin du sofa assorti était tombé à côté. A gauche d'une porte donnant sur un couloir, un mur blanchi à la chaux était éclaboussé de sang séché.

– Est-ce que l'alarme a un dispositif de retardement ? m'enquis-je.

– Ah oui, c'est vrai. Quand vous ouvrez la porte, l'alarme retentit en sourdine pendant une quinzaine de secondes, le temps de taper votre code pour l'arrêter.

– C'est donc qu'elle a ouvert la porte, désactivé l'alarme, fait entrer l'homme, puis rebranché l'alarme pendant qu'il était là. Sinon, elle ne se serait pas mise en route quand il est reparti. Intéressant.

– Ouais, lâcha Marino. Foutrement intéressant.

Nous étions dans le salon, près de la table basse couverte de poudre à empreintes. Les magazines et les revues littéraires répandus par terre dataient tous de plusieurs mois.

– Avez-vous trouvé des journaux récents? demandai-je. Si elle a acheté un journal dans le coin, ça pourrait nous fournir des renseignements utiles. Il faudrait vérifier tous les endroits où elle est allée après sa descente d'avion.

Je vis que Marino faisait jouer ses maxillaires. Il détestait avoir l'impression que je lui apprenais son boulot.

– On a trouvé un ou deux trucs en haut dans sa chambre, avec ses bagages, dit-il. L'*Herald* de Miami et un truc appelé *Keynoter*, qui recense les maisons à vendre dans les Keys. Peut-être qu'elle avait dans l'idée d'aller s'installer là-bas? Les deux journaux sont de lundi dernier. Elle a dû les acheter ou les ramasser à l'aéroport.

– Son agent immobilier pourrait peut-être nous dire si...

– Il a rien à nous dire, coupa Marino. Il avait aucune idée de l'endroit où était partie Beryl, et il n'a fait visiter la maison qu'une seule fois pendant son absence. A un jeune couple qui l'a trouvée trop chère. Beryl en demandait trois cent mille dollars. (Il jeta un regard autour de lui, le visage impassible.) Elle vaudra plus grand-chose maintenant.

– Beryl a pris un taxi à l'aéroport pour rentrer le soir de son arrivée, repris-je.

Il sortit une cigarette et montra le couloir.

– On a retrouvé la fiche dans l'entrée, sur la petite table près de la porte. On a interrogé le taxi, un type du nom de Woodrow Hunnel. Con comme un balai. Il a dit qu'il était dans la file des taxis à l'aéroport. Il était presque 8 heures du soir et il pleuvait comme vache qui pisse. Il l'a déposée devant la maison une quarantaine de minutes plus tard. Il lui a porté ses deux valises jusqu'à la porte, ensuite il est reparti. La course a coûté vingt-six dollars, pourboire compris. Une demi-heure plus tard il était de retour à l'aéroport, où il a chargé un autre client.

– Vous en êtes sûr, ou c'est lui qui vous l'a dit?

– J'en suis aussi sûr que je vous vois, dit-il. On a vérifié ses déclarations. Hunnel nous a dit la vérité. Il n'a pas touché à la fille. Il aurait pas eu le temps.

Je suivis son regard en direction des taches brunes sur le mur. Les vêtements de l'assassin devaient être eux aussi ensanglantés. Difficile pour un taxi couvert de sang de charger un client.

– Elle ne devait pas être rentrée depuis longtemps, dis-je. Elle est arrivée vers 21 heures et le voisin a signalé le déclenchement de l'alarme à 23 heures. Puisqu'elle sonnait depuis une demi-heure, ça veut dire que le tueur est parti aux alentours de 22 h 30.

– Ouais, fit Marino. Et c'est ça qui paraît incroyable. Si on en croit ses lettres, elle avait une trouille bleue. Or elle revient en ville, s'enferme chez elle, pose son flingue sur la table de la cuisine – je vous montrerai ça – et puis boum! On sonne à la porte, elle ouvre à ce salopard et rebranche l'alarme une fois qu'il est entré. C'est certainement quelqu'un qu'elle connaissait.

– Pourquoi écarter la possibilité d'un inconnu? fis-je. Si la personne a montré patte blanche, elle a pu lui ouvrir sans se méfier.

– A cette heure-là? (Ses yeux m'effleurèrent tandis que son regard furetait à travers la pièce.) Quoi? Un type qui vend des mixeurs à 10 heures du soir?

Je ne répondis pas. Je ne savais pas.

Nous nous arrêtâmes à l'entrée du couloir.

– Les premières traces de sang, dit Marino en regardant les taches sur le mur. C'est ici qu'elle a été blessée en premier. Je suppose qu'elle a voulu s'enfuir en le voyant sortir son couteau.

Je revis les entailles sur le visage, les bras et les mains de Beryl.

– D'après moi, poursuivit Marino, c'est ici qu'il lui a

17

tailladé le bras gauche, ou le dos, ou le visage. Le sang qui a giclé sur le mur a été projeté par la lame. Il l'avait déjà coupée au moins une fois, la lame était pleine de sang, et quand il a voulu la taillader une nouvelle fois, des gouttes ont giclé sur le mur.

Les taches, de forme elliptique et d'environ six millimètres de diamètre, s'amincissaient en pointe du côté opposé au chambranle de la porte. Les taches s'étendaient sur plus de trois mètres. L'agresseur avait frappé avec la violence d'un joueur de squash. Le crime comportait une forte charge émotionnelle. Il ne s'agissait pas d'une simple fureur. C'était bien plus violent que ça. *Pourquoi donc l'avait-elle laissé entrer?*

— D'après la disposition des taches, je pense que le tueur se tenait à peu près ici, poursuivit Marino. (Il se plaça à quelques mètres de la porte, un peu à sa gauche.) Il brandit son couteau, l'entaille une nouvelle fois et le mouvement de la lame projette du sang contre le mur. Les taches, comme vous pouvez le voir, commencent ici. (Il montra les taches les plus hautes, qui se trouvaient à peu près à hauteur de sa tête.) Ensuite elles descendent en éventail presque jusqu'au sol. (Il se tut, me regarda d'un air de défi.) Vous l'avez examinée. D'après vous, il est gaucher ou droitier?

Les flics veulent toujours savoir ça. Bien que je m'évertue à leur répéter qu'on ne peut le deviner, ils continuent à poser la question.

— Impossible de le déterminer d'après ces taches, dis-je, la gorge sèche et la bouche comme emplie de poussière. Cela dépend de l'endroit où il se tenait par rapport à elle. Quant aux coups portés à la poitrine, ils sont légèrement inclinés de gauche à droite. Ça peut indiquer un gaucher. Mais encore une fois, tout dépend de sa position par rapport à elle.

— Sauf que presque toutes les blessures de défense sont situées sur le côté gauche du corps, insista-t-il. Elle est en train de courir, et il l'attaque par la gauche, non par la droite. A mon avis il est gaucher.

— Tout dépend des positions respectives de l'agresseur et de la victime, répétai-je avec impatience.

— Sûr, grommela-t-il. Tout dépend de quelque chose.

Le couloir était parqueté. On avait délimité à la craie

une traînée de gouttes de sang qui menait, environ trois mètres plus loin, jusqu'à un escalier. Beryl s'était précipitée vers cet escalier. Plus encore qu'à la douleur, elle était en proie au choc et à la terreur. Pour garder l'équilibre, elle s'était, dans sa fuite éperdue, appuyée au mur gauche du couloir, dont les lambris portaient la trace sanguinolente de ses doigts tailladés.

Des taches noirâtres souillaient le sol, les murs, le plafond. Beryl avait couru jusqu'au bout du couloir du premier étage, où elle était restée quelques instants piégée. La quantité de sang répandu en témoignait. La poursuite avait repris lorsqu'elle était passée dans sa chambre, où elle avait tenté de se soustraire aux coups de couteau en grimpant sur le lit pendant que son agresseur le contournait. A ce moment elle avait peut-être lancé sa serviette en cuir dans sa direction ou, plus probablement, la serviette était tombée du lit après avoir été heurtée. La police l'avait trouvée sur la descente de lit, ouverte et renversée comme une tente, parmi des papiers éparpillés, dont les photocopies des lettres écrites à Key West.

– Quels autres papiers avez-vous trouvés dans la chambre ? demandai-je.

– Des reçus, quelques guides touristiques, une brochure avec un plan de rues, répondit Marino. Si vous voulez, je vous en ferai des photocopies.

– Oui, je vous remercie.

– On a trouvé aussi une liasse de feuilles dactylographiées sur cette commode, ajouta Marino en la désignant. Sans doute ce qu'elle a écrit dans les Keys. Avec des annotations au crayon dans les marges. Aucune empreinte intéressante, quelques-unes brouillées, d'autres partielles, mais toutes lui appartenant.

Du lit, seul restait le matelas : draps et couvertures souillés de sang avaient été envoyés au labo. Ici ses mouvements s'étaient ralentis, elle perdait peu à peu son contrôle moteur, s'affaiblissait. Trébuchant, elle était repartie dans le couloir, où elle était tombée sur un tapis de prière oriental que j'avais vu sur les clichés de la police. Le sol portait des marques de mains sanglantes, des traces de glissement. Beryl s'était traînée jusqu'à la chambre d'amis, derrière la salle de bain. C'est là qu'elle était morte.

– A mon avis, disait Marino, le type a pris son pied à la pourchasser. Il aurait très bien pu lui régler son compte en bas au salon, mais ça lui aurait gâché son plaisir. Je le vois avec le sourire aux lèvres tout le temps que ça a duré, pendant qu'elle perdait son sang, hurlait et suppliait. Quand elle se traîne enfin ici, elle s'effondre. La séance est terminée. Fini de rigoler. On y met le point final.

La chambre était glaciale, la décoration d'un jaune aussi pâle que le soleil de janvier. Près des lits jumeaux, le parquet était noirâtre et les murs chaulés portaient eux aussi des éclaboussures brunes. Sur les clichés que j'avais pu voir, Beryl était allongée sur le dos, les jambes écartées, les bras relevés de chaque côté de la tête, le visage tourné vers la fenêtre. Elle était nue. La première fois que j'avais vu ces photos, je n'avais pu distinguer ses traits ni la couleur de ses cheveux. Tout ce que je voyais était rouge. Près du corps, la police avait trouvé un pantalon kaki couvert de sang. Le chemisier et les sous-vêtements de Beryl avaient disparu.

– Le chauffeur de taxi que vous avez interrogé. Est-ce qu'il se souvenait de ce que Beryl portait à l'aéroport ? demandai-je.

– Il faisait presque nuit, répondit Marino. Il pense qu'elle était en veste et pantalon. Quand elle a été attaquée, on est quasi certains qu'elle portait le pantalon kaki qu'on a retrouvé près du corps, parce qu'il est assorti à une veste qui était dans sa chambre. Je pense pas qu'elle se soit changée en arrivant. Elle a dû quitter sa veste et la jeter sur une chaise. Le reste, chemisier, sous-vêtements, le type l'a emporté.

– En souvenir, fis-je.

Marino contemplait le parquet taché à l'endroit où avait été découvert le corps.

– A mon idée, dit-il, il la coince dans cette pièce, lui arrache ses vêtements, la viole ou tente de la violer. Ensuite il la poignarde et la décapite à moitié. Foutrement dommage que le PERK ait rien donné. (Il faisait allusion au *Physical Evidence Recovery Kit*, le nécessaire de collecte d'indices physiques, qui n'avait révélé aucune trace de sperme.) Il va falloir se passer de l'empreinte ADN.

– A moins qu'une partie du sang que nous avons envoyé au labo soit à lui, précisai-je. Sinon, en effet, pas d'ADN.

– Et pas de poils ni de cheveux, dit-il.

– Les rares qu'on a récoltés semblent appartenir à Beryl.

Il régnait un si profond silence dans la maison que le bruit de nos voix était presque insupportable. Les mêmes images me revinrent en mémoire : les plaies des coups de couteau, les marques de la garde, la profonde entaille au cou, béant comme une bouche écarlate. Je sortis dans le couloir. La poussière m'irritait les poumons. J'avais du mal à respirer.

– Montrez-moi où vous avez trouvé son arme.

Lorsque les policiers étaient arrivés sur les lieux, ils avaient trouvé le 38 automatique de Beryl à la cuisine, sur un plan de travail à côté du four à micro-ondes. L'arme était chargée, la sécurité mise. Les seules empreintes, incomplètes, que le labo y avait relevées appartenaient à Beryl.

– Elle rangeait les munitions dans sa table de nuit, expliqua Marino. Avec son pistolet, sans doute. Pour moi, elle a monté ses bagages dans sa chambre, mis son linge sale dans la salle de bain et rangé ses valises dans sa penderie. A un moment donné, elle a sorti son flingue. Preuve qu'elle avait toujours la trouille. Je parie qu'elle a fait le tour de la maison avec son arme avant de relâcher un peu la pression.

– En tout cas c'est ce que j'aurais fait, dis-je.

Il jeta un regard circulaire à la cuisine.

– Ensuite elle est peut-être descendue ici manger quelque chose.

– Elle en a peut-être eu l'intention, mais elle n'a rien avalé. Son contenu gastrique n'a révélé qu'une cinquantaine de millilitres de fluide brun foncé, ce qui veut dire que le dernier aliment qu'elle avait mangé était complètement digéré au moment de sa mort – ou plus précisément au moment où elle a été agressée. La digestion s'interrompt sous le coup d'une angoisse ou d'un stress importants. Si elle avait mangé quelque chose juste

21

avant d'être attaquée, nous aurions retrouvé la nourriture à peu près intacte dans son estomac.

— De toute façon elle avait pas grand-chose à se mettre sous la dent, fit Marino comme s'il soulignait un point essentiel.

Il ouvrit le réfrigérateur, qui renfermait un citron ratatiné, deux plaquettes de beurre, une part de fromage à demi moisi, des condiments et une bouteille d'eau gazeuse. Le congélateur était un peu mieux fourni, mais guère plus. Il contenait quelques blancs de poulet et des steaks hachés. De toute évidence la nourriture était une simple nécessité pour Beryl, non un plaisir. Des grains de poussière flottaient dans la lumière filtrant à travers les stores gris de la fenêtre au-dessus de l'évier. Celui-ci, comme l'égouttoir, était vide et sec. Les appareils électro-ménagers semblaient tout neufs et n'avoir guère servi.

— L'autre hypothèse, c'est qu'elle est venue à la cuisine pour boire un verre, hasarda Marino.

— Son taux d'alcoolémie était négatif, dis-je.

— Ça ne veut pas dire qu'elle ait pas eu envie de boire un coup.

Il ouvrit un placard au-dessus de l'évier. Les trois rayons étaient pleins : Jack Daniel's, Chivas Regal, Tanqueray, diverses liqueurs. Une bouteille retint mon attention. Devant le cognac rangé sur le rayon du haut se trouvait un litre de rhum Barbancourt haïtien de quinze ans d'âge, une boisson de la classe d'un scotch pur malt.

Je saisis la bouteille de ma main gantée et la posai sur le bac. La cire enrobant la capsule dorée était intacte.

— Je ne pense pas qu'elle ait trouvé ça par ici, dis-je à Marino. Elle a dû l'acheter à Miami ou à Key West.

— Vous pensez qu'elle l'a ramené de Floride ?

— C'est possible. En tout cas elle s'y connaissait. Le Barbancourt est un régal.

— Je vois que vous vous y connaissez aussi, Doc.

Au contraire de ses voisines, la bouteille de Barbancourt n'était pas poussiéreuse.

— C'est peut-être pour ça qu'elle est venue à la cuisine, repris-je. Pour ranger son rhum. Ou alors elle a eu envie d'en boire un petit verre avant d'aller se coucher quand quelqu'un a sonné à la porte.

— Mouais... mais ça explique pas pourquoi elle a laissé son flingue ici pour aller ouvrir. N'oublions pas qu'elle était morte de trouille. Ça me conforte dans l'idée qu'elle attendait de la visite, qu'elle connaissait le type. Qu'est-ce qu'elle faisait avec un bar aussi bien garni, hein? Elle devait pas picoler toute seule. Ça me paraît plus logique de penser qu'elle recevait des types de temps en temps. Merde, c'était peut-être le « M » à qui elle écrivait dans les Keys.

— Vous pensez que « M » serait le tueur? dis-je.

— Pas vous?

Son ton était de plus en plus agressif et la façon dont il tripotait sa cigarette commençait à me porter sur les nerfs.

— Je n'écarte aucune possibilité, répliquai-je. J'envisage aussi bien, par exemple, l'hypothèse selon laquelle elle *n'attendait pas* de visite. Elle descend à la cuisine ranger sa bouteille de rhum, peut-être avec l'intention de s'en servir un verre avant d'aller dormir. Elle est nerveuse, elle a posé son automatique sur le bar. Elle sursaute quand elle entend sonner ou frapper à la porte, elle...

— Stop! m'interrompit-il. Elle sursaute, elle est nerveuse, d'accord. Dans ce cas pourquoi elle laisse le flingue à la cuisine quand elle va ouvrir?

— Est-ce qu'elle s'entraînait?

— S'entraînait? répéta-t-il en croisant mon regard. Elle s'entraînait à quoi?

— Au tir.

— Ça... j'en sais rien...

— Si ce n'est pas le cas, prendre son arme n'était pas pour elle un réflexe mais le résultat d'une décision. Beaucoup de femmes mettent une bombe lacrymogène dans leur sac, mais en cas d'agression, rares sont celles qui pensent à la sortir, parce qu'elles n'ont pas le réflexe de se défendre.

— Simple supposition...

Moi, je savais. J'avais un Ruger 38 que je chargeais avec des Silvertips, l'une des munitions les plus destructrices sur le marché. La seule raison pour laquelle je pensais à m'en munir était que je m'entraînais plusieurs fois par mois au stand de tir installé dans les sous-sols du BCME. Quand j'étais seule chez moi, je me sentais plus en sécurité avec mon arme.

Il y avait autre chose. Je repensai au salon, à la cheminée avec ses accessoires suspendus au serviteur en cuivre. Beryl avait affronté son agresseur dans ce salon, sans songer à s'armer du pique-feu ou de la pelle. Se défendre n'était pas pour elle un réflexe. Son seul réflexe avait été de s'enfuir. Dans l'escalier comme à Key West.

— Elle n'a peut-être tout simplement pas pensé à prendre l'arme, Marino, expliquai-je. La sonnette retentit. Elle est sur les nerfs, anxieuse. Elle va au salon, regarde par le judas. Elle fait assez confiance au visiteur, quel qu'il soit, pour lui ouvrir. Elle a déjà oublié son arme.

— A moins qu'elle se soit attendue à cette visite, répéta Marino.

— C'est possible. Encore aurait-il fallu que quelqu'un sache qu'elle était revenue.

— Peut-être bien que *lui* le savait, dit-il.

— Surtout s'il s'agissait de « M », dis-je pour lui faire plaisir tout en replaçant la bouteille de rhum dans le placard.

— Ah, quand même... Ça paraît plus logique, non ?

Je refermai le placard.

— Elle était terrorisée, harcelée depuis des mois, Marino. Je n'arrive pas à croire que l'assassin soit un de ses amis et qu'elle ne se soit doutée de rien.

Il consulta sa montre d'un air contrarié et sortit une nouvelle clé de sa poche. Il était absurde de penser que Beryl ait ouvert à un inconnu. Mais c'était encore plus insensé que quelqu'un de sa connaissance ait pu la massacrer comme elle l'avait été. *Pourquoi l'avait-elle fait entrer ?* Cette question me hantait.

Un passage couvert reliait la maison au garage. Le soleil avait disparu derrière les arbres.

— Je suis entré ici juste avant de vous appeler, m'expliqua Marino. J'aurais pu défoncer la porte le soir où on l'a trouvée, mais c'était inutile. (Il haussa ses épaules massives, comme pour me démontrer que défoncer une

24

porte ou abattre un arbre ne lui posait aucun problème.) Elle y était pas entrée depuis qu'elle était partie en Floride. Ça nous a pris un moment pour dénicher cette foutue clé.

C'était la première fois que je voyais un garage lambrissé, avec un sol recouvert de coûteuses tomettes italiennes.

– Est-ce que c'était vraiment destiné à servir de garage ? m'étonnai-je.

– C'est bien une porte de garage, non ? (Marino sortit plusieurs autres clés de sa poche.) Belle petite piaule pour ranger sa bagnole, hein ?

L'air sentait le renfermé, mais le local était dans un état impeccable. A part un râteau et un balai appuyés dans un coin du mur, il n'y avait aucun des outils, tondeuses ou autres, qu'on s'attend à trouver dans un garage. On se serait cru dans une salle d'exposition d'un vendeur de voitures, avec la Honda noire au centre du carrelage rouge. Elle était si propre et si rutilante qu'on aurait pu la prendre pour un véhicule neuf.

Marino déverrouilla la portière conducteur.

– Montez, fit-il.

Je m'installai sur le siège de cuir ivoire et regardai le mur lambrissé à travers le pare-brise.

Marino se recula de quelques pas.

– Restez comme ça un moment, d'accord ? Essayez de bien sentir la voiture, de savoir à quoi ça vous fait penser.

– Vous voulez que je la démarre ?

Il me tendit la clé de contact.

– Allez donc ouvrir la porte, sinon on va s'asphyxier, dis-je.

Fronçant les sourcils, il trouva le bon bouton et entrouvrit le panneau.

La voiture démarra au quart de tour, puis se mit à ronronner comme un gros matou. La radio et la ventilation étaient en marche. Il restait un quart d'essence dans le réservoir, le compteur indiquait moins de 10 000 kilomètres, le toit était entrouvert. Sur le tableau de bord je trouvai un ticket de pressing daté du 11 juillet, un jeudi, pour une jupe et une veste que Beryl n'avait donc jamais retirées. Sur le siège passager traînait une facture d'épicerie datée du 12 juillet à 10 h 30, indiquant qu'elle avait acheté une laitue, des tomates, des concombres, du bœuf haché, du fromage, du jus d'orange et un paquet de bonbons à la menthe, le tout pour neuf dollars et treize *cents*. Le ticket indiquait qu'on lui avait rendu la monnaie sur dix dollars.

A côté de cette facture se trouvaient une enveloppe bancaire vide ainsi qu'un étui à Ray Ban de couleur brune, vide lui aussi.

Sur la banquette arrière je vis une raquette de tennis Wimbledon et une serviette éponge blanche roulée en boule, que j'attrapai. Sur la bordure figurait, en petites lettres bleues, l'inscription WESTWOOD RACQUET CLUB, nom que j'avais déjà remarqué sur un sac en vinyle rouge rangé dans la penderie de la chambre de Beryl.

Marino avait gardé son petit numéro pour la fin. Je savais qu'il avait déjà examiné tous ces objets et qu'il voulait que je les voie *in situ*. Le tueur n'était pas entré dans le garage. Marino tendait un appât pour me piéger. C'est ce qu'il avait fait depuis que nous étions entrés dans la maison. C'était une habitude qui m'irritait au plus haut point.

Je coupai le contact, descendis de voiture, refermai la portière.

Il me considéra d'un air songeur.

— J'ai deux ou trois questions, dis-je.

— Allez-y.

— Westwood est un club très select. En faisait-elle partie ?

Hochement affirmatif.

— Vous savez à quand remonte sa dernière réservation de court ?

— Vendredi 12 juillet, 9 heures du matin. Une leçon avec son prof. Elle en prenait une par semaine. C'était à peu près les seules fois où elle jouait.

— Si je me souviens bien, elle a décollé de Richmond tôt le samedi matin 13 juillet, et elle est arrivée à Miami un peu après midi.

Nouveau hochement.

— Donc elle a pris sa leçon de tennis, elle est allée dans une épicerie, puis peut-être à sa banque. Une chose me

26

paraît sûre, c'est qu'elle a décidé brusquement de quitter la ville. Si elle avait su qu'elle partait le lendemain, elle n'aurait pas pris la peine de faire des courses. Elle n'a pas eu le temps de manger tout ce qu'elle avait acheté, et elle n'a pas laissé ses provisions dans son réfrigérateur. Elle a donc tout jeté, sauf le bœuf haché, le fromage et peut-être les bonbons à la menthe.

– Plausible, fit Marino d'un air détaché.

– Elle a laissé son étui à lunettes et d'autres choses dans sa voiture, poursuivis-je. Elle n'a pas éteint la radio ni la ventilation, ni refermé le toit ouvrant. Ça veut dire qu'elle a rentré la voiture au garage, coupé le contact et s'est précipitée dans la maison avec ses lunettes noires sur le nez. Ce qui semble indiquer qu'il s'est passé quelque chose pendant qu'elle revenait du tennis ou faisait ses courses...

– Parfaitement. C'est aussi ce que je pense. Contournez la voiture, allez jeter un coup d'œil à la portière passager.

Ce que je vis fit éclater mes pensées dans tous les sens, comme au billard la première boule disloque le triangle. Juste sous la poignée, gravé dans la peinture noire, je lus le nom de BERYL entouré d'un cœur.

– De quoi vous flanquer les jetons, pas vrai? fit Marino.

– S'il avait fait ça pendant sa leçon de tennis ou pendant qu'elle faisait ses courses, quelqu'un l'aurait vu, remarquai-je.

– Possible. Donc, d'après vous il l'avait fait avant. (Il se tut, examinant le graffiti d'un air détaché avant d'ajouter :) Quand avez-vous regardé votre portière passager pour la dernière fois?

– Plusieurs jours. Peut-être une semaine.

– Elle va faire des courses. (Il alluma enfin sa satanée cigarette.) N'achète pas grand-chose. (Il tire une longue bouffée avide.) Ça tient sans doute dans un seul sac, n'est-ce pas? Elle va ouvrir la portière passager pour poser son sac, et elle remarque l'inscription. Peut-être qu'à compris que ça datait forcément de ce jour-là, et peut-être que non. Peu importe. Ça la panique, elle perd les pédales. Elle passe à la banque pour retirer du liquide et rentre chez elle en quatrième vitesse. Elle réserve une place dans le premier avion, direction la Floride.

Nous sortîmes du garage et je le suivis jusqu'à sa voiture. La nuit tombait vite, l'air avait fraîchi. Il démarra pendant qu'à travers ma vitre je jetais un dernier regard à la maison de Beryl. Ses angles droits se dissolvaient dans l'obscurité, les fenêtres étaient déjà noires. Soudain les lumières du porche et du salon s'allumèrent.

– Bon sang, grommela Marino.

– Un programmateur, dis-je.

– Sans blague.

## 2

La pleine lune brillait au-dessus de Richmond pendant mon long trajet de retour en ville. Quelques dernières bandes de gamins continuaient leur porte-à-porte, et le faisceau de mes phares découpait brièvement leurs silhouettes aux masques grimaçants (1). Je me demandai combien de fois on avait sonné, en vain, à ma porte. Les gosses de ma rue savaient que j'étais généreuse en bonbons de toutes sortes, du fait que je n'avais pas d'enfant. Le lendemain, j'aurais quatre pleins sacs de chocolats à distribuer.

Le téléphone sonna alors que je montais l'escalier menant au premier. Je décrochai juste avant que mon répondeur ne se déclenche. Je crus d'abord avoir affaire à un inconnu, puis, avec un serrement de cœur, je reconnus la voix.

– Kay ? C'est Mark. Dieu merci, tu es chez toi...

On aurait dit que Mark James me parlait du fond

(1) A l'occasion de la fête d'Halloween, les enfants se rassemblent en bandes, le visage dissimulé sous des masques représentant surtout des citrouilles à l'expression effrayante, et sonnent aux portes des maisons en interpellant leurs occupants par de joyeux " Trick or treats ? ". S'ils ne veulent pas être victimes de mauvaises farces, les gens doivent offrir des friandises (*treats*).

d'une citerne vide. J'entendais un bruit de circulation en arrière-plan.

– Où es-tu? demandai-je d'une voix nerveuse.

– Sur la 95, à une soixantaine de kilomètres de Richmond.

Je m'assis au bord du lit.

– Dans une cabine, poursuivit-il. Explique-moi comment on va chez toi. (Il attendit que diminue le vrombissement d'un gros camion, puis ajouta :) Je voudrais te voir, Kay. Je suis à Washington depuis une semaine. J'ai essayé de te joindre tout l'après-midi et puis j'ai décidé de tenter le coup et de louer une voiture. Ça ne te dérange pas?

Je ne savais que dire.

– J'ai pensé qu'on pourrait boire un verre, bavarder un peu, dit celui qui m'avait autrefois brisé le cœur. J'ai réservé une table au *Radisson*. Je retourne à Chicago demain matin par le premier avion. Je me suis dit que... A vrai dire, je voudrais te parler de quelque chose.

Je ne voyais vraiment pas de quoi Mark et moi aurions pu parler.

– Ça ne te dérange pas? répéta-t-il.

Bien sûr que si, ça me dérangeait!

– Mais pas du tout, Mark, dis-je. Ce sera un plaisir de te voir.

Après lui avoir indiqué le chemin, j'allai me rafraîchir dans la salle de bain, où j'essayai de mettre de l'ordre dans mes idées. Treize ans avaient passé depuis notre liaison à la faculté de droit. De blonds, mes cheveux étaient devenus couleur presque cendre, et je les portais longs la dernière fois que Mark et moi nous étions revus. Le bleu de mes yeux avait pâli. Impitoyable, le miroir me rappela que mon trente-neuvième anniversaire était derrière moi et que beaucoup de femmes se faisaient faire des liftings. Dans mon souvenir, Mark avait vingt-cinq ans à peine, âge où il avait fait naître en moi une passion et une dépendance folles avant de me jeter dans un abject désespoir. Après notre rupture, je m'étais consacrée exclusivement à mon travail.

Il conduisait toujours aussi vite et n'avait pas perdu le goût des belles voitures. A peine trois quarts d'heure après, j'ouvris la porte et le regardai descendre de sa

Sterling de location. Il était resté, à peu de chose près, le garçon élancé à la démarche souple que je connaissais. Il escalada prestement les marches et me sourit. Après une brève accolade, nous restâmes dans l'entrée, gauches, sans savoir que dire.

– Tu bois toujours du scotch? fis-je au bout d'un moment.

– Toujours, répondit-il en me suivant à la cuisine.

Je sortis le Glenfiddich du bar et, par automatisme, lui préparai son verre comme je le faisais des années auparavant : deux doigts de whisky, trois glaçons, une giclée d'eau de Seltz. Il ne me quitta pas des yeux. Il but une gorgée puis baissa la tête et fit tourner les glaçons dans son whisky, comme il le faisait lorsqu'il était tendu. J'en profitai pour observer ses traits fins, ses hautes pommettes, ses yeux gris clair, le poivre et sel qui commençait à apparaître à hauteur de ses tempes.

Je baissai les yeux à mon tour.

– D'après ce que je comprends, tu travailles dans un cabinet de Chicago? dis-je.

Il s'appuya à son dossier et releva la tête.

– Chez Orndorff & Berger. Je plaide des appels. Il est rare que je suive une première instance. Je rencontre Diesner de temps en temps. C'est comme ça que j'ai appris que tu vivais à Richmond.

Diesner était le médecin expert général de Chicago. Je le voyais dans des colloques et il faisait partie de plusieurs comités auxquels j'appartenais. Il ne m'avait jamais dit qu'il connaissait Mark James, et je ne comprenais pas comment il savait que Mark et moi avions eu une relation.

– J'ai commis l'erreur de lui dire que je t'avais connue à la fac, expliqua Mark comme s'il lisait dans mes pensées, et depuis il ne rate jamais une occasion de me parler de toi, pour me faire tiquer.

Ça ne m'étonnait pas. Diesner était aussi raffiné qu'un bouc et ne portait pas les avocats dans son cœur.

– Comme presque tous les pathologistes, expliquait Mark, il est plutôt du côté de l'accusation. Moi qui défends les criminels, je suis à ses yeux un type à abattre. Diesner adore me courir après et, l'air innocent, mentionner ton dernier article ou disserter sur un meurtre particulièrement atroce dont tu t'es occupée. Dr Scarpetta. Le fameux Dr Scarpetta.

Sa bouche sourit, mais ses yeux ne riaient pas.

– Je ne pense pas que ce soit juste de dire que nous sommes systématiquement du côté de l'accusation, objectai-je. Si on peut donner cette impression, c'est que si les preuves viennent confirmer la thèse de la défense, l'affaire ne va pas devant un tribunal.

– Kay, je sais comment ça marche, dit-il de ce ton las dont je me souvenais si bien. Je sais ce que tu vis dans ton travail. Et si j'étais à ta place, je voudrais expédier comme toi tous ces salopards à la chaise.

– C'est ce que tu dis, Mark. Tu sais ce que je vis dans mon travail..., commençai-je.

C'était toujours la même discussion. Je n'en croyais pas mes oreilles. Il était là depuis à peine un quart d'heure et nous reprenions la discussion au point même où nous l'avions laissée treize ans auparavant. Certains de nos affrontements les plus violents avaient tourné autour de ce sujet précis. Après mon doctorat, j'avais commencé à exercer la médecine légale tout en suivant des cours de droit à Georgetown, où Mark et moi nous étions rencontrés. Je connaissais donc le versant noir, la cruauté, les tragédies insensées. J'avais trempé mes mains gantées dans les replis sanglants de la mort. Mark, lui, était un brillant étudiant pour qui le pire des crimes consistait à lui rayer sa Jaguar. Il serait avocat parce que son père et son grand-père l'avaient été avant lui. J'étais catholique, Mark était protestant. J'étais d'origine italienne, lui était aussi anglo-saxon que le prince Charles. J'avais grandi dans un milieu modeste, alors que lui avait passé son enfance dans une des banlieues les plus chic de Boston.

– Tu n'as pas changé, Kay, dit-il. Sauf que tu dégages une certaine résolution, une dureté que tu n'avais pas. Je parie que tu ne te laisses pas marcher sur les pieds au tribunal.

– J'espère qu'on ne me considère pas comme quelqu'un de dur.

– Ce n'était pas une critique. Je voulais dire que tu as l'air en pleine forme. (Il jeta un regard circulaire à la

31

cuisine.) Et que tu , as l'air de bien te débrouiller. Heureuse ?

— J'aime bien la Virginie, répondis-je en détournant les yeux. Il n'y a que les hivers qui ne me plaisent pas, mais je suppose que c'est bien pire pour toi. Comment fais-tu pour supporter six mois de froid à Chicago ?

— En toute franchise, je ne m'y suis jamais habitué. Tu détesterais ça. Une fleur de serre de Miami comme toi ne le supporterait pas un mois. (Il but une gorgée.) Tu ne t'es pas mariée.

— Je l'ai été.

— Ah... (Il fronça les sourcils en essayant de se souvenir.) Tony quelque chose... Je me souviens que tu voyais un certain Tony... Benedetti, c'est ça ? En fin de troisième année.

J'étais très étonnée que Mark l'ait remarqué, plus encore qu'il s'en souvienne.

— Nous sommes divorcés depuis longtemps, dis-je.

— Je suis navré, dit-il à mi-voix. (Je tendis la main vers mon verre.) Tu vois quelqu'un ?

— Pas pour le moment.

Mark ne riait plus aussi souvent qu'autrefois.

— J'ai failli me marier il y a un an ou deux, m'apprit-il. Mais ça n'a pas marché. Peut-être serait-il plus honnête de dire que j'ai paniqué à la dernière minute.

J'avais du mal à croire qu'il ne s'était jamais marié. Il dut lire une nouvelle fois dans mes pensées.

— C'était après la mort de Janet, précisa-t-il. J'ai été marié, en fait.

— Janet ?

Il recommença à faire tourner les glaçons dans son verre.

— Je l'avais connue à Pittsburgh, après avoir quitté Georgetown. Elle était avocate fiscale dans la boîte où je travaillais.

Je l'observai avec attention, déroutée par ce que je découvrais. Mark avait changé. L'intensité qu'il dégageait, et qui m'avait attirée vers lui, n'était plus la même. Je n'arrivais pas à savoir ce que c'était, mais il y avait à présent quelque chose de plus sombre en lui.

— Un accident de voiture, expliqua-t-il. Un samedi soir. Elle était allée chercher du pop-corn. On avait décidé de veiller pour voir un film à la télé. Un chauffard ivre a déboîté devant elle. Il n'avait même pas allumé ses phares.

– Seigneur... Je suis désolée, Mark. C'est horrible.

– C'était il y a huit ans.

– Pas d'enfant ? demandai-je.

Il secoua la tête. Nous demeurâmes silencieux.

– On va ouvrir un cabinet à Washington, reprit-il au bout d'un moment.

Je restai muette.

– Il est possible que je doive m'installer à Washington. La boîte s'agrandit à vue d'œil. Nous avons plus d'une centaine d'avocats, à New York, à Atlanta, à Houston.

– Quand est prévu le déménagement ? demandai-je d'une voix calme.

– Ça pourrait se faire pour le 1er janvier.

– Et ça ne te fait rien de quitter Chicago ?

– J'en ai par-dessus la tête de cette ville, Kay. Il faut que je bouge. Je voulais te le dire. C'est pour ça que je suis venu, enfin, disons que c'est la raison essentielle. Je ne voulais pas venir travailler à Washington et te tomber dessus par hasard. Je vais m'installer dans le nord de la Virginie. Je sais que tu as un bureau là-bas. Il est probable que nous nous serions rencontrés un jour ou l'autre, au cinéma ou au restaurant. Je ne voulais pas que ça se passe comme ça.

Je m'imaginai au Kennedy Center, apercevant Mark trois rangées devant moi, chuchotant à l'oreille de la jolie fille qui l'accompagnait. Je me souvins de la douleur que j'avais éprouvée autrefois, une douleur presque physique. A cette époque il était le seul qui comptait pour moi. Peu à peu, j'avais senti qu'il n'en allait pas de même pour lui. Jusqu'à ce que j'en aie la certitude.

– C'est là la raison *essentielle* pour laquelle je suis venu, répéta-t-il du ton de l'avocat qui entame sa plaidoirie. Mais je voulais te parler d'autre chose. Quelque chose qui n'a rien à voir avec nous deux.

Je demeurai silencieuse.

– Il y a quelques jours, reprit-il, une femme a été assassinée à Richmond. Beryl Madison...

La stupéfaction qui se peignit sur mon visage l'interrompit un instant.

– Berger, mon patron, me l'a appris quand il m'a appelé à mon hôtel à Washington hier. Je voulais t'en parler...

– En quoi cela te concerne-t-il? demandai-je. Tu la connaissais?

– Vaguement. Je l'ai rencontrée une fois à New York, l'hiver dernier. Notre cabinet new-yorkais s'occupe de problèmes artistiques, de droits d'auteur et autres. Beryl avait des problèmes d'éditeur, un désaccord sur un contrat, et elle s'est adressée à Orndorff & Berger pour régler le différend. Il se trouve que j'étais à New York le jour où elle a rencontré Sparacino, l'avocat qui s'est chargé de son dossier. Sparacino m'a invité à déjeuner avec eux à *l'Algonquin*.

– Si tu penses que ce différend a le moindre rapport avec son assassinat, c'est à la police qu'il faut parler, pas à moi, dis-je avec une pointe d'agacement.

– Kay, répliqua-t-il. Même mes collègues ne savent pas que je t'en parle, d'accord? Ce n'est pas pour ça que Berger m'a appelé hier, tu comprends? Il a juste mentionné le meurtre de Beryl Madison en passant, pour me dire de voir ce que je pourrais glaner à ce sujet dans les journaux du coin, c'est tout.

– Je vois. Et toi tu t'es dit que tu pourrais sans doute glaner quelques renseignements chez ton ex...

Je sentis mon cou s'empourprer. Ex *quoi*?

– Pas du tout, dit-il en détournant le regard. Je pensais à toi depuis un moment. J'avais décidé de t'appeler avant le coup de fil de Berger, avant même qu'il ne parle de Beryl. Ça faisait deux soirs que j'avais demandé ton numéro aux Renseignements, sans me décider à t'appeler. Peut-être que je ne l'aurais pas fait si Berger ne m'avait pas parlé de ce meurtre. Beryl m'a peut-être servi d'alibi, je te l'accorde. Mais pas au sens où tu le crois...

Je ne l'écoutais plus. J'étais atterrée de constater à quel point j'avais envie de le croire.

– Si ta boîte s'intéresse au meurtre de Beryl, dis-moi en quoi. Précisément.

Il réfléchit quelques instants.

– Notre intérêt n'est pas motivé avant tout par des motifs professionnels. C'est plus personnel, nous avons tous été choqués par la mort de Beryl. Je peux te dire aussi qu'elle était embringuée dans une affaire très compliquée, et qu'elle se faisait royalement baiser à cause du contrat qu'elle avait signé. Une affaire dans laquelle Cary Harper était impliqué.

– Le romancier ? fis-je d'un air ébahi. C'est de lui dont tu parles ?

– Comme tu le sais peut-être, dit Mark, il est installé pas très loin d'ici, dans une plantation du XVIII$^e$ du nom de Cutler Grove. C'est au bord de la James, à Williamsburg.

J'essayai de me souvenir ce que j'avais lu sur Harper, dont l'unique roman avait reçu le prix Pulitzer une vingtaine d'années auparavant. Il était célèbre pour vivre reclus en compagnie de sa sœur. Ou bien d'une tante ? Les spéculations allaient bon train concernant la vie privée de Harper, et plus il s'obstinait à refuser les interviews et à chasser les journalistes, plus elles s'amplifiaient.

J'allumai une cigarette.

– J'espérais que tu avais arrêté, dit-il.

– Il faudrait me lobotomiser.

– Voilà le peu que je sais : Beryl a eu un lien avec Harper dans son adolescence. Elle a même vécu pendant un temps chez lui, avec sa sœur. Beryl, jeune écrivain prometteur, était la fille idéale que Harper aurait voulu avoir. Sa protégée. C'est grâce à lui qu'elle a pu faire publier son premier roman, à vingt-deux ans à peine. Une œuvre romantique, parue sous le pseudonyme de Stratton. Harper avait même accepté d'écrire quelques lignes pour la jaquette. Beaucoup de gens s'en étonnèrent. Le livre avait un intérêt plus commercial que littéraire, et c'était la première fois depuis des années que Harper ouvrait la bouche.

– Qu'est-ce que tout ça a à voir avec le différend au sujet du contrat ?

Mark grimaça un sourire.

– Notre jeune amie l'a peut-être pris pour une poire, mais Harper est un vieux renard. Avant de l'aider à sortir son bouquin, il a obligé Beryl à signer un papier lui interdisant d'écrire un seul mot le concernant directement ou indirectement tant que lui et sa sœur seraient en vie. Or Harper a dans les cinquante-cinq ans, et sa sœur moins de soixante. En fait, le document liait Beryl pour sa vie entière, puisqu'il l'empêchait d'écrire ses Mémoires. Comment aurait-elle pu raconter sa vie sans mentionner Harper?

– Elle aurait pu, observai-je, mais sans Harper, le livre ne se serait pas vendu.

– Exactement.

– Pourquoi utilisait-elle des pseudonymes? Etait-ce une des clauses du contrat avec Harper?

– A mon avis, oui. Je pense qu'il voulait que Beryl reste son secret. Il lui procurait un succès littéraire, mais entendait la tenir éloignée du monde. Le nom de Beryl Madison n'est pas connu, même si ses livres se sont assez bien vendus.

– Dois-je en conclure qu'elle était sur le point de violer l'accord avec Harper, et que c'est pour cette raison qu'elle avait pris contact avec Orndorff & Berger?

Il but une nouvelle gorgée.

– Je te rappelle qu'elle n'était pas ma cliente. Je ne connais donc pas tous les détails. Il semble qu'elle en avait marre d'écrire des romans commerciaux et voulait publier une œuvre plus personnelle. La suite, tu la connais sans doute déjà. On avait l'impression qu'elle avait des problèmes, que quelqu'un la menaçait, la persécutait...

– Quand as-tu eu cette impression?

– L'hiver dernier, à l'époque où j'ai déjeuné avec elle. Ça devait être vers la fin février.

– Continue, dis-je intriguée.

– Elle n'avait aucune idée de qui la menaçait. Et j'ignore si cette persécution avait commencé avant qu'elle décide d'écrire ce qu'elle avait en tête ou après.

– Espérait-elle pouvoir violer impunément son contrat avec Harper?

– Je ne pense pas qu'elle s'en serait tirée comme ça, répondit Mark. Mais Sparacino avait adopté comme stratégie d'informer Harper qu'il avait le choix. Soit il coopérait, et le produit final serait inoffensif, dans la mesure où l'on concédait à Harper un certain droit de regard. Soit alors il s'entêtait à tout refuser en bloc, et Sparacino menaçait de communiquer les bonnes feuilles à la presse et à la télé. Harper était coincé. Bien sûr, il pouvait attaquer Beryl, mais elle n'avait pas beaucoup d'argent, et ce qu'il aurait pu lui soutirer n'était rien en comparaison de sa propre fortune. Et puis un procès aurait fait grimper en flèche les ventes du livre. Dans tous les cas, Harper était perdant.

– Il n'aurait pas pu faire stopper l'impression du livre par décision de justice?

– Là aussi ça faisait de la publicité pour le bouquin. Et faire arrêter les rotatives lui aurait coûté des millions de dollars.

– Aujourd'hui elle est morte, dis-je en regardant ma cigarette se consumer dans le cendrier. Je suppose que son livre est resté inachevé. Harper n'a plus d'inquiétude à avoir. Est-ce à ça que tu veux en venir, Mark? Tu penses que Harper est impliqué dans son assassinat?

– Je voulais juste te dire ce que je savais.

Il me lança un regard impénétrable.

– Qu'en penses-tu? demanda-t-il.

Je ne lui dis pas ce que je pensais vraiment, à savoir que je trouvais très étrange qu'il me raconte tout ça. Peu importait que Beryl ne soit pas sa cliente. Il connaissait très bien la déontologie juridique, pour laquelle tout ce que connaît un avocat d'un cabinet est réputé être connu des autres membres du cabinet. Il était à un cheveu de la faute professionnelle, ce qui, chez le si scrupuleux Mark James, m'étonnait autant que s'il s'était présenté chez moi porteur d'un tatouage.

– Je crois que tu ferais mieux d'en parler au lieutenant Marino, dis-je. C'est lui qui est chargé de l'enquête. Sinon c'est moi qui le mettrai au courant. Dans les deux cas, il contactera ton cabinet pour avoir des précisions.

– Je n'y vois aucune objection.

Le silence retomba pendant quelques instants.

– Comment était-elle? finis-je par demander après m'être éclairci la gorge.

– Comme je te l'ai dit, je ne l'ai vue qu'une fois. Mais il est difficile de l'oublier. Dynamique, astucieuse, très jolie, habillée tout en blanc. Mais elle m'a paru distante, pleine de secrets. Il semblait y avoir en elle des profondeurs insondables. Et puis elle buvait beaucoup, en tout cas pendant ce déjeuner, elle a beaucoup bu – trois cocktails, ce qui m'a semblé excessif. Mais peut-être que ce n'était pas dans ses habitudes. Elle paraissait nerveuse, agitée, tendue. La raison pour laquelle elle était venue voir Orndorff & Berger était très délicate. Toute cette histoire avec Harper devait la miner.

– Qu'a-t-elle bu?

– Pardon?

– Les trois cocktails. Qu'est-ce que c'était?

Il fronça les sourcils en tournant la tête.

– J'en sais rien, Kay. Quelle importance?

– Ça pourrait en avoir une, fis-je en me souvenant du bar de Beryl. A-t-elle parlé des menaces qu'elle avait reçues? En ta présence, je veux dire?

– Oui. Sparacino aussi en a parlé. Tout ce que je sais, c'est qu'elle recevait depuis quelque temps des coups de téléphone très particuliers. Toujours la même voix, qu'elle disait ne pas connaître. Elle a mentionné d'autres choses. Je ne me souviens pas des détails, ça remonte à longtemps.

– Est-ce qu'elle notait tous ces faits? demandai-je.

– Je ne sais pas.

– Tu dis qu'elle n'avait aucune idée de qui faisait ça et pourquoi?

– C'est en tout cas l'impression qu'elle donnait.

Il recula sa chaise. Il était presque minuit.

Alors que je le raccompagnais à la porte, une idée me vint soudain à l'esprit.

– Sparacino, dis-je. Quel est son prénom?

– Robert.

– Il ne signe jamais de la lettre M, par hasard?

– Non, répondit-il en me regardant d'un air intrigué.

Bref silence embarrassé.

– Sois prudent.

– Bonne nuit, Kay, dit-il d'un air hésitant.

Peut-être était-ce un effet de mon imagination, mais pendant un instant je crus qu'il allait m'embrasser. Il descendit rapidement les quelques marches du seuil et j'avais déjà refermé la porte quand j'entendis s'éloigner sa voiture.

Le lendemain matin, je n'eus pas une minute à moi. Au cours de notre réunion quotidienne, Fielding nous informa que nous avions cinq corps à autopsier, dont un « flottant », c'est-à-dire repêché après un séjour prolongé dans le fleuve. Perspective qui, à chaque fois, déprimait toute l'équipe. De Richmond nous étaient parvenues les victimes des deux dernières fusillades en date. J'eus le temps de terminer un des deux corps avant de courir au John Marshall Court House, où je devais déposer pour un autre meurtre par balles, et ensuite au Medical College, où je déjeunai avec un de mes stagiaires. Pendant tout ce temps, je m'efforçais d'oublier la visite de Mark, mais plus j'insistais, plus j'y repensais. C'était un garçon prudent. Réfléchi. Pas du tout le genre à me recontacter sans raison après plus de dix ans de silence.

De guerre lasse, j'appelai Marino en début d'après-midi.

— J'allais justement vous appeler, fit-il aussitôt. J'allais partir. Vous pouvez être au bureau de Benton dans une heure, une heure et demie ?

— De quoi s'agit-il ?

Je n'avais même pas eu le temps de lui dire pourquoi je l'avais appelé.

— J'ai eu les rapports sur Beryl, dit-il. J'ai pensé que vous aimeriez les voir.

Sur ce, comme à son habitude, il raccrocha sans dire au revoir.

A l'heure dite, je pris East Grace Street et, à distance raisonnable de ma destination, trouvai une place et m'y garai. Du haut de ses dix étages ultra-modernes, l'immeuble où j'entrai dominait tel un phare une pauvre flottille de brocantes qui se faisaient passer pour des magasins d'antiquités et de petits restaurants qui n'avaient d'exotique que le nom. Des paumés en tout genre erraient le long des trottoirs défoncés.

Je déclinai mon identité au gardien en faction dans l'entrée, pris l'ascenseur jusqu'au cinquième étage et, au bout d'un couloir, m'arrêtai devant une porte anonyme. L'adresse du bureau local du FBI était l'un des secrets les mieux gardés de la ville. Son existence même était aussi discrète que les agents qui l'animaient. Un jeune homme assis derrière un comptoir parlait au téléphone. Il posa sa paume sur le combiné et leva vers moi un regard interrogateur. Je lui exposai la raison de ma venue et il m'invita à m'asseoir.

La réception, exiguë, était de style résolument masculin : mobilier garni de cuir bleu marine, table basse encombrée de magazines sportifs. Sur les murs lambrissés s'alignaient la patibulaire galerie de portraits des anciens directeurs du FBI, les citations récoltées par le Bureau et une plaque de cuivre portant les noms des agents morts en opérations. Par la porte de communication allaient et venaient, sans un regard dans ma direction, de grands types en costume sombre et lunettes noires.

Benton Wesley pouvait à l'occasion se montrer d'une raideur tout aussi prussienne que ses collègues, mais il avait réussi à conquérir mon respect. Sous sa carapace d'agent fédéral vivait un homme qui valait la peine d'être connu. Même assis derrière son bureau, il dégageait vivacité et énergie. Comme d'habitude, il était d'une sobre élégance, avec son pantalon sombre et sa chemise d'un blanc immaculé. Sa cravate, étroite comme le voulait la mode, était impeccablement nouée, et l'étui de cuir tressé fixé à sa ceinture paraissait languir après son .38, qu'il ne portait que lorsqu'il sortait. Je n'avais pas vu Wesley depuis longtemps, mais il n'avait pas changé. Toujours en pleine forme, doté du même charme viril, seul chez lui le gris argenté précoce de ses cheveux m'étonnait.

– Désolé de vous avoir fait attendre, Kay, dit-il en souriant.

Sa poignée de main était ferme et dénuée de machisme, au contraire de certains flics et avocats de ma connaissance qui manquent à chaque fois de me broyer les doigts.

– Marino est là, ajouta-t-il. Il fallait que je règle une ou deux choses avec lui avant de vous voir.

Il m'ouvrit la porte et nous longeâmes un couloir désert. Il m'invita à entrer dans son bureau et alla chercher du café.

– L'ordinateur a fini par nous donner ce qu'on voulait hier soir, m'annonça Marino.

Installé dans un fauteuil, il examinait un 357 flambant neuf.

– L'ordinateur? Quel ordinateur?

Je n'avais quand même pas oublié mes cigarettes? Ouf, elles étaient au fond de mon sac.

– Au QG. Il arrête pas de tomber en panne. Mais j'ai fini par récupérer un exemplaire des plaintes. Intéressant. Du moins je crois.

– Les plaintes déposées par Beryl?

– Exact. (Il reposa le revolver sur le bureau de Wesley en ajoutant :) Joli bijou. Ce salaud l'a gagné à la tombola de la conférence des chefs de police de Tampa, la semaine dernière. J'suis jamais arrivé à gagner trois dollars dans une loterie.

Je ne l'écoutais plus. Le bureau de Wesley était encombré de notifications d'appels téléphoniques, de rapports, de vidéocassettes et d'épaisses enveloppes bulles renfermant, supposai-je, des clichés ou des pièces à conviction que lui avaient adressés différents services de police aux fins d'examen. Une collection d'armes hétéroclites – sabre, coup de poing, pistolet artisanal, lance africaine – s'alignait sur les étagères d'une vitrine courant le long d'un mur. C'étaient les trophées de chasse de Wesley, les cadeaux de ses protégés reconnaissants. Une vieille photo montrait William Webster serrant la main de Wesley à Quantico, devant un hélicoptère des Marines. Rien ne permettait de penser que Wesley avait une femme et trois enfants. Comme la plupart des policiers, les agents du FBI cachent jalousement leur vie privée au monde extérieur, surtout quand ils ont côtoyé l'horreur. Wesley était profileur de suspects. Il savait ce qu'on ressent quand, après avoir étudié les photos d'hallucinantes boucheries, on se retrouve face à face avec un Charles Manson ou un Ted Bundy dans sa cellule.

Wesley revint avec deux gobelets de café pour Marino et moi. Il savait que j'aimais le café noir et que j'avais besoin d'un cendrier à portée de main.

Marino tripota les rapports posés sur ses genoux.

– Je précise d'abord, dit-il, qu'on n'en a retrouvé que

trois. Le premier date du lundi 11 mars à 9 h 30. Beryl Madison avait appelé le 911 la veille au soir pour demander qu'un agent passe chez elle. Elle voulait déposer plainte. Son appel n'a pas été classé prioritaire parce qu'on était débordés. L'agent ne s'est présenté que le lendemain matin. C'est un certain Jim Reed, qui est chez nous depuis environ cinq ans.

Marino leva les yeux vers moi. Je secouai la tête : je ne connaissais pas Reed. Il entreprit de nous résumer le rapport.

– D'après Reed, la plaignante, Beryl Madison, très agitée, lui a déclaré avoir reçu un coup de téléphone anonyme la veille au soir, dimanche donc, à 20 h 15. L'homme, apparemment blanc d'après sa voix, lui aurait déclaré : « Je suis sûr que je te manque, Beryl. Mais ne t'inquiète pas, je veille sur toi, même si tu ne me vois pas. Moi, je te vois. Inutile de fuir, je te retrouverai. » La plaignante a ajouté qu'il avait précisé l'avoir vue acheter un journal devant un Seven-Eleven le matin même. Il a décrit la façon dont elle était habillée : « avec un survêtement rouge et pas de soutien-gorge ». Miss Madison a confirmé s'être rendue au Seven-Eleven de Rosemount Avenue vers 10 heures dimanche matin, vêtue de la façon décrite. Elle s'est garée devant le magasin et a acheté le *Washington Post* à un distributeur. Elle n'est pas entrée dans le magasin et n'a remarqué personne aux alentours. Inquiète de constater que son interlocuteur connaissait ces détails, elle en a déduit qu'il l'avait suivie. A la question de savoir si elle avait remarqué qu'on la suivait au cours des jours passés, elle a répondu que non.

Marino tourna la page et en arriva à la partie confidentielle du rapport.

– Reed dit que miss Madison a montré de fortes réticences à divulguer le détail des menaces proférées par son interlocuteur. Pressée de questions, elle a fini par déclarer que l'inconnu était devenu « obscène », disant que l'imaginer nue lui donnait envie de la « tuer ». A ce moment, miss Madison déclare avoir raccroché.

Marino posa la photocopie du rapport sur le bord du bureau.

– Que lui a conseillé Reed ? demandai-je.

– Comme d'habitude, répondit Marino. A chaque nouveau coup de fil, noter l'heure, la date et le contenu de l'appel. Verrouiller portes et fenêtres, envisager l'installation d'un système d'alarme. Relever le numéro des véhicules suspects et les communiquer à la police.

Je me souvins de ce que m'avait dit Mark quand il m'avait raconté son déjeuner avec Beryl au mois de février.

– A-t-elle précisé si le coup de téléphone du 10 mars était le premier qu'elle recevait?

– Il semble que non, me répondit Wesley en récupérant le rapport. D'après Reed elle recevait des coups de téléphone depuis le 1er janvier, mais c'était la première fois qu'elle avertissait la police. Il semble que les autres étaient moins précis que celui du 10 mars.

– Avait-elle la certitude que c'était le même homme? demandai-je à Marino.

– Elle a dit à Reed que c'était la même voix, répondit-il. Celle d'un Blanc, avec un ton mielleux et une bonne articulation. Une voix qu'elle ne connaissait pas – en tout cas c'est ce qu'elle a dit.

Se saisissant du deuxième rapport, Marino reprit son résumé.

– Beryl a rappelé Reed sur son bip un mardi soir à 19 h 18 en lui disant qu'il fallait qu'elle le voie. Il est arrivé chez elle peu après 20 heures. Elle était là encore dans un état de grande agitation, et lui a déclaré qu'elle l'avait fait venir parce qu'elle venait de recevoir un nouveau coup de fil de l'inconnu. D'après elle, c'était la même voix, le même individu que les fois précédentes. Le contenu de l'appel était semblable à celui du 10 mars.

Marino se mit à lire le texte du rapport.

– « Je sais que je te manque, Beryl. Tu seras bientôt à moi. Je sais où tu habites, je connais toutes tes habitudes. Tu peux te sauver, tu ne m'échapperas pas. » Il a ajouté qu'il savait que Beryl avait une nouvelle voiture, une Honda noire, dont il avait cassé l'antenne la nuit précédente, alors qu'elle était garée devant la maison. La plaignante a confirmé qu'elle avait laissé sa voiture dehors la veille, et que quand elle l'avait reprise ce matin-là, elle avait constaté que l'antenne était cassée.

Elle était toujours fixée à la voiture, mais tellement tordue qu'elle ne fonctionnait plus. Reed est sorti pour vérifier, et il confirme les dires de la plaignante.

– Qu'a-t-il fait? demandai-je.

Marino tourna une page.

– Il lui a conseillé de ranger sa voiture au garage. Elle lui a dit qu'elle se servait jamais du garage parce qu'elle voulait en faire un bureau. Il lui a alors suggéré de demander à ses voisins de surveiller les véhicules suspects ou les personnes étrangères au quartier qui rôderaient autour de chez elle. Miss Madison lui a aussi demandé si elle devait se procurer une arme.

– C'est tout? fis-je. Et ce calepin qu'il lui avait conseillé de tenir. Est-ce qu'il en reparle?

– Non. Voilà ce qu'il dit dans la partie confidentielle du rapport : « La réaction de la plaignante devant son antenne cassée m'est apparue excessive. Elle est devenue très nerveuse et s'est même montrée grossière. (Marino leva les yeux.) En clair, Reed ne la croyait pas. Il pensait qu'elle avait cassé elle-même l'antenne et qu'elle s'inventait des coups de fil anonymes.

– Seigneur... lâchai-je d'un air dégoûté.

– Hé, vous savez combien d'appels bidon on reçoit tous les jours? Des femmes soi-disant pleines de sang, couvertes de bleus, criant au viol, et qui en réalité se sont blessées elles-mêmes? Y'en a qui ont un grain et qui font tout pour attirer l'attention, vous savez...

Je connaissais parfaitement ces cas de personnes victimes de manies ou de délires qui les poussent à désirer maladies et violences, voire même à se les infliger. Je n'avais pas besoin des leçons de Marino.

– Poursuivons, dis-je. Que s'est-il passé ensuite?

Il posa le deuxième rapport sur le bureau de Wesley et passa au troisième.

– Beryl a rappelé Reed le 1ᵉʳ juin, un samedi, à 11 heures et quart. Il s'est rendu chez la plaignante l'après-midi à 16 heures. Elle était nerveuse et agressive...

– On le serait à moins, remarquai-je. Ça faisait cinq heures qu'elle poireautait.

Marino ignora mon interruption et poursuivit sa lecture.

– Miss Madison déclare à l'agent Reed avoir reçu le matin même à 11 heures un nouvel appel du même individu qui lui aurait dit : « Je te manque toujours, Beryl? Patience, j'arrive, nous serons bientôt réunis. Je suis passé devant chez toi hier soir, mais tu n'étais pas là. Est-ce que tu te teins les cheveux? J'espère bien que non. » A ce moment, miss Madison, qui a les cheveux blonds, a essayé de lui parler. Elle le supplia de la laisser en paix, lui demanda qui il était et pourquoi il la tourmentait. Il a raccroché sans répondre. Elle a confirmé qu'elle s'était absentée la veille, au moment où l'inconnu a dit être passé. Quand Reed lui a demandé où elle était, elle s'est montrée évasive et a simplement dit qu'elle n'était pas en ville.

– Et qu'est-ce que l'agent Reed a fait cette fois-là pour secourir une femme en difficulté? fis-je d'un ton mordant.

Marino me considéra d'un œil inexpressif.

– Il lui a suggéré d'acheter un chien, à quoi elle a répondu qu'elle était allergique aux chiens.

– Kay, intervint Wesley en ouvrant une chemise, vous avez un point de vue rétrospectif sur cette affaire, un point de vue influencé par le crime commis. Reed ne pouvait pas avoir le même point de vue. Essayez de vous mettre à sa place. Il a affaire à une jeune femme qui vit seule et qui devient peu à peu hystérique. Reed fait de son mieux pour la réconforter. Il lui donne même le numéro de son bip. Il répond rapidement à ses appels, en tout cas au début. Mais elle se montre vague quand il lui pose des questions précises. Elle ne lui présente aucune preuve. N'importe quel policier se serait montré sceptique.

– Si ç'avait été moi, renchérit Marino, je sais comment j'aurais réagi. J'aurais pensé que la jeune dame souffrait de la solitude, qu'elle cherchait à attirer l'attention, qu'elle voulait que quelqu'un s'occupe d'elle. Ou alors qu'elle avait été larguée par son mec et qu'elle voulait lui créer des ennuis pour se venger.

– C'est ça! m'exclamai-je à bout de patience. Et même si ç'avait été son mari ou son ami qui l'avait menacée, vous auriez réagi de la même façon. Et Beryl serait quand même morte.

– Peut-être, rétorqua Marino avec agacement. Sauf que si ç'avait été son mari – en admettant qu'elle soit mariée – on aurait au moins un suspect. Le juge lui aurait balancé une injonction de modération.

– Vous savez bien que ces injonctions ne sont que des chiffons de papier, fis-je en grinçant des dents.

Ma colère me faisait perdre tout sang-froid. Chaque année, je devais autopsier le corps d'une demi-douzaine de femmes dont les maris avaient fait l'objet d'une injonction de modération.

Un long silence s'installa.

– Reed n'a jamais eu l'idée de mettre son téléphone sur écoute ? demandai-je enfin à Wesley.

– Ça n'aurait servi à rien, répondit-il. Il est très difficile d'obtenir l'autorisation. Les compagnies de téléphone exigent la preuve qu'il y a des menaces.

– Beryl n'avait pas de preuve ?

Wesley secoua lentement la tête.

– Pas assez d'appels, Kay. Il en aurait fallu plus. Beaucoup plus. Il aurait fallu que Beryl démontre la fréquence, la régularité des appels. Sans un dossier solide, inutile d'espérer une autorisation d'écoute.

– Beryl recevait seulement un ou deux appels par mois. Et elle notait rien dans le foutu calepin que Reed lui avait conseillé de tenir. En tout cas on n'a rien retrouvé. On dirait qu'elle a même jamais enregistré la voix du type.

– Bon sang de bon sang, marmonnai-je. Un inconnu menace de vous tuer, et il faudrait un décret du Congrès pour qu'on s'en occupe.

Wesley garda le silence.

– C'est pareil que dans votre rayon, Doc, fit Marino avec un petit ricanement. La médecine préventive, ça existe pas. On n'est rien de plus qu'une équipe de nettoyage. On peut rien faire avant d'avoir une preuve solide. C'est-à-dire un cadavre.

– Le comportement de Beryl était une preuve à lui tout seul, non ? fis-je. Regardez ces rapports. Beryl a suivi tous les conseils de l'officier Reed. Il lui a dit de faire installer un système d'alarme, elle l'a fait. Il lui a dit de ranger sa voiture au garage, elle a suivi son conseil, alors qu'elle avait l'intention de le transformer en bureau. Elle lui a demandé si elle devait acheter une arme, elle a acheté une arme. Chaque fois qu'elle a appelé Reed, c'est parce que le tueur venait de la menacer. Elle prévenait la police aussitôt.

Wesley étala sur le bureau les photocopies des lettres envoyées par Beryl depuis Key West, un plan des lieux du crime avec le rapport de découverte du corps, une série de polaroïds représentant le jardin, l'intérieur de la maison et, enfin, le cadavre de Beryl dans la chambre du haut. Wesley étudia le tout en silence, le visage dur. Son silence était éloquent. Il nous signifiait qu'il était temps de passer à l'action. Peu importait ce qu'avait ou n'avait pas fait la police. Une seule chose comptait : mettre la main sur le coupable.

— Ce qui me turlupine, dit Wesley, c'est l'incohérence du *modus operandi*. Les menaces que Beryl a reçues indiquent une mentalité de psychopathe. Voilà quelqu'un qui a guetté, suivi et menacé Beryl pendant des mois, sans jamais l'aborder ni lui parler face à face. Quelqu'un qui trouvait son plaisir dans le fantasme, c'est-à-dire dans la phase antérieure à l'acte. Il a fait durer cette phase le plus longtemps possible, et s'il a décidé d'y mettre un terme, c'est peut-être parce que Beryl l'avait frustré en quittant la ville. Il redoutait peut-être qu'elle ne déménage pour de bon. C'est pourquoi il l'a tuée dès son retour.

— Sûr qu'elle lui avait fait un sacré effet, remarqua Marino.

Wesley garda les yeux fixés sur les photos.

— Ce qui me paraît incohérent, c'est la fureur dont il a fait preuve, reprit-il. Comme s'il en voulait personnellement à Beryl. Il s'est acharné sur son visage. (Il tapota une des photos du bout de son index.) Or le visage, c'est la personne en tant que telle. D'habitude, dans les crimes sadiques, le tueur ne touche pas au visage. Parce que la victime est dépersonnalisée, c'est juste un symbole, un corps anonyme et interchangeable. Les zones qu'il mutile, s'il donne dans la mutilation, sont les seins, les organes génitaux... (Il se tut un instant, perplexe.) Or on remarque des éléments très personnalisés dans le meurtre de Beryl. La lacération du visage, l'acharnement, le nombre de coups portés sembleraient indiquer qu'elle connaissait personnellement son assassin. Or la suivre dans la rue, l'épier à distance ne colle pas avec ce portrait. Ce comportement pencherait plutôt dans le sens d'un individu qui lui était étranger.

Marino s'était remis à tripatouiller le 357 de Wesley.

– Vous voulez que j' vous dise ? fit-il en faisant tourner le barillet. Je pense que ce salopard se prend pour Dieu. C'est le genre de type qui vous touche pas tant qu'on joue suivant ses règles. Or Beryl a triché en quittant la ville et en plantant un écriteau A VENDRE sur sa pelouse. Et là, Dieu rigole plus. Tu violes les règles, tu dois payer.

– Comment le voyez-vous ? demandai-je à Wesley.

– Blanc, entre vingt-cinq et trente-cinq ans. Intelligent, venant d'une famille désunie qui l'a privé d'image paternelle. Il a peut-être été violé dans son enfance, physiquement, psychologiquement ou les deux. C'est un solitaire, même si ça ne veut pas dire qu'il vive seul. Il peut très bien être marié, parce qu'il sait donner une fausse image de lui-même. Il mène une double vie, avec d'une part son image publique, et d'autre part son jardin secret, ténébreux. C'est un obsédé compulsif et un voyeur.

– Hé, hé, fit Marino avec un petit sourire. Ça correspond à la moitié des types avec qui je travaille.

Wesley haussa les épaules.

– Je me trompe peut-être, Pete, dit-il. Je n'ai pas encore tout étudié en détail. Ça pourrait être un paumé qui vit chez sa mère, avec un casier judiciaire ou psychiatrique. Ou alors il travaille depuis des années dans une banque, sans aucun antécédent. Vous remarquerez qu'en général il appelait Beryl le soir. La seule fois où il l'a appelée pendant la journée, c'était un samedi. Beryl travaillait chez elle, elle était presque toujours à la maison. Il appelait donc quand il le pouvait, et non quand il était sûr de la trouver. J'ai tendance à penser qu'il avait un boulot régulier et qu'il avait ses week-ends.

– Sauf s'il l'appelait de sa boîte, remarqua Marino.

– C'est une possibilité, concéda Wesley.

– Pour en revenir à son âge, dis-je. Vous ne pensez pas qu'il puisse être plus âgé que ce que vous dites ?

– Ce serait inhabituel, répondit Wesley. Mais tout est possible.

Je bus quelques gorgées de café tiède et leur relatai ce que Mark m'avait raconté au sujet du contrat de Beryl et de sa mystérieuse relation avec Cary Harper. Quand j'eus terminé mon récit, Marino et Wesley me considéraient d'un regard intrigué. D'abord parce que cette visite impromptue et tardive d'un avocat de Chicago leur paraissait bizarre, mais aussi parce que mes informations éclairaient l'affaire d'un jour nouveau. Il n'était sans doute pas venu à l'idée de Marino ni de Wesley, pas plus qu'à moi jusqu'à la veille au soir, qu'il pouvait y avoir une raison logique au meurtre de Beryl. Le trait commun à la plupart des meurtres sexuels est justement l'absence de mobile.

– J'ai un pote dans la police de Williamsburg, déclara Marino. D'après lui Harper est un drôle de coco. Il vit en ermite, se balade dans une vieille Rolls-Royce et ne parle à personne. Il habite une grande baraque près du fleuve, où personne sait ce qui se passe. Et c'est un *vieux* type, Doc.

– Pas si vieux, dis-je. Il n'a pas soixante ans. Mais c'est vrai qu'il mène une vie très discrète. On m'a dit qu'il vivait avec sa sœur.

– Tout ça me paraît un peu fumeux, mais voyez où ça mène, Pete, dit Wesley. Tâchez au moins de savoir si Harper connaît ce « M » à qui Beryl écrivait. Il est clair qu'il s'agit de quelqu'un qu'elle connaissait bien, un amant, une amie. Il y a bien quelqu'un qui doit être au courant. Quand on le saura, on y verra plus clair.

Marino n'était pas d'accord.

– Vu le personnage, dit-il, Harper voudra jamais me parler, et je n'ai aucune raison valable pour l'obliger à témoigner. Je pense pas non plus qu'il ait tué Beryl, même s'il avait un mobile. Il l'aurait supprimée tout de suite. Pourquoi attendre six mois ? Et puis elle aurait reconnu sa voix si c'était lui.

– Harper a pu engager quelqu'un, dit Wesley.

– Exact. Dans ce cas on l'aurait retrouvée une semaine après avec un trou bien propre dans la nuque, rétorqua Marino. Vous trouverez pas beaucoup de tueurs à gages qui téléphonent six mois avant à leurs victimes et les charcutent au couteau avant de les violer.

– C'est vrai, fit Wesley. Mais nous n'avons pas encore la certitude qu'il y a eu viol. On n'a pas retrouvé de liquide séminal. (Il leva les yeux vers moi. Je confirmai d'un hochement de tête.) Le type a peut-être des problèmes de ce côté-là. N'oublions pas non plus qu'il peut s'agir d'une mise en scène. On a pu mettre le cadavre dans cette position pour faire croire qu'il y a eu viol. Tout dépend du genre de type qui a été engagé, si c'est le cas, et de l'effet recherché. Par exemple, si Beryl se fait descendre alors qu'elle est en procès avec Harper, celui-ci se retrouve suspect numéro un aux yeux des flics. Alors que si le meurtre semble l'œuvre d'un sadique, personne ne va penser à Harper.

Marino, qui fixait d'un regard vide une petite bibliothèque vitrée, tourna sa grosse tête vers moi.

– Que savez-vous sur le bouquin qu'elle écrivait?

– Pas plus que ce que je vous en ai dit, répondis-je. C'était un ouvrage autobiographique qui risquait de porter atteinte à la réputation de Harper.

– C'est là-dessus qu'elle travaillait à Key West?

– Je suppose.

– Eh bien, désolé de vous décevoir, fit-il après un instant d'hésitation, mais on n'a rien trouvé de ce genre chez elle.

Même Wesley eut l'air surpris.

– Et le manuscrit retrouvé dans sa chambre?

– Oh, ça... fit Marino en sortant son paquet de cigarettes. J'y ai jeté un coup d'œil. Un truc à l'eau de rose sur la guerre de Sécession. Rien à voir avec le bouquin dont parle la toubib.

– Portait-il un titre ou une date?

– Non. On dirait même qu'il manquait pas mal de pages, il avait à peu près ça d'épaisseur, fit Marino en espaçant pouce et index de deux ou trois centimètres. Des notes au crayon dans les marges, et une dizaine de pages manuscrites.

– Il faut examiner tous ses papiers et ses disquettes, dit Wesley, pour voir si son autobiographie n'est pas quelque part. Il nous faut aussi le nom de son agent ou de son éditeur. Peut-être qu'elle a envoyé le manuscrit à quelqu'un avant de quitter Key West. Il est essentiel de savoir si elle est revenue à Richmond avec le manuscrit. Si elle l'avait avec elle et qu'il a disparu, ce serait un élément déterminant.

Wesley jeta un coup d'œil à sa montre et recula sa chaise en se levant.

– J'ai un rendez-vous dans cinq minutes, expliqua-t-il avant de nous raccompagner jusqu'à la réception.

Je ne pus pas me débarrasser de Marino, qui insista pour m'escorter jusqu'à ma voiture.

– Ouvrez l'œil, Doc. (Il était reparti pour un de ces sermons dont il m'abreuvait fréquemment.) Beaucoup de femmes ne font pas assez attention. Quand elles se baladent dans la rue, elles ne regardent même pas si un type les épie. Préparez vos clés avant d'arriver à votre voiture, et avant de monter, vérifiez qu'il y a personne *dessous*, compris? Vous seriez surprise du nombre de femmes qui y pensent pas. Si vous êtes en voiture et que vous vous apercevez qu'on vous suit, qu'est-ce que vous faites?

Je ne pris pas la peine de lui répondre.

– Allez à la première caserne de pompiers que vous connaissez. Pourquoi? Parce qu'il y aura toujours quelqu'un, même à 2 heures du matin la nuit de Noël. C'est le premier endroit où aller.

En attendant de pouvoir traverser, je cherchai mes clés dans mon sac. Relevant la tête, j'aperçus un rectangle blanc coincé sous l'essuie-glace de ma voiture de fonction, de l'autre côté de la rue. Je n'avais donc pas mis assez d'argent pour le ticket? Merde.

– Il y en a partout, poursuivait Marino. Essayez de les repérer en rentrant chez vous ou quand vous faites vos courses.

Je lui balançai un de mes regards les plus torves et traversai en quelques enjambées.

– Hé, dit-il lorsque nous arrivâmes devant ma voiture, prenez pas mal ce que je vous dis, hein? Remerciez plutôt le ciel que je veille sur vous comme un ange gardien.

Le parcmètre était revenu à zéro depuis un quart d'heure. J'arrachai la contravention de sous l'essuie-glace et la fourrai dans sa poche de poitrine.

– Quand vous rentrerez au QG, dis-je, occupez-vous de ça, voulez-vous ?

Il me regarda partir d'un air mauvais.

## 3

Une dizaine de blocs plus loin, je garai ma voiture et glissai mes deux derniers *quarters* dans le parcmètre. Je gardai en permanence un panneau MEDECIN EXPERT sur le tableau de bord, mais les flics de la circulation devaient être aveugles. Quelques mois auparavant, l'un d'eux m'avait flanqué une contredanse alors que je travaillais sur les lieux d'un meurtre où la police m'avait appelée au beau milieu de la journée.

Je gravis à la hâte quelques marches de ciment, poussai une porte vitrée et pénétrai dans la salle principale de la bibliothèque publique. Son ambiance feutrée m'inspirait à chaque fois la même révérence. J'aperçus au milieu de la salle une rangée de lecteurs de microfilms, où je recherchai et notai les titres parus sous les différents pseudonymes de Beryl Madison. Son ouvrage le plus récent, un roman historique ayant pour cadre la guerre de Sécession et publié sous le nom de plume d'Edith Montague, était sorti un an et demi auparavant. Comme Mark me l'avait laissé entendre, il était probablement sans intérêt : au cours des dix dernières années, Beryl avait publié six livres, mais je n'avais entendu parler d'aucun d'entre eux.

Ensuite je procédai à une recherche sur les publications périodiques. Rien. Beryl écrivait des livres. Il semblait qu'elle n'avait rien publié, ni n'avait été interviewée dans aucun magazine. Quelques critiques étaient parues dans le *Times* de Richmond au cours des années précédentes, mais elles mentionnaient les pseudonymes de Beryl, alors que son assassin connaissait sa véritable identité.

Sur l'écran défilèrent des noms au tracé flou : Maberly, Macon, puis enfin Madison. Au mois de novembre précédent, un court article était paru dans le *Times* :

52

## CONFÉRENCE D'ÉCRIVAIN

La romancière Beryl Stratton Madison prononcera une conférence sous le patronage des Daughters of the American Revolution ce mercredi au Jefferson Hotel, à l'angle de Main Street et Adams Street. Protégée du lauréat du prix Pulitzer Cary Harper, miss Madison est surtout connue pour ses romans historiques situés pendant la Révolution américaine et la guerre de Sécession. Son exposé aura pour thème « La légende comme véhicule des faits ».

Après avoir noté cette information, je m'attardai dans les rayons et finis par emprunter plusieurs livres de Beryl. De retour au bureau, je m'absorbai dans des tâches paperassières, résistant à une continuelle envie de décrocher le téléphone. *Ce ne sont pas tes affaires.* Je savais parfaitement où se situait la limite entre ma juridiction et celle de la police.

De l'autre côté du couloir la porte de l'ascenseur s'ouvrit sur un bruyant groupe de gardiens qui se dirigèrent vers leur vestiaire, à quelques portes de mon bureau. Ils arrivaient chaque jour vers 18 h 30. Je ne m'attendais pas à ce que Mrs J. R. McTigue, dont le journal indiquait qu'elle s'occupait des réservations, réponde. Le numéro que j'avais recopié était sans doute celui du siège des DAR (1), qui devait fermer à 17 heures.

Pourtant on décrocha dès la deuxième sonnerie.

— Mrs J. R. McTigue? fis-je après un instant d'hésitation.

— Oui. C'est moi.

Je ne pouvais plus reculer. La seule solution était la franchise.

— Mrs J. R. McTigue, ici le Dr Scarpetta...

— Le docteur *qui*?

— Scarpetta, répétai-je. Je suis le médecin expert chargé d'enquêter sur la mort de ·Beryl Madison...

(1) Les Daughters of the American Revolution sont une organisation féminine très conservatrice.

– Oh! mon Dieu, oui... j'ai lu ça dans le journal. Mon Dieu, mon Dieu... Une si gentille jeune femme. Je n'en croyais pas mes yeux quand j'ai su ce qui...

– J'ai appris qu'elle avait prononcé un discours à la réunion de novembre des Filles de la Révolution, dis-je.

– Oui. Nous avions été ravies qu'elle vienne. Elle n'acceptait pas souvent ce genre d'invitation, voyez-vous.

Mrs J. R. McTigue me parut une très vieille dame et je fus envahie par la désagréable impression d'avoir commis une erreur. C'est alors qu'elle piqua au vif ma curiosité.

– Voyez-vous, Beryl nous a fait une faveur. C'est l'unique raison pour laquelle elle a accepté. Mon mari était un ami de Cary Harper, l'écrivain. Je suis sûre que vous en avez entendu parler. C'est Joe qui a tout arrangé, à vrai dire. Il savait combien ça me ferait plaisir. J'ai toujours adoré les livres de Beryl.

– Où habitez-vous, Mrs J. R. McTigue?

– Aux Gardens.

Chamberlayne Gardens était une maison de retraite située dans le centre-ville. Un endroit qui revenait avec une triste régularité dans ma vie professionnelle. Au cours des quelques années précédentes, j'avais eu à m'occuper de plusieurs décès aux Gardens, comme d'ailleurs dans les autres institutions pour le troisième âge de la ville.

– J'aimerais bavarder avec vous quelques minutes, dis-je. Puis-je passer vous voir? C'est sur mon chemin.

– Ma foi, oui, pourquoi pas. Venez donc. Vous êtes le docteur *comment*?

Je lui répétai mon nom en articulant chaque syllabe.

– J'occupe l'appartement 378. Prenez l'ascenseur, c'est au troisième.

J'en avais déjà appris beaucoup sur Mrs J. R. McTigue rien qu'en sachant où elle vivait. Chamberlayne Gardens était en effet un établissement d'un certain standing, accueillant des personnes capables de régler un loyer élevé pour le petit appartement qui leur était alloué. Pourtant les Gardens n'étaient qu'une cage dorée. Aussi confortables fussent-ils, aucun de ses occupants n'était vraiment heureux d'y vivre.

Construit à la limite ouest du centre-ville, c'était un gratte-ciel en brique qui donnait la déprimante sensation d'hésiter entre l'hôpital et l'hôtel. Je garai ma voiture sur un emplacement réservé aux visiteurs et me dirigeai vers un portique illuminé qui paraissait être l'entrée du bâtiment. La réception était garnie de reproductions de meubles Williamsburg au vernis étincelant, dont plusieurs portaient des arrangements floraux en soie plantés dans de lourds vases de cristal. La moquette rouge était parsemée de tapis orientaux industriels. Un lustre en cuivre pendait du plafond. Dans un coin, un vieillard, les yeux dans le vague sous le rebord d'une casquette anglaise en tweed, était assis sur un canapé, sa canne à côté de lui. Une vieille femme traversait la moquette à pas lents, agrippée à un cadre de marche.

Le jeune réceptionniste qui se morfondait derrière un pot de fleurs posé sur le comptoir leva à peine les yeux lorsque je passai devant lui pour aller vers l'ascenseur. Au bout d'un long moment les portes s'ouvrirent, puis, comme il est habituel dans les endroits où les gens ont des difficultés à se mouvoir, mirent une éternité à se refermer. Pendant mon ascension solitaire des trois étages, je fixai sans les voir les papiers scotchés aux parois lambrissées de la cabine, annonçant des visites aux musées ou plantations des environs, les prochains concours de bridge, les horaires des ateliers d'art et d'artisanat, ainsi qu'une annonce du Jewish Community Center demandant des vêtements chauds. Beaucoup d'annonces étaient périmées. Les institutions de retraite, avec leurs noms de cimetière tels que Sunnyland, Sheltering Pines ou Chamberlayne Gardens, me donnaient toujours la chair de poule. Je ne savais pas ce que je ferais quand ma mère ne serait plus capable de vivre seule.

L'appartement de Mrs J. R. McTigue était à mi-chemin du couloir, sur la gauche. Je frappai à la porte. Une femme à la peau fripée m'ouvrit. Ses rares cheveux bouclés avaient jauni comme du vieux papier et des touches de rouge rehaussaient le teint de ses joues. Elle était vêtue d'un cardigan blanc beaucoup trop grand pour elle. Le parfum de son eau de toilette aux plantes se mêlait à une odeur de fromage chaud.

– Je suis Kay Scarpetta, dis-je.

– Oh, c'est si gentil à vous d'être passée, dit-elle en me tapotant la main. Voulez-vous du thé, ou quelque chose de plus costaud ? J'ai tout ce que vous voulez. Moi, je suis au porto.

Tout en parlant, elle m'avait entraînée jusqu'au petit salon et fait prendre place dans un fauteuil à oreillettes. Elle éteignit le téléviseur et alluma une lampe. Le salon était aussi impressionnant qu'un décor pour *Aïda*. Le tapis persan défraîchi disparaissait sous un amoncellement de mobilier en acajou : chaises, tables basses, table à bibelots, étagères débordant de livres, placards d'angle regorgeant de porcelaine de Chine et de verres ciselés. De sombres peintures étaient accrochées presque côte à côte sur les murs, parmi des cordons à glands et des tableaux de cuivre embouti.

Elle revint avec un petit plateau d'argent sur lequel étaient disposés une carafe Waterford emplie de porto, deux verres à pied et une petite assiette garnie des biscuits au fromage qu'elle avait sortis du four. Elle emplit nos deux verres et me tendit l'assiette, ainsi qu'une petite serviette brodée qui paraissait très vieille et fraîchement repassée. Ce rituel prit un certain temps. Puis elle s'installa à un bout du canapé, où l'usure du tissu indiquait qu'elle passait l'essentiel de ses journées, à lire ou regarder la télévision. Elle était heureuse d'avoir de la compagnie, même si la raison n'en était pas très réjouissante. Je me demandai si quelqu'un d'autre venait jamais la voir.

– Comme je vous l'ai dit au téléphone, je suis le médecin expert chargé du dossier de Beryl Madison, commençai-je. Pour l'instant, nous ne savons encore que très peu de choses sur elle et sur les gens qui la connaissaient.

Le visage inexpressif, Mrs J. R. McTigue but une gorgée de porto. J'ai tellement l'habitude d'aller droit au but dans mes rapports avec la police ou les hommes de loi que j'en oublie parfois que les citoyens ordinaires ont droit à quelques ménagements. Son biscuit était excellent. Je le lui dis.

– Je vous remercie, dit-elle en souriant. Servez-vous, je vous en prie. Il y en a d'autres.

Je fis une nouvelle tentative.

– Mrs J. R. McTigue, connaissiez-vous Beryl Madison avant de lui proposer cette conférence l'automne dernier?

– Bien sûr, répondit-elle. Indirectement, je veux dire, par ses livres. J'ai été une de ses premières admiratrices. Les romans historiques sont ma lecture préférée, voyez-vous.

– Comment saviez-vous que c'est elle qui les écrivait? demandai-je. Elle les signait de différents pseudonymes. Aucune jaquette ne mentionne son véritable nom.

Constatation que j'avais faite en parcourant les livres de Beryl empruntés à la bibliothèque.

– C'est exact en effet. Je crois que j'étais une des rares à connaître son identité – grâce à Joe.

– Votre mari?

– Lui et Mr Harper étaient amis, expliqua-t-elle. Enfin, autant qu'on peut être l'ami de Mr Harper. Ils se sont connus professionnellement, c'est comme ça que leur amitié a commencé.

– Quelle profession exerçait votre mari? m'enquis-je en me disant que mon hôte était bien plus vive que je n'avais cru.

– Il était dans le bâtiment. Quand Mr Harper a acheté Cutler Grove, la maison avait besoin de gros travaux de restauration. Joe a passé presque deux années là-bas, à superviser le chantier.

J'aurais pu faire le rapprochement plus tôt. McTigue Contractors et McTigue Lumber Company étaient les deux plus grosses entreprises de construction de Richmond et disposaient de bureaux dans tout le Commonwealth de Virginie.

– C'était il y a plus de quinze ans, poursuivit Mrs McTigue. Et c'est pendant les travaux que Joe a rencontré Beryl. Elle est venue visiter plusieurs fois le chantier en compagnie de Mr Harper, et elle a fini par s'installer dans la maison. Elle était très jeune. (Mrs McTigue se tut quelques instants avant de reprendre.) A l'époque, Joe m'avait raconté que Mr Harper avait adopté une jolie jeune fille qui était écrivain. Je crois qu'elle était orpheline, ou du moins qu'elle avait eu des malheurs avec sa famille.

Elle reposa son verre et traversa la pièce jusqu'au secrétaire, dont elle ouvrit un tiroir. Elle revint avec une enveloppe crème.

– Tenez, dit-elle en me la tendant d'une main tremblante. C'est la seule photo d'eux que j'ai.

A l'intérieur, je découvris, enveloppé d'un épais papier pelucheux, un cliché noir et blanc légèrement surexposé. De part et d'autre d'une adolescente blonde à la beauté délicate se tenaient deux hommes imposants à la peau tannée, vêtus comme des bûcherons. Les trois personnages, debout côte à côte, clignaient des yeux sous un soleil éblouissant.

– Voici Joe, dit Mrs McTigue en désignant l'homme à gauche de Beryl.

Les manches roulées de sa chemise kaki dévoilaient des avant-bras musclés, mais son regard était dissimulé par le rebord d'une casquette International Harester. A la droite de Beryl se tenait un homme de forte carrure et aux cheveux blancs, que Mrs McTigue identifia comme Cary Harper.

– La photo a été prise au bord du fleuve, dit-elle. A l'époque où Joe travaillait là-bas. Mr Harper avait déjà les cheveux blancs. Je suppose que vous savez ce qu'on raconte. Ses cheveux auraient blanchi pendant qu'il écrivait *The Jagged Corner*, alors qu'il avait à peine trente ans.

– La photo a été prise à Cutler Grove?

– Oui, à Cutler Grove, répondit Mrs McTigue.

J'étais fascinée par le visage de Beryl, un visage trop sage et trop intelligent pour quelqu'un de si jeune, avec dans le regard cette vivacité mêlée de tristesse que j'associais aux enfants maltraités et abandonnés.

– Beryl n'était encore qu'une enfant, dit Mrs McTigue.

– Quel âge avait-elle? Seize ans? Dix-sept?

– Oui, ça doit être à peu près ça, répliqua Mrs McTigue en me regardant replier l'épais papier autour de la photo, avant de remettre le tout dans l'enveloppe. Je n'ai découvert cette photo qu'après la mort de Joe. Je suppose que c'est un de ses ouvriers qui l'a prise.

Elle alla ranger l'enveloppe dans le tiroir, revint s'asseoir et ajouta :

– Je pense que l'une des raisons pour lesquelles Joe s'entendait si bien avec Mr Harper, c'est que Joe était d'une discrétion exemplaire. Je suis sûre qu'il m'a tu bien des choses.

Elle eut un petit sourire sans joie et tourna les yeux vers le mur.

– En tout cas, il semble que Mr Harper ait conseillé les livres de Beryl à votre mari, dis-je.

Elle retourna son attention sur moi d'un air surpris.

– A vrai dire, je ne sais même pas si Joe m'a dit comment il avait appris qu'elle avait publié quelque chose, Dr Scarpetta – quel joli nom. C'est espagnol ?

– Italien.

– Ah ! Alors je parie que vous êtes un vrai cordon bleu.

– Disons que j'aime bien faire la cuisine, répondis-je en buvant une gorgée de porto. Vous disiez que Mr Harper avait parlé des livres de Beryl à votre mari ?

– Ah, mon Dieu, c'est vrai... Voyez-vous, c'est curieux que vous me demandiez ça parce que je n'y avais jamais réfléchi. Eh bien... ma foi, Mr Harper lui en a certainement parlé, sinon je ne vois pas comment Joe aurait été au courant. Car il l'était. Quand *Flag of Honor* est sorti, il me l'a offert pour Noël.

Elle se releva et, après avoir examiné plusieurs étagères, sortit un gros volume qu'elle me tendit.

– Il est dédicacé, annonça-t-elle avec fierté.

Je l'ouvris et y découvris la signature un peu emberlificotée d'« Emily Stratton », datée de dix ans plus tôt, en décembre.

– Son premier livre, dis-je.

– Sans doute un des rares qu'elle ait dédicacés, précisa Mrs McTigue avec un sourire ravi. Joe a dû demander à Mr Harper de le faire signer à Beryl pour moi.

– Avez-vous d'autres ouvrages dédicacés ?

– Pas par elle. J'ai acheté tous ses livres et je les ai tous lus, la plupart deux ou trois fois. (Elle eut un instant d'hésitation, puis ajouta en agrandissant les yeux :) Est-ce que ça s'est vraiment passé comme on l'a dit dans les journaux ?

– Oui.

Je mentais par omission. La mort de Beryl avait été bien plus brutale que ce qu'avait rapporté la presse.

Elle prit un biscuit au fromage et parut un moment sur le point de fondre en larmes.

– Parlez-moi de cette conférence de novembre dernier, Mrs McTigue, dis-je. Cela fait presque un an. Elle parlait devant les Filles de la Révolution américaine, n'est-ce pas ?

– C'était notre banquet littéraire annuel. Un grand événement pour lequel nous essayons chaque année de faire venir un invité de marque, un auteur ou une personnalité. Comme c'était mon tour de présidence, c'est moi qui ai choisi l'orateur. Mon choix s'était fixé sur Beryl, mais elle n'était pas dans l'annuaire et je n'avais pas la moindre idée de l'endroit où la contacter. J'étais loin de me douter qu'elle habitait ici-même, à Richmond ! J'ai fini par demander à Joe de m'aider. (Elle hésita, puis partit d'un rire embarrassé.) Voyez-vous, j'aurais préféré me débrouiller toute seule. Joe était si occupé, à l'époque. Bref, un soir, il a appelé Mr Harper, et le lendemain matin, j'ai entendu sonner le téléphone. Je n'oublierai jamais ce premier contact ! Je suis restée sans voix quand elle s'est présentée.

Son numéro de téléphone. L'idée ne m'était même pas venue que Beryl ait pu être sur liste rouge. Aucun des rapports de l'agent Reed ne mentionnait ce détail. Marino le connaissait-il ?

– J'ai été enchantée quand elle a accepté l'invitation, poursuivit Mrs McTigue, puis elle m'a interrogée sur le nombre de participants que nous attendions. Je lui ai annoncé entre deux et trois cents personnes. Elle m'a demandé l'heure de la conférence, la longueur souhaitée pour son intervention, ce genre de choses. Elle était absolument charmante, mais pas très bavarde. Ça m'a semblé curieux. Elle m'a dit aussi qu'elle n'apporterait pas de livres. En général les auteurs viennent avec un stock de livres, qu'ils vendent après la conférence, avec une dédicace. Beryl m'a dit que ça n'était pas dans ses habitudes, et elle a également refusé toute rétribution. Ce qui était aussi très inhabituel. Bref, je l'ai trouvée très gentille et très modeste.

– Il n'y avait que des femmes à la conférence ? demandai-je.

Elle réfléchit un instant.

– Il me semble que quelques adhérentes avaient amené leur mari, mais l'essentiel du public était composé de femmes, comme c'est presque toujours le cas.

Je m'y attendais. Il était peu probable que l'assassin ait assisté à la réunion.

– Beryl prononçait-elle souvent des conférences ? demandai-je.

– Ah ça, non, répondit aussitôt Mrs McTigue. Je puis vous l'assurer. Si ç'avait été le cas, j'aurais été la première à m'y précipiter. Elle m'a donné l'impression d'une jeune femme très réservée, qui écrivait pour le plaisir, sans rechercher la célébrité. C'est d'ailleurs pour ça qu'elle signait ses livres de pseudonymes. Les écrivains qui dissimulent leur identité comme elle le faisait se produisent rarement en public. Et je suis persuadée qu'elle n'aurait pas fait d'exception pour moi si Joe n'avait pas été l'ami de Mr Harper.

– Est-ce à dire qu'elle aurait tout fait pour Mr Harper ?

– Oui, il me semble.

– Avez-vous déjà rencontré Mr Harper ?

– Oui.

– Quelle impression vous a-t-il faite ?

– Au premier abord, on le prend pour quelqu'un de timide, répondit Mrs McTigue. Mais au fond, je crois que c'est un homme malheureux, qui se croit supérieur aux autres. En tout cas, c'est une forte personnalité. (Son regard se perdit à nouveau dans le vague, mais cette fois tout éclat l'avait déserté.) Mon mari lui était très dévoué.

– Quand avez-vous vu Mr Harper pour la dernière fois ?

– Joe est mort au printemps dernier.

– Et vous n'avez pas revu Mr Harper depuis la mort de votre mari ?

Elle secoua la tête et se recroquevilla en elle-même, dans quelque triste refuge connu d'elle seule. Je me demandai ce qui s'était réellement passé entre Cary Harper et Joe McTigue. Un différend commercial ? Une mauvaise influence de Harper sur McTigue, qui avait dévalorisé ce dernier aux yeux de sa femme? Ou tout simplement Harper était-il un personnage égoïste et grossier?

– Je crois savoir que Cary Harper vit avec sa sœur, n'est-ce pas? dis-je.

Mrs McTigue serra les lèvres tandis que ses yeux s'embuaient de larmes.

Je reposai mon verre sur la table basse et attrapai mon sac.

Elle me suivit jusqu'à la porte.

Je décidai d'insister sans la brusquer.

– Beryl vous écrivait-elle, à vous ou à votre mari? demandai-je.

Elle secoua la tête.

– Savez-vous si elle avait d'autres amis? Votre mari a-t-il mentionné devant vous le nom de quelqu'un?

Elle secoua à nouveau la tête.

– Beryl mentionnait souvent quelqu'un qu'elle appelait « M ». Auriez-vous une idée de qui elle voulait parler?

Une main sur la poignée de la porte, Mrs McTigue jeta un regard triste au couloir désert. Lorsqu'elle tourna la tête vers moi, ses yeux larmoyants semblaient ne rien voir.

– Un « P » et un « A » apparaissent dans deux de ses romans. Des espions nordistes, si je me souviens bien. Mon Dieu... je crois que j'ai oublié d'éteindre le four. (Elle cligna des yeux, comme aveuglée par un soleil violent.) J'espère que vous reviendrez me voir, n'est-ce pas?

– Avec plaisir, fis-je en lui touchant le bras.

Je la remerciai et partis.

Dès que je fus rentrée chez moi, j'appelai ma mère et, pour une fois, accueillis sans trop d'agacement ses recommandations habituelles, heureuse d'entendre sa voix ferme m'assurer avec rudesse de son amour.

– On a eu presque trente toute la semaine, me dit-elle. A Richmond j'ai vu qu'il faisait quatre ou cinq. Tu dois te geler, ma pauvre petite. Il n'a pas neigé au moins?

– Non, maman, il n'a pas neigé. Comment va ta hanche?

– Ça va, ça va. Je te tricote un petit plaid. Ça te tiendra les jambes au chaud quand tu seras au bureau. Lucy m'a demandé de tes nouvelles.

Cela faisait des semaines que je n'avais pas parlé à ma nièce.

– Elle est en train de fabriquer un robot qui parle à l'école, poursuivit ma mère, tu te rends compte ? Elle l'a apporté l'autre soir. Le pauvre Sinbad a eu si peur qu'il s'est réfugié sous le lit...

Sinbad était un matou sournois, hypocrite et méchant, un chat de gouttière gris et noir qui avait emboîté le pas à ma mère un matin qu'elle faisait ses courses dans Miami. Chaque fois que j'allais chez elle, Sinbad se réfugiait tel un vautour sur le réfrigérateur et m'observait d'un air mauvais.

– Tu ne devineras jamais qui j'ai revu l'autre jour..., dis-je avec une fausse désinvolture. (L'envie d'en parler avec quelqu'un était trop forte. Ma mère connaissait ma vie, ou du moins une grande partie.) Tu te souviens de Mark James ?

Silence.

– Comme il était à Washington, il est passé me voir, ajoutai-je.

– Bien sûr que je me souviens de lui.

– Il voulait discuter d'une affaire sur laquelle il travaille. Il est avocat. A... hum... à Chicago. (Je battais précipitamment en retraite.) Il avait un rendez-vous à Washington.

Plus j'en disais, plus son silence désapprobateur me pesait.

– Mouais. En tout cas, ce que je me rappelle, c'est qu'il a failli te tuer, Katie.

Quand elle m'appelait « Katie », j'avais l'impression d'avoir dix ans.

## 4

Le fait de disposer de laboratoires dans le même bâtiment où j'avais mon bureau était un avantage précieux dans la mesure où je n'avais pas à attendre les rapports écrits des examens. Comme je le constatais dans ma propre pratique, les scientifiques savent beaucoup de choses avant même de commencer à rédiger leurs rapports. Cela faisait exactement une semaine que j'avais communiqué au labo les indices relevés dans la maison et sur le corps de Beryl Madison. Plusieurs semaines s'écouleraient avant que le rapport définitif soit sur mon bureau, mais je savais que Joni Hamm s'était déjà forgé une opinion d'après ses observations. Lorsque j'en eus terminé avec le travail de la matinée, je la rejoignis au quatrième étage, une tasse de café à la main.

Le « bureau » de Joni n'était guère plus qu'une alcôve, coincée au bout d'un couloir entre le laboratoire d'analyse des indices et celui des stupéfiants. Je la trouvai assise devant un plan de travail noir, l'œil à la lentille d'un microscope stéréoscopique, à côté d'un calepin à spirale couvert d'une écriture régulière.

– Alors, on s'en sort ? fis-je en entrant.

– Ni plus ni moins que d'habitude, rétorqua-t-elle en levant les yeux d'un air distrait.

Je tirai une chaise.

Joni était une jeune femme de petite taille, avec de courts cheveux bruns et de grands yeux sombres. Mère de deux enfants en bas âge, elle suivait des cours du soir en vue de passer son doctorat de philosophie. Rien d'étonnant à ce qu'elle paraisse en permanence fatiguée et débordée. Il est vrai que la plupart des assistants des labos donnaient cette impression, et l'on me disait souvent la même chose.

– Je viens voir si vous avez du nouveau sur Beryl Madison, dis-je.

– Plus que vous n'espériez, je crois. (Elle feuilleta son calepin.) Les indices sont si nombreux que c'est un vrai casse-tête.

Je n'en fus pas surprise. J'avais communiqué aux labos une multitude d'enveloppes et de lamelles. Le cadavre de Beryl baignant littéralement dans le sang, une foule de débris s'y étaient collés, comme des insectes pris au piège. Isoler les fibres recueillies s'était avéré particulièrement difficile. Il avait fallu en effet les nettoyer pour que Joni puisse les examiner. On les avait donc trempées une à une dans une pochette contenant une solution savonneuse, laquelle était à son tour placée dans un bain à ultra-sons. Lorsque le sang et la poussière s'étaient détachés, on filtrait la solution, puis chaque fibre était montée sur une lamelle.

Joni parcourait ses notes.

– S'il n'y avait pas eu d'autres éléments contredisant cette hypothèse, dit-elle, j'aurais pensé que Beryl Madison avait été tuée à l'extérieur.

– Impossible, rétorquai-je. Elle est morte chez elle, peu avant l'arrivée de la police.

– Je sais. Commençons par les fibres provenant de la maison. Nous en avons trouvé trois dans les échantillons de sang prélevé sur ses genoux et ses paumes. Ce sont des fibres de laine. Deux sont rouges, la troisième dorée.

– Elles pourraient provenir du tapis oriental du couloir? fis-je en me souvenant des photos prises sur les lieux.

– Oui. Elles sont identiques aux échantillons prélevés sur le tapis. Si Beryl Madison s'est traînée à quatre pattes, il est logique que des fibres aient adhéré à ses mains et à ses genoux pleins de sang.

Joni s'empara d'un classeur à lamelles, le feuilleta et en sortit le dossier qu'elle cherchait. Elle écarta les rabats et examina les rangées de lamelles de verre.

– En plus de ces fibres de laine, nous avons trouvé un certain nombre de fibres de coton blanc, qui ne présentent aucun intérêt, puisqu'elles peuvent provenir de tas de choses, y compris du drap dont on a recouvert le corps. Mais j'ai aussi examiné une dizaine de fibres récoltées dans ses cheveux, sur son cou et sa poitrine, ainsi que des débris recueillis sous ses ongles. Ce sont des fibres synthétiques. (Elle releva les yeux vers moi.) Elles ne correspondent à aucun des échantillons communiqués par la police.

– Même pas à ses vêtements ou à ses couvertures?

Joni secoua la tête.

– Absolument pas. Elles semblent provenir de l'extérieur. Du fait qu'elles adhéraient au sang ou étaient logées sous les ongles, il est probable qu'elles résultent d'un transfert passif de l'agresseur à la victime.

C'était là une nouvelle inattendue. Quand mon adjoint Fielding avait finalement réussi à me contacter le soir du meurtre, je lui avais demandé de m'attendre à la morgue, où j'étais arrivée peu avant 1 heure du matin, et nous avions passé plusieurs heures à balayer le corps de Beryl au faisceau laser et à prélever toutes les fibres et particules qu'il révélait en les illuminant. Il ne faisait alors guère de doute pour moi que la plus grande partie de ce que nous récoltions s'avérerait de simples débris sans intérêt provenant des vêtements ou de la maison de Beryl. Apprendre qu'on avait découvert parmi nos prélèvements une dizaine de fibres laissées par l'assassin était proprement stupéfiant. Dans la plupart des cas sur lesquels je travaillais, je m'estimais heureuse si je découvrais une seule fibre d'origine inconnue, et comblée lorsque j'en obtenais deux ou trois. Il m'arrivait souvent de n'en découvrir aucune. Les fibres sont difficiles à détecter, même à la loupe, et le moindre mouvement du corps, le plus léger courant d'air peuvent les déloger avant que le médecin expert n'arrive sur les lieux ou que le corps ne soit transporté à la morgue.

– Quel genre de synthétiques ? demandai-je.

– Olefin, acrylique, nylon, polyéthylène et Dynel, mais en majorité du nylon, répondit Joni. De différentes couleurs : rouge, bleu, or, vert, orange. L'observation microscopique a révélé que ces fibres n'ont pas la même provenance.

Elle plaçait les lames l'une après l'autre sur la platine du microscope avant de coller son œil à l'oculaire.

– Certaines ont une structure longitudinale en stries, d'autres non. La plupart contiennent du dioxyde de titane, mais de différentes densités, ce qui explique que certaines soient translucides, d'autres opaques, quelques-unes brillantes. Elles sont de diamètres inégaux mais assez importants, ce qui tendrait à indiquer qu'on a affaire à des fibres de tapis, mais la coupe transversale révèle de grandes disparités de structure.

– Vous voulez dire qu'elles seraient de *dix* provenances différentes ?

– C'est ce qui ressort pour l'instant, répondit-elle. Ces

fibres sont atypiques. Si elles ont été laissées par l'agresseur, c'est qu'il transportait sur lui un nombre inhabituel de fibres. Les plus épaisses ne proviennent certainement pas de ses vêtements, puisqu'elles ont la structure des fibres de tapis, sans toutefois provenir d'aucun des tapis présents chez Beryl. Il existe une autre raison pour laquelle il paraît étrange de transporter sur soi une telle quantité de fibres. Chacun d'entre nous attire et récolte des fibres partout où il va pendant la journée, mais elles ne restent pas longtemps sur nous. Quand vous vous asseyez quelque part, vous récoltez des fibres, mais dès que vous vous levez, elles sont arrachées par le frottement de vos vêtements sur le siège. Ou alors elles sont dispersées par le vent.

C'était de plus en plus étrange. Joni tourna une page de son calepin avant de poursuivre.

– J'ai également examiné les débris récoltés par aspirateur, Dr Scarpetta. Ceux que Marino a aspirés sur le tapis de prière sont particulièrement hétéroclites. (Elle récita la liste qu'elle avait dressée.) Cendre de cigarette, particules de papier rosâtre provenant sans doute des timbres apposés sur les paquets de cigarettes, billes de verre, quelques débris de verre qui pourraient provenir d'une bouteille de bière ou d'un phare de voiture. Et puis bien sûr les habituels fragments d'insectes, de débris végétaux, et aussi une bille métallique. Et beaucoup de sel.

– Comme du sel de table ?

– Exact, répondit Joni.

– Tout ceci sur le tapis de prière ?

– Et autour de l'endroit où on a retrouvé le corps. On a retrouvé les mêmes débris sur la peau de Beryl, sous ses ongles et dans ses cheveux.

Beryl ne fumait pas. Il n'y avait aucune raison de retrouver de la cendre de tabac ou du papier provenant d'un paquet de cigarettes. Quant au sel, on s'attend à en trouver à la cuisine, mais pas au premier étage, ni sur la peau.

– Marino nous a apporté six sacs provenant de différentes aspirations, toutes effectuées sur des tapis ou autour des endroits où on a retrouvé du sang, poursuivit Joni. J'ai fait la comparaison avec les échantillons des aspirations effectuées sur les tapis ou au sol, dans des endroits où il n'y avait pas de sang ni de traces de lutte – là où, d'après la police, le tueur n'était pas passé. Les résultats ont été très différents. Les débris que je viens d'énumérer n'ont été retrouvés qu'aux endroits où l'assassin est sans doute passé, ce qui semblerait indiquer que c'est lui qui a « semé » ces débris à travers la maison et sur le corps de la victime. Les fibres se trouvaient sans doute sous ses semelles, sur ses vêtements ou dans ses cheveux. Chaque fois qu'il a touché ou heurté une surface dans la maison, quelques fibres se sont détachées.

– Un vrai clochard, marmonnai-je.

– Ces fibres sont pratiquement invisibles à l'œil nu, me rappela la toujours sérieuse Joni. Il ne sait sans doute pas qu'il transporte tout ça.

Je relus la liste de ses observations. Seules deux possibilités pouvaient expliquer une telle quantité de débris. Soit le cadavre avait été jeté dans une décharge, sur le bord d'une route ou dans un parking, soit il avait été transporté dans le coffre crasseux ou sur le sol d'une voiture à la propreté douteuse. Aucune de ces deux possibilités ne tenait dans le cas de Beryl.

– Classez-les par couleur, demandai-je à Joni. Et montrez-moi lesquelles de ces fibres pourraient provenir d'un tapis, lesquelles d'un vêtement.

– Les six fibres de nylon sont rouge, rouge foncé, bleu, vert, jaune verdâtre et vert sombre. Mais les verts sont peut-être des noirs, précisa-t-elle. Le noir n'apparaît pas noir au microscope. Toutes ces fibres sont grossières, comme des fibres de tapis, et je soupçonne certaines d'entre elles de provenir d'un tapis de sol de voiture, et non d'une moquette d'intérieur.

– Pourquoi ?

– A cause des débris que j'ai retrouvés. Les billes de verre, par exemple, entrent dans la composition des peintures réfléchissantes employées pour les panneaux de signalisation routière. Les billes métalliques, j'en trouve souvent dans les échantillons d'aspiration effectués dans des voitures : ce sont des fragments de soudure qui ont jailli lors de la pose du bas de caisse. On ne les voit pas, mais elles sont là. Les débris de verre, il y en a partout, surtout le long des routes et dans les parkings. Ils se collent à vos semelles et vous les transportez ainsi dans votre voiture. Même chose pour les cendres ou les débris de paquets de cigarettes. Et nous en arrivons enfin au sel, lequel me confirme dans l'idée que tous ces différents débris proviennent sans doute d'un véhicule. Quand les gens vont au McDonald's, ils mangent bien souvent leurs frites dans leur voiture, n'est-ce pas? Je suis prête à parier que presque toutes les voitures de Richmond contiennent du sel.

– Supposons que vous ayez raison, dis-je. Supposons que ces fibres proviennent du tapis de sol d'une voiture. Ça n'explique toujours pas pourquoi il y aurait six fibres de nylon différentes. Il est peu probable que ce type ait six tapis de sol différents dans sa voiture.

– En effet, c'est peu probable, répondit Joni. Mais il a pu apporter les fibres de l'extérieur. Peut-être qu'il exerce une profession qui le met en contact avec de nombreux tapis de sol. Peut-être qu'il a un travail qui l'oblige à monter sans arrêt dans des véhicules différents?

– Un laveur de voitures? suggérai-je en repensant à l'état impeccable de celle de Beryl, aussi bien à l'intérieur qu'à l'extérieur.

Le visage tendu, Joni réfléchit à cette possibilité.

– Ça pourrait bien être ça. S'il travaille dans une de ces stations de lavage où on vous nettoie aussi l'intérieur et le coffre, il foule toute la journée des tapis de sol. Il est inévitable que certaines fibres adhèrent à ses semelles. Mais il pourrait aussi bien être mécanicien.

– D'accord, fis-je en tendant la main vers ma tasse de café. Parlez-moi des quatre autres fibres.

Joni consulta ses notes.

– Il y en a une en acrylique, une en olefin, une autre en polyéthylène et enfin une en Dynel. Je répète que les trois premières pourraient être des fibres de tapis. La fibre de Dynel est intéressante car c'est un matériau peu fréquent. On le trouve dans les fourrures synthétiques, les descentes de lit en imitation fourrure, ou encore les perruques. Toutefois, la fibre de Dynel qui nous intéresse étant très fine, il est plus probable qu'elle provient d'un vêtement.

– C'est la seule fibre de vêtement que vous ayez trouvée ?

– A mon avis, oui.

– On pense que Beryl portait un ensemble brun...

– Il n'était pas en Dynel, précisa-t-elle aussitôt. En tout cas son pantalon et sa veste n'en sont pas. C'est un mélange de coton et de polyester. Il est possible que son chemisier ait été en Dynel, mais il a disparu. (Elle sortit une autre préparation du classeur et la positionna sur la platine.) Quant à la fibre orange que j'ai mentionnée, la seule en acrylique, sa section est d'une structure que je n'ai jamais vue.

Elle prit un crayon et, sur un papier, traça une sorte de trèfle à trois feuilles. Les divers tissus synthétiques sont obtenus en injectant un polymère liquéfié ou ramolli à travers les mailles minuscules d'une filière. Lorsqu'on effectue une coupe transversale du filament, ou de la fibre ainsi obtenue, on retrouve la structure et la disposition des trous de la filière, tout comme le dentifrice qu'on presse adopte la forme de l'embouchure du tube. Or c'était la première fois que je voyais une section en forme de trèfle. La plupart des coupes transversales des fibres acryliques, quand elles ne sont pas tout simplement circulaires, ont une forme rappelant celle d'une cacahuète, d'un os, d'un haltère ou d'un champignon.

– Regardez, fit Joni en se poussant pour me laisser place.

Je collai mon œil à l'oculaire. La fibre ressemblait à un ruban orange vif entortillé et parsemé des points sombres des particules de dioxyde de titane.

– Comme vous pouvez le constater, commenta Joni, la couleur aussi est bizarre. Un drôle d'orange. Inégal, pas très dense, avec des particules plus mates qui atténuent l'éclat de la fibre. Pourtant, la couleur elle-même est très vive, c'est un orange de citrouille d'Halloween, ce qui est étonnant pour une fibre destinée à un vêtement ou à une moquette. Et la circonférence en est plutôt grossière.

– Ce qui tendrait à indiquer qu'il s'agit d'une fibre à moquette, fis-je. Malgré sa couleur bizarre.

– C'est possible.

J'essayai de me souvenir des objets orange vif que je connaissais.

– Et si ça provenait d'un gilet de chantier routier? suggérai-je. Ces gilets sont orange vif, et leurs fibres pourraient correspondre aux débris automobiles que vous avez identifiés.

– Peu probable, répliqua Joni. La plupart des gilets de chantier sont en nylon, pas en acrylique, et d'une fabrication robuste qui empêche l'effilochage. Tous les gilets et vestes coupe-vent utilisés dans la police ou les travaux publics sont eux aussi en nylon. (Elle se tut et, après un instant de réflexion, ajouta d'un ton songeur :) En plus, il me semble qu'on n'y trouverait pas de particules destinées à atténuer l'éclat des fibres. Un gilet de chantier doit être le plus voyant possible.

J'abandonnai le stéréoscope.

– En tous les cas, cette fibre est si singulière qu'elle doit être brevetée, dis-je. Quelqu'un devrait pouvoir l'identifier.

– Bonne chance, fit-elle avec un regard entendu.

– Oui, je sais. Secret professionnel. Les industriels du textile sont à peu près aussi discrets sur leurs brevets que les gens sur leurs salaires.

Joni s'étira et se massa la nuque.

– J'ai toujours trouvé miraculeux que les Feds aient obtenu une telle coopération dans l'affaire Wayne Williams, dit-elle.

Joni évoquait l'horrible affaire d'Atlanta, où au moins trente enfants noirs avaient été assassinés en vingt deux mois par le même tueur. Ce sont les débris de fibres recueillis sur les corps de douze des jeunes victimes qui avaient permis de faire le rapport avec les voitures et les maisons utilisées par Williams.

– Peut-être devrions-nous demander à Hanowell de jeter un coup d'œil à ces fibres, dis-je. Surtout à l'orange.

Hanowell était un agent spécial du FBI travaillant à la Microscopic Analysis Unit de Quantico. C'est lui qui avait étudié les fibres de l'affaire Williams. Depuis lors, il était sollicité par des enquêteurs du monde entier pour examiner toutes sortes de matériaux, depuis le cachemire jusqu'aux toiles d'araignée.

– Bonne chance! répéta Joni avec le même sourire incrédule.

– Vous l'appellerez? lui demandai-je.

– Ça m'étonnerait qu'il accepte de se pencher sur quelque chose qui a déjà été examiné, remarqua-t-elle. Vous savez comment sont les Feds.

– Alors je l'appellerai aussi, décidai-je.

Quand je revins dans mon bureau, une demi-douzaine de notifications d'appel m'attendaient. Un des papiers roses attira aussitôt mon attention, car il portait un numéro précédé de l'indicatif de New York. Le message disait : « Mark. Rappelle-moi dès que possible. » Je ne voyais qu'une explication à sa présence à New York. Il était allé voir Sparacino, l'avocat de Beryl. Pourquoi donc Orndorff & Berger s'intéressaient-ils à ce point au meurtre de Beryl Madison?

Le numéro devait correspondre à la ligne personnelle de Mark, car il décrocha à la première sonnerie.

– Ça fait longtemps que tu n'as pas vu New York? me demanda-t-il d'un ton enjoué.

– Pardon?

– Il y a un vol direct qui part de Richmond dans quatre heures. Peux-tu le prendre?

– Qu'est-ce que c'est que cette histoire? demandai-je d'une voix calme alors que mon pouls s'accélérait.

– Je pense qu'il est préférable de ne pas parler au téléphone, Kay.

– Alors je pense qu'il est préférable que je n'aille pas à New York, Mark.

– Je t'en prie. C'est important. Tu sais bien que je ne te le demanderais pas si ça ne l'était pas.

– C'est impossible...

– J'ai passé la matinée avec Sparacino, m'interrompit-il tandis qu'une vague d'émotions refoulées battaient en brèche ma résolution. Il semble qu'il y ait quelques éléments nouveaux, en rapport avec Beryl Madison et ton bureau.

– Mon bureau? fis-je sans chercher à dissimuler mon étonnement. De quoi avez-vous bien pu parler qui concerne mon bureau?

– Je t'en prie, répéta-t-il. Viens.

J'hésitai.

– Je t'attendrai à La Guardia. (Mes dernières réticences cédèrent devant l'insistance de Mark.) On trouvera un endroit tranquille où parler. J'ai déjà fait la réservation. Tu n'auras qu'à retirer ton billet à l'embarquement. Je t'ai aussi réservé une chambre. Je me suis occupé de tout.

Seigneur! m'exclamai-je intérieurement en raccrochant. Je me précipitai dans le bureau de Rose.

– Je pars à New York cet après-midi, l'informai-je sur un ton qui écartait d'avance toute question. C'est en rapport avec le dossier Beryl Madison. Je serai absente au moins jusqu'à demain.

Je fuis le regard de Rose. Bien que ma secrétaire ignorât tout de Mark, je craignais que mes motivations profondes ne se voient comme le nez au milieu de la figure.

– Pourra-t-on vous joindre? demanda-t-elle.

– Non.

Elle ouvrit son agenda et chercha les rendez-vous qu'elle devrait annuler.

– Le *Times* a appelé, m'informa-t-elle. Ils veulent faire un article sur vous.

– Inutile, répondis-je avec irritation. Ils veulent me cuisiner sur Beryl Madison. A chaque fois c'est la même chose. Dès que je refuse de donner des détails sur un meurtre particulièrement brutal, tous les journalistes de la ville veulent savoir où j'ai fait mes études, si j'ai un chien ou une opinion sur la peine de mort, mes goûts en matière de couleur et de cuisine, mon film préféré, ma manière de mourir favorite et j'en passe.

– Bon, je vais décliner, marmonna-t-elle en tendant le bras vers le téléphone.

Je quittai le bureau, passai à la maison, jetai quelques affaires dans un sac et me rendis à l'aéroport avant les embouteillages de la sortie des bureaux. Comme promis, mon billet m'attendait au comptoir. Il avait réservé en première, et moins d'une heure plus tard, j'étais assise à ma place, contre un hublot, sans personne à côté. Pendant l'heure et demie que dura le vol, je sirotai mon Chivas et essayai de lire, tandis que de vagues pensées traversaient mon esprit comme les nuages qui défilaient dans la nuit tombante.

Je voulais revoir Mark. Je compris que ce n'était pas tant par nécessité professionnelle qu'en raison d'une attirance que je croyais morte depuis longtemps. J'étais tour à tour la proie de l'enthousiasme et du dégoût. Je n'avais pas confiance en lui, et pourtant je voulais désespérément le croire. *Il n'est plus le Mark que tu as connu, et même s'il l'était, n'oublie jamais ce qu'il t'a fait.* Mais quoi que me soufflât ma raison, mes émotions refusaient de l'entendre.

Après avoir lu vingt pages d'un roman de Beryl Madison paru sous le nom d'Adair Wilds, je fus totalement incapable de m'en remémorer un seul mot. Les romans historiques ne sont pas ma tasse de thé, et celui-ci, en particulier, n'avait aucune chance de remporter le moindre prix. Beryl écrivait bien, atteignant parfois à une prose presque musicale, mais son histoire traînait en longueur. C'était un roman de gare obéissant aux recettes du genre, et je me demandai si Beryl aurait été capable d'écrire l'œuvre littéraire à laquelle elle aspirait.

Soudain la voix du pilote annonça que nous allions atterrir dans une dizaine de minutes. Au-dessous de nous, la ville ressemblait à un circuit imprimé géant. Des milliers de points lumineux glissaient sur les autoroutes et des balises rouges clignotaient au sommet des gratte-ciel.

Quelques minutes après je récupérai mon bagage, empruntai le couloir de débarquement et plongeai dans le maelström de La Guardia. Je sentis une pression sur mon coude, me retournai brusquement et découvris Mark, le sourire aux lèvres.

— Ouf, fis-je avec soulagement.

— Pourquoi ? Tu m'as pris pour un pickpocket ?

— Si je l'avais cru, tu serais déjà par terre.

— Je n'en doute pas, rétorqua-t-il en m'entraînant vers la sortie. Tu n'as pas d'autre bagage ?

— Non.

— Bien.

Nous prîmes un taxi conduit par un sikh barbu et enturbanné répondant, au vu de la carte professionnelle fixée à son pare-soleil, au nom de Munjar. Mark et lui se livrèrent à un échange animé et bruyant jusqu'à ce que Munjar paraisse saisir notre destination.

– Tu n'as pas mangé, j'espère, me dit Mark.

– Des amandes grillées, c'est tout... dis-je en tombant sur son épaule tandis que notre chauffeur déboîtait brusquement.

– Il y a un bon restaurant pas loin de l'hôtel, dit Mark. Autant aller manger là-bas, vu que je ne connais rien dans cette foutue ville.

Encore heureux si nous arrivons à l'hôtel, me dis-je tandis que Munjar, sans que nous lui ayons rien demandé, se lançait dans un long monologue pour nous raconter qu'il était venu aux Etats-Unis dans l'intention de se marier et que la cérémonie était arrangée pour le mois de décembre, bien qu'il n'ait encore aucune fiancée en vue. Il nous annonça qu'il n'était chauffeur de taxi que depuis trois semaines, et qu'il avait appris à conduire au Pendjab, où il manœuvrait un tracteur dès l'âge de sept ans.

Nous roulions au pas, pare-chocs contre pare-chocs. Dans le centre, nous dépassâmes une longue file de gens en habits de soirée attendant l'ouverture des portes du Carnegie Hall. L'éclairage violent, les femmes en fourrures et les hommes en cravates noires ressuscitèrent de vieux souvenirs. Mark et moi adorions aller au théâtre, aux concerts et à l'opéra.

Le taxi s'arrêta devant l'Omni Park Central, un gigantesque bâtiment tout illuminé proche du quartier des théâtres, au coin de la 7e Avenue et de la 55e Rue. Mark s'empara de mon sac et je le suivis à l'intérieur de l'élégante réception, où il confirma ma réservation et fit monter mon bagage dans la chambre. Quelques minutes plus tard, nous étions ressortis et marchions dans l'air vif de la soirée. Je me félicitai d'avoir pris mon manteau. Le temps était à la neige. Trois blocs plus loin, nous arrivions chez *Gallagher*, cauchemar des bovins et des artères coronaires, mais régal de tous les amoureux de bonne viande rouge. La vitrine n'était autre qu'une vaste chambre froide, où étaient exposés tous les morceaux de viande imaginables. L'intérieur était un véritable sanctuaire sur lequel veillaient les célébrités dont les portraits dédicacés ornaient les murs.

Le brouhaha était étourdissant et le serveur nous apporta des boissons très corsées. J'allumai une cigarette et jetai un regard alentour. Comme dans presque tous les restaurants new-yorkais, les tables étaient installées très près les unes des autres. A notre gauche, deux hommes d'affaires étaient plongés dans leur conversation, la table à notre droite était vide et celle derrière nous occupée par un très beau jeune homme, plongé dans le *New York Times*, une chope de bière devant lui. Je dévisageai longuement Mark en tentant de percer ses pensées. Il avait le regard tendu et jouait avec son scotch.

– Pourquoi m'as-tu fait venir? m'enquis-je.

– Peut-être que j'avais simplement envie de dîner avec toi.

– Sois sérieux.

– Je suis sérieux. Tu t'ennuies?

– Comment veux-tu que je m'amuse alors que j'ai une bombe à retardement dans les mains?

Il déboutonna sa veste.

– Passons d'abord notre commande, ensuite nous parlerons.

Il me faisait toujours ça, autrefois. Il m'appâtait pour mieux me faire attendre. C'était peut-être une déformation professionnelle. Ça me rendait folle, à l'époque. Et ça n'avait pas changé.

– L'entrecôte est fantastique, paraît-il, annonça-t-il tandis que nous consultions les menus. Je vais en prendre une, avec une salade d'épinards. Rien de compliqué. Si tu préfères un steak, on dit qu'ils servent les meilleurs de la ville.

– Tu n'es jamais venu ici?

– Non, répondit-il. Mais Sparacino, oui.

– C'est lui qui t'a recommandé ce restaurant? L'hôtel aussi, je suppose?

Je sentais la paranoïa me remonter dans la nuque.

– En effet, dit-il en parcourant la carte des vins. Mais tu n'es pas une exception. Tous nos clients descendent à l'Omni parce que c'est plus pratique pour nous.

– Et vous envoyez tous vos clients manger ici?

– Sparacino vient quelquefois, quand il sort du théâtre. C'est comme ça qu'il a connu cet endroit.

– Qu'est-ce que Sparacino sait d'autre ? demandai-je. Sait-il que nous nous voyons ce soir ?

Il me regarda dans les yeux.

– Non.

– Comment est-ce possible, dis-je, puisque ta boîte s'intéresse tant à moi et que Sparacino t'a recommandé l'hôtel et le restaurant ?

– Il me les a recommandés à *moi*, Kay. Il faut bien que je loge quelque part. Il faut que je mange. Ce soir Sparacino m'avait invité à sortir avec lui et deux ou trois collègues. Je lui ai dit que j'avais du travail et que je me débrouillerais pour trouver un endroit où manger un morceau. Alors il m'a indiqué ce restaurant, c'est tout. Je t'assure que tu n'as pas à t'inquiéter.

Une idée commençait à germer dans mon esprit, et je ne savais si j'en ressentais de l'embarras ou de l'appréhension. Sans doute un peu des deux. Orndorff & Berger n'avait pas déboursé un *cent* pour ce voyage. C'est Mark qui payait. Son cabinet n'était au courant de rien.

Le garçon se présenta, Mark passa notre commande. Je perdais mon appétit à vue d'œil.

– Je suis arrivé hier soir, reprit-il. Sparacino m'a appelé hier matin à Chicago. Il voulait me voir le plus vite possible. Comme tu l'as sans doute deviné, c'est à propos de Beryl Madison.

Il eut l'air gêné.

– Ensuite ? le pressai-je tandis que mon propre malaise s'accentuait.

Il prit une profonde inspiration avant de répondre.

– Sparacino est au courant de... hum... enfin il sait que toi et moi... autrefois...

Mon regard le stoppa net.

– Kay...

– Salaud.

Je repoussai ma chaise et jetai ma serviette de la table.

– Kay !

Mark m'empoigna le bras et me força à me rasseoir. Je lui fis lâcher prise et le fusillai du regard. De nombreuses années auparavant, dans un restaurant de Georgetown, j'avais arraché de mon poignet le lourd bracelet en or qu'il m'avait offert et l'avais lâché dans sa soupe de palourdes. Ç'avait été un geste puéril de ma part, et l'un des rares moments de ma vie où j'avais perdu mon sang-froid et fait une vraie scène.

– Ecoute-moi, dit-il en baissant la voix. Je sais ce que tu penses et je comprends ta réaction. Mais tu te trompes. Je n'essaie pas de tirer parti du passé. Laisse-moi te dire ce que j'ai à te dire, je t'en prie. C'est très compliqué et ça met en jeu des choses que tu ignores. Je te jure que je veille au mieux sur tes intérêts. Je ne devrais même pas te mettre au courant. Si Sparacino ou Berger venait à l'apprendre, ils me vireraient aussitôt à grands coups de pied dans le cul.

Je gardai le silence, trop bouleversée pour réfléchir à quoi que ce soit.

Il se pencha vers moi.

– Première chose qu'il faut que tu saches. Berger veut épingler Sparacino et Sparacino veut t'épingler.

– *Que... quoi?* bégayai-je. Je ne connais même pas ce type. Qu'est-ce qu'il me veut?

– Je te répète que c'est en rapport avec Beryl. Il a été son avocat dès le début de sa carrière. Il n'est entré chez nous que depuis peu, quand nous avons ouvert un cabinet à New York. Jusqu'alors, il travaillait en indépendant. Nous cherchions un type spécialisé dans le droit d'auteur. Sparacino vit à New York depuis plus de trente ans. Il connaît tout le monde. Il nous a amené sa clientèle, des dossiers de première bourre. Tu te souviens que je t'ai dit avoir rencontré Beryl à *l'Algonquin?*

Je hochai la tête, un peu détendue.

– Tout était prévu d'avance, Kay. Je n'étais pas là par hasard. C'est Berger qui m'y avait envoyé.

– Pourquoi?

Il jeta un regard autour de lui avant de répondre.

– Parce que Berger est inquiet. On vient juste d'ouvrir un cabinet ici, et tu imagines combien il est difficile de percer dans une ville comme celle-ci, de se constituer une clientèle solide, d'acquérir une bonne réputation. C'est pour ça qu'on ne veut pas voir un tondu comme Sparacino porter atteinte à notre image.

Il se tut. Le garçon venait d'apporter nos salades et

ouvrait avec cérémonie une bouteille de cabernet sauvignon. Mark goûta la première gorgée, puis le garçon emplit nos verres.

– Quand il a engagé Sparacino, reprit Mark, Berger savait que c'était un flambeur, un type qui aimait jouer gros, sans être pointilleux sur les formes. On se disait que c'était juste une question de style. Certains avocats aiment la discrétion, d'autres aiment faire du bruit. Le problème, c'est que depuis quelques mois, nous savons jusqu'où Sparacino est prêt à aller. Tu te souviens de Christie Riggs?

Il me fallut quelques instants pour mettre un visage sur ce nom.

– Oui, l'actrice qui a épousé un footballeur?

Il acquiesça.

– Il y a environ deux ans, reprit-il, Christie était mannequin débutant. Elle avait fait quelques pubs pour la télé, alors qu'à la même époque Leon Jones faisait déjà la une de tous les magazines. Ils se rencontrent dans une soirée, et un photographe les prend en train de quitter la fête ensemble, dans la Maserati de Jones. Et puis un beau jour, Christie Riggs se présente chez Orndorff & Berger, disant qu'elle a rendez-vous avec Sparacino.

– Tu veux dire que Sparacino était derrière toute cette histoire? fis-je avec stupéfaction.

Christie Riggs et Leon Jones s'étaient mariés l'année précédente et avaient divorcé six mois plus tard. Leur relation orageuse et les conditions sordides de leur divorce avaient alimenté les ragots pendant plusieurs mois.

– Oui, dit Mark avant d'avaler une gorgée de vin.

– Explique-toi.

– Sparacino flashe sur Christie. Elle est belle, intelligente, ambitieuse. Mais surtout, elle sort avec Jones. Sparacino lui explique son plan pour qu'elle puisse jouer dans la cour des grands et devenir riche. Tout ce qu'elle a à faire, c'est attirer Jones dans ses filets, et ensuite pleurer devant les caméras à cause de la vie qu'il lui mène. Elle n'aura qu'à dire qu'il la frappe, que c'est un ivrogne, un psychopathe qui prend de la coke et bousille le mobilier. Christie et Jones finissent par se séparer, et elle signe un contrat d'un million de dollars pour un livre de souvenirs.

– Ça me rend Jones un peu plus sympathique, marmonnai-je.

– Le pire, c'est que je crois qu'il l'aimait vraiment et qu'il n'a jamais compris dans quel guêpier il s'était fourré avec elle. Sa carrière s'en est ressentie, il a commencé à faiblir sur le terrain et il a fini en cure à la Betty Ford Clinic. Depuis, on n'a plus entendu parler de lui. L'un des meilleurs footballeurs américains s'est fait lessiver et ruiner, et tout ça, en partie, grâce à Sparacino. Inutile de te préciser que ce genre de pratique n'est pas du tout dans le style de la maison. Orndorff & Berger est un cabinet respectable, Kay. C'est pourquoi quand Berger a commencé à se rendre compte du genre d'oiseau auquel il était associé, on ne peut pas dire qu'il était ravi.

– Pourquoi ne vous en débarrassez-vous pas, tout simplement? demandai-je en piquant une feuille de salade.

– Parce qu'on n'a aucune preuve. Sparacino sait comment s'y prendre. Il est puissant, surtout ici à New York. C'est comme d'attraper un serpent. Comment tu fais, ensuite, pour le relâcher sans te faire piquer? Et ce que je viens de te raconter n'est qu'une affaire parmi d'autres. (Les yeux de Mark étaient emplis de colère.) Quand tu remontes dans la carrière de Sparacino et que tu étudies les affaires qu'il a traitées quand il était indépendant, tu vas de surprise en surprise.

– Quel genre d'affaires, par exemple? demandai-je en me détestant pour cette curiosité.

– Surtout des procès en diffamation. Un scribouillard décide de sortir une biographie non autorisée d'Elvis, de John Lennon ou de Sinatra. Dès que le livre paraît, la célébrité en question ou ses proches attaquent l'auteur en justice, et aussitôt l'affaire est répercutée à la télé et dans les journaux. Le livre sort quand même, soutenu par toute cette publicité gratuite. Tout le monde se jette dessus, persuadé qu'il doit être vraiment croustillant pour avoir provoqué tout ce chahut. D'après ce que nous soupçonnons, la méthode de Sparacino consiste à se faire désigner comme représentant de l'auteur, et ensuite d'aller trouver la ou les « victimes » et de leur proposer de l'argent pour faire du foin. C'est réglé comme du papier à musique et ça marche à tous les coups.

– C'est à se demander ce qu'il faut croire.

C'est la question que je me posais tous les jours.

Nos entrecôtes arrivèrent.

– Comment Beryl Madison est-elle tombée entre ses pattes ? demandai-je quand le garçon se fut éloigné.

– Par l'intermédiaire de Cary Harper. C'est là l'ironie de la situation. Sparacino a été le représentant légal de Harper pendant des années. Et quand Harper a connu Beryl, il l'a envoyée à Sparacino, qui est devenu son agent, son avocat et son Parrain. Je soupçonne Beryl d'avoir eu un faible pour les hommes mûrs et puissants. Elle a eu une carrière très discrète jusqu'à ce qu'elle décide d'écrire son autobiographie. A mon avis, l'idée lui a été suggérée par Sparacino. Harper n'a rien publié depuis le roman qui lui a valu son prix. Aujourd'hui c'est une relique, qui n'intéresse des gens comme Sparacino que dans la mesure où il y a de l'argent à faire sur son dos.

– Crois-tu possible que Sparacino les ait manipulés tous les deux ? demandai-je après quelques instants de réflexion. Qu'après avoir poussé Beryl à ne plus se taire – et donc à briser son contrat avec Harper – Sparacino ait misé sur les deux tableaux en encourageant Harper à porter l'affaire devant la justice ?

Mark remplit nos verres avant de répondre.

– Oui, à mon avis il voulait organiser un combat de coqs, ce que ni Harper ni Beryl n'ont compris. Ça serait tout à fait dans le style de Sparacino.

Pendant un moment, nous mangeâmes en silence. Gallagher ne faisait pas mentir sa réputation. On pouvait presque couper l'entrecôte à la fourchette. Mark finit par reprendre la parole.

– Le plus terrible, Kay, au moins en ce qui me concerne... (Il leva les yeux vers moi, le visage dur.) ... c'est que le jour où nous avons mangé à l'*Algonquin* et que Beryl a annoncé que quelqu'un menaçait de la tuer... (Il parut hésiter.) ... eh bien, à vrai dire, vu ce que j'avais appris sur Sparacino...

– Tu ne l'as pas crue, terminai-je à sa place.

– Non, avoua-t-il. Je ne l'ai pas crue. Très franchement, j'ai pensé que c'était un coup de pub. J'ai soupçonné Sparacino de lui avoir suggéré cette idée afin de faire monter les ventes de son livre. Non seulement il y avait ce différend avec Harper, mais en plus voilà qu'on menaçait de la tuer. Je n'ai pas cru ce qu'elle disait. (Il se tut un instant avant d'ajouter :) Et j'ai eu tort.

– Sparacino n'irait tout de même pas jusque-là, dis-je alors. Tu ne penses pas qu'il...

– Je pense plutôt qu'il a tellement monté le bourrichon à Harper que Harper a craqué, peut-être au point d'éliminer Beryl. A moins qu'il ait engagé quelqu'un.

– Si c'est le cas, dis-je d'une voix calme, il doit avoir beaucoup de choses à cacher sur la période pendant laquelle Beryl vivait avec lui.

– Peut-être bien, répondit Mark d'un air distrait en savourant sa viande. Mais même s'il n'a rien à cacher, il connaît Sparacino, il sait comment il opère. Vérité ou mensonge, peu lui importe. Quand Sparacino veut provoquer un scandale, il sait s'y prendre, et quelle que soit l'issue judiciaire, la seule chose dont le public se souvient, ce sont les accusations portées.

– Et tu dis qu'à présent, il m'a dans le collimateur ? fis-je d'un air dubitatif. En quoi tout ça me concerne-t-il ?

– Très simple, Kay. Sparacino veut le manuscrit de Beryl. Le livre est plus précieux que jamais vu ce qui est arrivé à son auteur. (Il leva les yeux vers moi.) Il pense qu'on a transmis le manuscrit à tes services en tant que pièce à conviction. Et qu'il a disparu ensuite.

Je tendis le bras vers le bol de sauce au vinaigre, et c'est d'une voix posée que je lui demandai :

– Qu'est-ce qui te fait croire qu'il a disparu ?

– Sparacino s'est débrouillé pour obtenir le rapport de police. Je suppose que tu l'as eu entre les mains ?

– Bien sûr, comme toujours.

Il me rafraîchit la mémoire.

– Sur la dernière page figure une liste des pièces recueillies pour les besoins de l'enquête – dont des papiers trouvés dans la chambre de Beryl, et un manuscrit découvert dans sa penderie.

Bon sang, pensai-je. Marino avait en effet trouvé un manuscrit. Sauf que ce n'était pas celui que Sparacino convoitait.

– Sparacino a parlé ce matin avec le lieutenant Marino, précisa Mark. Il a dit à Sparacino que les flics n'avaient pas le manuscrit, que tous les éléments avaient été transmis à tes services. Il a suggéré à Sparacino de contacter le médecin expert – en d'autres termes, toi.

– C'est la procédure routinière, dis-je. Les flics m'envoient tout le monde, et moi je renvoie tout le monde chez les flics.

– Tu essaieras d'expliquer ça à Sparacino. Il affirme que le manuscrit t'a été remis en même temps que le corps de Beryl. Le manuscrit a disparu. Il tient ton bureau pour responsable.

– C'est ridicule !

– Vraiment ? (Mark me considéra d'un air suspicieux. J'eus l'impression de répondre à un interrogatoire de police lorsqu'il ajouta :) N'est-il pas exact que certains indices matériels sont apportés à ton bureau en même temps que les corps, et que c'est toi qui décides de les transmettre au labo ou de les garder sous clé ?

Bien sûr que c'était vrai.

– Es-tu responsable des indices matériels dans l'enquête sur la mort de Beryl ! ajouta-t-il.

– Pas de ceux recueillis sur les lieux, comme les papiers personnels, répondis-je d'une voix tendue. Ce sont les flics qui ont remis ces éléments aux labos, pas moi. En fait, la plupart des éléments recueillis sur les lieux se trouvent dans les locaux de la police.

– Tu essaieras d'expliquer ça à Sparacino, répéta-t-il.

– Je n'ai jamais vu ce manuscrit, fis-je en désespoir de cause. Mon bureau ne l'a pas et ne l'a jamais eu. Et autant que je sache, personne ne l'a trouvé, point.

– Personne ne l'a trouvé ? Tu veux dire qu'il n'était pas chez elle ? Les flics ne l'ont pas trouvé ?

– Non. Le manuscrit qu'ils ont trouvé n'est pas celui dont tu parles. C'est un travail ancien, peut-être publié depuis des années, et il est incomplet, puisqu'il fait au maximum deux cents feuillets. On l'a trouvé dans sa chambre, sur un rayon de la penderie. Marino nous l'a apporté pour que nous cherchions des empreintes au cas où l'assassin l'aurait touché.

Mark s'appuya au dossier de sa chaise.

– Si vous ne l'avez pas trouvé, dit-il, alors où est-il?

– Je n'en ai aucune idée. Il peut être n'importe où. Peut-être qu'elle l'a envoyé à quelqu'un.

– Elle avait un ordinateur?

– Oui.

– Tu as inspecté son disque dur?

– Elle n'avait pas de disque dur, juste deux lecteurs de disquettes. Marino est en train d'éplucher les disquettes. Je ne sais pas ce qu'il y a dessus.

– Ça ne tient pas debout, dit Mark. Même si elle a envoyé son manuscrit par la poste, je ne peux pas croire qu'elle n'en ait pas fait de copie, ou qu'elle n'en ait pas gardé un exemplaire chez elle.

– Et moi je ne peux pas croire que son parrain Sparacino n'en ait pas un exemplaire, fis-je d'un ton mordant. Je ne crois pas qu'il n'ait jamais vu le livre. Je ne crois pas une seconde qu'il n'en ait pas une version quelque part, peut-être même la plus récente.

– Il affirme que non, et je suis enclin à le croire. Pour une simple raison. D'après ce que je sais de Beryl, elle était très discrète sur sa production. Elle ne laissait personne, pas même Sparacino, voir ce qu'elle écrivait avant que ce ne soit terminé. Elle l'informait par courrier ou par téléphone. D'après lui, la dernière fois qu'il a eu de ses nouvelles, c'était il y a environ un mois. Elle lui aurait dit qu'elle était en train de relire son manuscrit et que le livre serait sans doute prêt aux alentours du 1er janvier.

– Il y a un mois? demandai-je avec étonnement. Elle lui a écrit?

– Non, elle l'a appelé.

– D'où?

– Merde, j'en sais rien. De Richmond, je suppose.

– C'est ce que t'a dit Sparacino?

Mark réfléchit quelques secondes.

– Non, il n'a pas dit d'où elle avait appelé. (Il se tut un instant.) Pourquoi?

– Elle est partie en voyage pendant quelque temps, répondis-je comme si la question n'avait pas d'importance. Je me demandais simplement si Sparacino savait où elle était.

– Les flics ne le savent pas?

– Les flics ignorent beaucoup de choses.

– Ce n'est pas une réponse, dit-il.

– Eh bien ma réponse sera que nous ferions mieux de ne pas parler de cette affaire, Mark. J'en ai déjà trop dit, et je ne suis pas sûre de comprendre pourquoi tu t'y intéresses tant.

– Tu doutes de la pureté de mes intentions, fit-il. Tu penses que je t'ai invitée ce soir dans le seul but de te soutirer des informations, n'est-ce pas?

– Oui, rétorquai-je en croisant son regard. Pour être honnête, oui.

– La vérité, c'est que je suis inquiet, dit-il.

Je sus, à la tension de son visage – un visage qui ne ne me laissait toujours pas indifférente –, qu'il était sincère.

– Sparacino mijote quelque chose, reprit-il. Je ne voudrais pas que tu laisses des plumes dans cette affaire.

Il vida le reste du vin dans nos verres.

– Que peut-il faire, Mark? Me demander un manuscrit que je n'ai pas? Et alors?

– Je pense qu'il sait que tu ne l'as pas. Le problème, c'est qu'il s'en fout. Il veut ce manuscrit. Il doit le récupérer parce qu'il est l'exécuteur testamentaire de Beryl.

– Il ne perd pas le nord.

– Je sens qu'il mijote quelque chose, ajouta Mark comme s'il se parlait à lui-même.

– Encore un de ses coups de pub, tu crois?

Il resta silencieux, but une gorgée.

– Je ne vois pas ce qu'il pourrait faire, repris-je. Qui puisse m'atteindre, je veux dire.

– Moi, je sais ce qu'il pourrait faire, dit Mark avec sérieux.

– Dis voir.

– Un gros titre à la une : LE MÉDECIN EXPERT REFUSE DE RESTITUER LE MANUSCRIT CONTRO-VERSÉ.

– C'est ridicule! m'exclamai-je en riant.

Mark n'eut pas même un sourire.

– Pas tant que ça. Le manuscrit autobiographique controversé d'une femme sauvagement assassinée disparaît et on accuse le médecin expert de l'avoir subtilisé. Le foutu manuscrit a été volé à la *morgue*, bon dieu, tu imagines? Quand le livre sortira, il fera un tabac du tonnerre! Hollywood se battra pour obtenir les droits!

– Je ne me fais pas trop de soucis, dis-je sans conviction. C'est tellement tiré par les cheveux que je n'y crois pas.

Mark me mit en garde.

– Kay, Sparacino n'a pas son pareil pour créer quelque chose à partir de rien. Je ne veux pas te voir finir comme Leon Jones.

Il tourna alors la tête en quête d'un garçon, et ses yeux s'immobilisèrent soudain en direction de l'entrée. Baissant vivement la tête sur son entrecôte entamée, il lâcha : « Oh, merde. »

Il me fallut faire un gros effort pour ne pas me retourner. Je ne levai pas les yeux et gardai mon apparence détendue jusqu'à ce que le gros homme se présente à notre table.

– Ah, salut, Mark. Je pensais bien te trouver ici.

C'était un homme d'une soixantaine d'années, avec une voix douce et un visage rondouillard durci par des yeux d'un bleu glacial. Le teint écarlate, le souffle court, on avait l'impression que mouvoir sa masse imposante épuisait la moindre cellule de son corps.

– Mon cher Mark, j'ai été pris de l'envie subite de vous offrir un verre. (Il défit les boutons de son manteau de cachemire, se tourna vers moi et me tendit la main avec un sourire.) Je ne pense pas que nous nous connaissions. Robert Sparacino.

– Kay Scarpetta, dis-je avec un aplomb qui me surprit.

## 5

Nous passâmes une heure avec Sparacino. Ce fut horrible. Il se comporta comme si je lui étais inconnue. Or il savait qui j'étais, et j'étais persuadée que notre rencontre ne devait rien au hasard. Dans une ville aussi vaste, comment croire à une telle coïncidence?

– Tu es bien sûr qu'il ignorait ma présence à New York? demandai-je à Mark.

– Je ne vois pas comment il l'aurait apprise.

Nous remontions 55th Street. A part quelques passants, le trottoir devant Carnegie Hall était désert. Il était près d'1 heure du matin, mes pensées flottaient dans les vapeurs d'alcool et j'avais les nerfs tendus.

Sparacino, de plus en plus volubile et obséquieux à mesure qu'il ingurgitait ses Grand Marnier, avait terminé la soirée la voix pâteuse.

– Il n'a pas perdu une miette de la conversation, même si tu crois qu'il était ivre mort et qu'il ne se souviendra de rien demain matin. Foutu bonhomme, il est en alerte rouge même quand il dort.

– Tu ne me rassures guère, dis-je.

Nous prîmes l'ascenseur dans un silence pesant, les yeux sur les chiffres lumineux des étages qui s'allumaient au fur et à mesure de la montée. Nos pas s'entendirent à peine sur la moquette du couloir. Je fus soulagée d'apercevoir mon sac sur le lit quand j'ouvris la porte de la chambre.

– Tu es au même étage? demandai-je.

– Oui, un peu plus loin, répondit-il avec un regard nerveux. Tu m'offres un dernier verre?

– Je n'ai rien apporté...

– Il y a un bar avec tout ce qu'il faut, tu verras.

Nous avions autant besoin d'un verre que d'une corde pour nous pendre.

– Que va faire Sparacino? demandai-je.

Le « bar » consistait en un petit réfrigérateur empli de bouteilles de bière et de vin, ainsi que de quelques mignonnettes d'alcool.

– Il nous a vus ensemble, ajoutai-je. Comment va-t-il réagir ?

– Ça dépend de ce que je lui raconte, dit Mark.

Je lui tendis un gobelet de scotch.

– Alors laisse-moi te poser la question autrement, Mark. Que vas-tu raconter à Sparacino ?

– Un mensonge.

Je m'assis au bord du lit.

Il approcha une chaise et se mit à faire tourner le liquide ambré dans son gobelet. Nos genoux se touchaient presque.

– Je lui dirai que je voulais te tirer les vers du nez, dit-il. Que j'essayais de l'aider.

– Que tu te servais de moi, fis-je l'esprit grésillant comme une radio brouillée. Que tu avais pensé à ça à cause de notre histoire passée.

– Oui.

– Et ce n'est pas vrai ? fis-je.

Il éclata de rire. J'avais oublié combien j'aimais l'entendre rire.

– Je ne vois pas ce qu'il y a de drôle, protestai-je. (Il faisait chaud. Le scotch achevait de me tourner la tête.) Si ce n'est pas vrai, Mark, alors où est la vérité ?

– Kay, dit-il le sourire aux lèvres et les yeux plongés dans les miens. Je t'ai dit la vérité.

Il se tut quelques instants, puis tendit le bras et me toucha la joue. Mon envie qu'il m'embrasse me fit presque peur.

– Pourquoi ne resterais-tu pas au moins jusqu'à demain soir ? dit-il. Ce serait peut-être une bonne idée d'aller trouver Sparacino ensemble demain matin.

– Non, répondis-je. C'est exactement ce qu'il voudrait que je fasse.

– Comme tu veux.

Des heures plus tard, après que Mark fut parti, je contemplais le plafond, allongée dans l'obscurité, ressentant avec acuité le vide de l'autre moitié du lit. Autrefois, Mark ne restait jamais toute la nuit, et le lendemain matin je faisais le tour de l'appartement, ramassant vêtements éparpillés, assiettes et verres sales, bouteilles de vin vides et cendriers pleins. Nous fumions tous les deux à l'époque. Nous veillions jusqu'à 1, 2, 3 heures du matin, à parler, rire, nous caresser, boire et griller des cigarettes. Et à discuter. Je détestais ces discussions qui trop souvent tournaient à l'affrontement vicieux, coup pour coup, bing, bang, tel chapitre du Code contre tel principe éthique. Je voulais plus que tout l'entendre dire qu'il m'aimait. Il ne le faisait jamais. Au matin, j'avais ce même sentiment de vide que je ressentais enfant le lendemain de Noël, quand j'aidais ma mère à débarrasser au pied du sapin les papiers déchirés des cadeaux.

Je ne savais pas ce que je voulais. Peut-être ne l'avais-je jamais su. Se retrouver ensemble ne comblait pas ce fossé émotionnel, mais je n'avais jamais voulu le comprendre. Rien n'avait changé. S'il avait tendu le bras vers moi, j'aurais été incapable d'agir de manière sensée. Le désir n'obéissait pas à la raison, et le besoin de tendresse ne m'avait jamais quittée. Malgré les années, je ne m'étais pas débarrassée de l'image de ses lèvres contre les miennes, de ses mains, de la frénésie de notre désir. Et à présent, ces souvenirs venaient me tourmenter.

Ayant oublié de demander à la réception de me réveiller, je réglai mon horloge intérieure sur 6 heures et ouvris les yeux à l'heure fixée. Je me redressai d'un bond, dans un état mental aussi déplorable que mon allure physique. Une douche brûlante et un maquillage méticuleux ne parvinrent pas à dissimuler les poches sombres sous mes yeux ni la pâleur de mon teint. L'éclairage de la salle de bain était impitoyable. J'appelais United Airlines et, à 7 heures, frappai à la porte de Mark.

— Salut! lança-t-il d'un air enjoué.

Son allure fraîche et dispose me démoralisa.

— Tu as changé d'avis? ajouta-t-il.

— Oui.

L'odeur familière de son eau de Cologne me remit les idées en place.

— J'en étais sûr, dit-il.

— Pourquoi donc? demandai-je.

— Je ne t'ai jamais vue éviter le combat, dit-il en me regardant dans le miroir tout en nouant sa cravate.

Mark et moi étions convenus de nous retrouver chez Orndorff & Berger en début d'après-midi. La réception était un vaste espace anonyme et froid. Sous une rangée de spots aux abat-jour en cuivre poli, un comptoir noir barrait la moquette, également noire, tandis qu'un bloc de cuivre massif servant de table était posé entre deux fauteuils noirs en acrylique. Aucun autre mobilier, aucune plante, aucun tableau. Les seuls objets meublant le vide de la pièce étaient quelques sculptures de métal tordu, posées çà et là comme des éclats de schrapnel.

– Puis-je vous aider? s'enquit la réceptionniste des profondeurs de sa grotte.

Avant que je puisse répondre, une porte s'ouvrit, dont il était impossible de distinguer la découpe sur la sombre surface des murs, et Mark apparut. Il prit mon sac et m'entraîna dans un long et large couloir. Nous dépassâmes de nombreuses portes ouvrant sur de spacieux bureaux dont les baies vitrées dominaient Manhattan. Je ne vis personne. Sans doute les employés n'étaient-ils pas rentrés de déjeuner.

– Bon sang, qui a conçu votre réception? demandai-je.

– La personne que nous allons voir, répondit Mark.

Le bureau de Sparacino était deux fois plus vaste que ceux que j'avais vus. Le plateau de sa table était un splendide bloc d'ébène, jonché de presse-papiers en pierre précieuse. Des étagères de livres couvraient les murs. L'avocat de l'élite culturelle new-yorkaise était vêtu d'un coûteux costume John Gotti, orné d'une pochette rouge sang. Il ne bougea pas d'un pouce à notre entrée. Nous nous assîmes. Pendant un moment qui me parut glacial, il ne nous regarda même pas.

– Je suppose que vous n'avez pas encore déjeuné, fit-il en levant vers nous ses yeux bleus tandis que ses doigts boudinés refermaient un dossier. Je vous promets de ne pas vous retenir longtemps, Dr Scarpetta. Mark et moi avons examiné certains détails relatifs au dossier de ma cliente, Beryl Madison. En tant que son avocat et exécuteur testamentaire, mes exigences sont claires et je suis sûr que vous m'aiderez à répondre à ses derniers souhaits.

Je restai silencieuse et, en vain, cherchai des yeux un cendrier.

– Robert voudrait récupérer ses papiers, intervint Mark d'un ton anodin. En particulier le manuscrit du livre que Beryl était en train d'écrire. Avant que tu arrives, j'ai expliqué à Robert que le bureau du médecin expert n'était pas responsable des effets personnels de la victime.

Nous avions répété la scène au cours du petit déjeuner. Mark devait « travailler » Sparacino avant mon arrivée, mais j'avais la nette impression que c'était moi qu'on travaillait. Je plongeai mon regard dans celui de Sparacino.

– Les éléments matériels transmis à mon bureau, dis-je, sont destinés à l'établissement de la preuve. Ils ne comportent aucun papier qui puisse vous intéresser.

– Vous voulez dire que le manuscrit n'est pas en votre possession, fit-il.

– C'est exact.

– Et vous ne savez pas où il se trouve.

– Je n'en ai aucune idée.

– Eh bien moi, j'ai quelques raisons de douter de ce que vous me dites.

Le visage impassible, il ouvrit le dossier et en sortit une photocopie de ce que je reconnus être le rapport de police concernant Beryl.

– Selon la police, un manuscrit a été trouvé sur les lieux, dit-il. Aujourd'hui vous me dites qu'il n'y a pas de manuscrit. Pouvez-vous m'aider à éclaircir ce point ?

– On a retrouvé un certain nombre de feuillets d'un manuscrit, répondis-je, mais je ne pense pas qu'il s'agisse de celui qui vous intéresse, Mr Sparacino. Ces feuillets ne semblent pas faire partie d'un travail en cours et, pour être tout à fait précis, ils ne m'ont jamais été remis.

– Combien de feuillets ? demanda-t-il.

– Je n'ai pas vu le manuscrit.

– Qui l'a vu ?

– Le lieutenant Marino. C'est à lui que vous devriez vous adresser.

– C'est fait, rétorqua-t-il. Il m'a dit qu'il vous avait remis le manuscrit en mains propres.

Je doutai fort que Marino lui ait dit ça.

— Il doit s'agir d'un malentendu, dis-je. Je pense que le lieutenant Marino voulait dire qu'il avait transmis un manuscrit incomplet aux laboratoires de police scientifique, manuscrit qui pourrait s'avérer celui d'un livre déjà publié. Le Service de police scientifique est un organisme indépendant de mes services, quoi que nous soyons installés dans le même bâtiment.

Je jetai un coup d'œil à Mark. Il avait le visage tendu et luisant de sueur.

On entendit crisser le cuir du fauteuil de Sparacino lorsqu'il changea de position.

— Je vais être très franc avec vous, Dr Scarpetta, dit-il. Je ne vous crois pas.

— Que vous me croyiez ou non, je n'y peux rien, répliquai-je d'un ton très calme.

— J'ai beaucoup réfléchi à cette affaire, rétorqua-t-il tout aussi calmement. On peut certes considérer ce manuscrit comme un tas de papier sans intérêt, mais il se trouve deux ou trois personnes pour lesquelles il a au contraire une grande valeur. Je connais au moins deux personnes, sans compter différents éditeurs, qui seraient prêts à payer une grosse somme pour entrer en possession du livre sur lequel travaillait Beryl lorsqu'elle est morte.

— Ceci ne me concerne en rien, répondis-je. Mon bureau n'a pas ce manuscrit et, comme je vous l'ai dit, je ne l'ai même jamais vu.

— Quelqu'un doit bien l'avoir. (Il regarda par la fenêtre.) Je connaissais Beryl mieux que quiconque, Dr Scarpetta. Je connaissais ses habitudes. Elle s'était absentée un certain temps et a été assassinée quelques heures seulement après son retour à Richmond. Il m'est impossible de croire qu'elle n'avait pas son manuscrit avec elle. Dans son bureau, dans son sac ou dans une valise. (Les yeux bleus revinrent se poser sur moi.) Elle n'avait pas de coffre en banque, ni aucun autre endroit où le cacher – et de toute façon elle ne l'y aurait pas laissé. Elle l'a sans aucun doute emporté lorsqu'elle est partie, pour y travailler. Il est évident qu'en revenant à Richmond, elle avait le manuscrit avec elle.

– Vous dites qu'elle était partie, fis-je. En êtes-vous sûr ?

Mark n'osait pas me regarder.

Sparacino s'appuya contre son dossier et entrelaça ses doigts sur son gros ventre.

– Je savais que Beryl n'était pas chez elle, me dit-il. J'ai essayé de la joindre en vain pendant plusieurs semaines. Et puis elle m'a appelé, il y a environ un mois. Elle n'a pas voulu me dire où elle était, mais a précisé qu'elle était, je cite, « en sécurité ». Elle m'a ensuite indiqué l'état d'avancement de son livre, en disant qu'elle y travaillait sans arrêt. Bref, je n'ai pas essayé d'en savoir plus. Beryl s'était enfuie à cause de ce cinglé qui la menaçait. Peu importait l'endroit où elle était, il me suffisait de savoir qu'elle allait bien et qu'elle finirait son livre dans le délai convenu. Vous trouverez peut-être que tout ça manque de sensibilité, mais je suis un homme pragmatique.

– Nous ne savons pas où était partie Beryl, me dit Mark, Marino n'a pas voulu nous le dire.

Son choix de pronom me mit mal à l'aise. Quand il disait « nous », il se référait à l'évidence à Sparacino et lui.

– Si vous me demandez de répondre à cette question...

– C'est exactement ce que je vous demande, me coupa Sparacino. Tôt ou tard on apprendra qu'elle a passé les derniers mois en Caroline du Nord, à Seattle, au Texas – Dieu sait où. Je dois le savoir *maintenant*. Vous me dites que votre bureau n'est pas en possession du manuscrit. La police me dit qu'elle ne l'a pas non plus. La seule façon pour moi de tirer ça au clair est de savoir où est allée Beryl, et de chercher le manuscrit à partir de là. Peut-être que quelqu'un l'a accompagnée jusqu'à l'aéroport. Peut-être qu'elle s'est fait des amis là où elle était. Peut-être que quelqu'un a une idée de ce qui est arrivé à son livre. Savez-vous par exemple si elle l'avait avec elle quand elle est montée dans l'avion ?

– Adressez-vous au lieutenant Marino, répliquai-je. Je ne suis pas censée discuter des détails du dossier avec vous.

– Je me doutais que vous me répondriez ça, fit

Sparacino. Sans doute parce que vous savez qu'elle avait le livre avec elle quand elle a pris l'avion pour rentrer à Richmond. Sans doute parce que le manuscrit est arrivé à votre bureau en même temps que le corps, et qu'ensuite il a disparu. (Il se tut, son regard froid sur moi.) Combien Cary Harper, sa sœur, ou tous les deux vous ont-ils donné pour leur remettre le manuscrit?

Mark avait le regard absent, un visage sans expression.

– Combien? répéta Sparacino. Dix mille, vingt mille, cinquante mille dollars?

– Je pense que ceci met un terme à notre conversation, Mr Sparacino, fis-je en ramassant mon sac.

– Non, je ne crois pas, répliqua-t-il.

Il feuilleta le dossier étalé devant lui et en sortit plusieurs papiers qu'il poussa dans ma direction.

Le sang reflua de mon visage en reconnaissant les photocopies d'articles publiés par les journaux de Richmond plus d'un an auparavant. Celui du dessus raviva en moi de douloureux souvenirs :

### LE MÉDECIN EXPERT ACCUSÉ DE VOL SUR UN CADAVRE

*Lorsque Timothy Smathers a été tué par balles le mois dernier devant chez lui, apparemment par un employé licencié, sa femme, qui fut témoin du meurtre, affirme qu'il portait au poignet une montre en or, au doigt une alliance en or, et dans ses poches 83 dollars. La police et les ambulanciers dépêchés sur les lieux du crime déclarent que l'argent et les objets ont été remis en même temps que le corps au Bureau du médecin expert devant procéder à l'autopsie...*

Je n'avais pas besoin de lire la fin de l'article, ni ceux qui l'accompagnaient, tous de la même veine. L'affaire Smathers avait suscité la publicité la plus déplorable à laquelle mon service ait dû faire face.

Je mis les photocopies dans la main tendue de Mark.

Sparacino m'avait ferrée, mais je n'avais aucune intention de me débattre.

– Comme vous le savez si vous avez suivi toute l'affaire, dis-je, une enquête a été diligentée, et mon bureau a été lavé de tout soupçon.

– Exact, rétorqua Sparacino. Vous dites avoir remis personnellement les objets en question aux pompes funèbres, et que c'est ensuite qu'ils ont disparu. Tout le problème était de le prouver. J'ai parlé avec Mrs Smathers. Elle est toujours convaincue que c'est le BCME qui a dérobé ces objets.

– Le BCME a été lavé de tout soupçon, Robert, intervint Mark d'une voix monocorde tout en parcourant les articles. Et de toute façon, il est dit ici que Mrs Smathers a reçu un chèque d'un montant équivalant à la valeur des objets volés.

– C'est juste, fis-je.

– Un objet sentimental n'a pas de valeur, remarqua Sparacino. Même si elle avait reçu un chèque dix fois supérieur, elle regrettera toujours ces objets.

Voilà qui était un peu gros. Mrs Smathers, que la police soupçonnait aujourd'hui encore d'avoir été pour quelque chose dans le meurtre de son mari, avait épousé un riche veuf avant que l'herbe ne commence à repousser sur la tombe du défunt.

– De plus, comme le précisent certains de ces articles, poursuivit Sparacino, votre bureau a été incapable de présenter le reçu prouvant que vous ayez bien remis les effets personnels de Mr Smathers aux pompes funèbres. Je connais le dossier et je sais ce que vous allez me dire. Le reçu a été égaré par votre administrateur, qui depuis a quitté vos services. Pour finir, ça a été votre parole contre celle des pompes funèbres, et bien que ce point n'ait jamais été élucidé, au moins de mon point de vue, plus personne ne s'en souvient ni ne s'en préoccupe à l'heure qu'il est.

– Où voulez-vous en venir? demanda Mark de la même voix monotone.

Sparacino lui jeta un bref coup d'œil, puis se tourna à nouveau vers moi.

– L'épisode Smathers n'est malheureusement pas le seul dans ce genre. En juillet dernier, votre bureau a reçu le corps d'un vieillard du nom de Henry Jackson, décédé de mort naturelle. Son corps est arrivé chez vous avec cinquante-deux dollars en poche. Il semble qu'une fois de plus, cet argent ait disparu, ce qui vous a obligée à remettre un chèque au fils du défunt. Le fils a raconté l'histoire à une télévision locale. J'ai gardé une vidéo de l'émission et je suis prêt à vous la montrer.

— Jackson nous a été livré avec cinquante-deux dollars en liquide dans ses poches, répondis-je en essayant de garder mon calme. Il était dans un état de décomposition avancée, et les billets tellements souillés que le voleur le moins regardant n'aurait pas osé les toucher. Je ne sais pas ce qu'ils sont devenus, mais je suppose qu'ils ont été incinérés avec les vêtements de Jackson, salis de chair décomposée et grouillante d'asticots.

— Nom de Dieu, souffla Mark entre ses dents.

— Votre bureau ne me paraît pas très sûr, Dr Scarpetta, dit Sparacino avec un sourire.

— Toutes les administrations connaissent ce genre de problèmes, répliquai-je d'un ton agacé en me levant. Si vous voulez récupérer des objets appartenant à Beryl Madison, voyez ça avec la police.

— Je suis désolé, me dit Mark dans l'ascenseur. Je ne m'attendais pas à ce qu'il déballe toute cette merde. Tu aurais dû me mettre au courant, Kay...

— Te mettre au courant? fis-je en le considérant d'un regard incrédule. Te mettre au courant de *quoi?*

— Des objets volés, des articles de journaux. C'est ce genre de boue dont se sert Sparacino. Sans le savoir, je t'ai entraînée dans une embuscade. Merde!

— Je ne t'ai rien dit, dis-je en haussant la voix, parce que ça n'a rien à voir avec le dossier de Beryl Madison. Les incidents qu'il a mentionnés sont des tempêtes dans des verres d'eau, le genre de bavures qui surviennent dans un endroit où on reçoit des cadavres dans tous les états possibles, et où les types des pompes funèbres et les flics entrent et sortent toute la journée pour venir récupérer les...

— Je t'en prie, Kay, ne te mets pas en colère contre moi.

— Je ne suis pas en colère contre toi!

– Ecoute, je t'ai mise en garde contre Sparacino. J'essaie de te protéger contre lui.

– Alors c'est peut-être que je ne vois pas très bien ce que tu as derrière la tête, Mark.

Nous continuâmes à nous quereller pendant qu'il essayait de héler un taxi. La circulation était pratiquement bloquée. Les klaxons hurlaient, les moteurs rugissaient et j'avais les nerfs en pelote. Un taxi libre se présenta enfin. Mark ouvrit la portière arrière et posa mon sac au pied de la banquette. Je m'installai, mais quand je le vis tendre quelques billets au chauffeur, je compris ce qui se passait. Mark ne m'accompagnait pas. Il m'expédiait seule à l'aéroport, sans manger. Avant que j'aie pu descendre ma vitre pour lui parler, le taxi avait démarré.

Je ne prononçai pas un mot durant toute la course jusqu'à La Guardia, où je constatai qu'il me restait trois heures à tuer avant mon vol. J'étais en colère, blessée et déroutée. Je n'acceptai pas que nous nous soyons séparés comme ça. Je cherchai une table libre dans un bar, commandai un verre, allumai une cigarette et me perdis dans la contemplation des volutes de fumée bleue. Cinq minutes plus tard, je glissai une pièce de 25 *cents* dans la fente d'une cabine téléphonique.

– Orndorff & Berger, annonça une voix féminine.

J'imaginai le lourd comptoir noir.

– Mark James, s'il vous plaît.

Silence.

– Je suis désolée, vous devez faire erreur.

– Il travaille à votre bureau de Chicago mais il est à New York, dis-je. Je l'ai vu tout à l'heure chez vous.

– Ne quittez pas, je vous prie.

Une version supermarché du *Baker Street* de Jerry Rafferty résonna à mes oreilles pendant environ deux minutes.

– Désolée, madame, m'annonça enfin la standardiste, il n'y a personne de ce nom chez nous.

– Mais puisque je vous dis que je l'ai vu chez vous il y a moins de deux heures! fis-je avec impatience.

– J'ai vérifié, madame, je suis désolée, mais vous devez nous confondre avec un autre cabinet.

Etouffant un juron, je raccrochai violemment. Je

composai les Renseignements, obtins le numéro d'Orndorff & Berger à Chicago et insérai ma carte de crédit dans l'appareil. Je voulais laisser un message à Mark lui demandant de me rappeler le plus tôt possible.

Mon sang se figea dans mes veines lorsque la standardiste de Chicago m'annonça :

– Désolée, madame. Nous n'avons personne du nom de Mark James chez nous.

## 6

Mark ne figurait pas dans l'annuaire de Chicago. J'y trouvai bien cinq Mark James et trois Mr James, mais lorsque, de retour chez moi, je composai successivement leurs numéros, je tombai soit sur une femme, soit sur un inconnu. J'étais si ahurie que je fus incapable de trouver le sommeil.

Ce n'est que le lendemain matin que l'idée me vint de contacter Diesner, le médecin expert général de Chicago, que Mark disait connaître.

Je l'appelai donc et, après les politesses d'usage, allai droit au fait.

– Je cherche les coordonnées d'un certain Mark James. Il est avocat à Chicago. Je me suis dit que vous le connaissiez peut-être.

– James... répéta Diesner d'un ton songeur. Non, je ne vois pas, Kay. Vous dites qu'il est avocat ici à Chicago ?

– Oui, articulai-je avec une impression de vertige. Chez Orndorff & Berger.

– Je vois. Un cabinet prestigieux. Mais je ne me souviens pas qu'ils aient un... hum... Mark James chez eux. (Je l'entendis ouvrir un tiroir, feuilleter du papier. Au bout d'un long moment, il ajouta :) Non. Je ne le vois pas non plus dans les pages jaunes.

Je raccrochai, me servis une deuxième tasse de café et contemplai, par la fenêtre de la cuisine, la mangeoire à oiseaux vide. Le temps grisâtre laissait présager de la pluie avant la fin de la matinée. J'avais un tel travail qui m'attendait au bureau qu'il me faudrait un bulldozer pour dégager ma table. On était samedi. Lundi était férié. Le bureau était probablement désert. Je pourrais travailler au calme si j'y allais. Pourtant je n'en avais aucune envie. Je ne pouvais détacher mon esprit de Mark. J'avais l'impression qu'il n'avait jamais existé, qu'il était un être irréel, un rêve. Plus j'essayais d'y voir clair, plus mes idées s'embrouillaient. Que se passait-il?

En désespoir de cause, je demandai le numéro personnel de Robert Sparacino aux Renseignements et fus secrètement soulagée d'apprendre qu'il était sur liste rouge. Il aurait été suicidaire de ma part de l'appeler. Mark m'avait menti. Il avait prétendu travailler chez Orndorff & Berger, vivre à Chicago, connaître Diesner. Il n'y avait pas un seul mot de vrai là-dedans! Je m'accrochai à l'espoir d'entendre sonner le téléphone, d'entendre la voix de Mark. Je me lançai dans un grand ménage, fis une lessive, repassai. J'ouvris une boîte de sauce tomate, préparai des boulettes de viande et consultai mon courrier.

Il était 17 heures quand le téléphone se décida à sonner.

— Doc? Marino à l'appareil, fit la voix familière. Je veux pas vous embêter pendant un week-end, mais ça fait deux jours que j'essaie de vous joindre. Je voulais juste savoir si tout allait bien.

Marino me refaisait le coup de l'ange gardien.

— J'ai une vidéo à vous montrer, poursuivit-il. J' me suis dit que je pourrais peut-être passer une petite minute pour vous la laisser. Vous avez un magnétoscope?

Il le savait très bien. Ce n'était pas la première fois qu'il « passait une petite minute » pour m'apporter une vidéo.

— Quel genre de vidéo? demandai-je.

— Sur un client avec qui j'ai passé la matinée. Je l'ai interrogé sur Beryl Madison.

Je compris au ton de sa voix qu'il n'était pas mécontent de lui. Plus je fréquentais Marino, plus il s'amusait à me poser des devinettes. Je suppose que c'était dû au fait qu'il m'avait une fois sauvé la vie, un événement terrifiant qui avait tissé des liens étranges entre nous (1).

– Vous êtes en service? demandai-je.

– Merde, j'suis toujours en service, grommela-t-il.

– Mais aujourd'hui?

– Pas officiellement, ça vous va? J'ai fini à 4 heures mais ma femme est partie voir sa sœur dans le New Jersey, alors comme y'a un sacré paquet de pièces manquantes dans ce foutu puzzle...

Sa femme était absente. Ses enfants vivaient leur vie. C'était un samedi grisâtre, déprimant. Marino ne voulait pas rentrer dans une maison vide. Moi-même, je ne me sentais pas très gaie seule chez moi. Je jetai un coup d'œil à la boîte de sauce tomate qui mijotait.

– Je ne bouge pas d'ici, fis-je. Apportez votre vidéo, on la regardera ensemble. Vous aimez les spaghetti?

Il parut hésiter.

– Ma foi, je...

– Avec des boulettes. J'allais faire la sauce. Vous mangez avec moi?

– Bon, dit-il. Je dis pas non.

Quand Beryl Madison voulait faire nettoyer sa voiture, elle la portait chez Masterwash, dans Southside Avenue.

Marino l'avait découvert en faisant la tournée des meilleurs lavages de voitures de la ville. Une douzaine à peine proposaient un lavage automatique, avec rouleaux et jets à haute pression. Après un rapide séchage, lui aussi automatique, un employé conduisait la voiture dans un autre local, d'où, après avoir été passée à l'aspirateur, astiquée et cirée, elle ressortait brillante comme un sou neuf. Marino m'indiqua qu'un lavage Masterwash Super Deluxe coûtait quinze dollars.

– J'ai eu un coup de pot incroyable, expliqua-t-il en faisant tourner une fourchette de spaghetti sur sa cuillère. Parce que c'est pas facile de retrouver un truc comme ça. Les gus du lavage, combien de bagnoles par jour il leur passe entre les mains, hein? Soixante-dix?

(1) Voir *Postmortem*.

Cent ? Alors vous croyez qu'ils vont se rappeler tout de suite une Honda noire ?

Il exultait. Il était parti en chasse et n'était pas rentré bredouille. La semaine précédente, quand je lui avais remis le rapport préliminaire sur les fibres découvertes chez Beryl, je savais qu'il allait interroger méthodiquement tous les laveurs de voitures et garagistes de la ville. S'il se trouvait un seul buisson au milieu du désert, vous pouviez compter sur Marino pour aller fourrer son nez dedans.

— J'ai décroché le gros lot hier, poursuivit-il, quand j'suis passé chez Masterwash. C'était un des derniers de ma liste parce qu'il est décentré. Je pensais que Beryl donnait sa Honda à un lavage du West End. Pas du tout, elle avait ses habitudes chez Masterwash, qu'est au sud. La seule raison que je vois à ça, c'est qu'ils font aussi les pièces détachées. J'ai appris qu'elle avait amené sa voiture peu de temps après l'avoir achetée, en décembre dernier, pour faire étanchéiser la caisse. Elle en a eu pour cent dollars. Ensuite elle a pris un abonnement, ça lui donnait droit à deux dollars de remise sur chaque lavage.

— C'est comme ça que vous avez retrouvé sa trace, à cause de son abonnement ?

— Ouais, dit-il. Ils ont même pas d'ordinateur, il a fallu qu'ils épluchent tout un tas d' factures. J'ai retrouvé une photocopie de sa carte d'abonnement, et vu l'état de la voiture quand on l'a trouvée dans son garage, j'me doutais qu'elle l'avait fait astiquer pas longtemps avant de descendre à Key West. J'avais aussi cherché dans ses relevés de compte, pour retrouver les paiements par carte bancaire. J'en ai trouvé qu'un à l'ordre de Masterwash, pour les cent dollars dont j'ai parlé tout à l'heure. Après ça, elle a dû payer en liquide.

— Les employés du lavage, demandai-je. Qu'est-ce qu'ils ont comme tenue ?

— Pas d'uniforme orange qui pourrait expliquer la fibre que vous avez trouvée. Ils sont presque tous en jean et baskets. Ils portent une chemise bleue avec « Masterwash » brodé en blanc sur la poche. J'ai fureté partout. Je n'ai rien remarqué. A part ça, les seuls trucs qui pourraient éparpiller des fibres, ce sont les rouleaux de papier blanc qu'ils utilisent pour nettoyer l'intérieur des voitures.

– Tout ça n'est pas très prometteur, dis-je en repoussant mon assiette.

Marino était loin d'être rassasié, alors que moi, j'avais l'estomac noué par ce qui s'était passé à New York. Je me demandais si je devais lui en parler.

– Ça se peut, dit-il, mais quand j'ai parlé avec un des gars, j'ai eu l'impression qu'on tenait peut-être quelque chose.

Je gardai le silence.

– S'appelle Al Hunt, vingt-huit ans, blanc. J'l'ai remarqué d'entrée. Ça a fait tilt dans ma tête. Il avait pas l'air à sa place. Coupe de cheveux impeccable, élégant, on l'aurait plutôt vu avec un costard et un attaché-case. Je me suis demandé ce qu'un mec comme ça fichait dans une boîte pareille. (Il se tut pendant qu'il essuyait son assiette avec un bout de pain à l'ail.) Du coup je m'approche et je commence à causer. Je lui demande s'il connaît une Beryl Madison, je lui montre sa photo. Je lui demande si elle est venue ici, et boum! Il devient nerveux.

Je ne pus m'empêcher de penser que moi aussi je deviendrais nerveuse en voyant approcher Marino. Il avait dû aborder le pauvre bougre avec la délicatesse d'un semi-remorque.

– Et alors? fis-je.

– Alors on va à l'intérieur, on se prend un café et on commence à parler sérieusement. Et là j'me rends compte que cet Al Hunt est un drôle de zigoto. D'abord, il a fait la fac. Il a décroché un diplôme de psychologie et avec ça, croyez-le ou pas, il a été jouer les infirmiers au Metropolitan pendant un an ou deux. Et quand je lui demande pourquoi il a quitté l'hôpital pour Masterwash, j'apprends que son vieux est le propriétaire de la boîte. Et que Papa Hunt a des fers au feu dans toute la ville. Masterwash n'est qu'un morceau du gâteau. Il possède plusieurs parkings et la moitié du Northside, où il loue des taudis dans des immeubles sordides. Moi, j'me dis que quand on est le fiston d'un type comme ça, on attend tranquillement de s'asseoir à sa place, pas vrai?

Le récit de Marino commençait à m'intéresser.

– L'ennui, c'est que Al n'a même pas l'air d'avoir de costume convenable, d'accord ? En d'autres termes, Al est un perdant. Le vieux ne veut pas le voir en costard derrière un bureau. Il a pas confiance. Il préfère le voir surveiller les autres zigotos en train de faire briller les chromes. J'me suis dit qu'y avait quelque chose qui clochait là-dedans.

Il pointait son doigt sur son crâne.

– Vous devriez aller voir son père, suggérai-je.

– C'est ça, vous croyez qu'il admettra que le fiston dans lequel il a placé tous ses espoirs est un abruti ?

– Alors qu'allez-vous faire ?

– C'est *déjà* fait, répondit Marino. Vous allez voir la vidéo, Doc. J'ai passé toute la matinée au quartier général avec Al Hunt. Ce type a un tel baratin qu'il pourrait convaincre un banc public de le suivre. Et il s'intéresse drôlement à Beryl. Il m'a dit qu'il avait lu les articles dans les journaux et que...

– Comment savait-il qu'il s'agissait d'elle ? l'interrompis-je. Les journaux et la télé n'ont montré aucune photo d'elle. Il a fait le rapprochement à cause du nom ?

– Il dit qu'il avait pas fait le rapprochement, qu'avant que je lui montre la photo, il avait aucune idée qu'il s'agissait de la blonde qui venait au lavage. Ensuite il a fait tout un cinéma comme quoi il était bouleversé et tout et tout. Il dévorait mes paroles, posait des tas de questions. Curieux pour un type qui soi-disant la connaissait ni d'Ève ni d'Adam. (Il reposa sa serviette en boule sur la table.) Le mieux, c'est que vous voyiez vous-même.

Je préparai du café et débarrassai la table, puis nous passâmes au salon pour regarder la cassette. Le décor était familier. Je l'avais souvent vu. La salle d'interrogatoire du quartier général de la police était une petite pièce lambrissée et moquettée, avec pour tout mobilier une table en son centre. Près de la porte, un interrupteur, auquel seul un expert ou un initié aurait remarqué qu'il manquait une des deux vis de fixation. De l'autre côté de l'orifice était installée une caméra vidéo équipée d'un objectif grand angle.

Au premier coup d'œil, Al Hunt n'avait rien d'un assassin. Il avait le teint brouillé, les cheveux blonds avec un début de calvitie frontale. Il aurait même eu un certain charme s'il n'avait pas été affligé d'un menton fuyant qui donnait l'impression que son visage était aspiré par son col de chemise. Il était vêtu d'un blouson de cuir brun et d'un jean, et ses doigts effilés tripotaient avec nervosité une canette de 7-Up tout en regardant Marino assis face à lui.

– Qu'est-ce qu'elle avait de spécial, Beryl Madison? lui demandait celui-ci. Pourquoi tu l'as remarquée? Tu vois passer des tas de voitures tous les jours dans ton lavage. Tu te rappelles tous tes clients?

– Je m'en souviens plus que vous supposez, répliquait Hunt. Surtout quand il s'agit de clients réguliers. Je ne dis pas que j'ai tous leurs noms en tête, mais je me souviens de leur visage, parce que la plupart sortent de leur voiture et attendent qu'on ait fini de les nettoyer. Beaucoup de clients aiment bien surveiller le travail, si vous voyez ce que je veux dire. Ils restent là pour vérifier qu'on n'oublie rien. Certains prennent même un chiffon pour donner un coup de main, surtout quand ils sont pressés, ou s'ils sont du genre à ne pas pouvoir rester sans rien faire.

– Est-ce que Beryl était comme ça? Elle restait à surveiller?

– Non, m'sieur, pas du tout. On a installé des bancs dehors, pour les clients. Elle allait toujours s'y asseoir. Elle restait là à lire le journal ou un livre. Elle ne regardait même pas ce que faisaient les employés. Elle n'était pas du genre à sympathiser. C'est peut-être pour ça que je me souviens d'elle.

– Qu'est-ce que tu veux dire? demanda Marino.

– Je veux dire qu'elle envoyait des signaux. Je les ai sentis.

– Des signaux?

– Tout le monde envoie des signaux, expliqua Hunt. J'y suis très sensible, je les reçois très fort. Je peux dire pas mal de choses sur quelqu'un d'après les signaux qu'il envoie.

– Est-ce que j'envoie des signaux?

– Oui. Tout le monde envoie des signaux.

– Quel genre de signaux j'envoie, Al?

104

– Des signaux rouge pâle, répondit Hunt le plus sérieusement du monde.

– C't'à dire ? fit Marino d'un air ahuri.

– Je perçois les signaux en couleur. Peut-être que vous trouvez ça étrange, mais je ne suis pas le seul. Il y a des gens qui perçoivent des émissions colorées chez les autres. Ce sont ces signaux auxquels je fais allusion. Et ceux que vous émettez sont rouge pâle. Ils expriment une certaine sympathie, mais aussi de la colère. C'est comme un avertissement. Ça attire l'œil, mais ça suggère un certain danger.

Marino arrêta la bande et m'adressa un sourire entendu.

– Alors, Doc ? Vous trouvez pas qu'il déraille un peu ?

– Moi je trouve qu'il est plutôt perspicace, dis-je. C'est vrai que vous êtes à la fois sympathique et coléreux. Et dangereux.

– Merde, Doc. Ce type est cinglé. A l'entendre on croirait qu'on ressemble à des foutus arcs-en-ciel.

– Ce qu'il dit peut avoir un certain fondement psychologique, répliquai-je. Chaque émotion humaine peut être associée à une couleur. C'est sur cette base que sont déterminées les couleurs des peintures dans les endroits publics, les chambres d'hôtel ou les institutions. Le bleu, par exemple, est associé à la dépression. C'est pourquoi vous trouverez rarement des chambres d'hôpitaux psychiatriques peintes en bleu. Le rouge est violent, impulsif, passionné. Le noir est morbide, sinistre, et ainsi de suite. D'après ce que vous m'avez dit, Hunt a un diplôme de psychologie.

Marino eut un regard dédaigneux et redémarra la bande.

– ... Je suppose que c'est à cause de votre métier. Vous êtes détective, disait Hunt. En ce moment, vous avez besoin de ma collaboration, mais d'un autre côté vous ne me faites pas confiance et pourriez vous montrer dangereux si je vous cachais quelque chose. C'est en cela que réside l'aspect avertissement du rouge pâle. Le côté sympathique, c'est votre personnalité chaleureuse. Vous voulez que les gens se sentent proches de vous. Ou vous désirez leur être proche. Vous donnez une impression de dureté, mais vous voulez qu'on vous aime...

– Ça va, ça va, l'interrompit Marino. Revenons à Beryl Madison. Elle vous balançait des couleurs, elle aussi ?

– Pour ça, oui. Je l'ai senti tout de suite. Elle était différente, très différente.

A l'écran, Marino redressa le torse et se croisa les bras.

– Comment ça ? fit-il.

– Elle était très distante, expliqua Hunt. Chez elle, j'ai perçu des couleurs polaires. Du bleu clair, un jaune pâle comme un soleil d'hiver, et un blanc si froid qu'il brûlait comme de la glace. On avait l'impression qu'on allait se brûler les doigts si on la touchait. C'est ce blanc qui était différent chez elle. Beaucoup de femmes émettent des teintes pastel. Elles s'accordent bien avec la couleur de leurs vêtements. Rose, jaune, bleu clair, vert clair. Les femmes sont passives, calmes, fragiles. Quand il m'arrive de rencontrer une femme qui émet une couleur forte, bleu marine, lie-de-vin ou rouge, je sais que j'ai affaire à une femme volontaire, plus agressive. Elle sera avocate, médecin ou femme d'affaires, et elle s'habillera dans les couleurs que je viens de vous énumérer. Ces femmes-là, au lavage, elles restent près de leur voiture, les mains sur les hanches, à surveiller le travail. Elles vous font remarquer la moindre trace sur le pare-brise ou la moindre auréole sur la carrosserie.

– Est-ce que tu aimes ce genre de femmes ? demanda Marino.

Hunt hésita.

– Non. Franchement, non.

Marino se pencha vers lui en riant.

– Hé, hé. Moi non plus je les aime pas ! Je préfère le genre pastel...

Je balançai un regard critique au vrai Marino. Il m'ignora et son double poursuivit.

– Parle-moi de Beryl. Dis-moi ce que tu as senti d'autre chez elle.

Hunt fronça les sourcils en rassemblant ses souvenirs.

– Ce n'est pas parce qu'elle envoyait des teintes pastel

qu'elle était différente, mais parce que je ne les ressentais pas chez elle comme un signe de fragilité. Ni de passivité. Ses couleurs, comme je vous ai dit, étaient froides. C'étaient plus des couleurs de banquise que de fleur. Elle semblait dire au monde de se tenir à l'écart.

– Tu trouvais qu'elle avait l'air frigide?

Hunt fit tourner sa canette de 7-Up entre ses doigts.

– Non, je ne peux pas dire ça. Je ne crois pas que c'est ce que je ressentais. L'idée qui me venait à l'esprit, c'est la distance. Elle donnait l'impression qu'il fallait parcourir une grande distance pour l'approcher. Et que si vous vous approchiez, son intensité vous dévorerait comme un grand feu. Ce sont ces signaux blancs, chauffés à blanc, qui ont fait que je l'ai remarquée. C'était quelqu'un d'intense, très intense. J'ai eu l'impression qu'elle était à la fois très intelligente et très compliquée. Même quand elle s'asseyait sur son banc sans regarder personne ni s'occuper de rien, son esprit fonctionnait. Il absorbait tout ce qui se passait autour d'elle. Elle était blanche, brûlante et distante, comme une étoile.

– Est-ce que tu as remarqué qu'elle était célibataire?

– Elle ne portait pas d'alliance, répliqua Hunt sans hésitation. J'en ai déduit qu'elle était célibataire, et rien dans sa voiture ne démentait cette impression.

– Je ne comprends pas, fit Marino d'un air surpris. Comment tu peux voir ça à une voiture?

– Je m'en suis rendu compte la deuxième fois qu'elle est venue, je crois. J'ai regardé l'intérieur de la voiture pendant qu'un de mes gars la nettoyait. Il n'y avait aucun objet masculin dehors. Son parapluie, par exemple, il était derrière, par terre. Eh bien, c'était un de ces parapluies minces que les femmes utilisent, alors que les hommes prennent en général des parapluies à grosse poignée de bois. J'ai vu aussi à l'arrière le linge qu'elle rapportait du pressing. Eh bien, d'après ce que j'ai vu, il n'y avait que des affaires de femmes, aucun vêtement d'homme. La plupart des femmes mariées rapportent le linge de leur mari en même temps qu'elles vont retirer le leur. Et puis il y avait aussi le coffre. Pas de trousse à outils, pas de câbles de batterie. Rien de masculin. Vous savez, quand vous voyez défiler des voitures toute la journée, vous finissez par remarquer des tas de petits détails et tirer des conclusions sur leurs propriétaires sans même y penser.

– On dirait que, dans son cas, tu y as bien réfléchi, remarqua Marino. Est-ce que l'idée t'est venue de sortir avec elle, Al? T'es sûr que tu connaissais pas son nom? Tu l'avais pas vu sur le sac de pressing, ou sur une enveloppe qu'elle aurait laissée traîner dans sa voiture?

Hunt secoua la tête.

– Je ne connaissais pas son nom. Peut-être que je ne voulais pas le savoir.

– Pourquoi?

– Je ne sais pas..., fit Hunt d'un air gêné.

– Allez, tu peux bien me le dire, Al. Tu sais, moi aussi j'aurais eu envie de la draguer... C'était une belle fille, pas bête. Ça m'aurait donné des idées. J'aurais essayé de savoir son nom, peut-être même de l'appeler chez elle.

– Eh bien, je ne l'ai pas fait, dit Hunt en baissant la tête. Je n'ai rien fait de tout ça.

– Pourquoi pas?

Silence.

– Peut-être qu'il t'est arrivé de sortir avec une femme dans son genre et que tu t'es brûlé les doigts, hein?

Silence.

– Hé, ça arrive à tout le monde, Al.

– A la fac, répondit enfin Hunt d'une voix inaudible. Je suis sorti avec une fille. Pendant deux ans. Et puis elle m'a quitté pour un étudiant en médecine. Des filles comme ça... elles ont une idée précise du type qu'elles cherchent. Vous comprenez, quand elles commencent à penser à s'installer...

– Elles veulent un type qui a de la ressource, c'est ça? (Le ton de voix de Marino s'était fait plus tranchant.) Un avocat, un toubib, un banquier. Elles veulent pas d'un type qui bosse dans un lavage de voitures.

Hunt releva vivement la tête.

– Je n'y travaillais pas à l'époque.

– Peu importe, Al. Une gonzesse de la classe de Beryl Madison t'aurait même pas donné l'heure, pas vrai? J' parie qu'elle avait même pas remarqué ton existence. J' parie qu'elle t'aurait même pas reconnu si t'avais embugné sa voiture dans un embouteillage...

– Vous n'avez pas le droit de dire des choses comme ça...

– Vrai ou faux?

Hunt contempla ses poings crispés.

– Alors, comme ça elle t'avait tapé dans l'œil, hein? insista Marino sans se laisser émouvoir. Peut-être bien que t'y pensais tout le temps, à cette fille brûlante comme une étoile, elle te faisait fantasmer. Tu te demandais comment ça serait de sortir avec elle, de baiser avec elle. Peut-être que t'osais même pas lui dire un mot parce que t'avais peur qu'elle t'envoie balader, qu'elle te considère comme un moins que rien, qu'elle...

– Arrêtez! Vous voulez me provoquer! Arrêtez! Taisez-vous! s'écria Hunt d'une voix aiguë. Laissez-moi tranquille!

Marino le regarda d'un air impassible. Il alluma une cigarette.

– T'as l'impression d'entendre ton vieux, hein, Al? fit-il. Ce vieux Papa Hunt qui croit que son fils unique est pédé parce qu'il se conduit pas comme un putain de salopard de proprio qu'en a rien à foutre des gens. (Il souffla un nuage de fumée et reprit d'une voix radoucie.) J' me suis renseigné sur Papa Hunt. Je sais qu'il a raconté à tous ses copains que t'étais pédé, qu'il avait failli mourir de honte quand t'étais allé travailler comme infirmier. La vérité, c'est que tu bosses dans ce foutu lavage parce qu'il t'a dit que si tu le faisais pas, il te priverait d'héritage.

– Vous savez ça? Comment l'avez-vous appris? articula Hunt d'un air stupéfait.

– Je sais beaucoup de choses. Par exemple que le personnel du Metropolitan t'avait à la bonne, que tu te débrouillais comme un chef avec les patients. Qu'ils ont drôlement regretté de te voir partir. Ils te trouvaient « sensible », c'est ce qu'ils m'ont dit. Peut-être que t'es trop sensible pour cette jungle, pas vrai, Al? Et c'est pour ça que tu dragues pas, que tu sors pas avec une fille. Parce que t'as peur. La vérité, c'est que t'avais la trouille de Beryl, n'est-ce pas?

Hunt prit une profonde inspiration.

– C'est pour ça que tu voulais pas connaître son nom?

poursuivit Marino. Pour pas être tenté de l'appeler ou de faire quoi que ce soit?

– Je l'ai juste remarquée, rétorqua Hunt avec nervosité. Rien de plus. Je ne pensais pas à elle de la façon que vous dites. Elle m'avait... hum... frappé, c'est tout. Je n'ai pas cherché plus loin. Je ne lui ai même jamais parlé, sauf la dernière fois qu'elle est venue...

Une nouvelle fois, Marino enfonça le bouton Stop.

– On arrive à la partie importante... (Il se tourna vers moi et m'observa attentivement.) Hé, ça va?

– Etait-ce nécessaire de vous montrer aussi brutal? demandai-je d'une voix émue.

– Vous me connaissez pas beaucoup si vous trouvez que j'ai été brutal.

– Excusez-moi. J'avais oublié que j'étais en compagnie du redoutable Attila.

– C'est du cinéma, rien de plus, rétorqua-t-il.

– Alors vous méritez un Oscar.

– Allons, Doc, ce n'est pas si grave.

– Vous l'avez complètement démoralisé, dis-je.

– C'est juste une ficelle du métier. Une façon de secouer le cocotier, de faire dire aux gens des choses qui leur seraient peut-être même pas revenues sans ça. (Il se retourna face à l'écran et, tout en appuyant sur le bouton Lecture, ajouta :) Rien que pour ce qu'il va dire maintenant, ça valait le coup.

– Ça remonte à quand? demandait Marino à Hunt. La dernière fois qu'elle est venue?

– Je ne me souviens pas de la date exacte, répondit Hunt. Il doit y avoir deux ou trois mois de ça à peu près, mais en tout cas c'était un vendredi, en fin de matinée. Je m'en souviens parce que je devais déjeuner avec mon père. Nous mangeons ensemble tous les vendredis, pour parler de la façon dont marchent les affaires. (Il tendit le bras vers le 7-Up qu'il avait reposé.) C'est pourquoi le vendredi, je m'habille un peu mieux. Ce jour-là, je portais une cravate.

– Beryl arrive donc ce vendredi-là en fin de matinée pour faire laver sa voiture, le pressa Marino. Et c'est là que tu lui as parlé?

– C'est elle qui m'a adressé la parole, rectifia Hunt. Sa voiture sortait des rouleaux quand elle est venue vers moi. Elle m'a dit qu'elle avait renversé quelque chose dans le coffre et m'a demandé si on pouvait nettoyer ça. Je l'ai accompagnée jusqu'à sa voiture, elle a ouvert le coffre et j'ai constaté qu'en effet le tapis de sol était inondé. Elle avait dû y mettre ses sacs de course et une grande bouteille de jus d'orange s'était cassée. Je suppose que c'est pour ça qu'elle nous avait amené la voiture.

– Les courses étaient toujours dans le coffre?

– Non, répondit Hunt.

– Est-ce que tu te souviens de ce qu'elle portait ce jour-là?

Hunt hésita.

– Des vêtements de tennis, des lunettes noires. Euh... on aurait dit qu'elle venait juste de finir une partie. Je ne l'avais jamais vue dans cette tenue. Les autres jours elle était toujours en habits de ville. Je me souviens de sa raquette et d'autres choses qui étaient dans son coffre, parce qu'elle les a enlevées pour qu'on puisse shampooiner le tapis de sol. Elle les a essuyées et mises sur la banquette arrière.

Marino tira un agenda de sa poche de poitrine et le feuilleta avant de trouver la page qu'il cherchait.

– Est-ce que ça aurait pu se passer dans la deuxième semaine de juillet, le vendredi 12?

– C'est possible.

– Est-ce que tu te souviens d'autre chose? C'est tout ce qu'elle t'a dit?

– Elle était sympathique, presque amicale, répondit Hunt. Je m'en souviens bien. Je suppose que c'est parce que je l'aidais, que je vérifiais qu'on lui nettoie bien son coffre alors que je n'avais pas à le faire. J'aurais pu l'envoyer à la boutique pour acheter un shampooing à trente dollars. Mais je voulais l'aider. Et c'est en traînant autour de la voiture pendant que les gars terminaient le lavage que j'ai remarqué que sa portière droite était rayée. On aurait dit qu'on avait utilisé une clé ou quelque chose pour graver un cœur et plusieurs lettres juste au-dessous de la poignée. Quand je lui ai demandé comment c'était arrivé, elle a contourné la voiture pour inspecter les dégâts. Quand elle a vu ça, elle est devenue blanche comme un linge. Elle n'avait pas dû remarquer les rayures jusque-là. J'ai essayé de la calmer, je lui ai dit que je comprenais, qu'il y avait de quoi râler. Vous pensez, une Honda toute neuve qui doit coûter dans les vingt mille dollars, et un abruti vous fait ça!

— Qu'est-ce qu'elle a dit d'autre, Al? demanda Marino. Est-ce qu'elle a émis une hypothèse sur l'origine de ces rayures?

— Non. Elle n'a pas dit grand-chose. On aurait dit qu'elle avait peur, elle regardait de tous les côtés, l'air inquiet. Ensuite elle m'a demandé s'il y avait une cabine dans le coin et je lui ai dit qu'on avait un téléphone à pièces dans la boutique. Quand elle est ressortie, sa voiture était prête et elle est partie...

Marino arrêta la bande et l'éjecta du magnétoscope. Je me souvins que j'avais préparé du café. J'allai à la cuisine et en emplis deux tasses.

— On dirait que ça répond à une de nos questions, fis-je en revenant.

— Exact, fit Marino en se servant de sucre et de crème. A mon avis, Beryl a appelé soit sa banque, soit l'aéroport pour faire sa réservation. Le cœur gravé sur sa portière a été la goutte d'eau qui a fait déborder le vase. Elle a paniqué. Du lavage, elle s'est rendue directement à sa banque. J'ai retrouvé son agence. Le 12 juillet à 12 h 55, elle a vidé son compte. Elle est repartie avec près de dix mille dollars en liquide. Comme c'était une bonne cliente, on ne lui a fait aucune difficulté.

— A-t-elle acheté des chèques de voyage?

— Non, aussi incroyable que ça paraisse, répondit Marino. Ce qui me fait dire qu'elle avait plus peur de se faire retrouver par son poursuivant que de se faire dévaliser. Elle a tout payé en liquide dans les Keys. Pas de chèque, pas de carte, elle a laissé son nom nulle part.

— Elle devait être vraiment terrorisée, remarquai-je. Je ne me vois pas voyager avec une telle somme sur moi. Il faudrait que je sois folle ou morte d'angoisse.

Marino alluma une cigarette. Je l'imitai.

— Croyez-vous qu'on ait pu graver ce cœur sur sa voiture pendant qu'elle était au lavage? demandai-je en éteignant mon allumette.

— J'ai posé la question à Hunt pour voir sa réaction,

répondit Marino. Il m'a juré ses grands dieux que c'était impossible, qu'on s'en serait forcément rendu compte. J'en suis pas si sûr. Merde, dans ces boîtes-là, si vous avez le malheur de laisser traîner cinquante *cents* sur le tableau de bord, vous pouvez être sûr qu'ils auront disparu quand vous reprendrez votre bagnole. Du fric, des parapluies, des carnets de chèques, ils piquent n'importe quoi, et bien sûr personne ne voit jamais rien. Même Hunt aurait pu le faire, si vous voulez mon avis.

– C'est vrai que c'est un garçon étrange, concédai-je. Je trouve curieux qu'il ait remarqué à ce point Beryl, alors qu'il voit défiler des dizaines de clients par jour. Elle venait tous les combien ? Une fois par mois, à peine ?

Il acquiesça d'un hochement de tête.

– Et malgré ça, dit-il, il s'en souvient comme si elle venait tous les jours. Peut-être bien qu'il est innocent. Et peut-être que non.

Je me souvins alors que Mark avait dit que Beryl était « difficile à oublier ».

Marino et moi buvions notre café en silence, et un voile noir s'abattit dans mon esprit. Mark. Il devait y avoir une erreur quelque part, un malentendu, une explication logique au fait qu'il ne figure pas dans la liste du personnel de chez Orndorff & Berger. Peut-être que son nom avait été oublié, ou alors le cabinet venait d'être informatisé et son nom, mal orthographié, n'était pas apparu à l'écran quand la réceptionniste l'avait tapé sur son clavier. La standardiste de Chicago comme celle de New York étaient peut-être des nouvelles, qui ne connaissaient pas encore le nom de tous les collaborateurs du cabinet. Mais dans ce cas, pourquoi ne figurait-il pas non plus dans l'annuaire de Chicago, ni parmi les connaissances de Diesner ?

– On dirait que vous vous faites du mouron, fit soudain Marino. C'est l'impression que j'ai depuis que je suis arrivé.

– C'est la fatigue, dis-je.

– Allons donc, fit-il avant d'avaler une gorgée de café.

La question qui suivit me fit presque recracher le mien.

– Rose m'a dit que vous vous étiez absentée. Votre petite discussion new-yorkaise avec Sparacino a été intéressante?

– Quand Rose vous a-t-elle dit ça?

– Peu importe. Et n'allez pas voler dans les plumes de votre secrétaire. Elle m'a juste dit que vous étiez partie. Elle n'a pas dit où, ni avec qui, ni pour quoi faire. J'ai découvert ça tout seul.

– Comment?

– En voyant votre réaction à l'instant, voilà comment. Vous n'avez pas nié, n'est-ce pas? Alors, de quoi avez-vous parlé avec Sparacino?

– Il m'a dit qu'il vous avait parlé. Peut-être vaudrait-il mieux que vous me rapportiez d'abord votre conversation.

– Y'a rien à en dire, répondit Marino en reprenant sa cigarette qui se consumait dans le cendrier. Il m'a appelé chez moi l'autre soir. Ne m' demandez pas comment il a dégoté mon nom et mon numéro. Il voulait les papiers de Beryl. Je lui ai dit qu'il en était pas question. J'aurais pu accepter si ce type était pas aussi imbuvable. Il me donnait presque des ordres. Bon Dieu, il se prend pour qui? Il a dit qu'il était son exécuteur testamentaire et il a fini par des menaces.

– Et vous vous en êtes tiré en renvoyant ce piranha à mon bureau.

Marino me regarda sans comprendre.

– Pas du tout. J'ai même pas prononcé vot' nom.

– Vous en êtes sûr?

– Bien sûr que j'en suis sûr. La conversation a pas duré plus de trois minutes, et on n'a pas parlé de vous.

– Et le manuscrit que vous avez mentionné dans votre rapport? Sparacino en a-t-il parlé?

– Ça, oui. Mais je suis pas entré dans les détails. J'ai dit que tous ses papiers étaient examinés dans le cadre de l'enquête, et je lui ai sorti le baratin habituel comme quoi j'étais pas habilité à discuter de cette affaire.

– Vous ne lui avez pas dit avoir remis à mes services le manuscrit que vous aviez trouvé? demandai-je.

– Mais non! (Marino me regarda d'un air intrigué.) Pourquoi j'aurais dit ça? Si encore c'était vrai, mais c'est même pas le cas. J'ai confié le manuscrit à Vander pour qu'il cherche des empreintes. Je suis resté avec lui tout le temps, et ensuite je suis reparti avec. A l'heure qu'il est, il est au QG, avec tout le reste. (Il marqua une pause.) Pourquoi ? Qu'est-ce que Sparacino vous a raconté?

Je me levai et allai remplir nos deux tasses. Quand je revins, je racontai toute l'histoire à Marino. A la fin, il me considéra avec un air ébahi mêlé à quelque chose qui ne fit rien pour me réconforter. C'était la première fois que je voyais Marino avoir peur.

– Qu'est-ce que vous allez faire s'il appelle? me demanda-t-il.

– Qui, Mark?

– Non, Blanche-Neige, rétorqua-t-il d'un air sarcastique.

– Je lui demanderai des explications. Je lui demanderai comment il peut travailler chez Orndorff & Berger sans qu'on l'y connaisse, comment il peut vivre à Chicago sans que personne ait entendu parler de lui. (La frustration m'étouffait.) Je ne sais pas, ce que je ferai! Ce qui est sûr c'est que je veux savoir ce qui se passe!

Marino détourna le regard, les maxillaires contractés.

– Vous pensez que Mark est impliqué..., articulai-je avec un frisson dans le dos. Qu'il est lié à Sparacino, mouillé dans des activités illégales, peut-être criminelles?

D'un geste agacé, il alluma une cigarette.

– Que voulez-vous que je pense? Vous aviez pas revu votre ex depuis plus de dix ans. Vous lui aviez pas reparlé, vous saviez même pas où il habitait, et le voilà un beau jour sur votre paillasson. Qu'est-ce qu'il a fait pendant toutes ces années? Vous en savez rien. Tout ce que vous en savez, c'est ce qu'il vous...

La sonnerie du téléphone nous fit tous deux sursauter. Par réflexe, je jetai un coup d'œil à ma montre tout en me hâtant vers la cuisine. Il n'était pas encore 22 heures. L'appréhension m'étreignit la poitrine lorsque je décrochai.

– Kay ?

– Mark ? fis-je avant de déglutir avec effort. Où es-tu ?

– Chez moi. Je suis revenu à Chicago en avion. Je viens d'arriver...

– J'ai essayé de te joindre à New York et à Chicago, à ton bureau..., balbutiai-je. Je t'ai appelé de l'aéroport.

Long silence.

– Ecoute, je n'ai pas beaucoup de temps. Je voulais juste savoir si tu étais bien rentrée et te dire que j'étais désolé de la manière dont ça s'était passé. Je te rappelle.

– Où es-tu ? lui demandai-je une nouvelle fois. Mark ? Mark ?

Seule la tonalité me répondit.


## 7


Le lendemain, dimanche, je n'entendis pas mon réveil et manquai la messe. Je m'extirpai du lit alors que l'heure du déjeuner était déjà passée. J'avais la tête embrouillée et les nerfs en pelote. Je ne me souvenais pas de mes rêves, mais je savais qu'ils n'avaient pas été plaisants.

Mon téléphone sonna à 19 heures, alors que j'étais en train d'éplucher des oignons pour faire une omelette que je ne devais pas avoir l'occasion de manger. Quelques minutes plus tard, je fonçais dans l'obscurité sur la 64 East, avec sur mon tableau de bord un morceau de papier où j'avais griffonné les indications pour arriver à Cutler Grove. Mon esprit fonctionnait comme un programme d'ordinateur coincé en boucle, mes pensées ressassant inlassablement les mêmes données. Cary Harper venait d'être assassiné. Une heure auparavant, il était sorti d'un bar de Williamsburg et était rentré chez lui. Il avait été attaqué au moment où il descendait de voiture. Tout s'était passé très vite. Comme Beryl Madison, il avait eu la gorge tranchée.

Il faisait nuit noire et j'étais éblouie par l'éclat de mes

phares réfléchis par les nappes de brouillard. La visibilité était pratiquement nulle, et cette autoroute que j'avais empruntée des dizaines de fois dans le passé m'apparut soudain étrange et inquiétante. Privée de mes repères familiers, je ne reconnaissais plus rien. J'étais en train d'allumer une cigarette d'une main nerveuse quand j'aperçus derrière moi une paire de phares qui se rapprochaient. Une voiture de couleur sombre vint presque se coller à mon pare-chocs, puis ralentit pour se placer à une certaine distance. Ensuite, pendant des kilomètres, elle maintint le même intervalle, que j'accélère ou ralentisse. Je pris la sortie qu'on m'avait indiqué, et vis derrière moi la mystérieuse voiture faire de même.

Le chemin de terre que j'empruntai alors n'était indiqué par aucun panneau. Les phares se rapprochèrent et vinrent se coller à mon pare-chocs. J'avais laissé mon .38 à la maison. Je n'avais pour me défendre qu'une bombe lacrymogène rangée dans ma serviette. Je ressentis un tel soulagement quand, au détour d'un virage, la vaste demeure surgit enfin du brouillard que je remerciai Dieu à haute voix. L'allée semi-circulaire qui y conduisait était encombrée de véhicules et clignotait dans la lueur des gyrophares. Je me garai. La voiture qui me suivait stoppa juste derrière moi et, stupéfaite, j'en vis descendre Marino, qui remonta le col de son manteau.

– Bonté divine! m'exclamai-je avec irritation. C'est pas possible!

– Comme vous dites, grommela-t-il après m'avoir rejointe en quelques enjambées. C'est incroyable.

Il jeta un regard renfrogné au cercle de projecteurs qui entouraient une vieille Rolls-Royce blanche stationnée près de l'entrée arrière de la résidence.

– Merde, lâcha-t-il. C'est tout ce que j'ai à dire. Merde!

L'endroit grouillait de flics, leurs visages bizarrement pâlis par la lumière artificielle. Les moteurs au ralenti ronronnaient de concert, et des fragments de conversations radio grésillaient dans l'air froid et humide. Fixé à la rambarde du seuil, un ruban jaune délimitait en un sinistre triangle le périmètre immédiat du lieu du meurtre.

Un officier en civil vêtu d'une vieille veste de cuir brun venait dans notre direction.

– Dr Scarpetta? s'enquit-il. Je suis le détective Poteat.

J'ouvris ma serviette pour en extraire une paire de gants chirurgicaux et une torche.

– Personne n'a touché au cadavre, m'informa Poteat. J'ai suivi à la lettre les instructions du Dr Watts.

Le Dr Watts, médecin généraliste, était un des cinq cents médecins experts rattachés à mes services à travers tout l'Etat, et l'un des pires emmerdeurs à qui j'avais affaire. Quand la police l'avait appelé plus tôt dans l'après-midi, il m'avait aussitôt prévenue. C'était la procédure normale que de prévenir le médecin expert général lorsqu'une personnalité décédait de mort subite ou suspecte. Mais c'était aussi une procédure normale chez Watts de se décharger du plus grand nombre d'affaires possible, en les refilant à un collègue ou par un tout autre moyen, car il détestait être dérangé ou avoir à remplir des papiers. Il était réputé pour la rareté de ses apparitions sur les lieux d'un crime ou d'un accident, et en effet je ne le vis nulle part.

– Je suis arrivé avec la première voiture, m'informa Poteat. J'ai demandé aux gars d'y aller doucement. On ne l'a pas déplacé, on n'a pas touché ses vêtements, rien. Il était mort quand on est arrivés.

– Merci, fis-je, l'esprit ailleurs.

– On dirait qu'il a été frappé à la tête avant d'être égorgé. Peut-être qu'on lui a tiré dessus. On n'a pas retrouvé d'arme, mais y' a des plombs de chasse partout, vous verrez. Il est rentré vers 7 heures moins le quart, il s'est garé et il a été attaqué dès qu'il est descendu de voiture.

Il regarda la Rolls Royce blanche, environnée d'épais bosquets de buis.

– Est-ce que la portière côté conducteur était ouverte quand vous êtes arrivé? demandai-je.

– Non, docteur, répondit Poteat. On a retrouvé les clés de contact par terre, comme s'il les avait eues à la main quand il est tombé. On n'a touché à rien, on attendait que vous arriviez ou que le temps nous oblige à tout remballer. Il va pas tarder à pleuvoir. (Il leva les yeux vers l'épais couvercle de nuages.) A moins que ça soit de la neige. Aucun désordre dans la voiture, aucune trace de lutte. On pense que son agresseur l'attendait, probablement caché dans les buissons. Tout ce qu'on peut dire, Doc, c'est que ça s'est passé très vite. Sa sœur qui était à l'intérieur n'a rien entendu, ni coup de feu ni rien.

Je le laissai en compagnie de Marino, passai sous le ruban jaune et m'approchai de la Rolls, prenant garde où je posais les pieds. La voiture était garée parallèlement aux marches du seuil situé à l'arrière de la demeure, la portière conducteur du côté de la maison. Je contournai le capot surmonté de son célèbre emblème et sortis mon appareil photo.

Cary Harper gisait sur le dos, la tête à quelques centimètres du pneu avant. Des gouttes et des traînées de sang souillaient la peinture blanche de l'aile, et son pull-over de laine beige avait pratiquement viré au rouge. Par terre, près de ses hanches, j'aperçus un trousseau de clés. Partout, le rouge gluant du sang brillait dans la lumière crue des projecteurs. Les cheveux blancs de Harper étaient maculés de sang, la peau de son visage et de son cuir chevelu s'était ouverte en plusieurs endroits sous la violence des coups. La gorge béait d'une oreille à l'autre, la tête presque séparée du tronc. Où que je dirige le faisceau de ma torche, il faisait scintiller d'innombrables petits plombs de chasse. Il y en avait des centaines, sur son corps, au sol, jusque sur le capot de la voiture. Ces plombs n'avaient pas été tirés par une arme.

Je pris plusieurs clichés puis, m'accroupissant, sortis un long thermomètre chimique, que je glissai sous le pull de Harper pour le coincer sous son aisselle gauche. La température du corps était de 33°5, la température de l'air juste en dessous de zéro. Je calculai que le corps refroidissait d'environ trois degrés par heure puisque Harper n'était ni très costaud ni chaudement habillé, et qu'il gelait. La rigidité cadavérique avait déjà saisi les petits muscles. J'estimai qu'il était mort depuis moins de deux heures.

Ensuite, je me mis en quête des menus indices qui ne résisteraient pas au transport à la morgue. Les fibres, poils, cheveux et autres débris englués dans le sang séché resteraient collés, mais pour trouver d'autres débris « volants », j'examinai soigneusement le corps et ses abords immédiats. Tout près du cou, le mince faisceau de ma torche découvrit quelque chose. Je me penchai en avant, me demandant ce qu'était cette boulette verdâtre semblable à de la pâte à modeler Play Doh dans laquelle étaient fichés plusieurs plombs. J'étais en train de glisser cet indice dans un sac plastique étanche lorsque la porte de la maison s'ouvrit. Je levai la tête et mon regard croisa celui, terrifié, d'une femme debout dans l'entrée, accompagnée d'un agent de police qui tenait un porte-bloc.

Marino et Poteat passèrent sous le ruban jaune et vinrent vers moi, bientôt rejoints par l'agent. La porte de la maison se referma doucement.

– Quelqu'un reste avec elle ? m'enquis-je.

– Oui, répondit l'agent en exhalant un petit nuage de vapeur. Une amie de Mrs Harper doit venir. Elle dit que ça va aller. On laissera deux ou trois voitures planquées dans les environs au cas où le type essayerait de remettre ça.

– Qu'est-ce qu'on cherche ? me demanda Poteat.

Il enfonça les mains dans les poches de sa veste et rentra les épaules pour se protéger du froid. Des flocons de neige gros comme des pièces de monnaie commençaient à tomber.

– Il y avait plusieurs armes, répliquai-je. Les blessures au crâne et au visage sont des ecchymoses dues à une contusion active. (Je pointai un doigt ganté sanguinolent.) De toute évidence, la blessure du cou est l'œuvre d'un instrument tranchant. Quant aux petits plombs, aucun n'est déformé, et aucun ne semble avoir pénétré la chair.

L'incompréhension se peignit sur le visage de Marino. Il jeta un regard ahuri sur les plombs éparpillés aux alentours.

– C'est bien ce que je pensais, fit Poteat en hochant la tête. Il me semblait qu'il y avait pas eu de coup de feu, mais je n'étais pas sûr. Donc il ne faut pas chercher d'arme à feu. Plutôt un poignard et quelque chose comme un démonte-pneu ?

– C'est possible, mais pas certain, répondis-je. Tout ce que je peux vous dire pour l'instant, c'est qu'on l'a égorgé avec un instrument tranchant, et assommé avec un instrument contondant de forme rectiligne.

– Ça fait beaucoup de possibilités, Doc, remarqua Poteat en fronçant les sourcils.

– En effet, dis-je.

Bien que j'eusse ma petite idée à propos des plombs de chasse, je m'abstins de l'exposer, sachant par expérience que de telles spéculations pouvaient entraîner des bourdes regrettables, parce qu'une vague indication avait été interprétée au pied de la lettre. Ainsi, lors d'une précédente enquête, les flics n'avaient pas remarqué la présence d'une aiguille de tapissier sanguinolente dans le salon de la victime, parce que j'avais hasardé, au vu des premières constatations, que la blessure mortelle « avait pu » être infligée par un pic à glace.

– Vous pouvez le faire emporter, dis-je en ôtant mes gants.

On enveloppa Harper dans un drap blanc, et son corps fut glissé dans un sac en plastique noir bouclé par une fermeture à glissière. Debout près de Marino, je regardai l'ambulance s'éloigner à faible allure sur l'allée à présent déserte et rendue à l'obscurité. Pas de gyrophare ni de sirène : il est inutile de se hâter quand on transporte un cadavre. La neige tombait de plus en plus dru et paraissait vouloir tenir.

– Vous partez ? me demanda Marino.

– Pourquoi ? Vous avez encore l'intention de me suivre ? rétorquai-je sans sourire.

Il tourna la tête vers la Rolls Royce brillant dans le cercle laiteux des projecteurs. Sur le gravier, les endroits où avait coulé le sang de Harper révélaient peu à peu leurs contours, car les flocons qui y tombaient fondaient aussitôt.

– Je n'avais pas l'intention de vous suivre, répliqua Marino. Quand j'ai entendu le message radio j'étais presque rentré à Richmond...

– Presque rentré à Richmond ? l'interrompis-je. Vous veniez d'où ?

– D'ici, dit-il en sortant ses clés de voiture d'une de ses poches. Sachant que Harper allait presque tous les jours dans un bar du nom de *Culpeper's Tavern*, j'avais décidé d'aller boire un coup avec lui. J' suis resté avec lui à peu près une demi-heure. Après il m'a dit d'aller me faire foutre et il est parti. Alors j'ai repris l'autoroute, et j'étais à une vingtaine de bornes de Richmond quand Poteat m'a fait dire par radio ce qui s'était passé. J'ai fait demi-tour illico et c'est en revenant que j'ai reconnu vot' bagnole. Je vous ai suivie pour voir si vous vous perdiez pas.

— Vous voulez dire que vous avez parlé à Harper il y a quelques heures, dans ce bar ? fis-je avec stupéfaction.

— Affirmatif. Ensuite il m'a planté là et il s'est fait buter dix minutes après. (Il fit mine de vouloir rejoindre sa voiture.) J' vais voir avec Poteat si on peut en apprendre un peu plus. Je passerai demain matin pour l'autopsie, si vous y voyez pas d'inconvénient.

Je le regardai s'éloigner en secouant la neige qui adhérait à ses vêtements. Il était déjà parti quand je tournai la clé de contact de ma Plymouth de fonction. Les essuie-glaces repoussèrent la mince couche de neige, puis stoppèrent au milieu de leur trajectoire. Le démarreur fit une nouvelle tentative pour lancer le moteur, puis se tut. Lui aussi était mort.

La bibliothèque de Harper était une pièce douillette du meilleur goût, emplie de tapis persans et de vieux meubles. Le divan était très certainement un Chippendale. Je n'avais jamais touché et encore moins eu l'occasion de m'asseoir sur un authentique Chippendale. Le haut plafond était décoré de moulures rococo et les murs disparaissaient sous les étagères de livres, la plupart reliés de cuir. J'étais installée devant une cheminée en marbre où flambaient de grosses bûches.

Je me penchai en avant, tendis les mains vers la chaleur du feu et levai à nouveau la tête vers le tableau accroché au-dessus de la cheminée. Le sujet en était une adorable fillette vêtue de blanc, assise sur un petit banc, avec de longs cheveux d'un blond éclatant, et qui tenait entre ses cuisses une brosse en argent. Les paupières lourdes, elle entrouvrait une bouche aux lèvres humides et le profond décolleté de sa robe découvrait un buste de porcelaine où se devinait une ébauche de poitrine. J'étais en train de me demander pourquoi ce curieux portrait bénéficiait d'un tel emplacement lorsque la sœur de Cary Harper entra dans la pièce avant de refermer la porte aussi discrètement qu'elle l'avait ouverte.

– J'ai pensé que cela vous réchaufferait, dit-elle en me tendant un verre de vin.

Elle posa le plateau sur la table basse et s'installa sur le coussin de velours rouge d'un fauteuil baroque, genoux serrés et les pieds de côté comme on l'enseigne aux jeunes filles de la bonne société.

Je la remerciai et lui renouvelai mes excuses.

La batterie de ma voiture devait être fichue, car le moteur avait refusé de démarrer malgré le recours aux câbles branchés depuis une autre voiture. Les policiers avaient demandé une dépanneuse par radio et m'avaient proposé de me ramener à Richmond dès qu'ils auraient fini leur examen des lieux. Plutôt que d'attendre une heure sous la neige ou dans une voiture de patrouille, j'avais préféré frapper chez miss Harper.

Elle but une gorgée de son propre verre de vin et fixa le feu d'un air absent. Aussi finement ciselée que les objets précieux qui l'entouraient, elle était probablement une des femmes les plus élégantes qu'il m'ait été donné de rencontrer. Une couronne de cheveux d'un blanc immaculé entourait un visage d'une grande noblesse. Elle avait les pommettes hautes, les traits racés, une silhouette svelte mais bien formée, et portait un pull-over beige et une jupe de velours côtelé. Depuis que j'avais rencontré Sterling Harper, le terme de « vieille fille » ne m'était pas venu à l'esprit une seconde.

Elle restait silencieuse. Les flocons de neige venaient déposer de froids baisers sur les carreaux et le vent hurlait sous les toits. Je n'aurais pour rien au monde passé une nuit seule dans cette maison.

– Vous reste-t-il des parents ? demandai-je.

– Non, tous sont morts.

– Je suis désolée, miss Harper...

– Je vous en prie. Cessez de dire cela, Dr Scarpetta.

Elle leva à nouveau son verre. Les flammes firent scintiller à son doigt une grosse émeraude. Elle tourna son regard vers moi. Je me souvins de la terreur que ces yeux avaient exprimée un peu plus tôt alors que j'examinais son frère. Elle avait à présent retrouvé son calme.

– Ce qui me surprend le plus, remarqua-t-elle tout d'un coup, c'est la *façon* dont c'est arrivé. Je ne pensais pas que quelqu'un ait l'audace de l'attendre ici.

– Et vous n'avez rien entendu?

– J'ai entendu arriver la voiture, mais ensuite, plus rien. Ne le voyant pas entrer, j'ai été jeter un coup d'œil dehors. J'ai aussitôt appelé le 911.

– Fréquentait-il d'autres établissements à part le *Culpeper*? demandai-je.

– Non. Le *Culpeper* était son bar favori. Il y allait tous les soirs, dit-elle avant de détourner le regard. Je l'avais pourtant mis en garde. Il n'était pas prudent, à son âge et à notre époque, de fréquenter un endroit pareil. Cary avait toujours de l'argent sur lui, voyez-vous, et il offensait facilement les gens. Il ne restait jamais très longtemps au café. Une heure, deux heures au plus. Il me disait que se mêler aux gens du peuple était bon pour l'inspiration. Il ne trouvait plus rien à dire après *The Jagged Corner*.

J'avais lu son roman à l'époque où j'étais étudiante à Cornell et il ne m'en restait que quelques impressions, celles d'un Sud de violence, d'inceste et de racisme vu à travers l'enfance d'un jeune écrivain dans une ferme de Virginie. Ce livre m'avait déprimée.

– Mon frère était un de ces écrivains malheureux qui ne portent qu'un livre en eux, ajouta miss Harper.

– Il y en a d'excellents parmi eux, dis-je.

– Il n'a vraiment connu la vie qu'à travers les péripéties de sa jeunesse, poursuivit-elle du même ton monocorde. Ensuite il est devenu une coquille vide, menant une vie de déprime et de désespoir. Il recommençait sans cesse un nouveau livre, sans cesse jetant les premiers chapitres au feu, les regardant brûler avec dégoût. Ensuite il errait dans la maison comme un taureau enragé, jusqu'à ce qu'il se sente prêt à recommencer. Et cela durait depuis des années.

– Vous paraissez porter un jugement très dur sur votre frère, remarquai-je d'un ton calme.

– Je suis très dure avec moi, Dr Scarpetta. Cary et moi étions de la même étoffe. La différence entre nous, c'est que je ne me sens pas obligée de disséquer ce qui ne peut être modifié. Il était sans arrêt en train d'analyser sa propre nature, son passé, les forces qui l'avaient façonné. Cela lui a valu le prix Pulitzer. Alors que moi, j'ai toujours refusé de combattre ce qui est une évidence.

– A savoir?

– Que la branche Harper est morte, desséchée. Qu'elle a épuisé ses ressources. Il n'y aura plus personne après nous.

Le vin était un banal bourgogne de consommation courante, avec un léger goût de métal. Je me demandai si les policiers en avaient encore pour longtemps. Je crus entendre le ronflement d'un puissant moteur, peut-être celui de la dépanneuse venue remorquer ma voiture.

– J'ai accepté d'avoir pour destin le soin de m'occuper de mon frère, reprit miss Harper. D'accompagner en douceur l'extinction de la famille. Cary me manquera uniquement en tant que frère. Loin de moi l'idée de prétendre que c'était quelqu'un de formidable. (Elle but une gorgée.) Je dois vous paraître horriblement froide.

Froide n'était pas le mot.

– J'apprécie votre franchise, dis-je.

– Cary était plein d'imagination et très émotif. Je ne suis ni l'un ni l'autre, et heureusement, car je n'aurais pas supporté la vie que j'ai eue. Je n'aurais certainement pas habité ici.

– Parce qu'on y est isolé, fis-je en pensant que c'est ce qu'elle voulait dire.

– Ce n'est pas l'isolement qui me pesait, dit-elle.

– Qu'est-ce qui vous pesait, alors, miss Harper? m'enquis-je tout en prenant une cigarette.

– Voulez-vous un autre verre?

– Non, je vous remercie.

– J'aurais préféré ne jamais habiter ici. Il n'arrive que des malheurs dans cette maison.

– Qu'allez-vous faire à présent, miss Harper? (Le vide de son regard me donnait froid dans le dos.) Rester?

– Je n'ai pas d'autre endroit où aller, Dr Scarpetta.

– Cutler Grove devrait trouver acquéreur sans difficulté, rétorquai-je.

Mon esprit revenait au portrait accroché au manteau

de la cheminée. Dans le flamboiement des bûches, la jeune fille en blanc souriait d'un sourire mystérieux au souvenir de secrets qu'elle ne dévoilerait jamais.

– Il est difficile de vivre sans son poumon d'acier, Dr Scarpetta.

– Je vous demande pardon?

– Je suis trop âgée pour refaire ma vie, dit-elle. Il est trop tard pour recouvrer la santé et me faire de nouvelles relations. C'est le passé qui respire en moi. Vous êtes jeune, Dr Scarpetta. Un jour vous comprendrez ce que signifie jeter un regard en arrière sur sa vie. Et vous vous apercevrez qu'on n'y échappe pas. Vous verrez que votre propre histoire vous fait revisiter des endroits familiers où, par une triste ironie, se sont déroulés les événements qui vous ont plus tard coupée de la vie. Avec le temps, vous vous apercevrez que vos déceptions n'ont pas été si dramatiques, vous vous réconcilierez avec les gens qui vous ont déçue. Vous verrez que vous n'aurez qu'une envie, retrouver la douleur que vous aviez fuie. Parce que c'est plus facile. C'est tout ce que je peux en dire. C'est plus facile.

– Avez-vous la moindre idée de qui a pu faire ça à votre frère? lui demandai-je dans l'espoir de la faire changer de sujet.

Elle resta silencieuse, ses grands yeux comme hypnotisés par le feu.

– Parlez-moi de Beryl, insistai-je.

– Quand c'est arrivé, je savais depuis des mois que quelqu'un la harcelait.

– Vous l'avez su longtemps avant sa mort?

– Beryl et moi étions très proches.

– Vous saviez qu'on la harcelait?

– Oui. Je savais qu'elle recevait des menaces.

– C'est *elle* qui vous l'a dit, miss Harper?

– Bien sûr.

Marino avait étudié les factures de téléphone de Beryl. Il n'avait trouvé aucune trace d'appels longue distance à Williamsburg. Ni aucun courrier adressé à Beryl par miss Harper ou son frère.

– Vous aviez donc maintenu des contacts étroits avec elle? dis-je.

– Des contacts très étroits, précisa-t-elle. Autant qu'il

était possible, en tout cas. C'est devenu de plus en plus difficile, à cause du livre qu'elle comptait publier. Cary estimait qu'elle violait leur contrat. Il était fou de rage.

– Comment était-il au courant de ce qu'elle écrivait ? C'est elle qui le lui a dit ?

– Non. Il l'a su par l'avocat de Beryl.

– Sparacino ?

– Je ne sais pas exactement ce qu'il a dit à Cary, répondit-elle le visage dur. Mais mon frère savait que Beryl écrivait ce livre, et il en connaissait assez sur son contenu pour être furieux. L'avocat en question s'est employé à envenimer les choses. Il allait de Beryl à Cary en leur faisant croire tour à tour qu'il était leur allié.

– Savez-vous ce qu'est devenu le livre ? demandai-je. Est-il en possession de Sparacino ? Est-il en cours de publication ?

– Sparacino a appelé Cary il y a quelques jours. J'ai saisi quelques mots de leur conversation, assez pour comprendre que le manuscrit avait disparu. Ils ont mentionné votre bureau. Cary a dit quelque chose à propos du médecin expert. Je suppose qu'il s'agissait de vous. Puis il s'est mis très en colère. J'en ai conclu que Mr Sparacino essayait de savoir si mon frère avait récupéré le manuscrit.

– Est-ce possible ?

– Beryl ne l'aurait jamais remis à Cary, répondit-elle avec conviction. Il aurait été insensé de la part de Beryl de confier son livre à Cary.

Nous restâmes un moment silencieuses.

– Miss Harper, demandai-je enfin, qu'est-ce qui effrayait tant votre frère ?

– La vie.

J'attendis en silence, l'observant. Elle avait de nouveau le regard perdu dans les flammes.

– Plus il en avait peur, poursuivit-elle d'une voix étrange, plus il s'en isolait. L'isolement a de drôles de conséquences sur l'esprit d'un individu. Il le met sens dessus dessous, il fait tourner les idées et les pensées comme des toupies, elles s'éloignent peu à peu du centre et zigzaguent selon une course folle. Je pense que Beryl est la seule personne que mon frère ait jamais aimée. Il s'y était follement attaché. Il voulait la garder pour lui, se l'approprier, tisser autour d'elle des liens si étroits qu'elle ne puisse plus le quitter. Quand il s'est aperçu qu'elle le trahissait, qu'il n'avait plus aucun pouvoir sur elle, il est devenu fou de douleur et de colère. Il a pensé qu'elle allait le mettre à nu, divulguer ses secrets aux yeux du public, exposer notre existence ici.

Elle tendit le bras vers son verre. Sa main tremblait. A l'entendre, on aurait dit que son frère était mort depuis des années. Elle en parlait avec une hostilité perceptible, comme si une margelle de reproche et de chagrin entourait le puits de son amour pour lui.

— Cary et moi n'avions plus personne quand Beryl est arrivée, poursuivit-elle. Nos parents étaient morts. Nous étions seuls. Cary était quelqu'un de difficile. Un démon qui écrivait comme un ange. Il avait besoin de quelqu'un qui s'occupe de lui. Je voulais l'aider à laisser sa marque en ce monde.

— De tels sacrifices provoquent souvent le ressentiment, hasardai-je.

Silence. Les flammes dansaient sur son visage finement ciselé.

— Comment avez-vous rencontré Beryl?

— C'est elle qui nous a trouvés. Elle vivait à Fresno avec son père et sa nouvelle femme, répondit miss Harper sans quitter le feu du regard. Elle écrivait beaucoup, elle était obsédée par l'écriture. Un jour, l'éditeur de Cary lui a transmis une lettre de Beryl, accompagnée d'une nouvelle manuscrite. Je m'en souviens très bien. Elle avait un talent indéniable, qu'il convenait de cultiver et d'orienter. C'est ainsi qu'ils ont entamé une correspondance, et quelques mois plus tard, Cary lui a envoyé un billet d'avion en l'invitant à venir nous voir. Peu après, il a acheté cette maison et commencé à la restaurer. Il l'a fait pour elle. Une adorable jeune fille avait allumé une étincelle de magie dans son monde.

— Et vous? fis-je.

Elle ne répondit pas tout de suite.

Une bûche bascula dans la cheminée, projetant une gerbe d'étincelles.

— Ça n'a pas été simple, Dr Scarpetta, dit-elle enfin. J'ai observé ce qui se passait entre eux.

— Entre votre frère et Beryl.

– Je ne voulais pas l'emprisonner comme il le faisait. Cary n'avait qu'un but : s'attacher Beryl et la garder pour lui seul. C'est comme ça qu'il a fini par la perdre.

– Vous aimiez beaucoup Beryl, remarquai-je.

– C'est impossible à expliquer, dit-elle d'une voix brisée. C'était une situation difficile.

Je fis une nouvelle tentative.

– Votre frère vous interdisait tout contact avec elle.

– Surtout les derniers mois, à cause de son livre. Cary l'avait désavouée, reniée. Il ne voulait plus entendre prononcer son nom à la maison. Il m'avait interdit tout contact avec elle.

– Pourtant vous en aviez.

– Très peu, fit-elle avec difficulté.

– Ça a dû être pénible pour vous, d'être coupée d'une personne qui vous était si chère.

Elle détourna le regard et le reporta une nouvelle fois sur les bûches.

– Miss Harper, comment avez-vous appris la mort de Beryl ?

Elle ne répondit pas.

– Quelqu'un vous a téléphoné ?

– Je l'ai entendu à la radio, le lendemain matin, marmonna-t-elle.

Mon Dieu, songeai-je. Quelle horreur !

Elle ne dit rien de plus. Ses blessures étaient trop loin de moi pour que, malgré mon désir de la réconforter, je puisse quoi que ce soit. Le silence se prolongea pendant un temps qui me parut très long, et lorsque je me décidai à jeter un coup d'œil à ma montre, je m'aperçus qu'il était près de minuit.

La maison était silencieuse. Bien trop silencieuse, réalisai-je avec un sursaut.

Comparé à la chaleur de la bibliothèque, le hall d'entrée était aussi glacial qu'une cathédrale. J'ouvris la porte de derrière et laissai échapper un hoquet de surprise. Sous le rideau de flocons tournoyants, l'allée de gravier luisait comme un drap d'un blanc immaculé, sur lequel ne se distinguaient presque plus les traces de pneus qu'avaient laissées ces abrutis de flics en partant. La dépanneuse avait emporté depuis longtemps ma voiture, et ils m'avaient tout simplement oubliée. Merde! Merde! Merde!

Quand je revins dans la bibliothèque, miss Harper était en train de placer une nouvelle bûche dans la cheminée.

– J'ai l'impression qu'ils sont partis sans moi, fis-je sans pouvoir dissimuler mon inquiétude. Puis-je utiliser votre téléphone?

– Je crains que ce ne soit pas possible, répondit-elle d'une voix dépourvue d'émotion. Le téléphone a été coupé peu après que le policier est reparti. Ça arrive souvent quand il y a du mauvais temps.

Je la regardai remuer les bûches avec le tisonnier. Des rubans de fumée striés d'étincelles montaient dans le conduit.

À propos... j'avais oublié.

– Votre amie..., fis-je.

Elle continua de tisonner le feu.

– La police m'a dit qu'une de vos amies allait venir passer la nuit pour vous tenir compagnie...

Miss Harper se leva lentement et se retourna, le visage rougi par la chaleur des flammes.

– Oui, Dr Scarpetta, dit-elle. C'est si gentil à vous d'être venue.


# 8


Miss Harper nous apporta une nouvelle carafe de vin alors que la grande horloge du couloir égrenait ses douze coups.

– L'horloge, m'expliqua-t-elle. Elle a toujours retardé de dix minutes.

Le téléphone de la résidence était bien coupé. J'avais vérifié. Si j'avais voulu regagner la ville à pied, j'aurais dû marcher plusieurs kilomètres dans une couche de neige qui atteignait déjà une dizaine de centimètres d'épaisseur. J'étais coincée à Cutler Grove.

Son frère était mort. Beryl était morte. Miss Harper était la seule survivante du trio. J'espérais que c'était un simple hasard. J'allumai une cigarette et bus une gorgée de vin.

Miss Harper n'avait pas la force physique requise pour avoir tué son frère et Beryl. Et si le tueur en avait aussi après miss Harper ? S'il revenait cette nuit ?

Mon .38 était chez moi.

La police surveillait le secteur.

*Avec quoi ? Des chenillettes à neige ?*

Je m'aperçus que miss Harper me parlait.

— Excusez-moi, dis-je avec un sourire contraint.

— Vous avez l'air d'avoir froid, répéta-t-elle.

Le visage calme, elle reprit place sur son fauteuil et tourna à nouveau le regard vers la cheminée. Les hautes flammes faisaient un bruit d'étendard claquant au vent, et de temps à autre un courant d'air faisait voltiger les cendres dans l'âtre. Miss Harper paraissait rassurée par ma présence. A sa place, je n'aurais guère aimé me retrouver seule.

— Ça va très bien, mentis-je.

J'étais glacée.

— Je peux vous prêter un pull-over.

— Ne vous dérangez pas. Ça va très bien, je vous assure.

— Cette maison est impossible à chauffer, poursuivit-elle. Les plafonds sont trop hauts, et puis il n'y a pas d'isolation. Mais on s'habitue.

Je pensai à ma maison de Richmond, dotée d'un chauffage central et de tout le confort. Je songeai à mon grand lit, avec son matelas ferme et sa couverture chauffante. Je pensai à ma réserve de cigarettes dans le placard près du réfrigérateur et au bon scotch que j'avais dans mon bar. Je pensai aux chambres de Cutler Grove, au-dessus de nous, pleines de recoins obscurs, balayées par les courants d'air.

— Je dormirai ici sur le sofa. Je serai très bien, dis-je.

— Pensez-vous. Le feu s'éteindra vite.

Elle tripotait un bouton de son pull-over, les yeux toujours fixés sur le feu.

— Miss Harper, tentai-je une dernière fois. Avez-vous une idée de qui a pu faire ça à votre frère et à Beryl ? Voyez-vous une raison quelconque ?

– Vous pensez que c'est le même assassin, dit-elle.

C'était une constatation, non une question.

– C'est possible, dis-je.

– J'aimerais pouvoir vous aider, reprit-elle. Mais peut-être que ça n'a plus d'importance. Quel que soit le coupable, ce qui est fait est fait.

– Vous ne voudriez pas le voir châtié ?

– Il y a eu assez de châtiment. Ça ne défera pas ce qui a été fait.

– Vous ne pensez pas que Beryl préférerait qu'il soit arrêté ?

Elle tourna la tête vers moi.

– J'aimerais tant que vous l'ayez connue, dit-elle.

– Je pense la connaître à présent, dis-je avec sympathie. Dans un certain sens, je la connais.

– Je ne peux pas expliquer ce que...

– C'est inutile, miss Harper.

– Ç'aurait été tellement agréable...

L'espace d'un instant, je vis le chagrin assombrir son visage, mais elle se ressaisit aussitôt. Il était inutile qu'elle termine sa phrase. Ç'aurait été tellement agréable maintenant que personne ne pouvait plus séparer Beryl et miss Harper. Des compagnes. Des amies. La vie est si vide quand vous êtes seule, sans personne à aimer.

– Je suis navrée, dis-je avec sincérité. Je suis tellement navrée, miss Harper.

– Nous ne sommes qu'en novembre, fit-elle en détournant le regard. Il ne neige pas si tôt d'habitude. La neige fondra vite, Dr Scarpetta. Vous pourrez repartir avant midi. Demain ceux qui vous ont oubliée se souviendront de vous. Ça a été si gentil de votre part de rester avec moi.

Ma présence ne semblait pas l'étonner, comme si elle l'avait prévue. J'eus l'impression bizarre qu'elle avait tout arrangé. C'était impossible, bien sûr.

– Puis-je vous demander quelque chose ? fit-elle.

– Oui, miss Harper ?

– Revenez au printemps. Revenez en avril, dit-elle aux flammes qui dansaient.

– Avec plaisir, dis-je.

– Les myosotis seront en fleur. La pelouse en est toute bleue. C'est la saison que je préfère. Beryl et moi les cueillions. Avez-vous examiné un myosotis de près ? Ou êtes-vous comme la plupart des gens, qui n'y prêtent aucune attention sous prétexte qu'ils sont minuscules ? Ils sont si beaux vus de près ! C'est la perfection même, on dirait qu'ils sont en porcelaine, peints de la main même de Dieu. Nous nous en mettions dans les cheveux, Beryl et moi, nous en disposions des bouquets dans la maison. Promettez-moi de revenir en avril. C'est promis, n'est-ce pas ?

Elle tourna vers moi un regard débordant à ce point d'émotion qu'il en était presque douloureux.

– Oui, oui. Je vous le promets, répondis-je avec chaleur.

– Que voulez-vous manger pour votre petit déjeuner ? demanda-t-elle en se levant.

– La même chose que vous.

– Vous trouverez tout ce qu'il faut dans le réfrigérateur, annonça-t-elle bizarrement. Prenez votre verre, je vais vous conduire à votre chambre.

Sa main frôlant la rampe, elle me précéda dans le magnifique escalier menant à l'étage. Il n'y avait pas de plafonnier, le seul éclairage provenait de lampes postées de loin en loin. L'air aux relents de moisi était aussi froid que dans une cave.

– Si vous avez besoin de quelque chose, je dors un peu plus loin dans le couloir. C'est la troisième porte, fit-elle en m'invitant à entrer dans une petite chambre.

Les meubles étaient en acajou, avec des marqueteries de bois exotiques. Des tableaux représentant des bouquets et une vue de la James River ornaient les murs tapissés de bleu pâle. Sur le lit à baldaquin, le drap était rabattu sur une épaisse couverture piquée. J'aperçus, par une embrasure, la salle de bain carrelée. L'air sentait la poussière et le renfermé, comme si l'on n'ouvrait jamais les fenêtres. A l'évidence, personne n'avait couché ici depuis de nombreuses années. Les souvenirs étaient les seuls à y dormir.

– Vous trouverez une chemise de nuit en flanelle dans le tiroir du haut de la commode. Il y a des serviettes propres dans la salle de bain, dit miss Harper. Bon, eh bien... s'il ne vous manque rien...

– C'est parfait, je vous remercie, l'assurai-je avec un sourire. Bonne nuit.

Je fermai la porte et tournai le fragile verrou. Le tiroir de la commode ne renfermait que la chemise de nuit, sous laquelle était glissé un sachet de parfum dont l'odeur était depuis longtemps éventée. Les autres tiroirs étaient vides. Dans la salle de bain, je trouvai une brosse à dents enveloppée de sa cellophane, un petit tube de dentifrice, un savon à la lavande tout neuf et, comme l'avait précisé miss Harper, quantité de serviettes propres. Le lavabo était sec comme de la craie, et lorsque je tournai les robinets dorés, il en sortit une eau couleur rouille. Ce n'est qu'au bout d'un long moment qu'elle s'éclaircit et se réchauffa suffisamment pour que j'ose m'en humecter le visage.

La chemise de nuit, antique mais propre, était du bleu délavé des myosotis. Je me glissai sous le drap et, avant d'éteindre, remontai jusqu'à mon menton la grosse couverture à l'odeur de moisi. En bougeant la tête pour trouver ma position sur l'oreiller moelleux, je sentis le léger grattement des plumes d'oie. Au bout d'un moment, incapable de trouver le sommeil, le nez glacé, je m'assis dans l'obscurité de cette chambre dont j'étais sûre qu'elle avait été celle de Beryl, et terminai mon verre de vin. Il régnait un tel silence dans la maison que je crus discerner le bruit de la neige qui tombait dehors, étouffant tout autre son.

Je n'eus pas conscience de m'assoupir, mais lorsque je rouvris soudain les yeux, le cœur battant, je fus incapable de remuer. Je ne me souvenais plus de mon cauchemar. Tout d'abord, je ne compris pas où j'étais, et je ne sus si le bruit que j'avais entendu était réel ou non. Le robinet de la salle de bain, mal refermé, gouttait dans le lavabo. Et à nouveau, derrière la porte de la chambre, des lattes de parquet craquèrent.

Mon esprit affolé passa en revue toutes les possibilités. La baisse de température faisait craquer le bois. Des souris. Quelqu'un marchait lentement dans le couloir. Je dressai l'oreille, retenant mon souffle, tandis que des pieds chaussés de pantoufles passaient devant ma porte et s'éloignaient. Miss Harper, conclus-je. Elle avait dû vouloir descendre. Je me retournai dans mon lit pendant ce qui me parut une heure, puis finis par rallumer et sortir du lit. Il était 3 h 30, et je compris que je ne me rendormirai pas. Frissonnant dans ma chemise de nuit, je passai mon manteau, déverrouillai la porte et me fondis dans l'obscurité d'encre du couloir jusqu'à ce que j'aperçoive la forme vague de la rampe de l'escalier.

La clarté lunaire éclairait faiblement le hall d'entrée glacial grâce aux petits carreaux vitrés encadrant la porte d'entrée. La neige avait cessé de tomber, les étoiles scintillaient, arbres et buissons disparaissaient presque sous une couche de neige gelée. Je me glissai dans la bibliothèque où le feu de bois pétillait joyeusement.

Miss Harper était assise sur le sofa, un châle sur les épaules. Elle regardait les flammes, les joues humides de larmes qu'elle n'avait pas essuyées. Pour ne pas l'effrayer, je m'éclaircis la gorge avant de prononcer son nom.

Elle ne bougea pas.

– Miss Harper? répétai-je un peu plus fort. Je vous ai entendue descendre...

Elle était appuyée contre le dossier incurvé du sofa, les yeux fixant le feu d'un regard vide. Sa tête bascula mollement lorsque je me laissai tomber à ses côtés avant de poser mes doigts sur son cou. Elle était brûlante, mais je ne sentis aucune pulsation dans ses veines. Je la tirai sur le tapis et, tour à tour lui appliquant le bouche-à-bouche et lui pressant le sternum de mes deux mains, m'efforçai désespérément de la ramener à la vie. Je ne sais combien de temps cela dura. Lorsque je décidai d'abandonner, mes lèvres étaient ankylosées, les muscles de mon dos et de mes bras tremblaient. J'étais tout entière secouée de frissons.

Le téléphone n'était toujours pas rétabli. Je ne pouvais prévenir personne. Je ne pouvais rien faire. J'allai à la fenêtre, écartai les rideaux et, la vue brouillée par les larmes, contemplai l'étendue immaculée scintillant sous la lune. Au loin se déroulait le ruban sombre de la rivière, au-delà de laquelle la vue se perdait. Je retournai auprès de miss Harper, parvins à la remettre sur le sofa, puis la couvris de son châle pendant que le feu s'éteignait et que la jeune fille du portrait se fondait dans l'ombre. La mort de Sterling Harper me laissait abasourdie. Assise sur le tapis au pied du sofa, je regardai s'éteindre le feu. Je n'étais pas non plus parvenue à le ranimer. A vrai dire, je n'avais même pas essayé.

Je n'avais pas pleuré à la mort de mon père. Il était malade depuis tant d'années que j'avais appris très tôt à faire taire mes émotions. Il était resté cloué au lit pendant le plus clair de mon enfance. Lorsqu'il avait fini par mourir, un soir, à la maison, le terrible chagrin de ma mère m'avait fait me réfugier dans un détachement encore plus grand, qui m'avait permis de supporter avec un masque de stoïcisme le naufrage de ma famille.

C'est avec une apparente indifférence que j'avais vu éclater le violent conflit qui déchira ma mère et ma sœur cadette, Dorothy, laquelle faisait preuve depuis le jour de sa naissance d'un égoïsme et d'une irresponsabilité proprement stupéfiants. Je pris l'habitude de fuir les combats acharnés qui se déroulaient sous notre toit, tout en luttant intérieurement pour ma propre sauvegarde. Désertant la guerre civile qui faisait rage au sein de la famille, je passai après la classe de plus en plus de temps en étude, sous la surveillance des religieuses ou seule à la bibliothèque, où je pris peu à peu conscience de la précocité de mon esprit et des avantages que je pouvais en tirer. J'étais excellente dans les matières scientifiques et me passionnais pour la biologie humaine. Dès l'âge de quinze ans, je potassais l'*Anatomie* de Gray, qui devint bientôt la clé de voûte de mon éducation autodidacte. Je décidai de quitter Miami pour étudier à l'université. A une époque où les femmes n'étaient encore que professeurs, secrétaires ou ménagères, j'avais décidé de devenir médecin.

Pendant mes études secondaires, je n'obtins que des A, jouai au tennis et passai mes vacances à dévorer des livres pendant que ma famille continuait à se déchirer. J'avais peu d'amis et ne sortais pas avec les garçons. Je terminai parmi les premiers de ma classe, obtins une bourse pour m'inscrire à Cornell, passai un diplôme de médecine à Johns Hopkins, puis suivis des cours de droit à Georgetown. Je n'avais qu'une vague conscience de la signification de ce que j'étais en train de faire. La carrière que j'avais embrassée me ferait revenir jour après jour sur la scène du crime constituée par la mort

136

de mon père. Je me consacrerais désormais à disséquer la mort et à la reconstituer. A maîtriser ses codes et à les exposer devant les tribunaux. A en comprendre tous les mécanismes, tous les rouages. Pourtant, rien de tout ceci ne me ramènerait mon père, et la petite fille en moi ne cesserait jamais de le pleurer.

Devant les braises rougeoyantes, je m'endormis d'un mauvais sommeil.

Plusieurs heures plus tard, les détails de ma prison se matérialisèrent à nouveau dans la froide lumière bleutée de l'aube. La douleur vrilla mes reins et mes jambes lorsque je me levai pour aller à la fenêtre. Le soleil luisait comme un œuf au-dessus du fleuve couleur d'ardoise, les troncs des arbres se détachaient en noir sur un paysage de neige. Les cendres avaient refroidi dans la cheminée, et deux questions ne cessaient de harceler mon esprit enfiévré. Miss Harper serait-elle morte si je n'avais pas été là ? (Car il était plus rassurant pour elle de mourir alors que j'étais présente.) Pourquoi était-elle allée dans la bibliothèque ? Je l'imaginai descendant l'escalier, tisonnant le feu, s'asseyant sur le sofa. Elle s'était perdue dans la contemplation des flammes, et son cœur s'était brusquement arrêté. A moins que ce n'ait été le portrait qu'elle regardait à la fin ?

J'allumai toutes les lampes, approchai une chaise de la cheminée, m'y hissai et décrochai le lourd tableau. Vu de près, le portrait perdait de son étrange pouvoir de fascination car le dessin se dissolvait en une juxtaposition de teintes mêlées, de grossières marques de pinceau. Un petit nuage de poussière s'en échappa lorsque je descendis de mon perchoir pour étendre le tableau à terre. Il ne comportait ni date ni signature, et se révélait moins ancien que je n'avais cru. Les couleurs en avaient été délibérément estompées afin de donner une impression d'ancien, et la peinture ne présentait pas la moindre craquelure.

Le retournant face contre terre, j'en examinai le dos, tendu de papier brun. Au centre je découvris un sceau doré gravé au nom d'une boutique d'encadrement de Williamsburg. Je notai mentalement l'adresse, puis regrimpai sur la chaise et remis le tableau en place. Ensuite, accroupie devant l'âtre, je remuai délicatement les débris à l'aide d'un crayon que j'avais sorti de ma serviette. Les morceaux de bois calciné étaient recouverts d'une pellicule de cendre blanche, qui s'envolait comme une toile d'araignée au moindre contact. Sous cette pellicule je remarquai un morceau de ce qui ressemblait à du plastique fondu.

— C'est pas pour vous offenser, Doc, fit Marino en passant la marche arrière, mais vous avez une drôle de sale mine.

— Merci bien, marmonnai-je.

— Ne le prenez pas mal. Je suppose que vous avez pas beaucoup dormi.

En constatant ce matin-là que je n'étais pas présente pour l'autopsie de Cary Harper, Marino avait sauté sur un téléphone et appelé la police de Williamsburg. A la suite de quoi deux agents confus s'étaient présentés à la résidence en milieu de matinée, les chaînes cliquetantes de leurs pneus traçant des ornières dans la neige lisse. Après m'avoir interrogée sur la mort de Sterling Harper, son corps fut hissé dans une ambulance qui partit à Richmond, tandis que les agents me déposaient au poste de police de Williamsburg, où l'on me gava de café et de beignets en attendant l'arrivée de Marino.

— Je s'rais jamais resté toute une nuit dans cette baraque, reprit celui-ci. Même s'il avait gelé à pierre fendre, j'aurais pas voulu passer une nuit avec un macchabée.

— Savez-vous où se trouve Princess Street ? l'interrompis-je.

— Pourquoi vous voulez aller à Princess Street ? fit-il en tournant vers moi ses yeux masqués par les verres réfléchissants.

La neige flamboyait sous le soleil, mais les rues tournaient vite à la gadoue.

— Je dois me rendre au 507 Princess Street, rétorquai-je d'un ton qui ne laissait aucun doute sur mon intention de m'y faire conduire.

L'adresse correspondait à une boutique située à la limite du centre historique, parmi les commerces de Merchant's Square. Le parking proche ne contenait pas plus d'une douzaine de voitures aux toits couverts de neige. Je constatai avec soulagement que The Village Frame Shoppe & Gallery était ouvert.

Marino me regarda descendre de voiture sans mot dire. Il avait probablement senti que je n'étais pas d'humeur à répondre à ses questions. Il n'y avait qu'un client dans la boutique, un jeune homme en manteau noir qui examinait des gravures pendant que derrière le comptoir une femme aux longs cheveux blonds pianotait sur les touches d'une calculatrice.

– Puis-je vous être utile ? s'enquit-elle en me gratifiant d'un regard inexpressif.

– Ça dépend du temps depuis lequel vous travaillez ici, répondis-je.

La façon dont elle me dévisagea me confirma que je devais avoir une sale tête. J'avais dormi dans mon manteau. Mes cheveux étaient un désastre. Rabattant d'un air gêné un épi que je venais d'apercevoir du coin de l'œil, je m'aperçus de surcroît que j'avais perdu une boucle d'oreille. Je déclinai mon identité et lui présentai le mince portefeuille noir contenant ma plaque en cuivre de médecin expert.

– Je travaille ici depuis deux ans, m'informa-t-elle.

– Je m'intéresse à un tableau qui a été encadré ici, sans doute avant votre arrivée, dis-je. Un portrait que Cary Harper vous aurait confié.

– Mon Dieu, oui. J'ai entendu ça ce matin à la radio. Ce qui lui est arrivé. C'est terrible. Il vaudrait mieux que vous parliez à Mr Higelman.

Sur ce elle se leva et passa dans l'arrière-boutique.

Mr Higelman était un monsieur distingué vêtu de tweed et doté d'une solide assurance.

– Cary Harper n'est pas venu chez nous depuis des années, et personne d'entre nous, autant que je sache, ne comptait parmi ses amis.

– Mr Higelman, dis-je, il y a dans la bibliothèque de Cary Harper, au-dessus de la cheminée, le portrait d'une jeune fille. Ce tableau a été encadré chez vous, il y a sans doute des années. Vous en souvenez-vous ?

Cette description n'alluma pas le moindre indice de reconnaissance dans les yeux gris qui me considéraient par-dessus les lunettes à double foyer.

– On dirait un tableau ancien, expliquai-je. C'est une

139

bonne imitation, en tout cas, mais le traitement du sujet est inhabituel. La fillette a une dizaine d'années, douze au maximum, mais elle est vêtue de blanc, comme une jeune fille, et se tient assise sur un banc, avec une brosse à cheveux en argent à la main.

Je me serais battue pour avoir omis de prendre un polaroïd du tableau. J'avais pourtant mon appareil dans ma serviette, mais l'idée de m'en servir ne m'était même pas venue à l'esprit, trop bouleversée que j'étais à ce moment-là.

– Hum..., fit Mr Higelman avec une lueur dans le regard. Je crois me souvenir de ce tableau. Une très jolie fillette, mais traitée d'une manière étrange. Oui. De manière assez suggestive, si je me souviens bien.

Je ne le pressai pas.

– Ça doit remonter à une quinzaine d'années au moins... Voyons. (Il se toucha la lèvre du bout de l'index.) Non, fit-il en secouant la tête. Ce n'est pas moi.

– Ce n'est pas vous? fis-je. Comment ça ce n'est pas vous?

– Ce n'est pas moi qui l'ai encadré. C'est certainement Clara. Une de mes assistantes à l'époque. Je crois me souvenir – je suis même sûr que c'est elle qui l'a encadré. Un travail très coûteux pour un tableau qui, si vous voulez mon avis, ne le méritait pas. La facture en était médiocre. A vrai dire, ajouta-t-il en fronçant les sourcils, c'était un des moins bons tableaux qu'elle ait faits.

– Comment? Vous voulez parler de Clara?

– Non, de Sterling Harper, dit-il en me regardant d'un air étonné. C'est elle qui l'a peint. Elle peignait beaucoup à l'époque. Ils avaient même un atelier dans la maison, d'après ce que je sais. Je ne suis jamais allé chez eux, bien sûr, mais elle nous apportait souvent ses travaux, surtout des natures mortes et des paysages. Le tableau dont vous parlez est à ma connaissance le seul portrait qu'elle ait réalisé.

– Quand l'a-t-elle peint?

– Comme je vous l'ai dit, il y a au moins quinze ans.

– A-t-elle fait poser un modèle?

– Je dirais plutôt qu'elle s'est servie d'une photographie..., répondit-il avant de froncer les sourcils. A vrai dire, je ne saurais vous répondre. Et si elle a pris un modèle, j'ignore qui c'était.

Je tus ma surprise. A cette époque, Beryl avait seize ou dix-sept ans, et elle vivait à Cutler Grove. Etait-il possible que Mr Higelman, que les gens du coin l'aient ignoré ?

– C'est bien triste, commenta-t-il d'un air songeur. Que des gens si doués, si intelligents n'aient pas fondé une famille.

– Ils avaient sans doute des amis ? dis-je.

– Je ne sais pas. Je ne les connais pas assez pour le savoir.

Et vous n'aurez plus l'occasion de les connaître, pensai-je avec tristesse.

Marino passait une peau de chamois sur son pare-brise lorsque je regagnai le parking. La neige fondue et le sel répandu par les services de l'équipement avaient taché sa belle voiture noire. Marino n'avait pas l'air d'apprécier. Il avait sans plus de façons vidé son cendrier par terre, à la hauteur de la portière avant. Un tas de mégots en témoignait.

– Deux choses, annonçai-je alors que nous bouclions nos ceintures. J'ai vu dans la bibliothèque de Cutler Grove le portrait d'une jeune fille blonde que miss Harper a sans doute fait encadrer dans cette boutique il y a une quinzaine d'années.

– Beryl Madison ? fit-il en sortant son briquet.

C'est fort possible, répliquai-je. Mais dans ce cas, elle est représentée beaucoup plus jeune qu'elle n'était à l'époque où les Harper l'ont connue. Et son portrait a été traité d'une manière assez particulière. Genre Lolita...

– Hé ?

– Sexy, fis-je. Une petite fille à qui on a donné une allure sensuelle.

– Je vois. Vous voulez dire que Cary Harper était pédophile.

– Pas si vite. D'abord c'est sa sœur qui a peint le tableau.

– Merde.

141

– Ensuite, j'ai eu la nette impression que le propriétaire de cette boutique ignorait que Beryl vivait chez les Harper. Je me demande donc si les autres habitants de la ville le savaient. Dans le cas contraire, je trouverais ça très étonnant. Elle a vécu *plusieurs années* dans cette maison, Marino. A quelques kilomètres de cette ville. Et c'est une *petite* ville.

Il continua à conduire en regardant droit devant lui, sans dire un mot.

– Bon, me décidai-je au bout d'un moment, inutile de se lancer dans des spéculations oiseuses. Ils vivaient renfermés sur eux-mêmes. Peut-être que Cary Harper voulait cacher Beryl au reste du monde. Mais dans tous les cas, la situation ne me paraît pas très saine. Ce qui ne veut pas dire que ça explique leurs morts.

– Nom de Dieu! lâcha-t-il. Que ça soit pas très sain, c'est le moins qu'on puisse dire. Renfermés ou pas, c'est dingue que personne ait su qu'elle vivait chez eux. A moins qu'ils l'aient séquestrée dans un placard ou attachée à un pied de lit. Foutus pervers. Je hais les pervers, vous savez. Je hais les gens qui brutalisent les gosses! (Il me jeta un coup d'œil.) Je les déteste vraiment. Et j'ai de nouveau cette sale impression.

– Quelle impression?

– Que ce Mr Prix Pulitzer couchait avec Beryl, fit Marino. Quand il a su qu'elle allait cracher le morceau dans son livre, il a flippé. Il est allé chez elle avec un couteau.

– Mais alors qui a tué Harper?

– Sa toquée de sœur, peut-être bien.

Celui ou celle qui avait tué Cary Harper était doué d'une telle force qu'il l'avait assommé dès les premiers coups. De plus, égorger sa victime n'était pas l'acte d'une femme. Je n'avais jamais entendu parler d'une meurtrière ayant fait ça.

– Est-ce que la vieille Harper vous a paru sénile? me demanda Marino après un long silence.

– Excentrique, oui, mais pas sénile.

– Cinglée?

– Non.

– Vu ce que vous dites, il me semble que sa réaction

142

devant la mort de son frangin était pas vraiment normale.

– Elle était sous le choc, Marino. Les gens en état de choc ne réagissent jamais normalement.

– Vous pensez qu'elle s'est suicidée?

– C'est très possible.

– Vous avez trouvé des cachets?

– Des médicaments courants, mais aucun de dangereux, dis-je.

– Elle était pas blessée?

– D'après ce que j'ai vu, non.

– Bref, vous savez pas de quoi elle est morte? fit-il en se tournant vers moi.

– Non, répondis-je. Pour le moment, je n'en ai pas la moindre idée.

– Je suppose que vous retournez à Cutler Grove? dis-je à Marino lorsqu'il me déposa au BCME.

– Même que ça me réjouit d'avance, marmonna-t-il. Rentrez chez vous dormir un peu.

– N'oubliez pas la machine à écrire de Cary Harper.

Marino fouilla ses poches en quête de son briquet.

– Notez la marque et le modèle, lui rappelai-je. Et rapportez un ruban usagé.

Il alluma sa cigarette.

– Ramassez aussi le papier machine que vous trouverez. Et puis j'aimerais autant que vous récoltiez vous-même les cendres de la cheminée. Ça sera très difficile de les garder intactes.

– Sans vouloir vous vexer, Doc, vous commencez à me rappeler ma mère.

– Marino, fis-je d'un air sévère, je parle sérieusement.

– Ouais, je vois bien qu'vous êtes sérieuse. Mais je vois surtout que vous avez sérieusement besoin de repos.

Marino était lui aussi sur les nerfs, et il manquait tout autant de sommeil que moi.

La porte vitrée était fermée, le sol du parking désert constellé de taches d'huile. A l'intérieur de la morgue, je remarquai le ronronnement soporifique des générateurs de froid et d'électricité, que je n'entendais pas lorsque le bâtiment bruissait d'activité. Quand j'ouvris la porte métallique de la chambre réfrigérée, l'odeur me parut particulièrement nauséabonde.

Les deux corps étaient allongés sur des chariots poussés contre la cloison de gauche. Peut-être fut-ce un effet de la fatigue, mais lorsque je repliai le drap qui couvrait le corps de Sterling Harper, mes genoux se dérobèrent et je lâchai ma serviette. Je me souvins de la noble finesse de son visage, de la terreur qu'avaient exprimée ses yeux lorsqu'elle avait ouvert la porte de la résidence et m'avait vue en train d'examiner le cadavre de son frère, mes gants maculés de son sang. Le frère et la sœur étaient donc bien là, leur arrivée avait été enregistrée. C'était tout ce dont je voulais m'assurer. Je rabattis doucement le drap sur le visage de Sterling Harper, à présent aussi vide d'expression qu'un masque de caoutchouc. Autour de moi, des pieds nus étiquetés dépassaient des draps.

Quand j'étais entrée dans la chambre réfrigérée, je n'avais guère prêté attention à l'emballage jaune de pellicule photo posé sur le plateau inférieur du chariot de Sterling Harper. Ce n'est que lorsque je me baissai pour ramasser ma serviette que mon regard tomba une nouvelle fois dessus et que je l'examinai de plus près. J'en compris aussitôt la signification. Du 35 mm Kodak en 24 poses. Les pellicules que l'Etat nous fournissait étaient du Fuji, et nous les demandions toujours en 36 poses. Les ambulanciers qui avaient apporté le corps de miss Harper étaient repartis depuis plusieurs heures, et ils n'avaient certainement pas pris de photos.

Je ressortis dans le hall d'entrée et remarquai que l'indicateur lumineux au-dessus de l'ascenseur était arrêté sur le 2e étage. Il y avait quelqu'un dans le bâtiment ! Je songeai d'abord au gardien qui faisait sa ronde, mais en repensant à la boîte de pellicule vide, mes cheveux se dressèrent sur ma tête. Serrant la main sur la poignée de ma serviette, je m'élançai dans l'escalier. J'ouvris sans bruit la porte du palier du deuxième étage et dressai l'oreille avant de pénétrer dans le couloir. Les bureaux de l'aile est étaient vides, tout était éteint. Je pris à droite, par le couloir principal, dépassai la salle de cours, la bibliothèque, le bureau de Fielding. Je ne vis ni n'entendis personne. Pour en avoir le cœur net, je décidai, en entrant dans mon bureau, d'appeler la sécurité.

Lorsque je le vis, j'en eus le souffle coupé. Pendant plusieurs secondes horribles, mon esprit refusa de fonctionner. Il était en train de fouiller sans bruit dans un classeur à dossiers. Le col de son blouson bleu marine était remonté, des lunettes noires d'aviateur lui cachaient les yeux et il avait les mains protégées par des gants chirurgicaux. J'aperçus sur son épaule le cordon en cuir d'un appareil photo. Il dégageait la puissance d'un bloc de marbre, et il me fut impossible de battre en retraite assez vite. Les mains gantées se figèrent.

Lorsqu'il bondit sur moi, je lui balançai ma serviette entre les jambes avec une telle violence que ses lunettes tombèrent. Emporté par son élan, il se plia en deux de douleur. Profitant de son déséquilibre, je lui expédiai un coup de pied dans les chevilles. Il tomba par terre, ses côtes s'écrasant sur l'objectif de l'appareil photo. On trouvait mieux en fait de coussin.

Mes instruments médicaux voltigèrent de tous côtés tandis que je cherchais frénétiquement la bombe que je transporte toujours avec moi. Il beugla de douleur lorsque le jet de gaz lui inonda le visage. Il porta les mains à ses yeux, gigotant comme un porc en poussant des hurlements tandis que je me précipitais sur le téléphone pour appeler à l'aide. Pour faire bonne mesure, je l'aspergeai une nouvelle fois juste au moment où le gardien arrivait. Ensuite les flics se présentèrent. Hystérique, mon cambrioleur suppliait qu'on l'emmène à l'hôpital tandis qu'un agent lui tordait brutalement les bras dans le dos, lui passait les menottes et le fouillait.

D'après son permis de conduire, l'homme se nommait Jeb Price. Il avait trente-quatre ans et habitait Washington. Il portait sur les reins, passé dans la ceinture de son pantalon de velours, un Smith & Wesson 9 mm automatique avec quatorze balles dans le chargeur et une dans la chambre.

Je ne me souvenais pas être allée dans la loge du gardien pour y prendre les clés de l'autre voiture du BCME. J'avais pourtant dû le faire, car lorsque je repris

145

mes esprits j'étais en train d'engager le break bleu marine dans mon allée alors que la nuit commençait à tomber. La voiture, qu'on utilisait d'habitude pour transporter des cadavres, était d'une longueur plus grande que la normale, la vitre arrière voilée d'un écran, le sol du coffre protégé par un contreplaqué amovible qu'on nettoyait à grande eau plusieurs fois par semaine. Le véhicule était un croisement de familiale et de corbillard, un vrai cauchemar pour les créneaux.

Tel un zombie, je montai directement dans ma chambre, sans écouter ni débrancher mon répondeur. Mon épaule et mon coude droits ainsi que les petits os de ma main étaient endoloris. Je me déshabillai, pris un bain brûlant, me mis au lit et sombrai aussitôt dans un profond sommeil. Si profond que c'était comme mourir. L'obscurité dans laquelle je tombais était si épaisse que j'avais l'impression de la traverser à la nage avec un corps lourd comme du plomb. La sonnerie du téléphone fut interrompue par le déclenchement de mon répondeur.

– ... ne sais pas quand je pourrai te rappeler, alors écoute-moi bien. Je t'en supplie, Kay, écoute-moi. J'ai appris ce qui était arrivé à Cary Harper...

J'ouvris les yeux, le cœur battant. La voix angoissée de Mark acheva de me tirer de ma torpeur.

– ... Je t'en supplie ne te mêle pas de ça. Ne t'en occupe pas. Je t'en *supplie*. Je te rappelle dès que possible...

Quand je parvins à porter le combiné à mon oreille, je n'entendis plus que la tonalité. Je rembobinai le message pour le repasser et, effondrée dans mes oreillers, éclatai en sanglots.

## 9

Le lendemain matin, Marino arriva à la morgue alors que j'incisais la poitrine de Cary Harper.

Sans souffler mot, Marino me regarda soulever les côtes et retirer la masse de viscères de la cage thoraci-

146

que. L'eau dégouttait dans les éviers métalliques, les instruments chirurgicaux s'entrechoquaient en cliquetant. De l'autre côté de la pièce, un assistant affûtait la lame d'un long couteau sur une pierre à aiguiser. Nous avions quatre cadavres à autopsier ce matin-là. Toutes les tables en acier inoxydable étaient occupées.

Voyant que Marino ne paraissait pas décidé à aborder le sujet, c'est moi qui le fis.

– Vous avez découvert quelque chose sur Jeb Price ?

– Son dossier nous a rien appris, répondit-il en détournant le regard. Pas d'antécédents, aucune inculpation, rien. Et il a pas l'air décidé à pousser la chansonnette. Dommage, parce qu'après ce que vous lui avez balancé dans les roustons, il aurait une jolie voix de soprano. J' suis passé à l'IJ avant de venir. Ils sont en train de développer les photos qu'on a trouvées dans son appareil. J' vous amènerai les tirages.

– Vous avez pu y jeter un coup d'œil ? demandai-je.

– Seulement aux négatifs.

– Et alors ?

– On voit les deux Harper dans le frigo.

Je m'y attendais.

– Il n'avait pourtant pas l'air d'un paparazzi, raillai-je.

– Pour sûr. Ça serait trop simple.

Je levai la tête. Marino n'était pas d'humeur joviale. Le teint encore plus chiffonné que d'habitude, il s'était entaillé la joue à deux endroits en se rasant et ses yeux étaient injectés de sang.

– Les scribouillards que je connais se trimbalent pas avec des 9 mm bourrés de Glasers, dit-il. Et dès qu'on les bouscule un peu, ils vous d'mandent de la monnaie pour appeler l'avocat du journal. Ce type cherchait pas le scoop, c'est un vrai dur. Il a dû crocheter une serrure pour entrer. Et il a choisi un lundi férié pour être sûr de ne pas être dérangé. On a retrouvé sa bagnole à trois blocs de là, sur le parking devant le Farm Fresh. Une voiture de location avec un téléphone portable. Il avait assez de munitions et de chargeurs dans le coffre pour arrêter une armée, plus un automatique Mac Ten et un gilet en Kevlar. Sûr que c'est pas un journaliste.

– Je ne suis pas sûre non plus que ce soit un pro, fis-je

en changeant la lame de mon scalpel. Un pro n'aurait pas oublié une boîte de pellicule vide dans la chambre réfrigérée. Et s'il avait vraiment voulu mettre toutes les chances de son côté, il serait venu à 2 ou 3 heures du matin, pas en plein jour.

– Vous avez raison. La boîte de pelloche, c'était pas malin, concéda Marino. Mais moi je vois une bonne raison pour venir à cette heure-là. Imaginez que les pompes funèbres ou une de nos patrouilles apportent un cadavre pendant que Price est dans le frigo. Si c'est en plein jour, il peut toujours faire comme s'il bossait ici, qu'il a le droit d'y être. Alors que s'il se fait pincer à 2 heures du mat', il pourra pas donner une explication convaincante.

En tous les cas, Jeb Price ne plaisantait pas. Les balles Glaser étaient l'une des munitions les plus meurtrières en circulation, avec des cartouches bourrées de petits plombs qui se dispersent sous l'impact et déchiquettent la chair et les organes comme une tornade d'acier. Le Mac Ten est un des outils de travail préféré des terroristes et des barons de la drogue, un pistolet automatique qui pullule en Amérique centrale, au Moyen-Orient et dans ma ville natale de Miami.

– Il faudrait peut-être envisager de mettre une serrure sur le frigo, ajouta Marino.

– J'ai fait la demande, dis-je.

C'était une précaution que j'avais refusé de prendre pendant des années. Les pompes funèbres et les ambulanciers devaient pouvoir pénétrer dans la morgue à n'importe quelle heure. Installer une serrure signifiait confier de nouvelles clés aux gardiens, aux médecins experts locaux. Il y aurait des protestations. Des problèmes. Et j'en avais assez comme ça, des problèmes!

Marino examinait le corps de Cary Harper. Il ne fallait pas être expert en autopsie pour deviner la cause de la mort.

– Il a de multiples fractures du crâne et des lésions au cerveau, expliquai-je.

– On lui a tranché la gorge en dernier, comme pour Beryl?

– Les veines jugulaires et les artères carotides sont sectionnées, et pourtant ses organes ne sont pas particulièrement pâles, répondis-je. Il se serait vidé de son sang en quelques minutes s'il lui était resté un minimum de pression sanguine. En d'autres termes, il n'est pas mort d'hémorragie. Il était mort ou en train de mourir de ses blessures à la tête quand on lui a tranché la gorge.

– Des blessures défensives?

– Aucune. (Je posai le scalpel et écartai un à un les doigts raidis de Harper pour le lui faire constater.) Pas d'ongles cassés, aucune coupure ni contusion. Il n'a pas eu le temps de se protéger.

– Il s'est même pas rendu compte de ce qui lui arrivait, commenta Marino. Il arrive quand il fait déjà nuit. Le type le guette, sans doute dans les buissons. Harper arrête la Rolls, descend. Il est en train de verrouiller la portière quand le type arrive par-derrière et l'assomme...

– Sténose du LAD à 20%, fis-je à haute voix en cherchant mon crayon.

– Harper s'écroule et le salopard continue à frapper, poursuivait Marino.

– Et de 30% à sa coronaire droite. (Je notai mes observations sur un emballage de gants vide.) Pas de cicatrice visible d'infarctus. Muscle cardiaque en bon état, mais calcification de l'aorte et légère athérosclérose.

– Ensuite le type égorge Harper. Il voulait vraiment le tuer.

Je levai les yeux.

– Je ne suis pas tout à fait d'accord pour attribuer un raisonnement rationnel au tueur, observai-je. Regardez-le, Marino. (J'avais incisé et replié le cuir chevelu. Le crâne était comme la coquille brisée d'un œuf dur. Je montrai à Marino les multiples fractures.) Il a été frappé au moins sept fois de suite, avec une telle violence que chaque coup était mortel. Ensuite on lui a tranché la gorge. C'est plus, beaucoup plus qu'il n'en fallait. Comme pour Beryl.

– D'accord, c'était plus qu'il en fallait. Je le conteste pas, répliqua-t-il. Tout ce que je veux dire, c'est que l'assassin voulait être sûr que Harper et Beryl étaient morts. Quand vous coupez la tête de quelqu'un, c'est que vous voulez pas que la victime aille raconter son histoire aux flics.

Marino fit la grimace en me voyant vider le contenu gastrique dans une boîte en carton.

– Inutile de vous plonger là-dedans, fit-il. Je sais ce qu'il a mangé, j'étais avec lui. Des cacahuètes et deux martinis.

L'estomac de Harper avait à peine commencé à digérer les cacahuètes au moment de la mort. A part ça, il n'y avait qu'un liquide brunâtre dégageant une odeur d'alcool.

– Qu'est-ce qu'il vous a appris? demandai-je à Marino.

– Rien du tout.

Je lui jetai un coup d'œil tout en étiquetant la boîte.

– J'ai été au bistrot vers 5 heures moins le quart et j'ai commandé un Perrier citron. Harper s'est pointé à 5 heures pile.

– Comment saviez-vous que c'était lui?

Les reins présentaient une surface granuleuse. Je les posai sur la balance et en notai le poids.

– Impossible de le louper avec ses cheveux blancs, répondit Marino. Il correspondait à cent pour cent à la description de Poteat. Il est allé s'asseoir à une table sans dire bonjour à personne. Il a dit « comme d'habitude » au serveur et il a mangé des cacahuètes en attendant. Je l'ai observé un moment, puis je me suis présenté. Il a dit qu'il savait rien et qu'il avait pas envie de parler de ça. J'ai insisté, je lui ai demandé s'il savait que Beryl recevait des menaces depuis plusieurs mois. Il a pris un air gêné en disant qu'il était pas au courant.

– Disait-il la vérité, à votre avis? demandai-je en dégageant le foie de Harper.

– Impossible de le savoir, fit Marino en secouant la cendre de sa cigarette par terre. Ensuite je lui ai demandé où il était le soir où elle a été assassinée, il a répondu qu'il était au bistrot, comme tous les jours, et qu'il était rentré chez lui après. Quand je lui ai demandé si quelqu'un pouvait le confirmer, il m'a dit que sa sœur était pas à la maison ce soir-là.

Je levai les yeux de surprise, le scalpel en l'air.

– Où était-elle?

150

– En voyage.

– Il ne vous a pas dit où?

– Non. Il a dit, je cite : « Ce sont ses affaires. Ça ne me regarde pas. » (Marino porta un regard dédaigneux sur le morceau de foie que je venais de découper avant d'ajouter :) Dire que le foie aux oignons était mon plat préféré... Incroyable, non? Je connais pas un seul flic qu'a assisté à une autopsie et qui mange encore du foie...

Le ronronnement de la scie Stryker noya la fin de sa phrase. J'avais commencé à m'occuper du crâne. Marino se tut et recula de quelques pas devant le nuage de poussière d'os qui voltigeait dans l'air puant. Même quand les cadavres sont frais, ils dégagent une mauvaise odeur quand on les ouvre. La vision qu'ils offrent alors n'est pas non plus d'une grande délicatesse. Un bon point pour Marino : aussi répugnant que soit le client du jour, il venait toujours assister à l'autopsie.

Le cerveau de Harper était encore mou, et percé de lacérations aux bords déchiquetés. Je ne relevai que peu de traces d'hémorragie, preuve supplémentaire qu'il n'avait pas survécu de beaucoup à ses premières blessures. Sa mort, Dieu merci, avait été rapide. Au contraire de Beryl, il n'avait pas eu à subir de longues minutes de terreur, ni à supplier son agresseur. Les deux meurtres différaient par plusieurs autres aspects. Autant que nous le sachions, il n'avait pas reçu de menaces. Son assassinat n'avait aucune connotation sexuelle. Il avait été frappé et non poignardé, et aucun de ses vêtements ne manquait.

– J'ai trouvé cent soixante-huit dollars dans son portefeuille, dis-je à Marino. Nous avons également enregistré une montre et une chevalière.

– Pas de collier? s'étonna-t-il.

Je ne voyais pas de quoi il voulait parler.

– Il avait une grosse chaîne en or autour du cou, avec une médaille, reprit-il. Une plaque gravée, genre écusson. Il la portait quand je l'ai vu au bar.

– Il ne l'avait pas en arrivant ici, et je ne me souviens pas l'avoir remarquée quand je l'ai examiné à Cutler Grove...

J'allais ajouter « hier soir », mais je réalisai que Harper

était mort dimanche soir, et que nous étions déjà mardi. J'avais perdu toute notion du temps. Les deux jours précédents s'étaient écoulés dans une sorte d'irréalité, et si je n'avais pas réécouté le message de Mark ce matin même, je me serais demandé s'il m'avait vraiment appelée.

– Alors c'est peut-être l'assassin qui l'a emportée comme souvenir, conclut Marino.

– C'est absurde, objectai-je. Je peux comprendre qu'il emporte un souvenir de Beryl, s'il s'agit d'un malade mental. Mais pourquoi prendre quelque chose à Harper ?

– Une sorte de trophée ? suggéra Marino. Pour son tableau de chasse. C'est peut-être un tueur à gages qui aime conserver des souvenirs de ses petits boulots.

– Un professionnel serait plus prudent.

– Je ne sais pas. Jeb Price a bien oublié une boîte de pellicule dans le frigo..., fit-il.

J'ôtai mes gants et finis d'étiqueter les tubes de test et les divers échantillons que j'avais prélevés. Puis je rassemblai mes papiers et, suivie de Marino, remontai dans mon bureau.

Rose avait laissé le journal du soir sur ma table. Le meurtre de Harper et la mort subite de sa sœur en faisaient les gros titres. Un autre titre, plus petit, me démoralisa :

LE MÉDECIN EXPERT GÉNÉRAL ACCUSÉ
D'AVOIR « PERDU » LE MANUSCRIT CONTROVERSÉ

Il s'agissait d'une dépêche du bureau d'Associated Press à New York. L'article décrivait la façon dont j'avais « maîtrisé » un certain Jeb Price surpris en train de fouiller mon bureau. Je songeai aussitôt avec colère que les insinuations concernant le vol du manuscrit ne pouvaient provenir que de Sparacino, et les détails sur Jeb Price du rapport de police. En consultant rapidement les notifications d'appel, je constatai que la plupart émanaient de journalistes.

– Avez-vous vérifié ses disquettes ? demandai-je à Marino en lui balançant le journal.

– Ouais. J' les ai regardées.

– Y avez-vous trouvé la moindre trace de ce bouquin qui a l'air d'affoler tout le monde ?

– Non, grogna-t-il en parcourant l'article.

– Non? répétai-je avec de la déception dans la voix. Il n'est pas sur ses disquettes? Comment ça se fait, si elle l'écrivait sur son ordinateur?

– Je n'en sais fichtre rien, rétorqua-t-il. Je vous dis simplement que j'ai épluché une douzaine de disquettes où il y avait que des vieux trucs. Des bouquins probablement déjà publiés. Rien sur elle, rien sur Harper. Il y a aussi deux lettres professionnelles adressées à Sparacino. Rien de très excitant.

– Peut-être qu'elle a mis les disquettes en lieu sûr avant de partir à Key West, suggérai-je.

– Ça se peut. En tout cas on les a pas trouvées.

C'est alors que Fielding fit son entrée, ses bras d'orang-outang dépassant des manches courtes de sa blouse verte, les mains couvertes d'une fine pellicule de talc provenant des gants qu'il venait d'ôter. Fielding passait chaque semaine de nombreuses heures dans une salle de musculation. Selon moi, son obsession du body building était inversement proportionnelle à l'intérêt qu'il portait à son travail. Directeur adjoint du BCME depuis moins de deux ans, il montrait déjà des signes de capitulation. Plus il désenchantait, plus il prenait des muscles. Encore deux ans et, à mon avis, il se retirerait dans le monde plus propre et plus lucratif de la pathologie hospitalière, ou deviendrait le successeur de l'incroyable Hulk.

– Il va falloir pousser les tests sur Sterling Harper, annonça-t-il. Son taux d'alcool est seulement de 0,03, et son contenu gastrique ne m'a pas appris grand-chose. Pas de sang, pas d'odeurs inhabituelles. Pas de trace d'infarctus, le muscle cardiaque est bon, les coronaires dégagées. Cerveau normal. Mais il y avait quelque chose qui n'allait pas chez elle. Le foie est énorme, dans les deux kilos cinq, et la rate démesurée. J'ai aussi noté quelques nodosités lymphatiques.

– Des métastases? demandai-je.

– A première vue, non.

– On va voir ça au scope, dis-je.

Fielding acquiesça et disparut.

Marino me regarda d'un air interrogateur.

– Ça pourrait être un tas de choses, dis-je. Une leucémie, un lymphome ou une des nombreuses maladies liées au collagène, dont certaines sont bénignes et d'autres beaucoup plus graves. La rate et les ganglions lymphatiques sont des composants du système immunitaire – en d'autres termes, la rate est presque toujours impliquée dans une maladie sanguine. Quant à la grosseur inhabituelle du foie, on ne peut guère en tirer de conclusions avant d'avoir examiné les modifications histologiques au microscope.

– Ça vous ferait rien de parler comme tout le monde? fit Marino avant d'allumer une cigarette. Dites-moi ce que le Dr Schwarzenegger a remarqué.

– Le système immunitaire de Sterling Harper réagissait à une agression, expliquai-je. Elle était malade.

– Malade au point de claquer toute seule sur son sofa?

– Pas aussi brusquement que ça, non, je ne le crois pas.

– Et si c'était un médicament? suggéra-t-il. Un truc sur ordonnance. Elle avale tous les cachets d'un coup, jette le flacon au feu, ce qui expliquerait le plastique fondu que vous avez trouvé, et l'absence de médicaments dans la maison, à part des trucs courants.

Une surdose de médicaments était à vrai dire une des hypothèses que j'envisageais le plus sérieusement, mais il était inutile de conjecturer pour l'instant. Malgré mon insistance pour que le dossier Beryl soit traité en priorité, les résultats toxicologiques n'arriveraient pas avant plusieurs jours, sinon plusieurs semaines.

En revanche, j'avais mon idée sur les causes de la mort de son frère.

– Je pense que Cary Harper a été frappé avec une matraque artisanale, dis-je à Marino. Quelque chose comme un bout de tuyau rempli de plombs de chasse en guise de lest, et aux extrémités bouchées avec du Play Doh. Après plusieurs coups, un des bouchons de pâte à modeler a sauté, et les plombs se sont éparpillés.

Il tapota sa cendre d'un air songeur.

– Ça colle pas exactement avec l'attirail de mercenaire

qu'on a trouvé dans la voiture de Price, fit-il. Et j'vois pas non plus la vieille Harper bricoler un truc pareil.

– Vous n'avez retrouvé ni Play Doh, ni pâte à modeler, ni plombs de chasse dans la maison?

– Foutre non, fit-il en secouant la tête.

Tout l'après-midi, mon téléphone ne cessa de sonner.

Des dépêches concernant mon rôle supposé dans la disparition d'un « mystérieux manuscrit de grande valeur » et des descriptions fantaisistes de la façon dont j'avais « neutralisé un agresseur » entré par effraction dans mon bureau couraient sur les câbles d'agence de tout le pays. D'autres reporters en quête d'un scoop rôdaient sur le parking du BCME ou surgissaient dans l'entrée, micros et caméras pointés comme des fusils. Un animateur particulièrement inspiré clamait sur les ondes d'une radio locale que j'étais la seule femme médecin des Etats-Unis à préférer « les gants de boxe aux gants chirurgicaux ». La situation menaçait de nous échapper et je commençais à prendre au sérieux les mises en garde de Mark. Sparacino était fort capable de me rendre la vie impossible.

Lorsque l'attorney général Thomas Ethridge IV voulait me contacter, il m'appelait sur ma ligne directe au lieu de passer par Rose. Loin d'être surprise de l'entendre au bout du fil, j'avoue même en avoir été soulagée. Je le rejoignis dans son bureau en fin d'après-midi. C'était un homme assez âgé pour être mon père, un de ces êtres dont la pondération se transforme avec l'âge en force de caractère. Ethridge avait un visage à la Winston Churchill qu'on n'aurait pas été surpris de rencontrer au Parlement ou dans la fumée de cigare d'une salle de club britannique. Nous nous étions toujours très bien entendus.

– Un coup publicitaire? Vous pensez vraiment qu'on va vous croire, Kay? fit-il en tripotant d'un air absent la chaîne en or qui barrait son gilet.

– J'ai l'impression que même *vous* ne me croyez pas, rétorquai-je.

Pour toute réponse, il s'empara d'un Mont Blanc ventru dont il dévissa le capuchon.

– Et puis je crains que personne ne soit en mesure de

juger sur pièce, ajoutai-je d'un air penaud. Mes soupçons ne sont fondés sur rien de concret, Tom. Si je lance une accusation de ce genre pour contrer les manœuvres de Sparacino, il va sauter dessus pour faire monter les enchères.

– Vous devez vous sentir très seule, n'est-ce pas, Kay?

– Oui. Parce que c'est la vérité, Tom.

– Des situations comme celle-ci finissent par être douées d'une vie propre, dit-il d'un air rêveur. Le problème, c'est d'étouffer celle-ci dans l'œuf avant qu'elle ne fasse plus de bruit dans les média.

D'un geste las, il se frotta les paupières sous ses lunettes à monture de corne, ouvrit son bloc-notes et entreprit de dresser, sur une page vierge séparée en deux par un trait vertical, une de ces listes nixoniennes dont il avait le secret : les avantages d'un côté, les inconvénients de l'autre – de quels avantages et inconvénients il s'agissait, je n'en avais aucune idée. Au bout de quelques minutes, et alors qu'une des deux colonnes était beaucoup plus longue que l'autre, il se redressa, leva les yeux et fronça les sourcils.

– Kay, dit-il, vous rendez-vous compte que vous vous impliquez beaucoup plus dans vos dossiers que vos prédécesseurs?

– Je n'ai pas connu mes prédécesseurs, répliquai-je.

Il eut un bref sourire.

– Vous ne répondez pas à ma question, ma chère.

– En toute franchise, je n'ai jamais réfléchi à la question, dis-je.

– Ça ne m'étonne pas, rétorqua-t-il. Kay, vous prenez votre travail trop à cœur. C'est d'ailleurs une des raisons pour lesquelles j'ai soutenu votre nomination. Le côté positif, c'est que rien ne vous échappe, que vous êtes non seulement un excellent pathologiste, mais aussi un très bon administrateur. Le côté négatif, c'est que vous avez parfois tendance à vous mettre dans des situations délicates. Songez à votre travail sur l'étrangleur en série (1), il y a un an ou deux. Il a été arrêté grâce à vous, ce qui a sans doute sauvé la vie d'autres femmes. Mais

(1) Voir *Postmortem*.

vous avez failli y laisser la vôtre. Eh bien, prenez cet incident hier... (Il se tut, secoua la tête et éclata de rire.) Quoique je doive reconnaître que vous m'avez impressionné. Une radio a dit que vous l'aviez mis KO. C'est vrai?

– Pas tout à fait.

– Sait-on qui c'est? Ce qu'il cherchait?

– Nous ne savons pas encore exactement, dis-je. Il est entré dans la chambre réfrigérée de la morgue pour y photographier les cadavres de Cary et Sterling Harper. Mais je ne sais pas ce qu'il cherchait dans mes dossiers quand je l'ai surpris.

– Vos dossiers sont classés par ordre alphabétique?

– Oui, et il cherchait dans le tiroir M à N, dis-je.

– M comme Madison?

– C'est une possibilité, répliquai-je. Mais son dossier est sous clé, dans un autre bureau. Il n'y a rien sur elle dans mon armoire.

Au bout d'un long silence, il tapota de l'index le bloc-notes jaune posé devant lui.

– J'ai noté ici ce que je connais des décès de Beryl Madison, Cary Harper et Sterling Harper. Il y a là tous les ressorts d'un roman policier, n'est-ce pas? Il n'y manquait plus que cette histoire de disparition de manuscrit dont on accuse le bureau du médecin expert. Je dois vous dire une ou deux choses, Kay. Tout d'abord, si quelqu'un vous appelle au sujet de ce manuscrit, je vous conseille de le diriger sur mon bureau. Ça ne m'étonnerait pas que nous soyons entraînés dans un procès. Je vais mobiliser mon personnel afin de parer à toute tentative de ce genre. Deuxièmement, et croyez-moi j'y ai beaucoup réfléchi, je veux que vous fassiez l'iceberg.

– Je ne vois pas très bien ce que vous voulez dire, dis-je avec une certaine appréhension.

– La pointe émergée ne doit représenter qu'une petite partie du total, répondit-il. Ce qu'il ne faut pas confondre avec la nécessité de garder un profil bas, même si, pour des raisons pratiques, vous *devrez* garder un profil bas. Efforcez-vous de faire le minimum de déclarations à la presse, restez le plus discrète possible. (Il se remit à tripoter sa chaîne de montre.) Dans le même temps,

157

votre niveau d'activité, ou d'implication si vous préférez, devra être inversement proportionnel à cet effacement public.

– Comment ça? protestai-je. Est-ce une façon de me dire que je dois faire mon travail et ne pas faire mousser mon bureau dans la presse?

– Oui et non. Oui en ce qui concerne le fait de faire votre travail. Quant à garder le BCME à l'abri des journalistes, je crains que ce ne soit pas vous qui en décidiez. (Il se tut et croisa les mains sur son bureau.) Je connais bien Robert Sparacino.

– Vous l'avez rencontré?

– J'ai eu le malheur de faire sa connaissance en faculté de droit, dit-il.

Je lui jetai un regard incrédule.

– A Columbia, en 51, poursuivit Ethridge. Un jeune homme obèse et arrogant, doté d'un grave défaut de caractère. Mais il était très brillant et aurait pu terminer premier de la promotion, ce qui lui ouvrait le poste de conseiller au ministère de la Justice, si je n'avais pas donné un sacré coup de collier. (Il marqua une pause.) J'ai été nommé à Washington, où j'ai eu le privilège de travailler avec Hugo Black. Robert est resté à New York.

– Vous a-t-il pardonné? demandai-je tandis qu'un soupçon commençait à prendre forme dans mon esprit. Je suppose qu'il devait exister une forte rivalité entre vous. Vous a-t-il pardonné de l'avoir devancé?

– Il m'envoie ses vœux chaque année, répondit Ethridge d'une voix acide. Une carte tirée en série sur une imprimante d'ordinateur, avec un tampon pour signature et une faute d'orthographe à mon nom. Juste assez anonyme pour être insultant.

Je commençais à comprendre pourquoi Ethridge voulait que les attaques de Sparacino soient déviées vers le bureau de l'attorney général.

– Vous ne pensez tout de même pas qu'il me harcèle dans l'unique objectif de vous atteindre à travers moi? suggérai-je d'un ton hésitant.

– C'est-à-dire? Que le coup du manuscrit soit une ruse et qu'il sache pertinemment que vous ne l'avez pas? Qu'il suscite un scandale dans le Commonwealth dans le

158

seul but de me flanquer une casserole aux fesses? (Il grimaça un sourire.) Je ne pense pas que ce soit sa seule motivation.

– Mais ça pourrait être une raison supplémentaire, remarquai-je. Il sait très bien que tout embrouillamini juridique, tout litige impliquant mon bureau est automatiquement arbitré par l'attorney de Virginie. D'après ce que vous dites, Sparacino est du genre vindicatif.

Ethridge, le regard dans le vague, joignit le bout de ses doigts tendus.

– Je vais vous raconter une anecdote au sujet de Sparacino, du temps où nous étions à Columbia. Ses parents sont divorcés et il vivait avec sa mère pendant que son père faisait fortune à Wall Street. Robert allait voir son père à New York plusieurs fois par an. C'était un garçon précoce et un lecteur assidu passionné par le milieu littéraire. Lors d'une de ses visites à New York, il a persuadé son père de l'emmener dîner à l'*Algonquin* un jour où Dorothy Parker et sa cour devaient être là. D'après ce qu'il nous a raconté plus tard à Columbia, au cours d'une beuverie, Robert, qui n'avait que neuf ou dix ans à l'époque, avait tout préparé. Il voulait s'avancer vers la table de Dorothy Parker, lui tendre la main et se présenter en lui disant que c'était un grand honneur de la rencontrer, etc. Au lieu de ça, quand il a été devant elle, il a bégayé et déclaré : « Miss Parker, c'est un grand plaisir de vous honorer. » Sur quoi, elle a répondu du tac au tac, comme elle en avait le secret : « Beaucoup d'hommes m'ont dit la même chose, mais aucun n'était aussi jeune que vous. » La rigolade qui a accueilli cette réplique a profondément humilié Sparacino. Il ne l'a jamais oubliée.

L'idée de ce gamin obèse tendant sa main moite de sueur en prononçant une telle phrase était si pathétique que je n'avais aucune envie de rire. Si j'avais été mise dans un semblable embarras par une héroïne de mon enfance, je ne l'aurais jamais oublié non plus.

– Si je vous raconte cette histoire, Kay, poursuivit Ethridge, c'est pour vous faire comprendre par quoi peut être dicté le comportement de Sparacino. Quand il nous a relaté cette soirée à Columbia, il était ivre, mais il parlait avec amertume et jurait qu'il se vengerait, qu'il montrerait à Dorothy Parker et à ses semblables qu'il n'était pas homme à se laisser ridiculiser. Eh bien, vous connaissez la suite, n'est-ce pas? (Il se tut un instant et me dévisagea.) Il est devenu un des avocats littéraires les plus puissants du pays, fréquente les plus grands éditeurs, les agents et les écrivains, qui au fond le haïssent, mais qui savent qu'il serait imprudent de ne pas le respecter. On dit qu'il dîne régulièrement à l'*Algonquin*, et qu'il insiste pour que tous les contrats de livres ou de films soient signés là-bas, ce qui lui permet de rire au nez du fantôme de Dorothy Parker. (Il se tut un instant.) Ça vous paraît tiré par les cheveux?

– Non, répondis-je. Il ne faut pas être grand psychologue pour le comprendre.

– Voilà ce que je voudrais vous suggérer, dit Ethridge en me regardant droit dans les yeux. Laissez-moi m'occuper de Sparacino. J'aimerais, dans la mesure du possible, que vous n'ayez plus aucun contact avec lui. Il ne faut surtout pas le sous-estimer, Kay. Même quand vous croyez lui en dire le minimum, il lit entre les lignes, il fait des déductions imparables. Je ne sais pas exactement quelle était la nature de ses relations avec Beryl Madison ou les Harper, ni quels sont ses objectifs, mais j'imagine que ce n'est pas très ragoûtant. C'est pourquoi je ne veux pas qu'il apprenne plus de détails sur ces décès.

– Il en sait déjà beaucoup, dis-je. Il a obtenu le rapport de police sur le meurtre de Beryl Madison, par exemple. Ne me demandez pas comment il...

– Il a le bras très long, m'interrompit Ethridge. Je vous conseille de garder tous vos rapports et documents en lieu sûr et de ne les communiquer que quand vous ne pouvez pas faire autrement. Faites attention à ce qui se passe dans votre bureau, renforcez la sécurité, mettez tous les papiers importants sous clé. Votre personnel ne doit délivrer des informations qu'après s'être assuré de l'identité de la personne qui les demande. Sparacino se servira de la moindre bribe d'information. C'est un véritable jeu pour lui. Mais un jeu qui pourrait causer du tort à certaines personnes, dont vous. Sans parler de ce qui pourrait advenir de vos conclusions quand les dossiers passeront en jugement. S'il a décidé de monter un coup, il faudrait déplacer le tribunal en Antarctique pour avoir la paix.

– Il a peut-être prévu que vous alliez faire ça, remarquai-je d'une voix calme.

– Que je jouerais le rôle de paratonnerre? Que je descendrais moi-même dans l'arène au lieu d'y envoyer un assistant?

J'acquiesçai.

– Ma foi, c'est possible, fit-il.

J'en étais persuadée. Ce n'était pas moi que Sparacino visait. C'était son vieux rival. Sparacino ne pouvait s'attaquer de front à l'attorney général. Il serait arrêté par les chiens de garde, buterait sur les barrages d'assistants, de secrétaires. Alors qu'en faisant mine de vouloir me déstabiliser, il atteignait son objectif véritable. Songer que j'étais manipulée de la sorte ne fit qu'accroître ma colère, et je repensai soudain à Mark. Quel était son rôle dans tout ça?

– Vous êtes contrariée et je vous comprends, dit Ethridge. Mais il va falloir que vous mettiez un mouchoir sur votre amour-propre. J'ai besoin de votre aide, Kay.

Je restai silencieuse.

– J'ai l'impression que le seul moyen de sortir du piège de Sparacino, c'est ce fameux manuscrit que tout le monde recherche. Avez-vous la moindre piste nous permettant de mettre la main dessus?

Mon visage devint soudain brûlant.

– Il n'est jamais passé par mon bureau, Tom...

– Kay, me coupa-t-il d'un ton ferme, ce n'est pas ce que je vous demande. Il y a des tas de choses qui ne passent jamais par votre bureau, mais que le médecin expert parvient à trouver. Un médicament puissant, une remarque sur une douleur dans la poitrine juste avant que le défunt ne s'écroule, des idées suicidaires que vous apprenez par un membre de la famille. Vous n'avez aucun pouvoir répressif, mais vous avez celui d'enquêter. Et vous découvrez parfois des détails que personne n'aurait révélés à la police.

– Je ne veux pas être un témoin ordinaire, Tom.

– Vous êtes un témoin expert, Kay. Vous avez bien raison de ne pas vouloir être ordinaire. Ce serait du gâchis.

– Et les flics sont en général meilleurs interrogateurs, ajoutai-je. Ils ne s'attendent pas à ce que les gens disent la vérité.

– Et vous, vous y attendez-vous?

– Un généraliste de quartier attend ça de ses patients. Il s'attend à ce que les gens lui disent la vérité, en tout cas ce qu'ils perçoivent comme étant la vérité. Ils font de leur mieux. La plupart des médecins ne s'attendent pas à ce que les patients leur mentent.

– Vous parlez par généralités, Kay.

– Je ne veux pas être dans la position de...

– Kay, le Code spécifie que le médecin expert effectuera une enquête sur les causes et la façon dont est survenue la mort, et qu'il consignera ses observations par écrit. C'est une définition très large. Elle vous investit d'un réel pouvoir d'investigation. La seule chose que vous ne pouvez faire, c'est procéder à une arrestation. Vous savez que la police ne retrouvera jamais ce manuscrit. Vous êtes la seule personne qui puisse le retrouver. (Il me regarda dans les yeux.) Parce que c'est *plus important* pour vous et votre réputation que ça ne l'est pour eux.

Je n'avais pas le choix. Ethridge avait déclaré la guerre à Sparacino, et m'avait enrôlée à cette fin.

– Trouvez ce manuscrit, Kay. (L'attorney général jeta un coup d'œil à sa montre.) Je vous connais. Si vous vous y mettez vraiment, vous le retrouverez. Ou au moins vous découvrirez ce qu'il est devenu. Trois personnes déjà sont mortes. L'une était un lauréat du prix Pulitzer dont l'ouvrage est un de mes livres préférés. Il nous faut absolument tirer cette affaire au clair. Dernière chose, je vous demanderai de me communiquer tout nouvel élément en rapport avec Sparacino. Puis-je compter sur votre aide, Kay?

– Bien sûr, Tom. Vous pouvez compter sur moi.

L'examen direct de documents est une des très rares procédures scientifiques qui vous fournit des réponses immédiates, aussi évidentes que si elles étaient inscrites noir sur blanc sous vos yeux. Le chef de ce département, du nom de Will, Marino et moi-même y consacrâmes tout le mercredi après-midi.

Je ne savais pas au juste ce que j'espérais de cet examen. Peut-être aurait-il été trop simple de découvrir que ce que miss Harper avait brûlé dans sa cheminée était le manuscrit de Beryl. Nous en aurions alors conclu que Beryl le lui avait confié. Nous aurions supposé qu'il contenait des indiscrétions telles que Miss Harper avait préféré ne pas les divulguer. Mais le plus important, c'est que nous aurions eu la certitude que le manuscrit n'avait pas été subtilisé sur les lieux du crime.

Pourtant, la quantité et le type de papier que nous examinions ne coïncidait pas avec cette hypothèse. Très peu de fragments avaient été épargnés par les flammes, aucun ne dépassait la taille d'une pièce de monnaie, aucun ne valait la peine d'être placé sous les lentilles à filtre infrarouge du comparateur vidéo. Aucun moyen technique ni aucun test chimique ne nous aiderait à examiner ces minuscules copeaux de cendre blanche et fibreuse. Ils étaient si fragiles que nous n'osions même pas les sortir de la boîte en carton dans laquelle Marino les avait recueillis. Par précaution, nous avions fermé les portes et coupé la ventilation du labo pour éviter les courants d'air.

Nous nous étions attelés à la tâche délicate et frustrante de récupérer ces fragments un à un à l'aide d'une pince à épiler. Nous avions déterminé que miss Harper avait brûlé du gros papier fabriqué à base de chiffons, sur lequel un ruban de carbone avait imprimé un texte. Plusieurs éléments nous avaient conduits à cette conclusion. Le papier obtenu à partir de la pâte à bois noircit au feu, alors que le papier fabriqué avec du coton produit des cendres d'un blanc immaculé identiques à celles que nous avions retrouvées. Les quelques fragments intacts avaient donc permis de déterminer le type de papier. Par ailleurs, le carbone ne brûle pas. La chaleur avait fait rétrécir les caractères jusqu'à l'équivalent d'un corps 6 ou 7. Certains mots étaient restés entiers et se lisaient nettement sur le fond de dentelle blanche des cendres. Le reste était éparpillé au-delà de tout espoir de reconstitution.

– A-R-R-I-V, épela Will d'un air las.

Les yeux rougis de fatigue derrière ses inélégantes

lunettes à monture noire, le jeune scientifique faisait un gros effort de patience.

J'ajoutai ce nouveau fragment de mot à ceux qui emplissaient déjà une demi-page de mon calepin.

— Arrive, arrivé, arrivant, ajouta-t-il en soupirant. Je ne vois pas ce que ça pourrait être d'autre.

— Arrivage ? Arriviste ? hasardai-je.

Je mis mon mal de tête persistant sur le compte de l'effort visuel, et regrettai d'avoir laissé mon flacon d'Advil dans mon bureau.

— Bon sang de bon sang, grogna Marino. Des mots, des mots, des mots. J'en ai jamais vu autant de ma vie. J'en connais pas la moitié mais je peux vous dire que ça m'a jamais gêné.

Il était installé sur une chaise tournante, les pieds sur un bureau, et parcourait le texte que Will avait reconstitué en déchiffrant le ruban prélevé sur la machine de Cary Harper. Ce n'était pas un ruban de carbone, ce qui voulait dire que les pages qu'avait brûlées Miss Harper n'avaient pas été tapées sur cette machine. Il apparaissait que Cary s'était lancé dans une énième tentative littéraire. Le texte que lisait Marino n'était qu'une suite de mots échevelée. Lorsque je l'avais parcouru, je m'étais demandé si Cary n'était pas fortement imbibé en le rédigeant.

— Je me demande qui achèterait cette merde, fit Marino.

Will venait d'isoler un nouveau fragment de phrase parmi les cendres, et je me penchai sur son épaule pour le déchiffrer.

— Vous savez, poursuivait Marino, ils sortent toujours des trucs inédits après la mort d'un écrivain, tous ses fonds de tiroir.

— C'est vrai, marmonnai-je. On pourrait appeler ça *Miettes d'un banquet littéraire*.

— Hé ?

— Rien, rien. Il n'y a même pas une dizaine de pages dans tout ça, Marino, dis-je. Ça ne pourrait jamais faire un bouquin.

— Ben, dans ce cas ils le publient dans *Esquire* ou dans *Playboy*, dit Marino. Ça fait toujours quelques ronds à prendre.

– Ça, c'est à coup sûr un nom propre, remarqua Will d'un air songeur. Un nom de lieu, d'entreprise ou je ne sais quoi. Je vois *Co* avec une capitale.

– Intéressant, fis-je. Très intéressant.

Marino se leva pour venir jeter un coup d'œil.

– Attention, ne soufflez pas, dit Will.

Tenant la fine pince d'une main aussi sûre que s'il s'était agi d'un scalpel, il saisit avec d'infinies précautions le fragment de cendre blanche sur lequel se distinguaient les lettres *bor Co*.

– Comté, compagnie, cottage, collège, suggérai-je.

– Peut-être, mais *bor*? fit Marino.

– Ann Arbor (1)? suggéra Will.

– Ou un comté de Virginie? dit Marino.

Mais aucun comté de notre connaissance ne comportait les lettres *or*.

– Harbor, proposai-je.

– D'accord. Mais suivi de *Co*? fit Will d'un air dubitatif.

– Quelque chose du genre machin-Harbor Company, dit Marino.

Je consultai l'annuaire. J'y trouvai cinq entreprises avec des noms commençant par Harbor : Harbor East, Harbor South, Harbor Village, Harbor Imports et Harbor Square.

– J'ai l'impression qu'on est à côté de la plaque, dit Marino.

Nous ne fûmes guère plus avancés lorsque j'eus appelé les Renseignements pour demander quelles étaient les entreprises du secteur de Williamsburg comportant le mot Harbor. A part un ensemble résidentiel, il n'y avait rien. J'appelai alors le détective Poteat, de la police de Williamsburg, qui, à part ce même ensemble résidentiel, ne put me fournir aucune indication utile.

– Inutile de se casser la tête là-dessus, dit Marino d'un ton agacé.

Will s'était replongé dans la boîte de cendres.

Marino se pencha par-dessus mon épaule pour relire la liste des mots que nous avions identifiés jusqu'ici.

*Vous*, *votre*, *je*, *mon*, *nous* et *bien* étaient des mots

_____

(1) Ville du Michigan.

courants, comme d'autres éléments inévitables : *et*, *est*, *était*, *ceci*, *cela*, *qui*, *un* et *une*. D'autres mots complets étaient plus explicites : *ville*, *maison*, *savoir*, *prie*, *peur*, *travail*, *penser*, *manquer*. Quant aux mots incomplets, nous ne pouvions que nous livrer à des supputations. Nous avions choisi *terrible* pour compléter les nombreuses fois où apparaissaient les lettres *terri* ou *terrib*. Mais la nuance originelle nous échappait. La personne qui avait écrit avait-elle voulu dire « terrible » comme dans : « Est-ce si terrible ? » Ou « terriblement », comme dans : « Je suis terriblement inquiet/ète » ou : « Vous me manquez terriblement » ? Ou bien était-ce dans un sens beaucoup moins fort, comme dans « C'est terriblement gentil de votre part » ?

Il était toutefois révélateur que nous ayons découvert plusieurs fragments de « Sterling » et presque autant de « Cary ».

– Je suis presque sûre qu'il s'agit de courrier personnel, dis-je. Le type de papier utilisé et les mots employés m'incitent à cette conclusion.

Will m'approuvait.

– Avez-vous retrouvé du papier dans la maison de Beryl Madison ? demandai-je à Marino.

– Du papier informatique et du papier machine, dit-il. C'est tout. Aucune feuille de ce papier-là.

– Elle avait une imprimante à ruban, nous rappela Will qui préleva un autre fragment avant d'ajouter : Je crois que j'en tiens un autre.

Je me penchai.

Cette fois, il ne restait plus que *or C-*.

– Beryl avait un ordinateur et une imprimante Lanier, dis-je à Marino. Ça serait une bonne idée d'essayer de savoir si elle a toujours eu ce matériel.

– J'ai épluché ses factures, dit-il.

– Sur combien d'années ?

– Cinq ou six ans, répondit-il.

– Elle a toujours eu le même ordinateur ?

– Non, dit-il. Mais elle a gardé la même imprimante, Doc. Une 1600 à marguerite. Et elle employait toujours la même marque de rubans. Je sais pas ce qu'elle utilisait avant ça.

– Je vois.

– Eh ben vous avez d'la chance, fit Marino en se massant les reins. Parce que moi, je nage en plein brouillard.

# 10

L'Académie nationale du FBI de Quantico, en Virginie, est une oasis de verre et de brique plantée au milieu d'un champ de bataille reconstitué. Je n'oublierai jamais le premier stage que j'y avais suivi. On se couchait et se réveillait au son des rafales de pistolets semi-automatiques, et un jour que j'effectuai le parcours d'entraînement dans les sous-bois, je m'étais trompée de direction et avais failli me faire écraser par un char.

Nous étions vendredi matin. Benton Wesley avait convoqué une réunion, et Marino redressa sensiblement le torse lorsque nous arrivâmes en vue de la fontaine et des drapeaux de l'Académie. M'efforçant de le suivre à raison de deux pas pour une de ses enjambées, nous pénétrâmes dans le vaste hall inondé de soleil d'un bâtiment neuf si élégant qu'il avait vite acquis le surnom de Quantico Hilton. Après avoir déposé son arme au comptoir de réception, Marino signa le registre, puis on nous remit des badges de visiteurs tandis qu'une réceptionniste appelait Wesley pour se faire confirmer notre rendez-vous.

Un labyrinthe de couloirs vitrés relie les ensembles de bureaux, les salles de cours et les laboratoires, et l'on peut passer d'un bâtiment à l'autre sans mettre le nez dehors. Je venais souvent ici mais m'y perdais à chaque fois. Marino en revanche semblait s'y reconnaître, de sorte que je le suivis docilement en observant les tenues de différentes couleurs arborées par les stagiaires. Les chemises rouges et pantalons kaki indiquaient les officiers de police. Les chemises grises avec des pantalons noirs enfoncés dans des bottes impeccablement cirées étaient de jeunes agents du DEA, alors que les vétérans étaient tout en noir. Les jeunes agents du FBI portaient du bleu et du kaki, tandis que les commandos d'élite des

Hostage Teams étaient tout en blanc. Hommes et femmes sans exception avaient une allure irréprochable et paraissaient en excellente forme physique. Leur taciturnité toute militaire était presque aussi palpable que l'odeur de solvant pour armes qu'ils traînaient derrière eux.

Nous entrâmes dans un ascenseur et Marino enfonça un bouton. L'abri anti-atomique de Hoover est construit à vingt mètres sous terre, deux étages en dessous du stand de tir. Il m'avait toujours paru adéquat que l'Académie ait décidé d'installer sa Behavioral Science Unit (1) plus près de l'enfer que du ciel. Les dénominations changent vite. Dernièrement, le FBI avait donné à ses profileurs le titre de Criminal Investigative Agents, ou CIA (un acronyme destiné à entretenir la confusion). Le travail, lui, ne change pas. Il y aura toujours des psychopathes, des sociopathes, des détraqués sexuels – en un mot, des pervers qui prennent plaisir à infliger la douleur.

En sortant de l'ascenseur, nous prîmes un couloir aux murs beiges jusqu'à un bureau de la même couleur terne. Wesley en sortit et nous conduisit dans une petite salle de conférence, où nous trouvâmes Roy Hanowell assis à une longue table vernie. L'expert en fibres paraissant oublier mon visage d'une réunion à l'autre, je n'oubliais pas de me présenter chaque fois qu'il me tendait la main.

– Oui, oui, bien sûr. Dr Scarpetta. Comment allez-vous? fit-il cette fois encore.

Wesley ferma la porte et Marino jeta un regard dépité autour de lui en constatant l'absence de cendrier. Il alla repêcher dans une corbeille une boîte vide de Diet Coke. Je résistai à ma propre envie de sortir mon paquet. L'Académie était aussi sévère avec le tabac qu'une unité de soins intensifs.

Wesley se mit à fouiller dans un classeur. Je remarquai que le dos de sa chemise blanche était froissé, qu'il avait les yeux fatigués et le regard préoccupé. Il en vint aussitôt à notre affaire.

(1) Unité de science du comportement.

– Du nouveau sur la mort de Sterling Harper? demanda-t-il.

J'avais étudié ses frottis histologiques la veille et n'avais pas été surprise par ce que j'y avais décelé. Mais je n'étais pas plus avancée quant à la détermination des causes de sa mort.

– Elle avait une leucémie, l'informai-je.

Wesley leva les yeux.

– C'est ce qui l'a tuée? fit-il.

– Non. A vrai dire, je ne sais même pas si elle savait qu'elle était malade, répondis-je.

– C'est intéressant, intervint Hanowell. Vous pouvez être atteint de leucémie sans le savoir?

– La leucémie chronique se manifeste souvent de manière insidieuse, expliquai-je. Elle pouvait avoir des symptômes aussi bénins que des suées nocturnes, des accès de fatigue, une perte progressive de poids. A moins que la maladie n'ait été détectée depuis longtemps et qu'elle ait été en phase de rémission. Elle n'était pas en crise aiguë. Je n'ai trouvé aucune trace d'infiltration leucémique progressive, ni d'infections significatives.

Hanowell prit un air perplexe.

– Dans ce cas, de quoi est-elle morte? demanda-t-il.

– Je l'ignore, dus-je avouer.

– Médicaments? demanda Wesley en prenant des notes.

– Le labo de toxicologie va effectuer la deuxième série de tests, répondis-je. Le rapport préliminaire montre un taux d'alcool dans le sang de 0,03. Mais on a relevé aussi des traces de dextrométhorphane, un antitussif qu'on trouve dans de nombreux médicaments délivrés sans ordonnance. Nous avons retrouvé chez elle un flacon de Robitussin sur la tablette de la salle de bain du premier étage. Il était presque plein.

– Ce n'est donc pas ça qui l'a tuée, marmonna Wesley.

– Même si elle avait avalé le flacon entier, elle n'en serait pas morte, dis-je. Je reconnais que tout ceci est très déroutant.

– Tenez-moi au courant, voulez-vous? fit Wesley. Informez-moi de tout élément nouveau. (Après avoir tourné quelques pages, il passa au point suivant de son ordre du jour.) Roy a examiné les fibres prélevées sur et chez Beryl Madison. Nous allons commencer par ça, et ensuite, Pete, Kay... (Il nous regarda tour à tour.) ... J'aurai un autre point à évoquer avec vous.

En voyant l'air préoccupé de Wesley, j'eus la soudaine impression que la raison pour laquelle il nous avait convoqués n'était pas pour me réjouir. Hanowell, en revanche, arborait sa placidité habituelle. Ses cheveux, ses sourcils et ses yeux étaient gris. Son costume aussi. Devant son air endormi, son gris uniforme et son éternel calme, on pouvait se demander s'il avait même une pression sanguine.

– A l'exception d'une seule d'entre elles, Dr Scarpetta, commença Hanowell, les fibres que l'on m'a demandé d'examiner ne réservaient aucune surprise. Je n'ai pas relevé de teinte ni de section de coupe inhabituelles. J'en ai conclu que les six fibres de nylon proviennent selon toute vraisemblance de six origines différentes, comme nous en sommes convenus avec votre expert de Richmond. Quatre d'entre elles pourraient provenir de tissus utilisés pour les tapis de sol de voitures.

– Comment le savez-vous? intervint Marino.

– Les garnitures et tapis en nylon se dégradent rapidement sous l'effet du soleil et de la chaleur, expliqua Hanowell. Si l'on ne traitait pas les fibres avec une teinture métallisée spéciale contenant des stabilisateurs thermiques et anti-UV, les tapis de sol se décoloreraient ou pourriraient très vite. Grâce à la fluorescence à rayons X, j'ai pu déceler des traces de métaux dans quatre des fibres de nylon. C'est pourquoi, même si je ne peux l'affirmer avec certitude, je dis qu'elles pourraient provenir de tapis de sol.

– Vous pourriez déterminer la marque et le modèle des voitures? voulut savoir Marino.

– Je crains que non, répliqua Hanowell. A moins que nous ayons affaire à une fibre rare au taux de modification dûment enregistré, attribuer telle ou telle fibre à tel ou tel fabricant est pratiquement impossible, surtout si les véhicules en question ont été fabriqués au Japon. Je vais vous donner un exemple. La matière première des tapis de sol d'une Toyota sont des copeaux de plastique exportés des Etats-Unis au Japon. Ces copeaux sont ensuite façonnés en fibres, et le fil ainsi obtenu est réexpédié ici pour être transformé en tapis. Le tapis retourne ensuite au Japon, où il est installé dans les voitures sortant des chaînes d'assemblage.

Hanowell, de son ton monocorde, poursuivait son rapport. Les issues semblaient se fermer une à une.

– Même difficulté avec les voitures fabriquées aux Etats-Unis. Chrysler, par exemple, se procure des tapis de sol d'une certaine couleur auprès de trois fournisseurs différents. Et puis, au beau milieu de la production du dernier modèle, Chrysler décide de changer de fournisseurs. Imaginons, lieutenant, que vous et moi conduisions chacun une LeBaron de 87 avec un intérieur lie-de-vin. Eh bien, le fournisseur de mes tapis de sol ne sera pas forcément le même que celui qui a fabriqué les vôtres. En tout état de cause, le seul élément significatif des fibres de nylon que j'ai examinées est leur variété. Deux d'entre elles pourraient provenir de moquettes domestiques, quatre de tapis de sol de voiture. Les couleurs et les sections de coupe varient de l'une à l'autre, et si vous ajoutez à ça la présence d'olefin, de Dynel et de fibres acryliques, vous obteniez une très curieuse macédoine.

– Il paraît évident, intervint alors Wesley, que le tueur exerce une profession qui le met en contact avec de nombreuses variétés de revêtements de sol. Et quand il a tué Beryl Madison, il portait des vêtements qui ont laissé un grand nombre de fibres sur sa peau.

Ça aurait pu être de la laine, du velours ou de la flanelle, songeai-je. Pourtant, on n'avait retrouvé aucune fibre de laine ni de coton teint paraissant provenir des vêtements de l'assassin.

– Dans ce cas, comment expliquer la présence de Dynel? demandai-je.

– On le trouve en général dans les vêtements ou accessoires pour femmes, répondit Hanowell. Par exemple les perruques ou les fourrures synthétiques.

– Oui, mais pas seulement, dis-je. Une chemise ou un pantalon en Dynel dégageraient, au même titre que du polyester, de l'électricité statique qui attirerait toutes sortes de fibres. Ça expliquerait qu'il ait tant de fibres sur lui.

171

– C'est possible, en effet, acquiesça Hanowell.

– Alors peut-être bien que ce salaud portait une perruque, fit Marino. On sait que Beryl l'a laissé entrer, autrement dit qu'elle a pas eu peur. Et en général une femme qui voit une femme à sa porte a pas de raison d'avoir peur.

– Un travesti ? suggéra Wesley.

– Ça s'pourrait, approuva Marino. Y'en a qui ressemblent à des filles comme deux gouttes d'eau. C'en est démoralisant. Y'a des fois où je les repère pas tant que je suis pas à dix centimètres.

– Si l'agresseur était travesti, comment expliquer les fibres qu'il avait sur lui ? remarquai-je. Si ces fibres proviennent de son lieu de travail, il n'aurait pas pu les transporter chez Beryl, parce qu'il ne va certainement pas travailler habillé en femme.

– A moins qu'il fasse le tapin, observa Marino. Il entre et sort des bagnoles de ses clients toute la journée, ou alors il se fait sauter dans des motels avec de la moquette dans les chambres.

– Dans ce cas, ça n'expliquerait pas la sélection des victimes, dis-je.

– Non, mais ça expliquerait qu'on n'ait pas trouvé de sperme, contra Marino. Les travelos et les pédés violent pas les bonnes femmes.

– Ils ne les assassinent pas non plus, en général, rétorquai-je.

– J'ai mentionné tout à l'heure une exception, reprit Hanowell en jetant un coup d'œil à sa montre. Il s'agit de la fibre orange en acrylique qui vous a tellement intriguée.

Ses yeux gris impassibles se posèrent sur moi.

– Celle en forme de trèfle, dis-je.

– Exact, répondit Hanowell en hochant la tête. Une forme très inhabituelle, destinée, comme pour d'autres fibres à section trilobale, à éviter l'adhérence des poussières et à disperser la lumière. Le seul endroit à ma connaissance où l'on rencontre ce type de fibres, c'est dans les Plymouth de la fin des années 70, plus précisément dans le nylon du tapis de sol. Leur section présente une forme de trèfle identique à celle retrouvée chez Beryl Madison.

– Sauf qu'il s'agit ici d'une fibre en acrylique, pas en nylon, lui rappelai-je.

– En effet, Dr Scarpetta, dit-il. Je vous donne ces indications pour souligner les propriétés uniques de ce type de fibre. Le fait qu'il s'agisse d'acrylique et non de nylon, et le fait que des teintes vives telles que l'orange soient rarement utilisées pour les tapis de sol automobiles nous conduisent à exclure un certain nombre d'origines possibles, dont les Plymouth de la fin des années 70 et toute autre voiture.

– C'est donc que vous avez jamais vu une fibre comme celle-ci ? fit Marino.

– C'est ce que je voulais dire, fit Hanowell.

Il parut vouloir poursuivre mais se tut. Ce fut Wesley qui prit le relais.

– L'année dernière, dit-il, nous avons eu affaire à une fibre en tous points identique lorsque Roy a examiné des indices recueillis sur un Boeing 747 détourné à Athènes. Vous vous souvenez certainement de cet incident.

Silence stupéfait.

Marino lui-même ne trouva rien à dire.

Wesley poursuivit, le regard assombri par l'inquiétude et l'incompréhension.

– Les pirates ont tué deux soldats américains qui se trouvaient à bord et ont jeté leurs corps sur le tarmac. Chet Ramsey, un Marine de vingt-quatre ans, était l'une des victimes. On a retrouvé une de ces fibres orange dans le sang qui adhérait à son oreille gauche.

– La fibre pouvait-elle provenir de la garniture intérieure de l'appareil ? demandai-je.

– Il ne semble pas, répliqua Hanowell. Je l'ai comparé avec la moquette, le revêtement des sièges, les couvertures de bord. Aucun tissu ne coïncidait, ni de près ni de loin. Soit Ramsey avait récolté cette fibre avant de monter dans l'appareil – ce qui paraît peu probable puisqu'elle adhérait à du sang frais –, soit sa présence résultait d'un transfert passif de l'un des terroristes à Ramsey. La seule alternative possible, c'est que la fibre provenait d'un autre passager, mais dans ce cas il aurait fallu que cette tierce personne ait eu un contact physique avec Ramsey après qu'il ait été blessé. Or selon tous les témoignages oculaires, aucun des passagers ne l'a approché. Ramsey a été conduit à l'avant de l'appareil, loin des autres passagers, puis il a été battu, tué par balles, son corps enroulé dans une couverture et balancé sur la piste. Je précise que la couverture était de couleur brune.

Marino ne me laissa pas le temps de formuler ma pensée, mais il avait eu la même réaction que moi.

— Mais bon Dieu, comment un détournement d'avion en Grèce peut avoir un rapport avec le meurtre de deux écrivains en Virginie ?

— Cette fameuse fibre, répliqua Hanowell, établit en tout cas un point commun entre deux faits, le détournement du Boeing et la mort de Beryl Madison. Ce qui ne veut pas obligatoirement dire, lieutenant, que les deux crimes soient liés. Mais cette fibre orange est si rare qu'il existe peut-être un dénominateur commun entre le drame d'Athènes et ce qui se passe ici.

Plus qu'une possibilité, c'était là une certitude, me dis-je. Il existait quelque part un dénominateur commun. Soit un individu, soit un endroit, soit encore un objet. Les détails du détournement me revenaient peu à peu à l'esprit.

— On n'a jamais pu interroger les terroristes, dis-je. Deux ont été tués, deux sont parvenus à s'enfuir et on ne les a jamais retrouvés.

Wesley acquiesça d'un hochement de tête.

— Sommes-nous seulement certains qu'il s'agissait de terroristes, Benton ? demandai-je.

Il resta un instant silencieux avant de répondre.

— Nous n'avons jamais réussi à établir un lien entre eux et un groupe terroriste quelconque. L'hypothèse la plus probable est cependant qu'il s'agissait d'un acte anti-américain. L'avion était américain, ainsi que le tiers des passagers.

— Comment étaient vêtus les pirates ? demandai-je.

— En civil, répondit-il. Pantalon, chemise, rien de spécial.

— Et l'on n'a pas retrouvé de fibres orange sur le corps des deux terroristes abattus ? fis-je.

— Nous ne le savons pas, répondit Hanowell. Ils ont été abattus sur la piste, et nous n'avons pas été assez rapides pour récupérer les corps et les expédier ici pour examen avec ceux des deux soldats américains. Je n'ai pour tout document que le rapport des autorités grecques. Je n'ai pas examiné moi-même les vêtements ni les indices recueillis sur les deux terroristes. Il est évident qu'on est passé à côté de beaucoup de choses. Mais même si l'on avait récolté une ou deux fibres orange sur le corps des pirates, cela ne nous aurait pas pour autant révélé leur origine.

– Hé, une minute! intervint Marino. Qu'est-ce que c'est que cette histoire? Est-ce que je dois en conclure qu'on cherche un pirate de l'air en cavale qui s'est mis à buter des gens en Virginie?

– On ne peut pas rejeter d'emblée cette hypothèse, Pete, dit Wesley. Aussi bizarre que cela puisse paraître.

– On n'a jamais pu établir un lien entre les quatre hommes ayant détourné cet avion et un groupe terroriste quelconque, rappelai-je. Nous ne savons pas quel était leur objectif exact, ni même qui ils étaient, à part que les deux qui ont été tués étaient – si mes souvenirs sont exacts – libanais, et les deux qui se sont enfuis étaient peut-être grecs. Il me semble qu'à l'époque on avait avancé l'hypothèse que leur objectif était en réalité un ambassadeur américain en vacances qui aurait dû se trouver à bord de l'appareil avec sa famille.

– Exact, fit Wesley. Mais comme l'ambassade américaine à Paris avait été la cible d'un attentat quelques jours plus tôt, on avait modifié discrètement les plans de voyage de l'ambassadeur, sans annuler les réservations.

Il me jeta un bref regard.

– Nous n'avons pas exclu la possibilité que les pirates aient été des tueurs professionnels engagés spécialement pour cette opération, ajouta-t-il.

– Okay, okay! s'exclama Marino avec impatience. Et personne écarte l'hypothèse que Beryl Madison et Cary Harper ont été exécutés par un tueur à gages. En maquillant les meurtres pour faire croire à l'œuvre d'un cinglé.

– A mon avis, il est essentiel de déterminer l'origine exacte de cette fibre orange, dis-je. (Je me décidai alors à exposer l'idée qui me tarabustait depuis quelques instants :) Et à ce propos, peut-être devrait-on déterminer si Sparacino n'était pas d'une façon ou d'une autre en rapport avec cet ambassadeur qui aurait dû se trouver à bord du Boeing.

Wesley n'eut aucune réaction.

Marino s'absorba dans le nettoyage d'un ongle à l'aide de son canif.

Hanowell nous dévisagea tour à tour puis, comprenant que nous n'avions plus besoin de lui, se leva, nous salua et quitta la salle.

Marino alluma une cigarette.

— Si vous voulez mon avis, dit-il en soufflant un épais nuage de fumée, tout ça devient absurde. Enfin quoi, ça n'a pas de sens. Pourquoi engager un terroriste international pour buter une romancière à l'eau de rose et un écrivain qu'a rien écrit depuis des années ?

— Je ne sais pas, dit Wesley. Tout dépend de qui avait quelles connexions. Merde, ça dépend de tas de choses, Pete. Tout dépend de tas de choses. Et tout ce que nous pouvons faire, c'est exploiter au mieux les indices en notre possession. Ce qui m'amène au point suivant. Jeb Price.

— Il a été relâché, fit Marino d'un ton monocorde.

Je le considérai d'un regard incrédule.

— Depuis quand ? s'enquit Wesley.

— Hier, répondit Marino. Il a réglé la caution. Cinquante mille dollars, si vous voulez savoir.

— Ça ne vous ferait rien de me dire comment il a pu débourser une telle somme ? demandai-je, furieuse que Marino ne m'ait rien dit.

— Non, Doc, pas du tout, dit-il.

Il existe trois façons de régler une caution. La première consiste à signer un engagement de règlement. La seconde à régler la somme en liquide ou en objets personnels de valeur. La troisième enfin consiste à avoir recours à un garant, qui retient une commission de dix pour cent et demande la garantie d'un tiers, afin de ne pas se retrouver le bec dans l'eau si l'accusé décide de filer à l'anglaise. Marino nous apprit que Jeb Price avait opté pour cette dernière solution.

— Je veux des détails, insistai-je en sortant mes cigarettes et en tirant vers moi la boîte vide de Coca.

— Il n'y a pas trente-six solutions, Doc, expliqua Marino. Il a appelé son avocat, qui a ouvert un compte de garantie et envoyé un carnet de banque chez Lucky.

– Lucky? fis-je.

– Ouais, répondit Marino. Lucky Bonding Company, dans First Street. Pratique : c'est à cent mètres de la prison. C'est le mont-de-piété de Charlie Luck pour les taulards. Charlie et moi on est de vieilles connaissances. Je vais le voir de temps en temps. On cause, on se raconte des blagues. Parfois il me balance un tuyau ou deux, d'autres fois c'est motus et bouche cousue. Malheureusement, il est pas d'humeur bavarde ces temps-ci. Impossible de lui tirer le nom de l'avocat de Price, mais j'ai comme l'impression qu'il n'est pas d'ici.

– Il est évident que Price a des relations haut placées, dis-je.

– C'est évident, approuva Wesley d'un air sombre.

– Il n'a pas parlé? demandai-je.

– Il avait le droit de rien dire, et pour ça, il a rien dit.

– Qu'avez-vous découvert sur son arsenal? demanda Wesley. Vous avez vérifié?

– Oui. Price est en règle. Il a une licence de port d'arme qu'il s'est fait délivrer il y a six ans de ça par un juge gâteux du nord de la Virginie qu'est parti depuis en retraite quelque part dans le Sud. D'après le dossier que j'ai eu par le tribunal, Price était célibataire, et à l'époque où il a eu sa licence il travaillait chez un bijoutier nommé Finklestein's. Et vous savez quoi? Finklestein's n'existe plus.

– Le DMV vous a appris quelque chose? demanda Wesley en prenant des notes.

– Pas de contredanses. Il est propriétaire d'une BMW modèle 89, domiciliée à une ancienne adresse à lui, à Washington, dans Florida Avenue. Il a déménagé l'hiver dernier. D'après l'agence qui lui a loué l'appartement, il disait travailler à son compte. Je continue à remonter la filière. Je vais demander au fisc de m'envoyer ses déclarations pour les cinq dernières années.

– Vous croyez qu'il est détective privé? demandai-je.

– Pas à Washington, en tout cas, répondit Marino.

Wesley leva les yeux dans ma direction.

– Quelqu'un l'a engagé, dit-il. Dans quel but, nous

l'ignorons encore. Mais il est clair qu'il a échoué dans sa mission. Son commanditaire va peut-être faire une nouvelle tentative. Je ne tiens pas à ce que vous vous retrouviez nez à nez avec le prochain, Kay.

– Pour être tout à fait franche, moi non plus, Benton.

– Ce que je veux dire, poursuivit-il d'un ton paternel, c'est que je ne veux pas que vous vous mettiez dans des situations où vous seriez vulnérable. Par exemple, je ne pense pas qu'il soit sage de vous retrouver seule dans le bâtiment du BCME. Et pas seulement pendant les week-ends. Si vous travaillez jusqu'à 6 ou 7 heures du soir et que vous partiez la dernière, il serait imprudent de sortir dans l'obscurité pour prendre votre voiture au parking. Essayez plutôt de partir vers 5 heures quand il y a encore des gens autour de vous, entendu ?

– Je ferai attention.

– Ou si vous êtes obligée de rester tard, Kay, appelez le gardien et demandez-lui de vous accompagner jusqu'à votre voiture.

– Ou bien appelez-moi, intervint Marino. Vous avez mon numéro de bip. Si je ne suis pas disponible, demandez au dispatcheur de vous envoyer une voiture de patrouille.

Parfait, me dis-je. Avec un peu de chance, je pourrai être chez moi avant minuit.

– Soyez très prudente, fit Wesley en me regardant avec insistance. Deux personnes ont été assassinées. Le tueur court encore. Vu le choix des victimes et l'incohérence apparente du mobile, je m'attends à tout.

Ses paroles me trottèrent dans la tête durant le trajet de retour à la maison. Quand tout est possible, rien n'est impossible. Un plus un ne fait pas trois. A moins que... ? La mort de Sterling Harper ne semblait pas être du même type que celles de son frère et de Beryl. Et si pourtant elle l'était ?

– Vous m'avez dit que miss Harper était en voyage la nuit où Beryl a été assassinée, dis-je à Marino. Avez-vous appris quelque chose à ce propos ?

– Non.

– Si elle est partie en voiture, pensez-vous que ce soit elle qui conduisait ?

– Non. La seule voiture des Harper, c'était la Rolls blanche, et son frère l'avait prise le soir de la mort de Beryl.

– Comment le savez-vous?

– Je me suis renseigné à la *Culpeper's Tavern*, dit-il. Ce soir-là, Harper s'est pointé à son heure habituelle, avec la Rolls, et il est reparti vers 6 heures et demie.

Etant donné les récents événements, personne ne s'étonna de m'entendre annoncer le lundi suivant, au cours de notre conférence hebdomadaire, que je prenais mes congés annuels.

Tout le monde pensa que l'incident avec Jeb Price m'avait tant secouée que j'avais besoin de prendre un peu l'air. Je ne fis part à personne de ma destination, pour la bonne raison que je l'ignorais moi-même. Je quittai donc mon bureau à midi, laissant derrière moi une secrétaire secrètement soulagée et une table qui disparaissait peu à peu sous les papiers.

De retour chez moi, je passai l'après-midi suspendue au téléphone. J'appelai toutes les compagnies desservant l'aéroport Byrd de Richmond, le plus proche de chez Sterling Harper.

– Oui, je sais qu'il y a une retenue de vingt pour cent, dis-je à l'employée de chez Piedmont. Mais vous m'avez mal comprise. Je ne veux pas annuler la réservation. Elle date de plusieurs semaines. Je veux savoir si cette personne est bien partie sur le vol prévu.

– Le billet n'était pas à votre nom?

– Non, répétai je pour la troisième fois. Il était au nom de cette personne.

– Alors il faut lui dire de nous contacter.

– Sterling Harper ne risque pas de vous contacter, dis-je. Elle est morte.

Silence.

– Elle est morte à peu près à l'époque où elle devait faire ce voyage, expliquai-je. Si vous pouviez consulter votre ordinateur...

Et ainsi de suite. Au bout d'un moment, je débitais mes répliques sans même réfléchir. Rien chez Piedmont, rien non plus dans les ordinateurs de Delta, United, American et Eastern. Selon toute apparence, miss Harper n'avait pas pris d'avion au cours de la dernière semaine d'octobre, durant laquelle Beryl Madison avait été assassinée. Miss Harper n'était pas partie en voiture. Je ne la voyais pas prendre le car. Restait le train.

Un employé de chez Amtrak m'annonça que son ordinateur était en panne et demanda mon numéro pour me rappeler. Je le lui laissai et, au moment où je raccrochai, on sonna à ma porte.

Le soleil, qui dessinait de grands rectangles brillants sur le sol de mon séjour, se reflétait sur le pare-brise d'une Mazda argentée garée sur l'allée d'accès. Le jeune homme blond au teint pâle que je découvris à travers mon judas se tenait tête baissée, le col de son blouson de cuir rabattu sur les oreilles. Tout en tournant le verrou, je fourrai mon Ruger dans la poche de ma veste de jogging. C'est en ouvrant la porte que je reconnus mon visiteur.

— Dr Scarpetta? demanda-t-il avec nervosité.

Main dans la poche, je serrai la crosse de mon arme et ne fis aucun geste pour l'inviter à entrer.

— Excusez-moi de venir chez vous comme ça, dit-il. J'ai appelé votre bureau qui m'a dit que vous étiez en congé. J'ai trouvé votre numéro dans l'annuaire, mais c'était toujours occupé. J'en ai déduit que vous étiez chez vous. Je... enfin, disons qu'il faut que je vous parle. Puis-je entrer?

Il avait l'air encore plus inoffensif que sur la vidéo que m'avait montrée Marino.

— C'est à quel sujet? demandai-je d'un ton ferme.

— Beryl Madison. C'est à propos de Beryl Madison, dit-il. Je m'appelle Al Hunt. Je ne vous embêterai pas longtemps, c'est promis.

Je m'effaçai pour le laisser entrer. Son visage devint blanc comme un linge lorsque, s'asseyant sur le divan du salon, il vit la crosse de mon revolver dépasser de ma poche tandis que je m'installai dans un fauteuil, à prudente distance de lui.

— Euh... vous portez une arme? fit-il.

— Oui.

— Je n'aime pas ça, les armes.

— Ce ne sont pas des objets sympathiques, je vous l'accorde.

– C'est bien vrai, fit-il. Un jour mon père m'a emmené à la chasse, quand j'étais môme. Il a blessé une biche. Elle s'est mise à pleurer. Vous auriez entendu gémir cette biche, couchée sur le flanc, à pleurer et pleurer. Je n'ai jamais pu tirer sur quoi que ce soit.

– Connaissiez-vous Beryl Madison? demandai-je.

– La police... La police m'a parlé d'elle, dit-il d'un ton hésitant. Un lieutenant. Marino, le lieutenant Marino. Il est venu à la station de lavage où je travaille, nous avons bavardé et il m'a demandé de passer au quartier général. Nous avons parlé longtemps. Elle nous amenait sa voiture à laver. C'est comme ça que je l'ai connue.

Tout en l'écoutant, je me demandai de quelle couleur étaient les ondes qui irradiaient de moi. Bleu métallisé? Avec une pointe de rouge parce que, tout en m'efforçant de le dissimuler, j'éprouvais une certaine appréhension? Je faillis lui demander de partir. Je faillis appeler la police. Je n'arrivais pas à croire qu'il était assis là, devant moi, chez moi. Mais son audace, mêlée à ma propre confusion, m'empêchèrent de réagir.

– Mr Hunt, l'interrompis-je.

– Je vous en prie, appelez-moi Al.

– Bien. Al, pourquoi vouliez-vous me voir? Si vous savez quelque chose, pourquoi ne pas le dire au lieutenant Marino?

Il s'empourpra et regarda ses mains d'un air gêné.

– Ce que j'ai à dire n'est pas intéressant pour la police, dit-il. Je me suis dit que vous me comprendriez mieux.

– Pourquoi? Vous ne me connaissez pas.

– Vous vous êtes occupée de Beryl. En général, les femmes sont plus compréhensives que les hommes.

Peut-être était-ce aussi simple que cela. Peut-être Hunt était-il venu me trouver parce qu'il savait que je ne l'humilierais pas. Il me fixa d'un regard las où pointait la panique.

– Vous est-il jamais arrivé, Dr Scarpetta, d'être absolument certaine de quelque chose, alors que rien d'objectif ne vient étayer cette conviction?

– Je n'ai pas le don de clairvoyance, si c'est ça que vous voulez dire.

– Vous jouez la scientifique.

– Je *suis* une scientifique.

– Mais vous avez quand même eu cette impression, insista-t-il avec un regard désespéré. Vous savez bien ce que je veux dire, n'est-ce pas?

– Oui, je crois savoir ce que vous voulez dire, Al.

Rassuré, il prit une profonde inspiration.

– Je *sais* des choses, Dr Scarpetta. Je sais qui a tué Beryl.

Je n'eus aucune réaction.

– Je *connais* son assassin. Je sais ce qu'il pense, ce qu'il ressent. Je sais pourquoi il a fait ça, dit-il d'une voix émue. Si je vous le dis, je veux que vous me promettiez de considérer ce que je vais vous dire avec la plus grande attention, de l'étudier avec sérieux et non de... Disons que je ne veux pas que vous le répétiez à la police. Ils ne comprendraient pas. Vous saisissez, n'est-ce pas?

– Je prêterai la plus grande attention à ce que vous me direz, répliquai-je.

Il se pencha vers moi, l'éclat de ses yeux animant seul un visage à la Le Greco. D'instinct, je rapprochai ma main droite de ma poche, jusqu'à ce que je sente le plastique de la crosse contre ma paume.

– Les flics ne sont pas capables de comprendre, dit-il. La raison pour laquelle j'ai abandonné mes études de psychologie leur échappe totalement. Ils ne sont pas capables de comprendre comment, avec une maîtrise de psychologie, je me suis retrouvé infirmier à l'hôpital, et que maintenant je travaille dans un lavage de voitures. Vous ne pensez tout de même pas que la police va comprendre une chose pareille, si?

Je restai silencieuse.

– Quand j'étais môme, je rêvais de devenir psychologue, éducateur, peut-être même psychiatre, poursuivit-il. Ça me paraissait évident, naturel. Voilà ce que je devais devenir, voilà ce vers quoi me poussaient mes dispositions.

– Et pourtant vous ne l'êtes pas devenu, remarquai-je. Pourquoi?

– Parce que cela m'aurait détruit, dit-il en détournant le regard. Je n'ai aucun contrôle sur ce qui m'arrive. Je m'identifie tellement aux problèmes des autres que je m'y perds. Je n'avais pas réalisé à quel point c'était grave jusqu'à ce que je travaille dans une unité psychiatrique de fous criminels. Ça... hum... faisait partie de mes recherches, pour ma... pour ma thèse. (Il paraissait de plus en plus perdu.) Il y en a un que je n'oublierai jamais. Frankie, il s'appelait. Frankie était un schizophrène paranoïaque. Il a battu sa mère à mort avec une bûche. J'ai appris à connaître Frankie. Petit à petit, nous avons remonté sa vie jusqu'à cet après-midi d'hiver.

« Je lui ai dit : « Frankie, qu'est-ce qui t'a poussé à ça ? Qu'est-ce qui a provoqué le petit déclic ? Te souviens-tu de ce que tu avais dans la tête, de ce que tu ressentais ? »

« Il m'a raconté qu'il était assis sur sa chaise habituelle, devant le feu, à regarder danser les flammes, et que soudain *elles* s'étaient mises à lui parler. A lui chuchoter des choses, des choses terribles. Et quand sa mère est entrée dans la pièce, elle l'a regardé comme elle le faisait toujours, mais cette fois il a vu la chose dans ses yeux. Les voix sont devenues si assourdissantes qu'il était incapable de réfléchir, et une minute après il était couvert de sang et sa mère n'avait plus de visage. Il a repris ses esprits quand les voix se sont tues. Cette histoire m'a empêché de dormir pendant plusieurs nuits. Chaque fois que je fermais les yeux, je voyais Frankie en train de sangloter, maculé du sang de sa mère. Eh bien je le comprenais. Je comprenais ce qu'il avait fait. Et quel que soit celui à qui je parlais, quelle que soit l'histoire que j'entendais, j'en étais affecté de la même façon.

Je restais assise, mon imagination déconnectée, arborant comme un masque l'attitude impassible du scientifique.

— Avez-vous jamais eu envie de tuer quelqu'un, Al ? lui demandai-je.

— Tout le monde a envie de tuer un jour ou l'autre, répondit-il en croisant mon regard.

— Tout le monde ? Vous le pensez vraiment ?

— Oui. Ça arrive à tout le monde. Sans aucun doute.

— Qui avez-vous eu envie de tuer ? demandai-je.

— Je ne possède ni arme à feu ni quoi que ce soit de... euh... dangereux, répliqua-t-il. Parce que je ne veux pas me retrouver dans une situation où je céderais à une impulsion. Une fois que vous vous êtes imaginé en train

183

de faire quelque chose, une fois que vous avez compris le mécanisme qui mène à telle ou telle action, la brèche est déjà ouverte. Tout peut arriver. Je pense que presque toutes les atrocités qui se perpétuent dans ce monde ont d'abord été commises en pensée. Aucun de nous n'est entièrement bon ou entièrement mauvais. Rien n'est tout blanc ou tout noir. (Sa voix tremblait.) Même ceux que l'on considère comme fous ont leurs propres raisons de faire ce qu'ils font.

– Quelle était la raison de ce qui est arrivé à Beryl? lui demandai-je.

J'avais les pensées claires et je les exprimais avec précision. Pourtant, je ressentais en moi un profond malaise et m'efforçais de refouler les images qui me revenaient à l'esprit : les éclaboussures sombres sur les murs, les coups de couteau sur sa poitrine, les livres sagement rangés sur les étagères.

– La personne qui a fait ça l'aimait, dit-il.

– Une déclaration d'amour un peu brutale, vous ne trouvez pas?

– L'amour peut être brutal.

– L'aimiez-vous?

– Nous nous ressemblions beaucoup.

– Dans quel sens?

– Des inadaptés, dit-il en se replongeant dans la contemplation de ses mains. Solitaires, sensibles et incompris. Ça l'avait rendue distante, méfiante et inaccessible. Je ne sais rien d'elle – personne ne m'a jamais rien dit sur elle. Mais j'ai senti son âme. J'ai eu l'intuition qu'elle savait qui elle était, qu'elle avait conscience de sa valeur. Mais en même temps, elle ressentait de la colère devant le prix qu'elle devait payer du fait de cette différence. Elle était blessée. Je ne sais pas par quoi. Quelque chose l'avait blessée. C'est ce qui m'a rapproché d'elle. J'aurais aimé faire sa connaissance, parce que je pense que je l'aurais comprise.

– Pourquoi n'avez-vous rien fait pour la connaître? demandai-je.

– C'était impossible dans ces circonstances. Peut-être que si l'on s'était rencontrés ailleurs...

– Al, parlez-moi de l'assassin. Est-ce qu'il aurait

184

essayé de faire sa connnaissance, dans des circonstances favorables ?

– Non.

– Non ?

– Les circonstances n'auraient jamais été favorables, parce qu'il ne l'attirait en rien et qu'il le savait.

Je fus déconcertée par la soudaine transformation qui s'opérait en lui. A présent c'est lui qui parlait comme un psychologue. Sa voix s'était calmée. Il était concentré, les mains serrées sur les cuisses.

– Il a une très mauvaise opinion de lui-même, poursuivit-il, et il est incapable d'exprimer ses sentiments de manière positive. Chez lui, l'attirance tourne à l'obsession et tout amour devient pathologique. Quand il est amoureux, il doit posséder l'autre, parce qu'il n'a pas confiance en lui, parce qu'il est fragile et s'estime sans valeur. Quand son amour secret ne lui est pas retourné, alors il devient de plus en plus obsédé. Il est tellement obnubilé que sa capacité à réagir et à fonctionner diminue. Comme Frankie quand il a entendu ses voix. Quelque chose s'empare de son esprit. Il ne contrôle plus ses actes.

– Est-il intelligent ?

– Assez.

– Instruit ?

– Oui, mais il a de tels problèmes qu'il fonctionne bien en dessous de ses capacités intellectuelles.

– Pourquoi elle ? demandai-je. Pourquoi a-t-il choisi Beryl Madison ?

– Parce qu'elle était libre et célèbre, ce qu'il n'est pas, répondit Hunt les yeux dans le vague. Il croyait qu'il était simplement attiré par elle, mais c'était plus que ça. Il voulait posséder ces qualités dont il est privé. Il voulait posséder Beryl. Dans un certain sens, il *voulait être* Beryl.

– Donc il savait que Beryl était écrivain ?

– Rien ne lui échappait. D'une façon ou d'une autre, il s'était débrouillé pour apprendre qu'elle écrivait. Ce genre d'individu en sait tellement sur sa victime que quand elle s'en rend compte, elle se sent violée dans son intimité et terriblement angoissée.

– Parlez-moi de cette dernière soirée, Al. Que s'est-il passé le soir où elle est morte ?

– Je ne sais rien d'autre que ce qu'ont rapporté les journaux.

– Comment reconstituez-vous la scène d'après ces articles ? demandai-je.

– Elle est chez elle, dit-il en regardant par-dessus mon épaule. Il est tard quand il sonne à la porte. Elle le fait entrer. Ensuite, avant minuit, il repart, ce qui déclenche l'alarme. Elle a été tuée à coups de couteau. On pense qu'il y a eu rapport sexuel. C'est tout ce que j'ai appris dans les journaux.

– Avez-vous idée de ce qui a pu se produire ? demandai-je d'une voix neutre. Des hypothèses qui iraient au-delà de ce que vous avez lu ?

Il se pencha sur le divan en changeant une fois de plus d'expression. Ses yeux brûlaient d'émotion. Sa lèvre inférieure frissonnait.

– J'imagine des scènes, dit-il.

– Telles que ?

– Des choses que je n'aimerais pas raconter à la police.

– Je ne suis pas de la police, dis-je.

– Ils ne comprendraient pas, répéta-t-il. Je vois et ressens des choses que je n'ai aucune raison de connaître. Comme pour Frankie. (Il refoula des larmes.) Comme pour les autres. Je comprenais tout ce qui était arrivé, même si on ne m'avait pas donné tous les détails. Mais parfois les détails sont inutiles. D'ailleurs, la plupart du temps, on ne vous les donne pas. Vous savez pourquoi, n'est-ce pas ?

– Je ne suis pas sûre...

– Parce que les Frankie eux-mêmes ne les connaissent pas ! C'est comme un accident grave : on ne s'en souvient pas. La conscience revient peu à peu, comme si on s'éveillait d'un cauchemar, et vous vous retrouvez face au gâchis. La mère qui n'a plus de visage. Ou une Beryl pleine de sang, morte. Les Frankie se *réveillent* quand ils prennent la fuite ou qu'une voiture de flics s'arrête devant la maison alors qu'ils ne se souviennent pas avoir appelé la police.

– Voulez-vous dire que l'assassin de Beryl ne se souvient pas de ce qu'il a fait?

Il acquiesça.

– Vous en êtes sûr?

– Le plus malin de vos psychiatres pourrait l'interroger pendant mille ans, il n'arriverait pas à lui faire revivre la scène, répondit Hunt. On ne connaîtra jamais la vérité. Il faudra la recréer de toutes pièces, par déduction.

– Et c'est ce que vous avez fait, n'est-ce pas? Vous avez reconstitué la scène par déduction.

Il s'humecta les lèvres et sa respiration s'accéléra.

– Voulez-vous savoir ce que je vois?

– Oui, répondis-je.

– Un long laps de temps s'était écoulé depuis son premier contact avec elle, commença Hunt. Quant à Beryl, même si elle l'avait vu ou croisé, elle ne lui avait prêté aucune importance et ne l'avait pas remarqué. La frustration et l'obsession le conduisent jusqu'à sa porte. Quelque chose a déclenché le processus, il a été poussé à se confronter par une force irrésistible.

– Qu'est-ce que c'est? demandai-je. Qu'est-ce qui a déclenché le processus?

– Je ne sais pas.

– Qu'est-ce qu'il ressentait au moment où il a décidé d'allez chez elle?

Hunt ferma les yeux.

– La colère, dit-il. Une colère provenant de son incapacité à faire évoluer les choses de la manière qu'il souhaitait.

– Parce qu'il ne pouvait pas établir une vraie relation avec Beryl?

Les yeux toujours clos, Hunt secoua lentement la tête de droite à gauche.

– Non, dit-il. Peut-être en surface, mais la racine de cette colère était beaucoup plus profonde. Il était en colère parce que rien n'avait jamais marché comme il le voulait.

– Dans son enfance?

– Oui.

– A-t-il été maltraité?

– Emotionnellement, oui.

– Par qui? demandai-je.

– Par sa mère, répondit Hunt sans rouvrir les yeux. Quand il a tué Beryl, il a tué sa mère.

– Al, est-ce que vous lisez des livres de psychiatrie criminelle? Est-ce que vous vous intéressez à ce genre de choses?

Il ouvrit enfin les yeux et me fixa comme s'il n'avait pas entendu ma question.

– Il vous faut essayer de comprendre combien de fois il avait imaginé cet instant. N'allez pas croire qu'il s'est précipité chez Beryl comme ça, sans préméditation. Le choix du moment s'est peut-être fait sous le coup d'une impulsion, mais il avait conçu son plan depuis long-temps, dans les moindres détails. Il fallait éviter à tout prix qu'elle se méfie de lui et refuse de le faire entrer. Le jeu aurait été fini. Elle aurait appelé la police et donné son signalement. Et même s'il ne se faisait pas arrêter, son masque aurait volé en éclats et il lui aurait été impossible de l'approcher une nouvelle fois. Il avait mis au point un plan sans failles, une couverture qui n'avait aucune chance d'éveiller les soupçons. Quand il s'est présenté chez elle ce soir-là, elle était en confiance. Et elle l'a laissé entrer.

Je m'imaginais l'inconnu dans le vestibule de chez Beryl, mais je ne distinguais ni ses traits ni la couleur de ses cheveux. Je le voyais se présenter à elle, silhouette imprécise sur laquelle se superposait la longue lame avec laquelle il allait l'assassiner.

– Et là, tout s'est mis à dérailler, poursuivait Hunt. Il ne se souvient certainement pas de ce qui s'est passé ensuite. La panique, la terreur qui s'emparent de Beryl lui sont désagréables. Il n'avait pas prévu cet aspect-là du scénario. Quand elle a essayé de s'enfuir, de lui échapper, quand il a vu la panique dans ses yeux, il a compris qu'elle ne voulait pas de lui, qu'elle le rejetait. Il a réalisé l'horreur de ce qu'il était en train de faire, et son mépris de lui-même s'est exprimé en mépris pour elle. Sa rage meurtrière lui a fait perdre tout contrôle, l'a réduit aux dernières bassesses. Il s'est transformé en tueur. En destructeur. En sauvage dépourvu de raison qui déchiquette, charcute et inflige la douleur. Les cris, le sang de Beryl lui étaient horribles. Et plus il entaillait

188

et défigurait cette déesse qu'il avait adorée depuis tant de mois, plus la vision de ce gâchis lui était insupportable.

Il me regarda d'un regard mort, le visage dépourvu de toute expression.

— Dr Scarpetta, est-ce que vous comprenez?

— Je vous écoute, me contentai-je de répondre.

— Cet homme existe en chacun de nous.

— Est-ce qu'il éprouve du remords, Al?

— Il est au-delà de ça, répondit-il. Je ne pense pas qu'il soit satisfait, ni même qu'il réalise vraiment ce qu'il a fait. Son acte a suscité en lui des émotions confuses, contradictoires. Il n'imagine pas que Beryl est morte. Il pense à elle, revit ses contacts avec elle. Il se persuade que sa relation avec elle est la plus profonde, la plus complète de toutes celles qu'il a vécues parce que c'est à lui qu'elle pensait quand elle est morte, ce qui représente l'intimité absolue entre deux êtres. Il imagine qu'elle continue à penser à lui dans la mort. Pourtant, la part rationnelle de son esprit est frustrée et insatisfaite, parce qu'il commence à comprendre qu'aucun être ne peut appartenir totalement à un autre.

— Que voulez-vous dire?

— Son acte s'avère incapable de produire l'effet qu'il en attendait. Il doute de sa proximité avec Beryl, tout comme il a toujours douté de la proximité de sa mère. La méfiance renaît. Et il y a maintenant des gens qui ont une meilleure raison que lui d'approcher Beryl.

— A qui pensez-vous?

— A la police, dit-il. (Ses yeux se plantèrent alors dans les miens.) Et à vous.

— Parce que nous enquêtons sur sa mort? demandai-je tandis qu'un frisson me parcourait la colonne vertébrale.

— Oui.

— Parce qu'elle est devenue une préoccupation pour nous, et que notre relation à elle est publique, à la différence de la sienne?

— Oui.

— Où cela nous mène-t-il? demandai-je.

— A la mort de Cary Harper.

— C'est lui qui l'a tué?

– Oui.

– Pourquoi? fis-je en allumant une cigarette d'un geste nerveux.

– Ce qu'il a fait à Beryl était un acte d'amour. Ce qu'il a fait à Harper était un acte de haine. Désormais, il a basculé dans la haine. Toute personne qui a été en rapport avec Beryl est en danger. C'est ce que je voulais dire au lieutenant Marino, pour que la police le sache. Mais c'était inutile. Il aurait pensé – toute la police aurait pensé qu'il me manquait une case.

– Qui est-ce? le pressai-je. Qui a tué Beryl?

Al Hunt se passa les mains sur le visage. Quand il releva la tête, ses joues étaient rouges.

– Jim Jim, chuchota-t-il.

– Jim Jim? répétai-je sans comprendre.

– Je ne sais pas ce que ça veut dire, dit-il d'une voix brisée. Je n'arrête pas d'entendre ce nom dans ma tête. Ça résonne, résonne, résonne...

Je restai absolument immobile.

– Il y a très longtemps, j'étais à l'hôpital Valhalla, dit-il.

– C'est là que vous avez travaillé à l'unité de psychiatrie criminelle? demandai-je d'une voix pressante. Ce Jim Jim était un de vos patients?

– Je ne sais plus. (Ses émotions obscurcissaient ses yeux comme des nuages d'orage.) J'entends son nom et je vois cet endroit. Mes pensées retournent dans ce cloaque. Comme si j'étais aspiré dans un égout. C'était il y a si longtemps. Tout est sombre à présent. Jim Jim. Jim Jim. Comme un train qui roule, roule. Sans jamais s'arrêter. Un bruit infernal qui me donne mal au crâne.

– A quand cela remonte-t-il?

– C'était il y a dix ans, fit-il avec des sanglots dans la voix.

Il était impossible qu'il travaille sur une thèse à l'époque : il n'avait certainement pas vingt ans.

– Al, dis-je, vous étiez trop jeune pour travailler dans cette unité psychiatrique. Vous en étiez un des patients, n'est-ce pas?

Il enfouit son visage dans ses mains et se mit à sangloter. Lorsqu'il se ressaisit, il refusa d'en dire plus.

L'air hébété, il se leva, marmonna quelque chose sur un rendez-vous urgent et prit littéralement la fuite. Lorsque j'entendis la porte se refermer derrière lui, mon cœur battait à se rompre. Je me préparai une tasse de café et fis les cent pas dans la cuisine en tentant de déterminer ce que je devais faire. Je sursautai lorsque le téléphone sonna.

— Kay Scarpetta, je vous prie.

— C'est moi-même.

— John, de chez Amtrak. J'ai fini par avoir votre renseignement, Madame. Voyons... Sterling Harper a retenu un aller sur le Virginian pour le 27 octobre, et un retour le 31. D'après mes fiches, elle a bien pris le train, ou en tout cas quelqu'un a pris le train avec son billet. Voulez-vous les horaires ?

— Oui, s'il vous plaît, dis-je en prenant un stylo pour les noter. Pouvez-vous aussi m'indiquer son itinéraire ?

— Elle est partie de Fredericksburg, à destination de Baltimore.

J'essayai de joindre Marino. Il était en patrouille. Il ne me rappela que dans la soirée. Il m'annonça une terrible nouvelle.

— Voulez-vous que je vienne ? demandai-je encore sous le choc.

— Je n'pense pas que c'est nécessaire, rétorqua-t-il. C'est clair comme de l'eau de roche. Il a écrit une note et l'a épinglée à son caleçon. Il disait qu'il était désolé, mais qu'il en pouvait plus. Rien de suspect, à première vue. On allait rentrer. Et de toute façon, je suis avec le Dr Coleman.

Il s'agissait d'un de mes experts locaux.

Peu après m'avoir quittée, Al Hunt était rentré chez lui, à Ginter Park, dans la maison en brique qu'il habitait avec ses parents. Il était allé chercher un bloc-notes et un stylo dans le bureau de son père, puis était descendu au sous-sol. Là, il avait défait son étroite ceinture de cuir noir, quitté ses chaussures et ôté son pantalon, qu'il avait laissé par terre. Lorsque sa mère, un peu plus tard, était descendue pour lancer une lessive, elle avait découvert son fils unique pendu à un tuyau de la buanderie.

## 11

Une pluie glaciale commença à tomber juste après minuit, et au matin tout était givré. Je passai le samedi à la maison. Ma conversation avec Al Hunt ne cessait de me revenir à l'esprit, et je sursautais chaque fois qu'un glaçon se détachait du toit et se brisait au sol devant mes fenêtres. La culpabilité me rongeait. Comme toute personne touchée de près par un suicide, j'avais le sentiment fallacieux que j'aurais pu l'empêcher.

La liste des cadavres s'allongeait. Quatre personnes étaient mortes. Deux seulement avaient été victimes de meurtres, et pourtant toutes ces morts semblaient, d'une manière ou d'une autre, liées. Liées peut-être par la mystérieuse fibre orange. Samedi et dimanche, je restai à travailler chez moi, parce que me rendre au BCME n'aurait fait que me rappeler que je n'avais plus de responsabilités – et que le travail se poursuivait très bien sans moi. Des gens m'avaient parlé, s'étaient confiés à moi, et ils étaient morts. Des collègues respectés tels que l'attorney général me demandaient des réponses que j'étais incapable de fournir.

Je contre-attaquai, faiblement, de la seule manière possible. Assise devant mon ordinateur, je tapai des notes sur les décès et potassai des ouvrages de référence. Je passai aussi d'innombrables coups de téléphone.

Je ne revis pas Marino jusqu'au lundi matin, où nous nous retrouvâmes à la gare Amtrak de Staples Mill Road. Nous nous faufilâmes entre deux trains à l'arrêt, dans une brise hivernale réchauffée par les moteurs en marche et chargée d'odeurs d'huile. Nous trouvâmes deux places à l'arrière du train et reprîmes la conversation que nous avions commencée dans la gare.

– Le Dr Masterson ne s'est pas montré très bavard, dis-je en posant délicatement par terre le sac que j'emportais. Mais je le soupçonne d'avoir de Hunt un souvenir beaucoup plus précis qu'il ne le prétend.

Pourquoi fallait-il toujours que je choisisse un siège dont le repose-pieds ne fonctionnait pas?

Marino bâilla à s'en décrocher la mâchoire tout en

abaissant le sien, mais ne me proposa pas d'échanger nos places. S'il l'avait fait, j'aurais volontiers accepté.

– Donc Hunt avait dix-huit ou dix-neuf ans quand il était à l'asile, dit-il.

– A peu près. On le traitait pour dépression grave.

– Ouais, je m'en doute.

– Qu'est-ce que ça veut dire? demandai-je.

– Ce genre de type est toujours déprimé.

– C'était quoi, son *genre*, Marino?

– Disons que j'ai souvent eu l'impression de parler à un pédé, expliqua-t-il.

Dès qu'il rencontrait quelqu'un de différent, Marino le cataloguait comme pédé.

Le train s'ébranla en douceur, tel un bateau quittant le quai.

– J'aurais bien aimé avoir une cassette de cette conversation, dit-il en bâillant à nouveau.

– Avec le Dr Masterson?

– Non, avec Hunt. Quand il est passé vous voir.

– C'était confus et pas très intéressant, répliquai-je avec embarras.

– Je sais pas. Il me semble que ce type en savait drôlement long. J'aurais bien aimé lui causer un peu plus.

Ce que Hunt m'avait dit aurait eu plus de poids s'il était resté en vie et qu'il n'ait pas eu d'alibi. La police avait passé la maison des Hunt au peigne fin. On n'avait rien trouvé qui permette d'établir un lien quelconque entre Al et l'un des meurtres. Et puis il avait des alibis en béton. Le soir du meurtre de Beryl, il mangeait au restaurant avec ses parents, et il était à l'opéra avec eux le soir de la mort de Cary Harper. Son emploi du temps avait été vérifié et recoupé. Les parents Hunt disaient la vérité.

Le train cahotait en direction du nord au son plaintif du sifflet de la locomotive.

– Le truc avec Beryl l'a fait flipper, dit Marino. Si vous voulez mon avis, il s'est tellement identifié avec l'assassin que ça lui a flanqué la frousse. Il a décidé de disparaître de la circulation avant de faire une bêtise.

– Je pense qu'il est plus probable que la mort de Beryl

a rouvert une vieille blessure, rétorquai-je. Elle lui a rappelé sa propre incapacité à bâtir une relation.

– Pour moi, l'assassin et lui sont de la même étoffe. C'est des types incapables d'avoir une relation avec une femme. Des perdants.

– Hunt n'était pas violent.

– Peut-être qu'il sentait qu'il pourrait le devenir, et qu'il l'a pas supporté, fit Marino.

– Nous ne savons toujours pas qui a tué Beryl et Harper, lui rappelai-je. Nous ne savons pas si l'assassin ressemble à Hunt. Nous ne savons rien, nous n'avons même pas une idée du mobile. Le tueur pourrait aussi bien être quelqu'un dans le genre de Jeb Price. Ou un certain Jim Jim.

– Jim Jim mon cul, fit-il avec une grimace de dédain.

– Je crois qu'en l'état actuel des choses, ça serait une erreur d'écarter la moindre hypothèse.

– Ben voyons. En tout cas, si jamais vous tombez sur un Jim Jim qu'a fait un séjour à l'hôpital Valhalla et qu'est devenu un terroriste international qui se trimbale avec des fibres orange sur lui, donnez-moi un coup de fil. (Il se rencogna sur son siège, ferma les yeux et marmonna :) J'ai besoin de vacances.

– Moi aussi, fis-je. Loin de vous.

La veille au soir, Benton Wesley m'avait appelée au sujet de Hunt. Je lui avais dit où je me rendais et pour quelle raison. Aussitôt, Uzi et Glaser s'étaient mis à danser devant ses yeux, il avait déclaré qu'il était beaucoup trop dangereux que je voyage seule et m'avait imposé la présence de Marino. Le train de 6 h 50 étant complet, le lieutenant avait retenu deux places dans celui de 4 heures. J'étais donc passée à mon bureau du BCME en pleine nuit, à 2 h 30, pour prendre la boîte de polystyrène qui se trouvait à présent dans mon sac à mes pieds. Je me sentais épuisée par le manque de sommeil.

Beaucoup de passagers dormaient, leur plafonnier éteint. Essieux grinçants, le train traversa Ashland et je songeai aux gens endormis dans les jolies petites maisons blanches construites le long de la voie ferrée. Nous dépassâmes à petite allure des boutiques encore déser-

194

tes, puis le convoi prit de la vitesse en contournant le campus du Randolph Macon College, ses bâtiments de style géorgien et son terrain de sport encore désert. A la sortie de la ville, nous traversâmes des forêts entre deux talus d'argile rouge. Je restai appuyée contre mon dossier, bercée par le rythme monotone des roues. Plus nous nous éloignions de Richmond, plus je me détendais, et je finis par m'assoupir.

Je dormis une heure d'un sommeil sans rêves, dans une sorte d'inconscience. Lorsque je rouvris les yeux le jour bleuté se levait et nous franchissions Quantico Creek. Les vaguelettes couleur d'étain poli faisaient danser la lumière de l'aube, et j'aperçus plusieurs bateaux. Je pensai à Mark. Je me remémorai notre soirée à New York, et d'autres nuits plus anciennes. Je n'avais eu aucune nouvelle de lui depuis le mystérieux message laissé sur mon répondeur. Je me demandais ce qu'il faisait, et en même temps je redoutais de le savoir.

Marino se redressa, clignant des yeux d'un air ahuri. L'heure était venue d'un petit déjeuner et d'une cigarette, pas nécessairement dans cet ordre-là.

Le wagon-restaurant était à demi plein de voyageurs dans un état semi-comateux, les mêmes qu'on rencontre dans n'importe quelle gare routière des Etats-Unis. Un jeune homme somnolait avec un baladeur sur les oreilles. Une mère aux traits fatigués essayait de calmer un bébé en pleurs. Un couple âgé jouait aux cartes. Nous trouvâmes une table libre dans un coin. J'allumai une cigarette pendant que Marino allait me chercher un sandwich à l'œuf et au jambon. Le café était buvable.

Tout en déchirant d'un coup de dents la cellophane qui emballait son propre sandwich, Marino jeta un regard inquisiteur au sac que j'avais posé sur la banquette. Il renfermait une boîte en polystyrène contenant des échantillons de foie, du sang et du contenu stomacal de Sterling Harper, conservés dans de la glace sèche.

— Combien de temps ça met à fondre ? me demanda Marino.

— Nous arriverons bien avant, le rassurai-je. A moins que nous ne fassions des détours.

— En attendant, ça vous ferait rien de me répéter ce

que vous m'avez dit hier soir? A propos de cette saloperie de sirop contre la toux? Je dormais à moitié quand vous m'avez raconté ça.

– Ce matin non plus vous n'avez pas l'air très réveillé, dis-je.

– Vous êtes donc jamais fatiguée?

– Je suis si épuisée, Marino, que je ne sais pas si je survivrai à ce voyage.

– Eh ben vous feriez mieux de tenir le coup. Parce que je vous garantis que c'est pas moi qui vais livrer ces morceaux de bidoche, dit-il en portant sa tasse de café à ses lèvres.

Je lui répétai mes explications avec la lenteur d'un cours enregistré.

– L'agent actif du sirop antitussif que nous avons trouvé dans la salle de bain de miss Harper est la dextrométhorphane, un produit analogue à la codéine. La dextrométhorphane est inoffensive à moins d'en avaler une dose massive. C'est un isomère d'un composé dont le nom ne vous dirait rien...

– Ah ouais? Et comment vous pouvez savoir que ça me dira rien?

– Trois-méthoxy-N-méthylmorphinane.

– Z'avez raison. Ça me dit rien du tout.

– Il existe un agent actif qui est l'isomère gauche du même composé dont la dextrométhorphane est l'isomère droit. Le composé isomère gauche est le lévorphanol, un narcotique environ cinq fois plus puissant que la morphine. Or la seule façon de différencier ces deux drogues dans le sang, c'est de les examiner à l'aide d'un appareil nommé réfractomètre à rotation optique. A l'observation, la dextrométhorphane déplace la lumière polarisée vers la droite, et le lévorphanol vers la gauche.

– En d'autres termes, sans ce truc-là, vous pouvez pas faire la différence entre les deux produits? conclut Marino.

– Pas lors de tests toxicologiques de routine, dis-je. Le lévorphanol ne se distingue en rien de la dextrométhorphane, puisque leurs composants sont les mêmes. La seule différence révélatrice, c'est qu'ils dévient la lumière dans des directions opposées, exactement comme le saccharose dextrogyre et le saccharose lévogyre la déplacent dans des directions opposées, malgré qu'ils soient structurellement le même disaccharide. Le saccharose dextrogyre, c'est le sucre de table, alors que le saccharose lévogyre n'a aucune valeur nutritionnelle pour l'homme.

– Je suis pas sûr de tout saisir, fit Marino en se frottant les yeux. Comment deux composés peuvent être pareils tout en étant différents ?

– Imaginez que le lévorphanol et la dextrométhorphane sont des jumeaux, dis-je. Ils ne sont pas le même être, mais ils *paraissent* identiques – sauf que l'un est droitier et l'autre gaucher. L'un est chétif, l'autre assez costaud pour assommer un homme. Vous comprenez ?

– Ouais, je crois. Alors, combien de ce levor-machin il aurait fallu à miss Harper pour s'expédier *ad patres* ?

– Trente milligrammes auraient sans doute suffi. C'est-à-dire quinze comprimés de deux milligrammes.

– Et dans ce cas, qu'est-ce qui se serait passé ?

– Elle aurait sombré dans une profonde narcose, puis serait morte.

– Vous pensez qu'elle connaissait ce truc sur les isomères ?

– C'est possible, répondis-je. Nous savons qu'elle avait un cancer, et nous pensons qu'elle a voulu camoufler son suicide, ce qui expliquerait peut-être le plastique fondu et les cendres blanches retrouvées dans la cheminée. Il est possible qu'elle ait délibérément laissé le flacon d'antitussif dans la salle de bain pour nous égarer. Sachant qu'elle prenait ce médicament, je n'avais pas de raison d'être surprise en découvrant de la dextrométhorphane dans ses tests toxicologiques.

Miss Harper n'avait aucun parent vivant, très peu d'amis – peut-être même aucun – et elle ne m'avait pas fait l'impression de quelqu'un qui voyageait beaucoup. Après avoir appris qu'elle s'était rendue récemment à Baltimore, j'avais aussitôt pensé à l'hôpital John Hopkins, qui était doté de l'un des meilleurs services mondiaux d'étude sur les tumeurs. Quelques coups de téléphone m'avaient en effet confirmé que miss Harper se rendait régulièrement dans cet hôpital pour y passer des visites de contrôle du sang et de la moelle osseuse. Ce suivi médical était sans conteste dû à ce cancer qu'elle s'était efforcée de dissimuler au monde. Lorsque j'avais appris la nature du traitement qu'on lui avait prescrit, les pièces du puzzle s'étaient mises en place toutes seules dans ma tête. Les labos du BCME n'étaient toutefois pas équipés de polarimètre ni d'aucun moyen de détecter la présence de lévorphanol. Le Dr Ismail, de l'hôpital Hopkins, m'avait promis d'effectuer les tests sur place à condition que je lui fournisse les échantillons nécessaires.

Il n'était pas encore 6 heures et nous approchions de Washington. Des bois et des étangs défilèrent derrière la vitre, puis cédèrent brusquement la place à l'agglomération. Nous aperçûmes dans une trouée d'arbres l'aiguille blanche du Jefferson Memorial. Nous longeâmes des immeubles de bureaux de si près que je pus distinguer à travers les carreaux les plantes et les lampes posées sur les tables. Mais soudain le train plongea sous terre et nous nous retrouvâmes bientôt sous le Mall, où il s'arrêta.

Nous trouvâmes le Dr Ismail dans le laboratoire de pharmacologie du service d'études des tumeurs. Je sortis la petite boîte en polystyrène de mon sac et la posai sur son bureau.

– Ce sont les échantillons dont nous avons parlé ? demanda-t-il avec un petit sourire.

– Oui, répondis-je. J'espère qu'ils n'ont pas décongelé. Nous sommes venus directement de la gare.

– Si la concentration est importante, je pourrai vous donner la réponse dans un jour ou deux, dit-il.

– Qu'est-ce que vous allez faire avec ces trucs-là ? demanda Marino en jetant un regard circulaire au laboratoire.

– C'est très simple, à vrai dire, répondit le Dr Ismail d'une voix patiente. Je commencerai par prélever un échantillon du contenu gastrique. Ce sera la partie la plus longue et la plus difficile du test. Une fois cet échantillon prélevé, nous le mettrons sous le polarimètre, un appareil qui ressemble à un télescope, mais pourvu de lentilles rotatives. J'examinerai l'échantillon en tournant les lentilles vers la droite puis vers la gauche. Si le produit en question est de la dextrométhorphane, il renverra la lumière vers la droite, c'est-à-dire que ma vision à travers l'objectif s'éclaircira quand je tournerai la lentille vers la droite. Si c'est le contraire qui se passe, alors il s'agira de lévorphanol.

Il nous expliqua que le lévorphanol était un analgésique très efficace prescrit aux malades atteints d'un cancer en phase terminale. Du fait que ce médicament avait été mis au point à l'hôpital John Hopkins, le Dr Ismail gardait une liste de tous les patients auxquels il était administré, dans le but d'établir une évaluation thérapeutique. Il avait donc un dossier complet sur les traitements subis par miss Harper.

– Elle venait à peu près tous les deux mois effectuer des contrôles, expliqua le Dr Ismail en aplanissant les pages d'un épais registre. A chaque visite, nous lui donnions environ deux cent cinquante comprimés de deux milligrammes. Voyons... sa dernière visite remonte au 28 octobre. Il devait lui rester entre soixante-quinze et cent comprimés.

– Nous n'en avons retrouvé aucun, dis-je.

Le Dr Ismail leva vers nous des yeux noirs pleins de tristesse.

– Quelle fin terrible, dit-il. Son état avait pourtant tendance à s'améliorer. C'était une femme charmante. J'étais toujours heureux de les voir, elle et sa fille.

Silence stupéfait.

– Sa fille? articulai-je enfin.

– Oui, je suppose. Une jeune fille. Blonde...

– Elle était avec miss Harper la dernière fois, le 28 octobre? demanda Marino.

Le Dr Ismail fronça les sourcils.

– Non, je ne me souviens pas l'avoir vue. Je pense que miss Harper était seule.

– Depuis combien de temps miss Harper venait-elle en traitement? demandai-je.

– Il faudra que je consulte sa fiche. Mais je crois qu'elle venait depuis au moins deux ans.

– La jeune fille blonde l'accompagnait-elle chaque fois? demandai-je.

– Au début, non. Mais depuis l'année dernière, elle venait chaque fois avec miss Harper, sauf pour la dernière visite, au mois d'octobre, ni, il me semble, l'avant-dernière. Son dévouement m'a impressionné. Quand on a une maladie aussi grave, c'est réconfortant de pouvoir compter sur sa famille, n'est-ce pas?

– Où logeait miss Harper quand elle venait? demanda Marino en faisant jouer ses maxillaires.

– La plupart de nos patients prennent une chambre dans un hôtel proche de l'hôpital, mais miss Harper préférait un hôtel sur le port (1).

Mes réactions étaient ralenties par la tension et le manque de sommeil.

– Vous connaissez pas le nom de l'hôtel, par hasard? demanda Marino.

– Non, je n'en ai aucune idée...

Soudain défilèrent dans mon esprit les mots que nous avions déchiffrés sur la cendre blanche.

– Puis-je voir votre annuaire, je vous prie? demandai-je au docteur.

Un quart d'heure plus tard, Marino et moi guettions un taxi libre. Le soleil brillait mais il faisait très froid.

– Merde, répéta-t-il, j'espère que vous avez vu juste.

– Nous allons le savoir très vite.

Dans les pages jaunes de l'annuaire, nous avions trouvé un hôtel appelé Harbor Court. *bor C., bor C.* Les minuscules lettres noires subsistant sur les copeaux de cendre blanche ne quittaient pas mon esprit. L'hôtel, un des plus luxueux de la ville, était situé juste en face de Harbor Place.

– Ce qui me turlupine, fit Marino alors qu'un taxi occupé passait devant nous, c'est pourquoi se donner tant de mal? Si miss Harper avait décidé de se tuer, pourquoi le faire de manière si mystérieuse? Vous pigez ça, vous?

– Miss Harper avait sa fierté. Elle considérait sans doute le suicide comme une honte. Elle pensait peut-être qu'on ne découvrirait pas qu'il s'agissait d'un suicide, et elle a profité de ma présence chez elle pour en finir.

– Pourquoi?

– Pour qu'on ne découvre pas son cadavre au bout d'une semaine.

(1) En américain, port = *harbor*.

La circulation était si dense que je commençai à me demander si nous n'irions pas plus vite à pied.

– Et vous pensez vraiment qu'elle était au courant de cette histoire d'isomères? fit Marino.

– Oui, je le crois.

– Pourquoi ça?

– Parce qu'elle voulait mourir dans la dignité, Marino. Il est possible qu'elle ait envisagé depuis très longtemps le suicide au cas où sa leucémie s'aggraverait. Elle ne voulait pas souffrir ni faire souffrir son entourage. Le lévorphanol était exactement ce qu'il lui fallait. Dans la plupart des cas, on ne le détecte pas, surtout quand on prend la précaution de laisser traîner dans la maison un flacon de sirop contenant de la dextrométhorphane.

– Sans blague, en v'là un! s'exclama-t-il tandis qu'un taxi accostait devant nous. Je suis impressionné, vous savez. Très impressionné.

– C'est tragique.

– Je ne sais pas. (Il ôta le papier d'un chewing-gum, qu'il se mit à mâcher avec voracité.) Moi, j'aimerais pas être attaché sur un lit d'hosto avec des tuyaux dans le nez. P't'être bien que j'aurais fait comme elle.

– Elle ne s'est pas tuée à cause de son cancer.

– Je sais, dit-il en descendant du trottoir. Mais ça a un rapport, forcément. Elle savait qu'elle en avait plus pour longtemps, et puis voilà que Beryl se fait buter, ensuite son frère. (Il haussa les épaules.) Pourquoi insister?

Nous montâmes dans le taxi et je donnai l'adresse au chauffeur. Nous roulâmes en silence pendant une quinzaine de minutes, au bout desquelles le taxi ralentit pour se faufiler sous une étroite arche donnant sur une cour pavée de briques et ornée de parterres de plantes et de petits arbres en pots. Un portier en redingote et haut-de-forme se précipita et nous accompagna dans un vaste hall rose et crème. Tout était neuf, immaculé et impeccablement ciré. D'élégants bouquets trônaient sur de beaux meubles et un personnel empressé mais discret veillait à satisfaire les moindres désirs de la clientèle.

On nous conduisit jusqu'au bureau du gérant, occupé au téléphone. T.M. Bland, ainsi que l'indiquait la plaque de cuivre posée sur la table, nous jeta un bref coup d'œil et écourta sa conversation. Marino lui fit part sans détour de l'objet de notre visite.

– La liste de nos clients est confidentielle, répondit Mr Bland avec un sourire aimable.

Marino se laissa tomber dans un fauteuil en cuir, alluma une cigarette malgré le panneau MERCI DE NE PAS FUMER accroché bien en vue sur un mur, plongea la main dans sa poche intérieure et exhiba sa plaque.

– Je m'appelle Pete Marino, dit-il. Police de Richmond, service des Homicides. Et voici le Dr Kay Scarpetta, médecin expert général de Virginie. Nous comprenons parfaitement votre souci de discrétion, Mr Bland, qui est tout à votre honneur, mais voyez-vous, Sterling Harper est morte, son frère Cary Harper est mort, et Beryl Madison est morte elle aussi. Cary Harper et Beryl ont été assassinés. On ne sait pas encore de quoi est morte miss Harper. C'est pour ça qu'on est venus vous voir.

– Je lis les journaux, Mr Marino, rétorqua Mr Bland avec une fermeté qui commençait à faiblir. Et nous sommes tout à fait disposés à coopérer avec les autorités.

– Ils étaient tous clients chez vous ? fit Marino.

– Cary Harper n'a jamais logé ici.

– Mais sa sœur et Beryl Madison sont venues.

– Exact, dit Mr Bland.

– Combien de fois, et à quand remonte leur dernière visite ?

– Il faut que je consulte les fiches de miss Harper, répondit Mr Bland. Voulez-vous m'excuser une minute, je vous prie ?

Il s'absenta un petit quart d'heure, et lorsqu'il revint il nous tendit une liasse de papier informatique.

– Comme vous pouvez le constater, dit-il en se rasseyant, miss Harper et Beryl Madison sont venues six fois chez nous au cours des derniers dix-huit mois.

– Tous les deux mois, dis-je en parcourant les dates imprimées, sauf fin août et fin octobre, où miss Harper est venue seule.

Mr Bland acquiesça.

– Vous savez pourquoi elles venaient ? lui demanda Marino.

– Pour raisons professionnelles, j'imagine. Pour faire des courses. Ou tout simplement pour se détendre. Je ne sais pas du tout. Nous n'avons pas pour habitude de contrôler l'emploi du temps de nos clients.

– C'est ça, c'est ça, fit Marino. Et c'est pas non plus dans mes habitudes de me mêler de la vie de vos clients à moins qu'ils se fassent descendre, Mr Bland. Alors arrêtons les finasseries professionnelles et parlez-nous un peu de ces deux clientes.

Le sourire de Mr Bland s'effaça et, d'un geste nerveux, il s'empara d'un stylo en or qui traînait sur un bloc-notes. Après quoi il parut ne plus savoir que faire de l'objet, se décida à le glisser dans la poche de poitrine de son impeccable chemise rose et s'éclaircit la gorge.

– Je peux seulement vous dire ce que j'ai remarqué, dit-il.

– C'est ça, fit Marino.

– Les deux femmes voyageaient séparément. En général, miss Harper arrivait un jour avant Beryl Madison, et il arrivait souvent qu'elles ne repartent pas le même jour ni... hum... ensemble.

– Qu'est-ce que ça veut dire, elles ne *repartaient* pas ensemble?

– Je veux dire qu'elles pouvaient demander leur compte le même jour, mais pas nécessairement au même moment, et qu'elles pouvaient repartir par des moyens de transport différents. En ne prenant pas le même taxi, par exemple.

– Repartaient-elles toutes les deux à la gare? demandai-je.

– Miss Madison demandait souvent une limousine pour l'emmener à l'aéroport, dit Mr Bland. Quant à miss Harper, elle prenait le plus souvent le train.

– Quel genre de réservations effectuaient-elles chez vous? demandai-je.

– Ouais, renchérit Marino. Vos papiers disent rien sur leurs chambres. (Il tapota les feuilles informatiques du bout de l'index.) Elles prenaient une double ou une simple? Un lit ou deux?

L'insinuation fit monter le rouge aux joues de Mr Bland.

– Elles réservaient toujours une chambre double avec

vue sur le port, répondit-il. Elles étaient les invitées de l'hôtel, Mr Marino, si vous voulez tout savoir. Mais je vous demanderai de ne pas ébruiter ce détail.

– Hé, vous trouvez que j'ai une tête de journaliste ?

– Vous voulez dire que vous les receviez gratuitement ? demandai-je intriguée.

– Oui, madame.

– Vous pouvez nous expliquer ça ? fit Marino.

– C'était le vœu de Joseph McTigue, répondit Mr Bland.

– Je vous demande pardon ? fis-je en me penchant. L'entrepreneur de Richmond ? C'est de ce Joseph McTigue que vous voulez parler ?

– Feu Mr McTigue a construit une bonne partie du front de mer par ici, expliqua Mr Bland. Ses sociétés possédaient de gros intérêts dans cet hôtel. Il nous avait demandé de recevoir miss Harper gracieusement chaque fois qu'elle le désirait, et nous avons respecté son désir même après sa disparition.

Quelques minutes plus tard, je glissai un dollar dans la paume du portier et montai dans un taxi à la suite de Marino.

– Vous pouvez m'expliquer qui est ce Joseph McTigue ? dit-il tandis que le véhicule démarrait. J'ai comme l'impression que vous en savez plus que moi.

– J'ai été voir sa veuve à Richmond. Aux Chamberlayne Gardens. Je vous en ai parlé.

– Nom de Dieu !

– Oui, moi aussi ça m'a fait drôle, avouai-je.

– Et qu'est-ce que ça veut dire, d'après vous ?

Je n'en savais encore rien, mais j'avais ma petite idée.

– Ça me paraît pas clair du tout, reprit-il. D'abord, pourquoi miss Harper voyageait en train pendant que Beryl prenait l'avion, alors qu'elles allaient au même endroit ?

– Ça n'a rien de surprenant, dis-je. Elles ne pouvaient pas voyager ensemble. Miss Harper et Beryl n'auraient pas pris ce risque. Souvenez-vous qu'elles étaient censées ne pas se voir. Si Cary Harper allait chercher sa sœur à la gare, il aurait été difficile pour Beryl de s'esquiver sans qu'il la voie. (Je m'interrompis pendant qu'une idée me venait à l'esprit.) Il est possible aussi que miss Harper ait aidé Beryl à rédiger son livre, qu'elle lui ait donné des précisions sur la famille Harper.

Marino regardait par sa vitre.

– Si vous voulez mon avis, déclara-t-il, c'étaient des lesbiennes planquées.

Je vis le chauffeur nous jeter un regard intéressé dans le rétroviseur.

– Moi je pense qu'elles s'aimaient, dis-je.

– Donc elles avaient une petite liaison et elles se retrouvaient tous les deux mois à Baltimore, où personne les connaissait. Vous savez, c'est p't'être bien pour ça que Beryl a choisi Key West. Si elle était goudou, c'était l'endroit rêvé.

– Votre homophobie est non seulement obsessionnelle mais fatigante, Marino. Vous devriez faire attention. Les gens vont finir par se poser des questions sur *vous*.

– Vous croyez? dit-il sans le moindre humour.

Je restai silencieuse.

– Dans ce cas, reprit-il, Beryl s'est peut-être trouvé une petite amie là-bas dans le Sud.

– Vous devriez enquêter.

– Pas question. J' tiens pas à me faire piquer par un moustique dans la capitale du sida. Et cuisiner des pédés ne me dit rien du tout.

– Avez-vous demandé à la police de Floride de chercher des gens qui l'ont connue là-bas? demandai-je.

– Un ou deux flics s'en sont occupés. Parlez d'un boulot! Ils osaient rien manger, ni boire de l'eau. Un des serveurs du restau dont elle parle dans ses lettres est en train de mourir du sida. Les flics étaient obligés de mettre des gants partout où ils allaient.

– Même pendant les interrogatoires?

– Bien sûr. Et même des masques de chirurgien – du moins avec le type qu'est en train de claquer. Ils ont rien trouvé, aucun renseignement valable.

– Ça ne m'étonne pas, dis-je. Si vous traitez les gens comme des lépreux, ils ne vous diront rien.

– Si vous voulez mon avis, on devrait scier cette putain de Floride et la laisser dériver dans l'Atlantique.

– Mais je ne vous ai pas demandé votre avis, Marino.

205

Le soir, en rentrant, je trouvai de nombreux messages sur mon répondeur.

J'espérais qu'il y en aurait un de Mark. Je me servis un verre de vin, m'assis au bord du lit et déclenchai la machine.

Bertha, ma femme de ménage, avait la grippe et m'annonçait qu'elle ne pourrait pas venir le lendemain. L'attorney général m'invitait au petit déjeuner le lendemain et m'informait que les ayants droit de Beryl Madison entamaient une procédure au sujet du manuscrit manquant. Trois journalistes avaient appelé pour connaître ma réaction à cette décision, et ma mère me demandait si je préférais une dinde ou un jambon pour Noël − tentative guère subtile pour savoir si elle me verrait au moins une fois cette année.

Je ne reconnus pas la voix et la respiration bruyante qui suivirent.

− ... Vous avez de si beaux cheveux blonds, Kay. C'est leur couleur naturelle, ou vous les teignez ?

Je rembobinai frénétiquement la bande et ouvris le tiroir de ma table de nuit.

− ... leur couleur naturelle, ou vous les teignez ? Je vous ai laissé un petit cadeau sur votre porche arrière.

Stupéfaite, le Ruger à la main, je repassai une fois de plus la bande. La voix était à peine plus qu'un murmure, très calme, posée. Une voix de Blanc. Je ne perçus aucun accent, aucune émotion dans l'intonation. Le bruit de mes propres pas sur les marches de l'escalier me hérissa les cheveux et j'allumai toutes les pièces que je traversai. Le cœur battant, je m'approchai de la fenêtre de la cuisine donnant sur l'arrière de la maison. J'écartai avec précaution le voilage, revolver en main, le canon dirigé vers le plafond.

La lampe extérieure repoussa les ténèbres, éclaira la pelouse avec la mangeoire et dessina la silhouette sombre des arbres marquant la limite du jardin. Le sol de brique du patio était vide et je ne vis rien non plus sur les marches du seuil. Je tournai le verrou, saisis la poignée de la porte et, avec d'infinies précautions, le cœur battant, l'ouvris.

Quelque chose heurta le panneau de façon presque

inaudible, mais lorsque je vis ce qui était enroulé autour de la poignée extérieure, je refermai la porte avec une telle violence que toutes les fenêtres tremblèrent.

Marino avait la voix de quelqu'un qu'on tire du lit.

— Venez tout de suite! hurlai-je une octave plus haut que d'habitude.

— Bougez pas, fit-il d'une voix ferme. Ouvrez à personne avant que je sois là, compris? J'arrive de suite.

Quatre voitures de patrouille étaient garées devant chez moi, et les policiers fouillaient l'obscurité de leurs étroits pinceaux lumineux.

— L'unité K9 arrive, m'informa Marino en installant sa radio portative sur la table de la cuisine. Ça m'étonnerait que ce salopard traîne encore là, mais on va vérifier tout le secteur avant de repartir.

C'était la première fois que je voyais Marino en jean, et il aurait presque pu prétendre à une certaine élégance sans ses grosses chaussettes blanches, ses mocassins ringards et son sweat-shirt gris étriqué. L'odeur du café emplissait la cuisine. J'en avais préparé assez pour réveiller la moitié du quartier. J'essayais d'occuper mon esprit en m'activant.

— Répétez-moi votre histoire, sans vous presser, me dit Marino.

— J'écoutais les messages sur mon répondeur, dis-je. Le dernier était une voix jeune, une voix de Blanc. Je vous le ferai écouter. Il parlait de mes cheveux, demandait si je les teignais. (Je fus contrariée de voir les yeux de Marino chercher à détecter la couleur de mes racines.) Et puis il a dit qu'il m'avait laissé un cadeau sur la porte de derrière. Je suis descendue, j'ai regardé par la fenêtre mais je n'ai rien vu. Je ne sais pas ce que j'attendais. Je ne sais vraiment pas. Une horreur dans un paquet cadeau ou quelque chose. Quand j'ai ouvert la porte, j'ai entendu quelque chose heurter le bois, à l'extérieur. C'était enroulé autour de la poignée.

Au milieu de la table, enfermé dans un sachet plastique, reposait un médaillon doré de forme peu banale, fixé à une grosse chaîne en or.

— Vous êtes sûr que c'est ce que portait Harper quand

vous l'avez vu à la *Culpeper's Tavern?* demandai-je à Marino.

– Sûr et certain, répondit-il le visage fermé. Il n'y a pas de doute. Ça explique où était passé ce truc-là. Le salopard l'a récupéré sur le corps de Harper, et aujourd'hui, avec un peu d'avance, vous avez eu votre petit cadeau de Noël. On dirait que notre ami vous a à la bonne.

– Je vous en prie, rétorquai-je vivement.

– Hé, je prends pas ça à la légère, vous savez. (Le visage grave, il tira le sachet vers lui et examina le collier à travers le plastique.) Vous remarquerez que le fermoir et le dernier anneau sont tordus. C'est peut-être parce qu'il l'a arraché du cou de Harper. Il a dû le redresser avec des pinces. Peut-être même qu'il l'a porté. Bon Dieu! (Il secoua sa cendre de cigarette.) Vous avez pas trouvé de marques sur le cou de Harper qui proviendraient de la chaîne?

– Il n'en restait pas grand-chose, de son cou, lui rappelai-je d'une voix morne.

– Vous avez déjà vu un médaillon comme ça, vous?

– Non.

Le pendentif ressemblait à un écusson en or 18 carats, mais il ne portait aucune inscription, sauf la date de 1906 gravée au dos.

– D'après les quatre poinçons au verso, je pense qu'il s'agit d'un bijou anglais. Les poinçons sont un code universel qui indique quand, où et par qui un bijou a été fabriqué. Un joaillier pourrait les déchiffrer. En tout cas, ça ne vient pas d'Italie, parce que...

– Doc...

– Parce qu'il y aurait le chiffre 750 estampillé derrière pour du 18 carats, 500 pour du 14 carats...

– *Doc.*

– Je connais un expert bijoutier chez Schwarszchild...

– Hé! cria presque Marino. On s'en fout, d'accord?

Je jacassais comme une vieille folle.

– Même si on connaissait le foutu arbre généalogique de tous les zigotos qui ont porté ce foutu collier, ça ne répondrait pas à la seule question importante : le nom du type qui l'a accroché à votre porte. (Son regard

208

s'adoucit quelque peu et il baissa la voix pour ajouter :)
Qu'est-ce que vous avez à boire ? Du cognac ? Est-ce que
vous auriez un peu de cognac ?

— Vous tombez bien.

— Pas moi ! s'exclama-t-il en riant. C'est pour vous.
Allez vous en servir ça. (Il écarta son pouce et son index
d'environ cinq centimètres.) Après on pourra parler.

J'allai au bar et revins avec un petit verre. Le cognac
me brûla la gorge puis se répandit peu à peu dans mes
membres et me réchauffa. Mon tremblement intérieur
disparut. Je cessai de frissonner. Marino me considéra
d'un drôle d'air. Son regard me fit peu à peu prendre
conscience d'un tas de choses. Je portais toujours le
même ensemble chiffonné que j'avais dans le train pour
Baltimore. Mon collant me sciait à la taille et faisait des
poches aux genoux. J'avais une violente envie d'aller me
débarbouiller et de me laver les dents. Mon crâne me
démangeait. Je devais avoir une tête à coucher dehors.

— Ce type fait pas de menaces en l'air, dit Marino
d'une voix posée pendant que je buvais mon alcool à
petites gorgées.

— Il me provoque uniquement parce que je m'occupe
de cette affaire, dis-je. Il veut me ridiculiser. Les psychopathes font souvent ça avec les enquêteurs. Ils aiment
bien se moquer d'eux et leur envoyer des souvenirs.

Je ne croyais pas vraiment à ce que je disais. Marino
n'y croyait certainement pas du tout.

— J' vais laisser quelques hommes en planque, dit-il.
Ils surveilleront la maison. Maintenant, je vais vous
donner quelques règles de conduite. Suivez-les à la
lettre. Ne plaisantez pas avec ça. (Il me fixa d'un air
sévère.) D'abord, je sais pas quelles sont vos habitudes,
mais il va falloir les embrouiller le plus possible. Tout
changer. Par exemple, si d'habitude vous allez faire vos
courses le vendredi après-midi, la prochaine fois faites-
les le mercredi, et changez de magasin. Ne rentrez
jamais chez vous ou dans votre voiture sans avoir jeté un
coup d'œil aux alentours. Dès que vous remarquez
quelque chose, comme une voiture suspecte garée dans
le coin, vous vous barrez le plus vite possible, ou bien si
vous remarquez des traces de pas dans votre jardin, vous
vous enfermez ici à double tour et vous appelez la police.

Si vous êtes chez vous et que vous avez une drôle d'impression, même une vague appréhension, vous sortez, vous trouvez un téléphone, vous nous appelez et vous attendez qu'un agent arrive pour vous accompagner à l'intérieur et vérifier toutes les pièces.

– J'ai une alarme, lui fis-je remarquer.

– Beryl aussi en avait une.

– Elle a laissé entrer ce salopard.

– Donc vous laissez entrer personne que vous connaissez pas.

– Qu'est-ce qu'il peut faire? insistai-je. Débrancher mon alarme?

– Tout est possible.

Wesley avait dit la même chose.

– Quittez votre bureau avant la nuit, et toujours quand il y a encore du monde dans le bâtiment. Pareil si vous arrivez tôt le matin, quand le parking est encore vide. Allez-y un peu plus tard. Laissez votre répondeur branché. Enregistrez tout. Si le type vous rappelle, prévenez-moi aussitôt. Encore un ou deux appels comme ça et on vous mettra sur écoute...

– Comme Beryl? fis-je en sentant monter la colère.

Il ne répondit pas.

– Alors, Marino? Est-ce qu'il va falloir attendre une autorisation officielle, qui sera accordée Dieu sait quand? En tout cas trop tard pour moi?

– Vous voulez que je dorme sur le divan cette nuit? proposa-t-il d'une voix calme.

J'appréhendai déjà assez le lendemain matin pour ne pas avoir en plus à supporter la vision de Marino en caleçon, le T-shirt tendu sur sa bedaine, trottinant dans la direction approximative de la salle de bain. C'était le genre de type à ne pas rabattre la lunette après usage.

– Ça ira, je me débrouillerai, dis-je.

– Vous avez un permis, je crois?

– De port d'arme? fis-je. Non.

Il repoussa sa chaise.

– Je toucherai un mot au juge Reinhard demain matin. On vous en procurera un.

Ce fut tout. Il était près de minuit.

Quelques instants après, j'étais à nouveau seule, et incapable de trouver le sommeil. Je me resservis un cognac, puis un autre, et restai allongée sur le dos, les yeux fixés au plafond de ma chambre. Si vous avez beaucoup d'ennuis dans la vie, les gens finissent par penser que vous les attirez, que vous agissez comme un aimant sur le malheur, le danger ou les perversions. Je commençai à me demander si Ethridge n'avait pas raison. Peut-être m'impliquais-je trop dans mes dossiers. C'est ce qui me mettait en danger. A plusieurs reprises déjà, j'avais senti sur moi le souffle qui pouvait m'expédier dans l'éternité.

Quand je finis par sombrer dans le sommeil, ce fut pour voir défiler des rêves absurdes. Ethridge trouait son gilet avec la braise d'un cigare. Fielding travaillait sur un cadavre qu'il transformait peu à peu en passoire parce qu'il n'arrivait pas à trouver une artère où il restait du sang. Marino gravissait une colline en bondissant sur une échasse à ressorts, et j'étais sûre qu'il allait se casser la figure.

## 12

Tôt le lendemain matin, je descendis au salon encore plongé dans la pénombre et épiai par la fenêtre les silhouettes et les ombres qui peuplaient le terrain entourant la maison.

On ne m'avait toujours pas rendu la Plymouth, et en apercevant le break interminable dont j'avais hérité, je me surpris à me demander s'il serait difficile à un homme de se dissimuler dessous et de me saisir la cheville au moment où j'ouvrais la portière. Inutile qu'il me tue : c'est mon cœur qui lâcherait. La rue était déserte sous la lumière falote des réverbères. A travers l'interstice des rideaux, je ne vis rien, n'entendis rien, ne remarquai rien qui sortît de l'ordinaire. Pas plus que Cary Harper n'avait remarqué quoi que ce soit le soir où il était rentré de sa virée quotidienne chez Culpeper.

J'avais rendez-vous avec l'attorney général pour le petit déjeuner dans moins d'une heure. Je finirais par être en retard si je ne trouvais pas le courage d'ouvrir la porte et de franchir la dizaine de mètres de trottoir qui me séparait de ma voiture. Je scrutai les buissons et les cornouillers qui bordaient ma pelouse, passant au crible leurs inoffensives silhouettes dans le jour levant. La lune brillait comme un lys blanc, l'herbe miroitait sous le givre.

Comment était-il allé chez eux, *chez moi*? Il fallait bien qu'il dispose d'un moyen de transport. Nous n'avions pas beaucoup réfléchi à cette question. Le type de véhicule utilisé est un élément du profilage des criminels aussi important que l'âge ou la race, et pourtant personne n'y avait fait allusion, pas même Wesley. J'essayai d'en déterminer la raison tout en contemplant la rue déserte. Mon malaise augmenta lorsque je me remémorai l'attitude crispée de Wesley à Quantico.

Je fis part de mes inquiétudes à Ethridge pendant notre petit déjeuner.

— C'est peut-être tout simplement que Wesley préfère vous cacher certains éléments, me dit-il.

— Il s'est toujours montré très ouvert avec moi jusqu'ici.

— Le FBI n'a pas la réputation d'être très bavard, Kay.

— Wesley est un profileur, répliquai-je. Il m'a toujours fait part de ses théories et de ses opinions. Pourtant, dans cette affaire, il ne dit rien. On dirait qu'il ne cherche même pas sérieusement à dresser un profil possible. Je trouve qu'il a changé. Il a perdu son sens de l'humour et fuit mon regard. C'est bizarre et très irritant.

Je respirai un grand coup.

— Vous vous sentez toujours aussi seule, n'est-ce pas, Kay? dit alors Ethridge.

— En effet, Tom.

— Et un tantinet paranoïaque?

— C'est vrai aussi, dis-je.

— Avez-vous confiance en moi, Kay? Estimez-vous que je suis de votre côté et que je ne pense qu'à préserver vos intérêts?

J'acquiesçai et pris à nouveau une profonde inspiration.

Nous bavardions à voix basse dans le salon du Capitol

Hotel, un établissement fréquenté par les politiciens et des personnalités fortunées. Trois tables plus loin était assis le sénateur Partin, le visage encore plus ridé que dans mon souvenir, en conversation avec un jeune homme que j'avais déjà vu quelque part.

Ethridge me regarda avec douceur mais son visage était inquiet.

– La plupart des gens se sentent isolés et sujets à la paranoïa dans des périodes difficiles, me dit-il. Tout le monde se sent perdu au milieu de la tempête.

– Je suis seule au milieu d'une tempête, dis-je. C'est pour cela que je réagis de cette façon.

– Je comprends l'inquiétude de Wesley.

– Bien sûr.

– Mais ce qui m'inquiète chez vous, Kay, c'est que vous fondez vos théories sur l'intuition, que vous marchez à l'instinct. Cela peut se révéler très dangereux.

– Parfois peut-être. Mais il peut aussi être très dangereux d'embrouiller les choses. Le meurtre est en général d'une déprimante simplicité.

– Pas toujours.

– Presque toujours, Tom.

– Vous ne pensez pas que les machinations de Sparacino aient un rapport avec ces décès ?

– Je pense qu'il serait trop facile de se laisser distraire par ces machinations, répliquai-je. Ce qu'il fait et ce que fait le tueur pourraient être comparés à deux trains roulant sur des voies parallèles. Les deux sont dangereux, voire même mortels. Mais il s'agit de deux choses différentes. Sans rapport entre elles. Deux choses qui ne sont pas dirigées par les mêmes forces.

– Vous ne pensez pas que le manuscrit manquant est un élément commun aux deux ?

– Je ne sais pas, dis-je.

– Vous n'avez rien appris de plus ?

J'eus l'impression d'être une écolière qui n'avait pas fait ses devoirs. J'aurais préféré qu'il ne pose pas la question.

– Non, Tom, dus-je admettre. Je n'ai aucune idée de ce qu'il est devenu.

– Ça ne serait pas ce que Sterling Harper a brûlé juste avant de mourir ?

– Je ne le pense pas. Notre expert a examiné les cendres du papier. Il s'agit d'un papier lourd à base de chiffon, un papier à lettres de luxe ou un papier utilisé pour des documents juridiques. Il est peu probable que quelqu'un l'ait utilisé pour le premier jet d'un livre. Il est plus vraisemblable que miss Harper a brûlé des lettres, des papiers personnels.

– Des lettres de Beryl Madison?

– C'est une hypothèse qu'on ne peut pas exclure, répondis-je bien que moi-même je l'aie pratiquement exclue.

– Ou peut-être de Cary Harper?

– Nous avons retrouvé une grande quantité de ses papiers dans la maison. Apparemment, personne n'y avait touché.

– Si les lettres étaient de Beryl Madison, pourquoi miss Harper les aurait-elle brûlées?

– Je ne sais pas, fis-je tout en sachant que Ethridge pensait à son vieil ennemi Sparacino.

Ce dernier n'avait pas perdu de temps. J'avais lu les trente-trois pages de la procédure qu'il avait engagée. Sparacino m'attaquait, attaquait la police et le gouverneur. La dernière fois que j'avais fait le point avec Rose, elle m'avait dit que le magazine *People* avait appelé, et que l'un de leurs journalistes avait été aperçu en train de photographier le BCME après qu'on lui en eut refusé l'entrée. Je devenais célèbre. Je devenais également experte à refuser de me livrer à des commentaires et à fuir les interviews.

– Vous pensez qu'on a affaire à un cinglé, n'est-ce pas? me demanda Ethridge de but en blanc.

Fibre orange ou pas, pirates de l'air ou pas, c'est ce que je pensais et je le lui dis.

Il baissa la tête et lorsqu'il la releva je fus stupéfaite de découvrir dans son regard tristesse et déception. Ainsi qu'un terrible embarras.

– Kay, commença-t-il, j'ai quelque chose de très difficile à vous dire.

Je tendis la main pour prendre un biscuit.

– Mais il faut que vous sachiez. Peu importe ce qui va se passer et pourquoi, peu importe vos idées et opinions, il faut que vous soyez au courant.

Décidant que j'avais plus envie de fumer que de manger, je sortis mes cigarettes.

– J'ai un contact. Disons qu'il est proche du Justice Départment...

– Vous allez me parler de Sparacino, l'interrompis-je.

– Non. De Mark James.

Je fus aussi ahurie que si l'attorney général m'avait grossièrement insultée.

– Eh bien quoi, Mark James? fis-je.

– Je ne sais pas si vous êtes bien la personne à qui demander ça, Kay.

– Que voulez-vous me demander?

– On vous a vus ensemble à New York, Mark et vous, il y a quelques semaines. Chez Gallagher. (Il s'interrompit, toussota et ajouta bizarrement :) Ça fait des années que je n'y ai pas mangé.

Je regardai la fumée de ma cigarette monter au plafond.

– Si je me souviens bien, on y mange d'excellents steaks...

– Taisez-vous, Tom, je vous en prie, dis-je d'une voix posée.

– Une clientèle de joyeux Irlandais qui aiment bien vider quelques chopes en galante compagnie...

– Taisez-vous, bon Dieu! répétai-je un peu trop fort.

Le sénateur Partin tourna la tête dans notre direction et nous dévisagea tour à tour avec curiosité. Notre garçon, apparu comme par enchantement, nous resservit du café en demandant si nous n'avions besoin de rien.

– Pas de baratin, Tom, repris-je. Qui m'a vue?

Il écarta ma question d'un vague geste du poignet.

– Ce que je veux savoir, c'est comment vous l'avez connu.

– Je le connais depuis très longtemps.

– Ce n'est pas une réponse.

– Depuis la faculté de droit.

– Vous étiez proches?

– Oui.

– Amants?

– Seigneur, Tom...

– Je suis désolé, Kay, mais c'est important. (Ethridge se tamponna les lèvres avec sa serviette et saisit sa tasse de café tout en inspectant la salle. Il était très mal à l'aise.) A New York vous avez passé presque toute la nuit ensemble. A l'Omni.

Mes joues me brûlaient.

– Je me fous de votre vie privée, Kay. Sauf dans ce cas précis, parce que... je suis navré, vous savez. (Il s'éclaircit la gorge et me regarda enfin dans les yeux.) Et merde. Le Justice Départment a ouvert une enquête sur un copain de Mark, un certain Sparacino...

– Un *copain* de Mark ?

– C'est très sérieux, Kay, poursuivit-il. Je ne sais pas comment était Mark James quand vous l'avez connu à la faculté, mais je sais ce qu'il est devenu depuis. Je connais son dossier. Après qu'on vous a vue avec lui, je me suis renseigné. Il a eu de gros ennuis à Tallahassee il y a sept ans. Racket et fraude. Il a été condamné et incarcéré. C'est à sa sortie de prison qu'il est entré en contact avec Sparacino, que nous soupçonnons d'être en rapport avec le crime organisé.

J'eus l'impression qu'un étau se refermait sur mon cœur. Le sang dut refluer de mon visage, car Ethridge me tendit un verre d'eau et attendit que je me sois ressaisie. Mais lorsque je pus de nouveau le regarder en face, il reprit impitoyablement là où il s'était interrompu.

– Mark n'a jamais travaillé pour Orndorff & Berger, Kay. Le cabinet ne le connaît ni d'Eve ni d'Adam. Ce qui n'a rien d'étonnant, parce que Mark ne peut pas exercer d'activité juridique. Il a été rayé du barreau. Il semble qu'il soit devenu l'assistant personnel de Sparacino.

– Sparacino travaille-t-il pour Orndorff & Berger ? articulai-je.

– Oui, ça c'est vrai. Il est leur spécialiste dans le domaine culturel.

Je restai silencieuse. J'étais au bord des larmes.

– Coupez tout contact avec lui, Kay, fit Ethridge avec une tendresse maladroite. Pour l'amour du ciel ne le revoyez plus jamais. Quel que soit l'état de votre relation, rompez tout contact.

– Nous n'avons plus aucune histoire ensemble, dis-je d'une voix tremblante.

– Quand avez-vous eu votre dernier contact avec lui?

– Il y a deux ou trois semaines. Il m'a appelée. Nous n'avons échangé que quelques mots.

Il hocha la tête comme s'il s'était attendu à cette précision.

– Le résultat de la paranoïa. Le fruit empoisonné d'une existence criminelle. Mark James ne parle sans doute jamais longtemps au téléphone, et je doute qu'il cherche à vous recontacter, à moins qu'il ne veuille vous demander quelque chose. Racontez-moi pourquoi vous étiez avec lui à New York.

– Il voulait me voir. Pour me mettre en garde contre Sparacino, précisai-je d'un ton penaud. En tout cas c'est ce qu'il avait dit.

– Vous a-t-il mise en garde contre lui?

– Oui.

– Que vous a-t-il dit?

– A peu près la même chose que ce que vous m'en avez dit.

– Pourquoi Mark vous a-t-il raconté ça?

– Il disait qu'il voulait me protéger.

– Vous le croyez?

– Je ne sais plus ce que je dois croire, bon sang!

– Etes-vous amoureuse de lui?

Sans un mot, je le foudroyai du regard.

– Il faut que je sache jusqu'à quel point vous êtes vulnérable, Kay, dit-il d'une voix paisible. N'allez pas croire que j'y prends plaisir, je vous en prie.

– Vous non plus, n'allez surtout pas croire que j'y prends plaisir, Tom, rétorquai-je avec une pointe d'agacement.

Ethridge prit la serviette posée sur ses genoux, la plia avec soin et la coinça sous son assiette.

– J'ai quelques raisons de craindre, reprit-il à voix si basse que je dus me pencher pour entendre, que Mark James pourrait vous faire le plus grand mal, Kay. Nous avons des raisons de penser que c'est lui qui a organisé l'effraction de votre bureau...

– *Quelles* raisons avez-vous? le coupai-je en haussant le ton. De quoi parlez-vous? Quelle preuve...

Les mots s'étranglèrent dans ma gorge car le sénateur Partin et son compagnon étaient à notre table. Je ne les avais pas vus se lever et s'approcher. Vu leur expression, ils comprenaient qu'ils avaient interrompu une conversation tendue.

– John, quelle bonne surprise! s'exclama Ethridge en repoussant sa chaise. Vous connaissez le Dr Scarpetta, médecin expert général, je suppose?

– Bien sûr, bien sûr. Comment allez-vous, Dr Scarpetta? (Le sénateur me serra la main, le sourire aux lèvres mais le regard distant.) Voici mon fils, Scott.

Scott n'avait pas hérité des traits rudes de son père, ni de sa silhouette trapue. Le jeune homme était grand, mince, avec un visage extrêmement séduisant entouré de magnifiques cheveux noirs. Il n'avait pas encore atteint la trentaine et ses yeux brillaient d'une insolence déconcertante. Les amabilités que nous échangeâmes ne dissipèrent pas mon embarras, et je ne retrouvai pas mon assurance lorsque les deux hommes nous eurent quittés.

– Je l'ai déjà vu quelque part, dis-je à Ethridge lorsque le garçon nous eut resservi deux cafés.

– Qui? John?

– Non, non. Bien sûr que je connais le sénateur. Je parlais de son fils. Scott. Son visage ne m'est pas inconnu.

– Vous l'avez sans doute vu à la télévision, répliqua-t-il en jetant un coup d'œil discret à sa montre. Il est comédien, en tout cas il essaie de le devenir. Je crois qu'il a eu un ou deux petits rôles dans des feuilletons.

– Je ne me souviens pas, marmonnai-je.

– Il a peut-être figuré dans quelques films. Il était en Californie, mais maintenant il vit à New York.

– Non, ce n'était pas dans un film, fis-je intriguée.

Ethridge reposa sa tasse et me fixa d'un regard tranquille.

– Comment savait-il que nous allions prendre le petit déjeuner ici, Tom? lui demandai-je en m'efforçant de contrôler ma voix.

La mémoire venait de me revenir. Chez Gallagher. Le

jeune homme qui buvait une bière à quelques tables de celle où Mark et moi étions assis.

– Je ne sais pas comment il le savait, répondit Ethridge avec une lueur de satisfaction dans les yeux. Disons que je ne suis pas étonné, Kay. Le jeune Partin me suit comme une ombre depuis plusieurs jours.

– Ce n'est pas lui, votre contact au Justice Department?

– Dieu merci, non, fit Ethridge.

– Alors, Sparacino?

– C'est mon impression. Ça serait le plus plausible, n'est-ce pas, Kay?

– Pourquoi?

Il étudia l'addition qu'on nous avait apportée, puis :

– Pour être au courant de ce qui se passe. Pour espionner. Pour intimider. (Il leva les yeux vers moi.) A vous de choisir.

Scott Partin m'avait frappée comme étant le parfait exemple de ces hommes à la beauté hautaine et réservée. Je le revoyais en train de lire le *New York Times* en buvant sa bière d'un air maussade. Je l'avais remarqué parce que, tout comme les bouquets particulièrement réussis, il est difficile de ne pas remarquer les gens très beaux.

Je racontai toute l'histoire à Marino dans l'ascenseur qui, un peu plus tard dans la matinée, nous descendait au rez-de-chaussée du BCME.

– J'en suis sûre, répétai-je. Il était assis à deux tables de la nôtre chez Gallagher.

– Il était seul?

– Oui. Il lisait le journal et buvait une bière. Je ne pense pas qu'il ait dîné, mais je ne le jurerais pas, répondis-je tandis que nous traversions un vaste débarras qui sentait la poussière et le carton.

Mon cerveau fonctionnait à toute vitesse. J'essayai de mettre au jour les mensonges de Mark. Il m'avait assuré que Sparacino ne savait pas que j'étais à New York, et que c'est par hasard qu'il nous avait rencontrés au restaurant. Ça ne pouvait être vrai. Si l'on avait envoyé le jeune Partin chez Gallagher, c'est que Sparacino savait que je devais y rencontrer Mark.

– Il y a une autre façon de voir les choses, dit Marino alors que nous traversions les entrailles poussiéreuses du BCME. Supposons qu'il gagne sa croûte dans la Grosse Pomme en faisant l'espion pour le compte de Sparacino, eh bien dans ce cas, si ça se trouve, il suivait Mark, et pas vous. N'oublions pas que c'est Sparacino qui a recommandé le restau à Mark – ou du moins c'est ce que Mark vous a dit. Sparacino se doutait donc que Mark irait y manger ce soir-là. Sparacino demande à Partin d'aller voir ce que fricote Mark. Partin va au restau, commande une bière et vous voit arriver, vous et Mark. A un moment ou à un autre, il se lève et va passer un coup de fil à Sparacino. Et boum, un quart d'heure après Sparacino se radine.

J'aurais aimé le croire.

– C'est juste une supposition, ajouta Marino.

Qu'il m'était impossible de croire. La vérité, me dis-je avec une boule dans la gorge, c'est que Mark m'avait trahie, parce qu'il était ce criminel que Ethridge m'avait décrit.

– Il faut envisager toutes les hypothèses, conclut Marino.

– Bien sûr, grommelai-je.

Au bout d'un long couloir étroit nous nous arrêtâmes devant une lourde porte métallique. Je sélectionnai la bonne clé et nous pénétrâmes dans la salle de tir où les experts en balistique effectuaient des tests sur pratiquement toutes les armes à feu passées et présentes. C'était une salle à l'aspect déprimant dont l'un des murs de moellons était planté de crochets où étaient suspendues des dizaines de revolvers et pistolets confisqués par les tribunaux et confiés à notre laboratoire. Des râteliers étaient garnis de fusils et de carabines. Le mur du fond disparaissait sous un épais blindage criblé des milliers d'impacts de balles qu'on y tirait depuis des années. Marino se dirigea dans un coin de la salle où torses, crânes et membres de mannequins nus étaient remisés en un tas informe qui rappelait les horribles images des fosses communes d'Auschwitz.

– Vous préférez la viande blanche, je crois ? fit-il en choisissant un torse masculin couleur chair.

J'ignorai la remarque, ouvris ma mallette et en sortis

mon Ruger en acier inoxydable. J'entendis s'entrechoquer du plastique tandis que Marino fouillait dans le tas de mannequins, d'où il finit par extraire un crâne de type caucasien avec des cheveux et des yeux passés à la peinture brune. Il fixa la tête au torse, et alla jucher le tout sur une boîte en carton placée contre le mur métallique, à une trentaine de pas d'où j'étais.

– Vous avez un chargeur pour vous en débarrasser, dit-il.

Tout en glissant les wad-cutters dans mon revolver, j'aperçus du coin de l'œil Marino qui sortait un 9 mm automatique de sa poche de derrière. Après avoir actionné la glissière, il sortit le chargeur puis le renfonça d'un coup sec.

– Joyeux Noël, fit-il en me tendant l'arme crosse en avant.

– Non, merci, fis-je le plus poliment possible.

– Vous ratez cinq coups avec vot' flingue et vous êtes cuite.

– Si je rate.

– Merde, Doc, tout le monde en rate quelques-unes. L'ennui, c'est qu'avec vot' Ruger, vous en avez pas beaucoup de réserve.

– Je préfère en placer quelques-unes dans le mille avec mon Ruger. Que ce soit celui-ci ou le vôtre, ça ne fait que balancer du plomb.

– Sauf qu'avec le mien, vous avez une autre puissance de feu, dit-il.

– Je sais. Surtout avec des Silvertips P.

– Sans parler que j'ai trois fois plus de balles en réserve.

J'avais déjà tiré avec des 9 mm, et je ne les aimais pas. Ils n'avaient pas la précision de mon 38 spécial. Ils n'étaient pas aussi fiables et s'enrayaient souvent. Je ne suis pas partisane de sacrifier la qualité à la quantité, et il n'existe pas de meilleure protection que d'être sur ses gardes et bien entraîné.

– Une seule balle suffit, dis-je en plaçant le casque de protection sur mes oreilles.

– Ouais, si vous visez entre les yeux ou dans le cœur.

Utilisant ma main gauche pour stabiliser l'arme, je

pressai la détente en rapide succession. J'atteignis le mannequin une fois à la tête et trois fois à la poitrine, la cinquième balle effleurant l'épaule gauche. Tout ceci ne prit que quelques secondes, pendant lesquelles le torse et la tête en plastique décollèrent du carton et rebondirent avec un cliquetis mat contre le mur métallique avant de dégringoler à terre.

Sans un mot, Marino posa le 9 mm sur une table et sortit le 357 de son étui d'aisselle. Je compris que je l'avais blessé. Il avait dû avoir toutes les peines du monde à me dégoter un automatique et s'attendait à ce que je lui en sois gré.

– Merci, Marino, dis-je.

Refermant le barillet, il leva lentement son revolver.

J'allais ajouter que j'appréciais sa sollicitude, mais je savais qu'il ne pourrait ou ne voudrait pas m'entendre.

Je reculai de quelques pas tandis qu'il tirait ses six coups, envoyant valdinguer la tête du mannequin qui roula à terre. En un clin d'œil il rechargea son arme et mitrailla le torse. Quand il eut fini, l'odeur âcre de la poudre emplissait la salle, et je me dis que je n'aimerais pas me trouver confrontée à un Marino pris d'une fureur meurtrière.

– Rien ne vaut de tirer sur un homme quand il est à terre, dis-je.

– Exact, répliqua-t-il en retirant son casque. Y a rien d'mieux.

Nous punaisâmes une cible en carton sur un panneau de bois suspendu au plafond. Après avoir vidé une boîte de cartouches – ce qui me rassura quant à ma capacité de toucher une vache dans un couloir – je tirai encore quelques Silvertips pour nettoyer le canon avant d'y faire glisser un chiffon imprégné de Hoppe n° 9, le solvant dont l'odeur me rappelait toujours Quantico.

– Vous voulez mon avis? fit Marino tout en nettoyant son arme. C'qui vous faut chez vous, c'est un fusil.

Sans répondre, je replaçai le Ruger dans sa mallette.

– Vous savez, genre Remington à chargement automatique, avec des chevrotines double zéro. Le type encaisserait l'équivalent de quinze balles de calibre 32 – trois fois plus si vous mettez à chaque fois dans le mille. Ce qui lui ferait quarante-cinq foutues billes de plomb dans le cul. J'vous garantis qu'il sera pas près de revenir.

— Marino, fis-je avec calme. Ça va très bien comme ça, d'accord? Je n'ai pas besoin d'un arsenal.

Il leva les yeux vers moi, le regard dur.

— Vous avez une idée de ce que ça fait de tirer sur un type qui continue d'avancer vers vous?

— Non, aucune idée, fis-je.

— Eh ben moi, j'vais vous le dire. Un jour à New York j'ai vidé mon flingue sur un barjot qu'était bourré de PCP jusqu'aux oreilles. J' l'ai eu quatre fois au torse et ça l'a même pas ralenti. On aurait dit un truc à la Stephen King, le type arrivait sur moi comme un foutu mort-vivant.

J'avais des mouchoirs en papier dans la poche de ma blouse. J'en pris un pour essuyer le solvant et la graisse que j'avais sur les mains.

— Le type qui a poursuivi Beryl chez elle, Doc, il était comme lui, pareil que ce dingue que j'essayais d'arrêter. J' sais pas ce qui le travaille, mais une chose est sûre, il s'arrêtera jamais une fois lancé.

— Cet homme à New York, demandai-je, il est mort?

— Ouais. Aux urgences. On a été transportés à l'hosto dans la même ambulance. J'oublierai jamais la balade.

— Vous étiez blessé?

Marino garda un visage impassible.

— Rien de grave. On m'a mis soixante-dix-huit points. Des blessures superficielles. Mais vous m'avez jamais vu à poil. Le type avait un couteau.

— Quelle horreur, marmonnai-je.

— Décidément, j'aime pas les couteaux, Doc.

— Moi non plus.

Nous sortîmes de la salle de tir. Je me sentais poisseuse de graisse et de résidus de poudre. Tirer au pistolet est une activité beaucoup plus salissante qu'on n'imagine.

Tout en marchant à côté de moi, Marino plongea la main dans sa poche, sortit son portefeuille et me tendit une carte blanche de petit format.

— Mais... je n'ai pas fait de demande, remarquai-je en

lorgnant d'un air ahuri sur le permis m'autorisant à porter une arme.

– J' sais bien mais... Disons que le juge Reinhard me devait une faveur.

– Merci, Marino, dis-je.

Il avait le sourire aux lèvres en me tenant la porte ouverte.

Malgré les instructions de Wesley et Marino, et en dépit de tout bon sens, je restai au BMCE jusqu'à la nuit tombée. Le parking était désert. J'avais renoncé à ranger mon bureau, et un seul coup d'œil à mon agenda m'avait déprimée.

Rose avait réorganisé ma vie de fond en comble. Mes rendez-vous avaient été repoussés de plusieurs semaines, quand ils n'étaient pas annulés, mes conférences et cours d'autopsie étaient assurés par Fielding. Le commissaire à la santé, mon supérieur direct, avait tenté par trois fois de me joindre avant de demander si j'étais malade.

Fielding avait l'air de faire un excellent remplaçant. Rose tapait les notes, écrites ou dictées, des autopsies qu'il pratiquait. Elle faisait le travail de Fielding au lieu du mien. Jour après jour, le bureau continuait de fonctionner sans accroc pour la bonne raison que j'avais sélectionné et formé avec soin mon personnel. Je me demandai ce qu'avait ressenti Dieu après avoir créé un monde qui croyait ne pas avoir besoin de Lui.

Au lieu de rentrer tout de suite chez moi, je passai aux Chamberlayne Gardens. Les mêmes affichettes périmées étaient toujours scotchées sur les cloisons de l'ascenseur. Je l'empruntai en compagnie d'une vieille dame émaciée, cramponnée à son cadre de marche comme un oiseau à sa branche, et qui ne détacha pas son regard de moi pendant toute la montée.

Je n'avais pas prévenu Mrs McTigue de ma visite. Lorsque, après quelques coups insistants, la porte du 378 finit par s'entrouvrir, elle me considéra d'un œil méfiant, me barrant le passage de son salon encombré de meubles d'où provenaient les échos du téléviseur.

– Mrs McTigue? fis-je avant de me présenter en espérant qu'elle me reconnaîtrait.

La porte s'ouvrit en grand et son visage s'illumina.

– Mon Dieu, mais c'est vous! Quelle surprise! Vous ne pouvez pas savoir comme ça me fait plaisir! Entrez, entrez, je vous en prie.

Elle était vêtue d'une robe de chambre rose, avec des pantoufles assorties. Je la suivis au salon. Elle éteignit la télévision et débarrassa le canapé de la couverture dont elle s'était couvert les jambes pour regarder les informations. J'aperçus des biscuits et un verre de jus de fruits.

– Excusez-moi, dis-je. Vous étiez en train de dîner.

– Mais non, mais non, fit-elle vivement. Je grignotais juste un morceau. Puis-je vous offrir quelque chose à boire?

Je déclinai son invitation et m'assis pendant qu'elle se hâtait de remettre un peu d'ordre. Je fus submergée de souvenirs de ma propre grand-mère, qui avait gardé une imperturbable bonne humeur malgré le déclin de l'âge. Je n'oublierai jamais la visite qu'elle nous avait rendue à Miami l'été précédant sa mort, lorsque je l'avais accompagnée faire des courses chez Woolworth. Elle portait une couche qu'elle s'était fabriquée avec un caleçon d'homme et des protège-slips, mais une épingle de sûreté avait lâché et son attirail lui était descendu à hauteur des genoux! Elle avait remonté le tout en hâte et nous nous étions précipitées à la recherche des toilettes en riant si fort que j'avais failli moi-même céder à l'incontinence.

– Ils ont dit qu'il neigerait peut-être cette nuit, m'annonça Mrs McTigue en s'asseyant à son tour.

– C'est vrai, l'air est humide et il fait très froid.

– J'espère qu'il ne neigera pas trop fort.

– Moi aussi, dis-je. Je n'aime pas circuler quand il y a de la neige.

Mon esprit était absorbé par des idées pesantes et désagréables.

– Nous passerons peut-être Noël sous la neige, cette année, reprit-elle. Ça serait magnifique.

– Oui, magnifique, dis-je en cherchant des yeux une éventuelle machine à écrire.

– Il me semble que cela fait des années que nous n'avons pas eu de neige à Noël.

La nervosité de ses remarques dénotait son embarras.

Elle avait compris que je n'étais pas venue la voir sans raison, et sentait que ça n'était pas une raison agréable.

– Vous êtes sûre de ne rien vouloir? répéta-t-elle. Un petit porto?

– Non, je vous remercie.

Silence.

– Mrs McTigue, commençai-je. (Elle avait le regard aussi vulnérable et inquiet qu'un enfant.) Pourrais-je revoir la photo? Celle que vous m'avez montrée la dernière fois.

Elle cligna plusieurs fois des paupières, la bouche fendue d'un pâle et mince sourire semblable à une cicatrice.

– Celle de Beryl Madison, ajoutai-je.

– Mais bien sûr, dit-elle en se levant d'un air résigné.

Elle alla chercher le cliché dans le secrétaire et me le tendit avec une expression dans laquelle je ne sus discerner la peur de la simple confusion. Je demandai à voir aussi l'enveloppe et la feuille de papier pelucheux dans laquelle était insérée la photo.

A toucher, je reconnus aussitôt le papier ayant produit les cendres de la cheminée de Sterling Harper, et, en l'orientant vers la lampe, distinguai par transparence le filigrane de la papeterie Crane. Je jetai un bref coup d'œil à la photographie, avant de m'apercevoir que Mrs McTigue me considérait d'un air ahuri.

– Excusez-moi, dis-je. Vous devez vous demander ce que je fais.

Elle resta silencieuse.

– Je voulais vérifier un détail, repris-je. La photographie semble beaucoup plus ancienne que le papier et l'enveloppe, non?

– C'est vrai, répliqua-t-elle sans que ses yeux apeurés ne me quittent. J'ai trouvé la photo dans le bureau de Joe, et je l'ai mise dans l'enveloppe pour la protéger.

– Est-ce que vous vous servez de ce papier pour votre courrier? demandai-je d'un ton aussi anodin que possible.

– Non, dit-elle en tendant la main vers son verre de jus de fruits. C'était le papier à lettres de mon mari, mais c'est moi qui le lui achetais. Un beau papier à en-tête de son entreprise, voyez-vous. Après sa mort, je n'ai gardé que les enveloppes et les feuilles sans en-tête. Il m'en reste plus que je n'en utiliserai jamais.

Impossible de tourner autour du pot pour lui poser la question suivante.

– Mrs McTigue, votre mari avait-il une machine à écrire?

– Bien sûr. Je l'ai donnée à ma fille. Elle vit à Falls Church. Moi, j'écris toujours mon courrier à la main. De moins en moins, d'ailleurs, à cause de mon arthrite.

– Quel genre de machine avait-il?

– Mon Dieu, tout ce que je sais c'est qu'elle était électrique et assez récente, balbutia-t-elle. Joe en changeait tous les deux ou trois ans. Vous savez, même quand on a commencé à vendre des ordinateurs, il a continué à taper sa correspondance à la machine, comme il l'avait toujours fait. Burt, son chef de bureau, a insisté pendant des années pour que Joe se mette à l'ordinateur, mais Joe n'a jamais voulu se séparer de sa machine à écrire.

– Il la gardait chez vous ou dans son bureau? demandai-je.

– Ma foi, les deux. Il lui arrivait souvent de travailler tard le soir à la maison.

– Entretenait-il une correspondance avec les Harper, Mrs McTigue?

Elle tripotait un mouchoir en papier qu'elle avait sorti d'une poche de sa robe de chambre.

– Je suis désolée de vous embêter avec toutes ces questions, ajoutai-je d'une voix douce.

Elle se contenta de baisser les yeux sur ses mains osseuses.

– Je vous en supplie, insistai-je doucement. C'est important, sinon je ne vous le demanderais pas.

– C'est à propos de cette femme, n'est-ce pas?

Elle déchiquetait peu à peu le mouchoir, sans oser lever les yeux.

– Sterling Harper, dis-je.

– Oui.

– Dites-moi, Mrs McTigue.

– Elle était très belle. Très gracieuse. Une très jolie femme, dit Mrs McTigue.

– Votre mari écrivait-il à miss Harper?

– J'en ai la certitude.

– Pourquoi?

– Je l'ai surpris plusieurs fois en train de lui écrire. Il disait toujours que c'était une lettre d'affaires.

Je ne dis rien.

– Oui, Mon Joe. (Sa bouche sourit mais ses yeux restèrent impassibles.) Il plaisait tant aux femmes. Il leur baisait la main et leur donnait l'impression qu'elles étaient uniques.

– Est-ce que miss Harper lui écrivait aussi? demandai-je en surmontant mes scrupules à rouvrir la blessure.

– Pas que je sache.

– Il lui écrivait, mais elle ne répondait jamais à ses lettres?

– Joe aimait l'écriture. Il parlait toujours d'écrire un livre. Il lisait tout le temps.

– Je comprends mieux pourquoi il appréciait tant Cary Harper, dis-je.

– Très souvent, quand Mr Harper n'arrivait pas à écrire, il téléphonait à Joe. Je crois qu'on appelle ça l'angoisse de la page blanche. Il appelait Joe et ils parlaient, de littérature et de tas d'autres choses. (Le mouchoir était en lambeaux sur ses cuisses.) Faulkner était l'écrivain préféré de Joe, mais il aimait aussi Hemingway et Dostoïevski. A l'époque où il me faisait la cour, il habitait Arlington, et moi ici à Richmond. Il m'écrivait les plus belles lettres dont vous puissiez rêver.

Comme celles qu'il s'était mis à écrire plus tard à son nouvel amour, me dis-je. Celles qu'il adressait à la belle Sterling Harper. Des lettres qu'elle avait eu la délicatesse de brûler avant de se suicider, pour ne pas faire de mal à sa veuve.

– Vous les avez trouvées, n'est-ce pas? fit-elle.

– Celles qu'il lui avait adressées?

– Oui. Les lettres de Joe.

– Non. (Il s'agissait sans doute de la demi-vérité la plus réconfortante que j'aie jamais eu à formuler.) Non, je ne peux pas dire que nous les ayons trouvées,

Mrs McTigue. La police n'a découvert aucune lettre de votre mari parmi les papiers personnels des Harper, aucun papier à en-tête de son entreprise, aucune correspondance intime à Sterling Harper.

Son visage se détendit à mesure que je la rassurais.

– Fréquentiez-vous les Harper ? lui demandai-je alors. Passiez-vous des soirées avec eux, par exemple ?

– Mon Dieu, oui. Je me souviens de deux occasions. Un jour Mr Harper est venu dîner seul, et une autre fois Beryl Madison et les Harper ont même couché à la maison.

– Quand ont-ils passé la nuit chez vous ? demandai-je avec intérêt.

– Quelques mois avant la mort de Joe. Je pense que c'était pour le jour de l'An, un mois ou deux après la conférence que Beryl avait faite pour notre association. Oui, c'est bien ça, je me souviens qu'il y avait encore le sapin de Noël. C'était un tel plaisir de l'avoir à la maison !

– Beryl, vous voulez dire ?

– Bien sûr ! J'étais si heureuse ! Ils revenaient de New York, où ils avaient rencontré l'agent de Beryl. Ils avaient atterri à Richmond et ont eu la gentillesse de rester dormir chez nous. Enfin, plus exactement, les Harper ont passé la nuit ici, puisque Beryl vivait à Richmond. Joe l'a raccompagnée chez elle en fin de soirée, et le lendemain il a ramené les Harper à Williamsburg.

– Quels souvenirs gardez-vous de cette soirée ? demandai-je.

– Voyons... Je me souviens que j'avais préparé un gigot d'agneau, et qu'ils avaient tardé à venir de l'aéroport parce que la compagnie avait perdu le bagage de Mr Harper.

Cela remontait à près d'un an, pensai-je. Avant donc que Beryl ne commence à recevoir des menaces.

– Le voyage les avait fatigués, poursuivit Mrs McTigue. Mais Joe les a vite détendus. C'était un hôte charmant.

Mrs McTigue était-elle déjà au courant ? Avait-elle compris, à la façon dont son mari regardait miss Harper, qu'il était amoureux d'elle ?

Je me souvins du regard lointain de Mark vers la fin de notre liaison. Instinctivement, j'avais compris. J'avais compris qu'il ne pensait plus à moi, et pourtant, jusqu'à ce qu'il me le dise, j'avais refusé de croire qu'il puisse en aimer une autre.

– Kay, je suis désolé, avait-il dit.

Nous étions attablés devant deux Irish Coffees dans notre bar préféré de Georgetown. De gros nuages gris lâchaient des flocons de neige qui descendaient en spirales paresseuses, des couples passaient dans la rue, emmitouflés dans d'épais manteaux et des écharpes multicolores.

– Tu sais que je t'aime, Kay.

– Mais pas de la façon dont je t'aime, avais-je dit en sentant mon cœur broyé par la pire douleur que j'aie jamais éprouvée.

Il avait baissé la tête.

– Je ne voulais pas te faire de mal, dit-il.

– Bien sûr.

– Je suis désolé. Vraiment désolé.

Je savais qu'il était désolé. Je savais qu'il disait la vérité. Mais ça ne changeait rien du tout !

Je n'ai jamais su comment elle s'appelait parce que je n'avais pas voulu le savoir. Il m'avait assuré qu'il ne s'agissait pas de Janet, celle qu'il avait épousée et qui était morte. Mais c'était peut-être un mensonge de plus.

– ... il avait un sacré caractère.

– Qui ça ? fis-je en me resaisissant.

– Mr Harper, dit-elle d'un air las. Il était furieux à cause de son bagage perdu. Heureusement, il est arrivé dans l'avion suivant. (Elle s'interrompit quelques instants.) Seigneur. Tout cela semble si loin, alors que ce n'est pas si vieux, après tout.

– Et Beryl ? fis-je. Comment était-elle ce soir-là ?

– Ils sont tous partis à présent.

Elle posa les mains sur ses cuisses, immobiles, en contemplant ce miroir obscur. Tous étaient morts sauf elle. Les convives de cette belle et terrible soirée n'étaient plus que des fantômes.

– Nous parlons d'eux, Mrs McTigue. Ils sont toujours là.

– Oui, peut-être bien, dit-elle les larmes aux yeux.

– Ils ont besoin de nous comme nous avons besoin d'eux.

Elle hocha la tête.

– Racontez-moi cette soirée, répétai-je. Parlez-moi de Beryl.

– Elle était très calme. Je la revois encore en train de contempler le feu.

– Quoi d'autre?

– Il s'est passé quelque chose.

– Quoi? Que s'est-il passé, Mrs McTigue?

– Elle et Mr Harper avaient l'air fâchés.

– Pourquoi? S'étaient-ils disputés?

– Ça s'est passé quand le garçon de l'aéroport a rapporté le bagage. Mr Harper a ouvert le sac et en a sorti une enveloppe contenant des papiers. Je ne sais pas ce qui lui a pris. Il avait trop bu.

– Que s'est-il passé?

– Il a eu des mots très vifs avec sa sœur et Beryl. Et puis il a sorti les papiers de l'enveloppe et les a jetés au feu en disant : « Voilà ce que j'en pense! De l'ordure! De la crotte! » Enfin, vous m'avez comprise.

– Savez-vous ce qu'il a brûlé? Un contrat, peut-être?

– Je ne crois pas, dit-elle les yeux dans le vague. J'ai eu l'impression que c'était quelque chose que Beryl avait écrit. C'était dactylographié, et sa colère semblait dirigée surtout contre Beryl.

Sa fameuse autobiographie, songeai-je. Ou du moins un projet dont miss Harper, Beryl et Sparacino avaient discuté à New York en présence d'un Cary Harper fou de rage.

– Joe est intervenu, reprit Mrs McTigue en croisant les doigts pour contenir le chagrin que ranimaient les souvenirs.

– Qu'a-t-il fait?

– Il l'a raccompagnée, dit-elle. Il a raccompagné Beryl chez elle. (Elle s'interrompit, le visage déformé par la terreur.) C'est pour ça que c'est arrivé. Je le sais.

– C'est pour ça que *quoi* est arrivé? demandai-je.

– C'est pour ça qu'ils sont morts, dit-elle. Je le sais. Je l'ai senti ce soir-là. C'était une impression horrible.

231

– Que ressentiez-vous exactement?

– C'est pour ça qu'ils sont morts, répéta-t-elle. Il y avait tant de haine entre eux ce soir-là! Tant de haine!

## 13

Le Valhalla Hospital était construit sur un mamelon du paisible Albemarle County, où mes activités au sein de l'Université de Virginie me conduisaient de manière régulière pendant l'année scolaire. Bien que j'aie souvent remarqué l'imposant édifice de brique visible depuis l'Interstate, je n'y étais jamais allée, que ce soit pour raisons personnelles ou professionnelles.

Autrefois hôtel prestigieux fréquenté par une clientèle fortunée, l'établissement avait fait faillite durant la Grande Dépression avant d'être racheté par trois frères psychiatres qui avaient entrepris de transformer Valhalla en une véritable usine freudienne. L'endroit était ainsi devenu un établissement psychiatrique de luxe où les familles aisées pouvaient caser leurs accidents génétiques, parents séniles et progéniture déficiente.

Je n'étais guère étonnée qu'Al Hunt y ait été remisé dans son adolescence. Ce qui en revanche me surprit, c'est la réticence que manifesta son psychiatre devant mes questions. La cordialité professionnelle du Dr Warner Masterson dissimulait une tendance au secret assez dure pour briser les forets de la plus tenace curiosité. Je savais qu'il ne désirait pas me parler. Il savait aussi qu'il n'avait pas le choix.

Après avoir garé ma voiture sur le gravier du parking réservé aux visiteurs, je pénétrai dans une réception au mobilier victorien, avec des tapis d'Orient et de lourdes tapisseries râpées sur les murs. J'allais me présenter au réceptionniste lorsque j'entendis une voix derrière moi.

– Dr Scarpetta?

Je me retournai et me trouvai face à un homme de haute taille, mince, vêtu d'un costume bleu marine. Il avait les cheveux poivre et sel, les pommettes et le front aristocratiques.

232

– Je suis le Dr Masterson, annonça-t-il en me tendant la main avec un sourire affable.

Je commençai à me demander si nous nous étions déjà rencontrés lorsqu'il m'expliqua qu'il m'avait reconnue d'après les photos parues dans la presse ou présentées à la télévision, précision dont je me serais volontiers passée.

– Allons dans mon bureau, ajouta-t-il d'un ton aimable. J'espère que le trajet n'a pas été trop pénible. Puis-je vous offrir quelque chose ?

Tout ceci sans arrêter de marcher, alors que j'avais du mal à suivre ses longues enjambées. Une partie significative de l'humanité n'a aucune idée de ce que doivent endurer les êtres affublés de jambes courtes, et je me retrouve plus souvent qu'à mon tour essoufflée comme une trottinette dans un monde de bolides. Le Dr Masterson était parvenu au bout d'un long couloir moquetté lorsqu'il eut l'idée de s'inquiéter de moi. S'immobilisant sur le seuil de son bureau, il attendit que je l'aie rattrapé pour me faire signe d'entrer. Sans y être invitée, je me laissai tomber dans un fauteuil pendant qu'il prenait place derrière sa table et entreprenait de bourrer une coûteuse pipe en bois d'églantier.

– Inutile de vous dire, Dr Scarpetta, commença le Dr Masterson avec le débit lent et précis qui était le sien, que je suis consterné par la mort d'Al Hunt.

– Cette mort vous a-t-elle surprise ? demandai-je alors qu'il ouvrait une épaisse chemise.

– Pas tout à fait.

– J'aimerais consulter son dossier pendant que nous parlons, dis-je.

Il hésita si longtemps que je faillis lui rappeler que j'avais un droit légal d'accès à ce dossier. Il finit pourtant par me le tendre.

– Mais certainement, dit-il avec un sourire.

J'ouvris le dossier de papier bulle et me mis à en parcourir le contenu tandis que m'enveloppait un nuage de fumée bleue. Les conditions d'admission et l'examen physique d'Al Hunt ne présentaient rien que de très routinier. Il se trouvait en bonne condition physique lorsqu'il avait été admis à l'hôpital un 10 avril au matin, onze ans auparavant. Les indications sur son état mental étaient en revanche peu banales.

– Il était dans un état catatonique lors de son admission ? demandai-je.

– Il était très dépressif et dépourvu de réactions, répliqua le Dr Masterson. Incapable de nous dire pourquoi il était ici. Incapable de nous dire quoi que ce soit. Il n'avait pas l'énergie émotionnelle suffisante pour répondre à des questions. Vous remarquerez dans le rapport que nous n'avons pas pu pratiquer le Stanford-Binet ni le MMPI. Nous avons dû reporter ces tests à plus tard.

Les résultats figuraient dans le dossier. Le score d'Al Hunt dans le test d'intelligence Stanford-Binet atteignait 130, ce qui suffisait à démontrer, mais je n'en avais jamais douté, qu'il était loin d'être stupide. Quant aux résultats obtenus lors du Minnesota Multiphasic Personality Inventory, ils n'avaient pas permis de ranger Al Hunt dans la catégorie des schizophrènes ou des sujets à troubles mentaux organiques. Selon l'évaluation du Dr Masterson, Al Hunt souffrait d'un « désordre de la personnalité de type schizoïde présentant une certaine tendance à la dépersonnalisation, exprimée par une brève psychose réactive lors de laquelle il s'est enfermé dans les toilettes et s'est entaillé les poignets à l'aide d'un couteau de cuisine ». Malgré son apparence suicidaire, la superficialité des coupures montrait que ce geste était plus un appel à l'aide qu'une véritable tentative de mettre fin à ses jours. Sa mère l'avait emmené aussitôt au service d'urgence le plus proche, où il avait été pansé avant d'être renvoyé chez lui. Le lendemain matin, il était admis au Valhalla Hospital. La conversation qui avait eu lieu à ce propos avec Mrs Hunt révélait que l'incident avait été provoqué par « un coup de colère » de son mari à l'égard de son fils au cours du dîner.

– Au début, poursuivit le Dr Masterson, Al refusait de participer aux sessions thérapeutiques ou de prendre aucune des responsabilités sociales que nous demandons à nos patients d'assumer. Il réagissait peu au traitement antidépressif et durant nos entretiens je pouvais à peine lui tirer un mot.

N'obtenant aucune amélioration au bout d'une

234

semaine, le Dr Masterson envisagea un traitement aux électrochocs, ce qui équivaut à redémarrer un ordinateur au lieu de chercher à savoir d'où proviennent les erreurs de programme. Même si l'opération peut provoquer une remise en marche des circuits cervicaux, une sorte de réajustement, le ou les « bugs » responsables des désordres seront simplement contournés, voire même perdus. De plus le traitement aux électrochocs n'est pas recommandé chez les sujets jeunes.

— Avez-vous administré des électrochocs ? demandai-je en constatant que rien ne figurait à ce sujet dans le dossier.

— Non. Le matin même où j'avais décidé qu'il n'y avait pas d'autre alternative, un petit miracle s'est produit au cours du psychodrame quotidien.

Il se tut un instant pour rallumer sa pipe.

— Expliquez-moi la façon dont s'est déroulé le psychodrame ce jour-là, dis-je.

— Certains exercices sont de pure routine, une sorte d'échauffement, pourrait-on dire. Ce matin-là, nous avions placé les patients en ligne, et leur avions demandé d'imiter une fleur. Tulipe, jonquille, marguerite, chaque patient s'est contorsionné pour mimer la fleur de son choix, un choix qui est pour nous riche d'enseignements. C'est la première fois que nous vîmes Al prendre part à une activité. Il a levé les deux bras en cercle et baissé la tête. (Le Dr Masterson accompagna ses mots d'une démonstration gestuelle qui le fit plus ressembler à un éléphant qu'à une fleur.) Lorsque le thérapeute lui a demandé quelle fleur il était, Al a répondu : « Un pétale de pensée. »

Je restai silencieuse, sentant monter en moi un sentiment de compassion pour le pauvre garçon.

— Naturellement, notre première réaction a été de penser que son utilisation du mot « pétale » était une allusion à ce que son père pensait de lui, expliqua le Dr Masterson en nettoyant les verres de ses lunettes avec un mouchoir. C'était une référence aux moqueries et aux plaisanteries douteuses auxquelles il se livrait en raison des traits efféminés du jeune Al, de sa fragilité. Mais c'était plus que ça. (Il remit ses lunettes et me

235

regarda d'un air grave.) Vous a-t-on parlé des associations de couleurs que faisait Al?

– Vaguement.

– La pensée a une couleur très particulière.

– Oui, un mauve profond, dis-je.

– Couleur qu'on obtient en mélangeant le bleu de la dépression et le rouge de la colère. C'est la couleur des ecchymoses, la couleur de la douleur. Al disait que c'était la couleur qui irradiait de son âme.

– C'est une couleur violente, observai-je, passionnée, intense.

– Al Hunt était un jeune homme très intense, Dr Scarpetta. Savez-vous qu'il se considérait comme doué de clairvoyance?

– Pas vraiment, dis-je un peu mal à l'aise.

– Son monde de pensée magique comprenait la clairvoyance, la télépathie et la superstition. Inutile de dire que ces caractéristiques devenaient plus aiguës dans les périodes de grand stress, lorsqu'il pensait être capable de lire les pensées des autres.

– Le pouvait-il?

– Il était très intuitif. (Il ralluma une nouvelle fois sa pipe.) Je dois dire qu'il devinait souvent juste, et que c'était un de ses problèmes. Il sentait ce que les gens pensaient ou ressentaient, et semblait parfois connaître, inexplicablement, leurs actes passés ou futurs. Le problème, comme je vous en ai brièvement parlé au téléphone, c'est que Al se projetait dans les autres, se laissait entraîner par ses capacités de perception. Il se perdait dans les autres, devenait agité, paranoïde, en raison de la faiblesse de son propre ego. Il avait tendance, comme l'eau, à épouser la forme de ce qu'il emplissait. Pour parler en termes de cliché, disons qu'il personnalisait de façon excessive l'univers.

– Une tendance dangereuse, remarquai-je.

– Sans aucun doute. Il en est mort.

– Vous voulez dire qu'il faisait preuve d'une extrême empathie?

– Exactement.

– C'est pourtant contradictoire avec son diagnostic, dis-je. Les gens affectés par des désordres de la personnalité n'éprouvent en général rien pour les autres.

236

– Oui, mais cela faisait partie de son mode de pensée magique, Dr Scarpetta. Al mettait ses difficultés sociales et personnelles sur le compte de ce qu'il estimait être son excessive sensibilité aux autres. Il était convaincu qu'il ressentait, et même qu'il vivait dans sa chair la douleur des autres, qu'il perçait leur esprit à jour. En réalité, Al était socialement isolé.

– Le personnel du Metropolitan Hospital, observai-je, soutient qu'il avait un excellent contact avec les malades quand il était infirmier.

– Cela n'a rien d'étonnant, rétorqua le Dr Masterson. Parce qu'il était infirmier aux urgences. Il n'aurait jamais tenu le coup dans une unité de soins prolongés. Al était capable de se montrer très attentionné à condition de ne pas être contraint d'entrer en relation avec quelqu'un, d'en devenir proche.

– Ce qui expliquerait, hasardai-je, pourquoi il a pu obtenir une maîtrise de psychologie, mais n'a jamais été capable d'entreprendre une activité thérapeutique suivie.

– C'est juste.

– Que pensez-vous de la relation qu'il entretenait avec son père ?

– Elle était dysfonctionnelle, conflictuelle. Mr Hunt est un homme intransigeant et autoritaire, qui pensait que c'est avec des coups que son fils deviendrait un homme. Or Al n'avait pas la structure émotionnelle pour résister à la brutalité, à l'espèce de service militaire mental par lequel son père entendait le préparer à la vie. Dès lors, il se réfugiait auprès de sa mère, qui lui renvoyait une image de lui de plus en plus brouillée. Je ne vous apprendrai sans doute rien, Dr Scarpetta, en vous disant que de nombreux homosexuels sont les fils de grosses brutes qui conduisent des pick-ups avec un fusil à portée de main et des autocollants de drapeau confédéré sur leur pare-chocs...

Songeant à Marino, je réalisai pour la première fois qu'il ne me parlait jamais de son fils unique qui vivait quelque part dans l'Ouest.

– Voulez-vous dire que Al était homosexuel ? demandai-je.

– Je veux seulement dire qu'il était trop peu sûr de lui

et que son sentiment d'inadaptation était trop fort pour qu'il ait pu construire une relation intime de quelque nature que ce soit avec qui que ce soit. A ma connaissance, il n'a jamais eu d'expérience homosexuelle.

Le regard dirigé quelque part derrière moi, le Dr Masterson suçait sa pipe d'un air impénétrable.

— Que s'est-il passé pendant le psychodrame dont vous parliez, docteur ? demandai-je. Vous avez dit qu'un miracle s'était produit. Etait-ce son imitation d'une pensée ?

— Ça a permis d'entrebâiller le couvercle. Mais le miracle, c'est le dialogue, animé et intense, qu'il a eu avec son père, censé être assis sur une chaise au milieu de la pièce. Voyant le dialogue s'intensifier et sentant ce qui se passait, le thérapeute s'est discrètement assis sur la chaise et a commencé à jouer le rôle du père. Al était si impliqué dans son jeu qu'il était presque en transe. Il ne distinguait plus entre le réel et l'imaginaire, et soudain il a laissé libre cours à sa colère.

— Comment s'est-elle manifestée ? Est-il devenu violent ?

— Il s'est mis à pleurer de manière incontrôlable, expliqua le Dr Masterson.

— Que lui disait son « père » ?

— Il le tourmentait avec ses allusions habituelles, le critiquait, disait qu'il n'était pas un homme, qu'il ne valait rien. Al était extrêmement vulnérable aux critiques, Dr Scarpetta. En ceci résidait une partie de sa confusion mentale. Il se croyait sensible aux autres alors qu'en réalité il n'était sensible qu'à lui-même.

— Al était-il suivi par quelqu'un ? demandai-je tout en feuilletant le dossier où je ne trouvais aucune remarque émanant d'un thérapeute.

— Bien sûr.

— Qui était-ce ?

Je remarquai qu'il semblait manquer des pages au dossier.

— Le thérapeute dont je viens de vous parler, répliqua-t-il d'un ton mielleux.

— Celui qui a joué le rôle du père pendant le psychodrame ?

Il acquiesça.

— Travaille-t-il toujours ici ?

238

– Non, répondit le Dr Masterson. Jim n'est plus chez nous...

– Jim? l'interrompis-je.

Il tapota sa pipe dans le cendrier.

– Quel est son nom et où habite-t-il? demandai-je.

– Je regrette mais Jim Barnes est mort il y a long-temps dans un accident de voiture.

– A quelle époque?

Le Dr Masterson recommença à nettoyer ses lunet-tes.

– Ce devait être il y a huit ou neuf ans.

– Comment et où est-ce arrivé?

– Je ne me souviens plus des détails.

– C'est terrible, fis-je comme si je me désintéressais du sujet.

– Dois-je comprendre que vous considérez Al comme un suspect? demanda-t-il.

– Nous enquêtons sur deux affaires distinctes. Deux meurtres.

– Je vois. Deux affaires distinctes.

– Pour répondre à votre question, Dr Masterson, ce n'est pas à moi d'établir si quelqu'un est suspect ou non. C'est le travail de la police. Ma tâche consiste à réunir le plus possible d'informations sur Al Hunt afin de détermi-ner s'il était sujet à des tendances suicidaires.

– Comment pouvez-vous en douter, Dr Scarpetta? il s'est pendu, non? Cela peut-il être autre chose qu'un suicide?

– Il était vêtu de manière bizarre, en chemise et calçon, répondis-je d'un ton neutre. On peut se poser des questions.

– Suggéreriez-vous qu'il s'agit d'un étranglement auto-érotique? fit le Dr Masterson en haussant les sour-cils d'un air surpris. D'un accident survenu pendant qu'il se masturbait?

– Je préférerais pouvoir démentir cette hypothèse, au cas où elle serait évoquée.

– Je vois. Pour une question d'assurance. Au cas où sa famille contesterait les conclusions de votre rapport.

– Pour toutes sortes de raisons, dis-je.

– Avez-vous réellement des doutes sur ce qui s'est passé? demanda-t-il en fronçant les sourcils.

– Non, répondis-je. Je pense qu'il s'est suicidé, Dr Masterson. Je pense que telle était son intention en descendant au sous-sol, et qu'il a ôté son pantalon quand il a voulu se servir de sa ceinture pour se pendre.

– Très bien. Peut-être puis-je éclaircir un autre point, Dr Scarpetta. Al n'a jamais montré de tendance à la violence. A ma connaissance, la seule personne à qui il ait fait du mal, c'est lui-même.

Je crus ce que me dit le Dr Masterson. Je sentis aussi qu'il taisait beaucoup de choses, que ses défaillances de mémoire et ses approximations étaient délibérées. Jim Barnes, me répétais-je. *Jim Jim.*

– Combien de temps a duré le séjour de Al? m'enquis-je en refoulant pour l'instant mes pensées.

– Quatre mois, je crois.

– A-t-il été interné dans votre unité de psychiatrie criminelle?

– Valhalla ne dispose pas d'une unité distincte pour ce genre de malades. Nous avons un service, nommé Backhall, pour les patients psychotiques, sujets au *delirium tremens* ou présentant un danger pour eux-mêmes. Mais nous n'accueillons pas de sujets criminels.

– Al a-t-il été transféré dans ce service?

– Cela n'a jamais été nécessaire.

– Merci de m'avoir consacré de votre temps, dis-je en me levant. Si vous pouviez m'adresser une photocopie de ce dossier, je vous en serais reconnaissante.

– Avec plaisir, docteur, rétorqua-t-il avec son sourire affable mais sans me regarder. N'hésitez pas à m'appeler si vous avez besoin de quoi que ce soit.

Tout en parcourant en sens contraire le long couloir désert, je me félicitai de ne pas avoir posé de questions ni mentionné le nom de Frankie. Backhall. Des psychotiques, des victimes de delirium. Al Hunt avait affirmé avoir parlé avec des patients enfermés dans l'unité de psychiatrie criminelle. Etait-ce un effet de son imagination, de son esprit embrouillé? Il n'existait pas de telle unité à Valhalla. Cependant il se pouvait très bien qu'il y ait eu un certain Frankie interné dans le service Backhall. Peut-être l'état de Frankie s'était-il amélioré au point de pouvoir être transféré dans un autre service pendant le séjour de Al à l'hôpital? Peut-être Frankie avait-il imaginé tuer sa mère, ou peut-être avait-il désiré pouvoir le faire ?

*Frankie avait battu sa mère à mort avec une bûche.* Cary Harper avait été tué à coups de tuyau métallique.

Lorsque j'arrivai au bureau, il faisait déjà nuit. Les gardiens étaient repartis après leur ronde.

Je fis pivoter mon fauteuil tournant pour me retrouver face à mon moniteur. Je frappai quelques touches, l'écran couleur ambre s'alluma, et quelques secondes plus tard afficha le dossier de Jim Barnes. Neuf ans auparavant, le 21 avril, il avait eu un accident de voiture, seul et sans percuter d'autre véhicule, dans Albemarle County. Il était mort à la suite de « contusions cérébrales ». Son taux d'alcoolémie était près de deux fois le taux légal et on avait retrouvé dans son sang des traces de nortriptyline et d'amitriptyline. De toute évidence, Jim Barnes semblait avoir quelques problèmes.

Au bout du couloir, dans le bureau de l'analyste informatique, l'archaïque lecteur de microfilms trônait comme un Bouddha sur une petite table poussée contre le mur. Mes talents audiovisuels n'ayant jamais été époustouflants, je m'impatientai à passer l'index en revue, finis par trouver le film que je cherchais et, je ne sais comment, parvins à l'insérer dans le lecteur. J'éteignis la lumière dans la pièce et, actionnant la petite manivelle, commençai à faire défiler d'interminables colonnes de caractères en noir et blanc. Mes yeux me piquaient déjà lorsque je tombai sur le fac-similé du rapport de police manuscrit. Vers 22 h 45, un vendredi, la BMW modèle 1973 de Jim Barnes roulait à vive allure sur l'Interstate 64 en direction de l'est lorsqu'il avait senti sa roue avant droite quitter la chaussée. Voulant redresser, il avait tourné trop violemment le volant dans l'autre sens et avait percuté la glissière centrale, qui le projeta en vol plané. Je déroulai le film plus avant, jusqu'au rapport préliminaire du médecin expert appelé sur les lieux. Dans la partie réservée aux commentaires et remarques, le Dr Brown notait que le défunt avait été licencié l'après-midi même du Valhalla Hospital où il était jusqu'alors employé. D'après des témoins, il était furieux et très agité quand il avait quitté l'hôpital aux environs de 17 heures. Barnes était célibataire. Il n'avait que trente et un ans.

Le rapport du médecin expert indiquait deux témoins, sans doute ceux qu'il avait interrogés. L'un était le Dr Masterson, l'autre une employée de l'hôpital, Miss Jeanie Sample.

Parfois, travailler sur une enquête procure le même sentiment que de se perdre dans une ville inconnue. Dès qu'une rue paraît mener quelque part, vous l'empruntez. Avec un peu de chance, une ruelle obscure vous fera déboucher sur l'artère principale. Le décès, neuf ans plus tôt, de ce Barnes avait-il un rapport quelconque avec les meurtres récents de Cary Harper et Beryl Madison ? Sans savoir pourquoi, j'inclinais à le penser.

Je n'avais nullement l'intention d'aller cuisiner le personnel du Dr Masterson, ne serait-ce que parce que j'étais sûre qu'il avait déjà donné ses instructions au cas où je rappellerais : politesse et bouche cousue. Le lendemain samedi, je laissai mon subconscient travailler sur ce problème pendant que j'appelais l'hôpital John Hopkins dans l'espoir de parler au Dr Ismail. Celui-ci confirma ma présomption : les échantillons du contenu gastrique de Sterling Harper indiquaient qu'elle avait absorbé du lévorphanol peu avant sa mort, avec un taux de 8 milligrammes par litre de sang, taux trop élevé pour être accidentel et mortel à coup sûr. Elle s'était suicidée, et ce d'une façon indécelable dans des circonstances normales.

— Savait-elle que les tests toxicologiques routiniers ne font pas la différence entre dextrométhorphane et lévorphanol ? Qu'ils apparaissent tous deux comme de la dextrométhorphane ? demandai-je au Dr Ismail.

— Je ne me souviens pas en avoir discuté avec elle, me dit-il. Mais elle s'intéressait de près à ses traitements et à ses médicaments. Il est possible qu'elle ait étudié la question à la bibliothèque de l'hôpital. Je me souviens qu'elle m'a posé des tas de questions la première fois que je lui ai prescrit du lévorphanol. C'était il y a plusieurs années, et comme le médicament était encore au stade expérimental, elle manifestait beaucoup de curiosité, peut-être parce qu'elle était inquiète...

J'entendais à peine ses explications. Je ne pourrais jamais prouver que Miss Harper avait délibérément laissé un flacon de sirop antitussif dans sa salle de bain, où elle savait que je le trouverais. J'étais pourtant à peu près certaine que telle était bien son intention. Elle était décidée à mourir dans la dignité et sans qu'on puisse lui reprocher un suicide, mais elle ne voulait pas mourir seule.

Après avoir raccroché, je me préparai une tasse de thé et fis les cent pas dans la cuisine, m'arrêtant de temps à autre devant la fenêtre pour contempler cette belle journée de décembre. Sammy, l'un des rares écureuils albinos de Richmond, pillait une nouvelle fois la mangeoire à oiseaux. Durant quelques secondes, nous nous regardâmes dans les yeux, ses joues gonflées se livrant à une mastication frénétique, les graines jaillissant sous ses coups de pattes, sa maigre queue blanche dessinant un point d'interrogation sur le ciel bleu. Nous avions fait connaissance l'hiver précédent, alors que de derrière ma fenêtre je le regardais bondir d'une branche sur le petit toit en pente dans la mangeoire, et à chaque fois glisser vers le bas alors qu'il essayait désespérément de se rattraper. Après bon nombre d'échecs, Sammy avait compris le truc. Depuis, je lui lançais de temps à autre une poignée de cacahuètes. J'en étais arrivée au point où je m'inquiétais si je ne le voyais pas de quelques jours, et quand il réapparaissait pour dévaliser la mangeoire, je poussais un ouf de soulagement.

Je m'assis à la table de la cuisine, stylo et calepin à portée de main, et composai le numéro du Valhalla Hospital.

— Jeanie Sample, je vous prie, dis-je sans me présenter.

— Cette personne est-elle une patiente, madame ? demanda la standardiste.

— Non. Elle travaille à l'hôpital, fis-je en affectant un ton insouciant. Enfin, je pense qu'elle y est toujours. Je n'ai pas revu Jeanie depuis des années.

— Un moment, je vous prie.

La même voix féminine revint au bout du fil après quelques secondes.

– Nous n'avons personne de ce nom-là parmi le personnel.

Bonté divine. Comment était-ce possible? Le numéro de téléphone figurant à la suite de son nom dans le rapport du médecin expert était celui du Valhalla Hospital. Le Dr Brown avait-il commis une erreur? Neuf années s'étaient écoulées, pensai-je. Il peut se passer beaucoup de choses en neuf ans. Miss Sample avait pu déménager.

– Oh, excusez-moi, fis-je. Sample est son nom de jeune fille.

– Connaissez-vous son nom actuel?

– Eh bien, c'est ennuyeux mais... Non, je ne vois pas...

– Jean Wilson?

Je ne sus que dire.

– Nous avons une Jean Wilson, poursuivit la voix. C'est une de nos thérapeutes. Ne quittez pas, je vous prie. (La ligne ne resta silencieuse que quelques secondes.) C'est bien ça, madame, elle est répertoriée sous Jean Sample Wilson. Mais elle ne travaille pas le week-end. Elle sera là lundi matin à 8 heures. Puis-je lui laisser un message?

– Serait-ce possible d'avoir ses coordonnées personnelles?

– Nous ne sommes pas autorisés à les communiquer, dit-elle d'un ton qui commençait à se faire soupçonneux. Si vous voulez bien me laisser vos nom et numéro de téléphone, je lui dirai de vous rappeler dès que possible.

– Je vous remercie, mais je ne resterai pas longtemps à ce numéro. (Je réfléchis un moment avant d'ajouter sur un ton de cruelle déception :) Ça ne fait rien... j'essayerai une autre fois, quand je repasserai dans la région. A moins que je puisse lui écrire à l'hôpital.

– Bien sûr, madame.

– Pouvez-vous me donner l'adresse?

Elle me l'indiqua.

– Connaissez-vous le prénom de son **mari**?

Un bref silence.

– Skip, je crois.

Lequel était parfois un surnom pour Leslie, me dis-je.

– Mrs Skip ou Leslie Wilson, marmonnai-je comme si je notais le nom. Merci beaucoup.

D'après les renseignements téléphoniques, il y avait à Charlottesville un Leslie Wilson, un L.P. Wilson et un L.T. Wilson. L'homme qui décrocha quand je composai le numéro de L.T. Wilson me dit que « Jeanie » faisait des courses et qu'elle ne tarderait pas à rentrer.

Je savais qu'elle ne répondrait pas à une voix inconnue lui posant des questions par téléphone. Jeanie Wilson m'annoncerait qu'elle devait d'abord en référer au Dr Masterson et mettrait fin à notre conversation. Il lui serait en revanche plus difficile de refuser de parler à quelqu'un qui sonnait chez elle à l'improviste, surtout si ce visiteur se présentait, plaque d'identité à l'appui, comme le médecin expert général de Virginie.

Jeanie Sample Wilson paraissait à peine la trentaine avec son jean et son pull-over rouge. C'était une brune au regard vif et amical, le nez constellé de taches de rousseur et les cheveux noués en une longue queue de cheval. Derrière elle, dans le salon, deux garçonnets étaient assis par terre et regardaient des dessins animés à la télévision.

– Depuis combien de temps travaillez-vous à l'hôpital Valhalla?

– Euh... une douzaine d'années, fit-elle après un instant d'hésitation.

Je poussai presque un soupir de soulagement. Non seulement Jeanie Wilson était présente au moment où Jim Barnes avait été licencié, neuf ans auparavant, mais elle avait aussi connu l'époque où Al Hunt était interné, deux ans avant l'accident de Barnes.

Jeanie se tenait dans l'embrasure de la porte. Dans l'allée d'accès, une seule voiture en plus de la mienne était garée. Son mari était sorti. Parfait.

– J'enquête sur les meurtres de Cary Harper et Beryl Madison, dis-je.

Elle ouvrit de grands yeux.

– Que voulez-vous que je vous dise? Je ne les connaissais pas...

– Puis-je entrer?

– Bien sûr. Excusez-moi. Entrez donc.

Nous nous installâmes dans sa petite cuisine en linoléum, formica blanc et placards en pin. Tout était impeccablement propre, les paquets de céréales alignés sur le réfrigérateur et des bocaux de biscuits, de riz et de pâtes disposés sur les plans de travail. La machine à laver la vaisselle était en route et je sentais l'odeur d'un gâteau cuisant au four.

Je décidai de vaincre ses dernières réticences en me montrant directe.

– Mrs Wilson, un certain Al Hunt, interné à Valhalla il y a onze ans, a été un moment suspecté dans ces deux affaires. Il connaissait Beryl Madison.

– Al Hunt? fit-elle d'un air effaré.

– Vous souvenez-vous de lui?

Elle secoua la tête.

– Vous travaillez bien à Valhalla depuis douze ans, n'est-ce pas?

– Onze ans et demi, exactement.

– Comme je vous l'ai dit, Al Hunt y était soigné il y a onze ans.

– Ce nom ne me dit rien...

– Il s'est suicidé la semaine dernière.

Elle eut l'air effarée.

– Je lui ai parlé peu de temps avant sa mort, Mrs Wilson. Le thérapeute qui le suivait à Valhalla s'est tué dans un accident de voiture il y a neuf ans. Il s'appelait Jim Barnes. J'aurais aimé que vous me parliez de lui.

Une rougeur lui monta au cou.

– Vous pensez que le suicide de ce garçon a quelque chose à voir avec Jim? demanda-t-elle.

Il m'était impossible de répondre à cette question.

– Jim Barnes est mort quelques heures après avoir été licencié de l'hôpital, poursuivis-je. Votre nom – ou plus exactement votre nom de jeune fille – figure sur le rapport du médecin expert, Mrs Wilson.

– Il y a eu... disons qu'on s'est posé la question, dit-elle d'un ton hésitant. Si c'était un suicide ou un accident. On m'a interrogée. Un docteur, ou un coroner, je ne sais plus. En tout cas un homme m'a téléphoné.

– Le Dr Brown?

246

– Je ne me souviens plus de son nom.

– Pourquoi voulait-il vous parler, Mrs Wilson?

– Je pense que c'est parce que j'étais une des derniè-res personnes à avoir vu Jim vivant. Je suppose que le docteur a appelé le standard, et que Betty lui a donné mon numéro.

– Betty?

– C'était la réceptionniste à l'époque.

– J'aimerais que vous me racontiez ce que vous savez des circonstances qui ont entouré le licenciement de Jim Barnes, dis-je tandis qu'elle se levait pour surveiller la cuisson du gâteau.

Lorsqu'elle se rassit, elle s'était ressaisie et calmée, mais la colère avait remplacé sa nervosité.

– Ce n'est sans doute pas bien de dire du mal des morts, Dr Scarpetta, mais Jim n'était pas quelqu'un de sympathique. Il a toujours causé de gros problèmes à l'hôpital et on aurait dû le licencier depuis longtemps.

– En quoi causait-il des problèmes?

– Les malades nous racontaient des choses. Certains n'étaient pas... disons, crédibles. Il est difficile de faire la part du vrai et du faux dans ces cas-là. Le Dr Masterson et certains thérapeutes recevaient des plaintes, mais il n'y avait jamais aucune preuve. Jusqu'à ce qu'un témoin assiste à un fait précis, le matin où Jim s'est fait virer et a eu son accident.

– C'est vous qui avez assisté à ce fait? demandai-je.

– Oui, dit-elle le regard lointain et les lèvres serrées.

– Que s'est-il passé?

– Je traversais la réception pour aller voir le Dr Mas-terson quand Betty m'a appelée. Elle s'occupait du standard, comme je vous l'ai dit – Tommy, Clay, un peu de calme!

Les cris en provenance du salon augmentèrent tandis que la télévision sautait d'une chaîne à l'autre.

Mrs Wilson se leva d'un air las pour aller calmer ses deux fils. J'entendis le son étouffé de molles fessées, après quoi l'émission de dessins animés se stabilisa de nouveau à l'écran sur fond de rafales d'armes cosmi-ques.

– Où en étais-je? fit Jeanie Wilson en reprenant place à la table.

— Betty vous a appelée, lui rappelai-je.

— Ah oui. Elle m'a fait signe d'approcher et m'a dit que la mère de Jim était au téléphone, un appel longue distance, et que ça avait l'air urgent. Je n'ai jamais su la raison de l'appel, mais Betty m'a demandé d'aller chercher Jim. Il était en train de diriger le psychodrame quotidien, qui se tenait dans la grande salle de danse. Valhalla a une grande salle que nous utilisons pour différentes activités comme les soirées ou les bals du samedi soir. Elle est équipée d'un podium pour orchestre qui date de l'époque où le Valhalla était encore un hôtel. Je suis entrée sans faire de bruit, mais quand j'ai vu ce qui se passait, j'ai été atterrée. (Ses yeux brillaient de colère. Elle se mit à tortiller le coin d'un set de table.) Jim était sur la scène, avec cinq ou six patients et patientes. Tous étaient assis sur des chaises, mais tournés de telle façon qu'ils ne pouvaient voir ce que Jim, au centre du cercle, faisait avec une des jeunes filles. Elle s'appelait Rita. Elle devait avoir treize ans. Elle avait été violée par son beau-père. Elle ne prononçait jamais un mot, elle était devenue muette. Et Jim la forçait à rejouer la scène.

— La scène du viol ? demandai-je avec calme.

— Ce salopard ! Excusez-moi. Ça me rend folle, même aujourd'hui.

— Je vous comprends.

— Il a prétendu plus tard qu'il n'avait rien fait qui sorte de la thérapie. Merde, il mentait comme il respirait. Il a tout nié. Sauf que j'avais assisté à la scène. Je savais exactement ce qu'il avait fait. Il jouait le rôle du beau-père, et Rita avait si peur qu'elle n'osait pas bouger. Elle restait figée sur la chaise. Il se tenait debout devant elle, penché en avant, et lui parlait à voix basse. Sauf que la salle ayant une excellente acoustique, j'ai tout entendu. Rita était très mûre pour son âge, très développée. Jim lui demandait : « Est-ce qu'il t'a fait comme ça, Rita ? » Et il répétait sa question tout en la touchant de partout. Il la pelotait comme son beau-père avait fait, je suppose. Je suis ressortie sans bruit et Jim n'a compris que je l'avais vu que lorsque le Dr Masterson et moi sommes allés le trouver.

Je commençai à comprendre pourquoi le Dr Masterson n'avait pas voulu discuter de Jim Barnes avec moi, et peut-être aussi pourquoi certaines feuilles du dossier de Al Hunt avaient été arrachées. Si un tel accident était rendu public, même des années après, la réputation de l'hôpital risquait d'en prendre un coup.

— Et vous soupçonniez Jim Barnes de s'être déjà livré à de telles pratiques?

— Les plaintes des patients semblaient l'indiquer, répondit Jeanie Wilson avec des éclairs dans les yeux.

— Emanaient-elles toutes de femmes?

— Pas toujours.

— Vous aviez reçu des plaintes de patients hommes?

— De l'un des jeunes patients, oui. Mais personne n'y avait cru à l'époque. Il faut dire qu'il avait de gros problèmes sexuels parce qu'il avait été violé dans son enfance, si je me souviens bien. C'était exactement le genre de patient qui éveillait l'intérêt de Jim Barnes, parce qu'il savait que personne ne le croirait.

— Vous souvenez-vous du nom de ce patient? demandai-je.

— Mon Dieu..., fit-elle en fronçant les sourcils. C'est si loin... Frank... Frankie, c'est ça! Je me souviens que certains patients l'appelaient Frankie, mais je ne connais pas son nom.

— Quel âge avait-il? demandai-je en sentant mon cœur accélérer.

— Je ne sais plus. Dix-sept ou dix-huit ans.

— De quoi vous souvenez-vous à propos de Frankie? Je vous en prie, c'est important. Très important.

Une sonnerie retentit, et elle repoussa sa chaise pour sortir le gâteau du four. Pendant qu'elle était debout, elle alla jeter un coup d'œil sur ses deux garçons au salon. En se rasseyant, elle avait les sourcils froncés.

— Je me souviens vaguement qu'il a été placé au Backhall juste après son admission. Ensuite il a été redescendu au premier étage, dans le service des hommes. Il était dans mon groupe de thérapie. (Elle réfléchit quelques instants, l'index sous le menton.) Il était très productif. Il fabriquait beaucoup de ceintures en cuir, de bijoux en cuivre. Et puis il adorait tricoter, ce qui était plutôt inhabituel. En général les patients hommes ne veulent pas entendre parler de tricotage. Ils s'en tiennent au travail du cuir, fabriquent des cendriers, ce genre de choses. Frankie était très créatif et très adroit de ses mains. Et puis surtout il avait une véritable hantise du rangement et de l'ordre. Il était très soigneux. Il rangeait méticuleusement sa table de travail, ramassait tout ce qui traînait par terre. Comme si ça le rendait malade si tout n'était pas propre et bien rangé.

Elle se tut, leva les yeux vers moi.

— A quelle époque s'était-il plaint de Jim Barnes? demandai-je.

— Peu après que je sois embauchée, répondit Jeanie Wilson. (Elle se tut, réfléchit.) Frankie n'était là que depuis un mois ou deux quand il a dit quelque chose à propos de Jim. Je crois qu'il l'avait dit à un autre patient. En fait... (Elle s'interrompit une nouvelle fois, fronçant l'arc gracieux de ses sourcils.)... c'est ce patient qui avait rapporté la chose au Dr Masterson.

— Vous souvenez-vous du nom de ce patient?

— Non.

— Al Hunt, peut-être? Vous dites que vous veniez d'arriver à Valhalla. Hunt y a été traité il y a onze ans, pendant l'été et le printemps.

— Je ne me souviens pas de Al Hunt...

— Ils avaient à peu près le même âge.

— Attendez un instant... (Elle me regarda avec des yeux emplis d'un sincère étonnement.) C'est vrai, Frankie avait un ami. Un adolescent. Je m'en rappelle bien. Un garçon blond. Très timide, réservé. Je ne me souviens pas de son nom.

— Al Hunt était blond.

Silence.

— Oh, mon Dieu.

— Il était timide, réservé, insistai-je.

— Oh mon Dieu, répéta-t-elle. Alors c'était lui! Et il s'est suicidé la semaine dernière?

— Oui.

— Vous a-t-il parlé de Jim? demanda-t-elle.

— Il a parlé d'un Jim Jim.

— *Jim Jim*, fit-elle en écho. Mon Dieu, je ne sais pas...

— Qu'est-il arrivé à Frankie?

250

– Il n'est pas resté longtemps, deux ou trois mois à ce qu'il me semble.

– Il est retourné chez lui? demandai-je.

– Je ne pense pas, dit-elle. Il y avait un problème avec sa mère. Je crois qu'il vivait chez son père. La mère de Frankie l'avait abandonné quand il était petit – une histoire comme ça, je ne sais plus au juste. En tout cas sa situation familiale était difficile. Mais c'est la même chose pour presque tous les patients de Valhalla. (Elle soupira.) Seigneur... c'est drôle. Je n'avais pas pensé à tout ça depuis des années. Frankie. (Elle secoua la tête.) Je me demande ce qu'il a bien pu devenir.

– Vous n'en avez aucune idée?

– Pas la moindre. (Elle me fixa un long moment et je vis qu'elle y venait peu à peu. La peur envahit son regard.) Les deux personnes qui ont été assassinées. Vous ne pensez pas que Frankie...

Je ne dis rien.

– Pendant tout le temps où je m'en suis occupée, il n'a jamais manifesté de violence. Au contraire, il a toujours été très doux.

Elle attendit une réponse. Je restai silencieuse.

– Je veux dire... il a toujours été aimable avec moi, toujours poli. Il m'observait, obéissait à tout ce que je lui disais.

– Il vous aimait bien, dis-je.

– Il m'avait tricoté une écharpe. J'avais oublié. Rouge, blanc et bleu. J'avais complètement oublié. Je me demande où elle est passée... (Sa voix mourut et quelques secondes s'écoulèrent avant qu'elle ne reprenne.) J'ai dû la donner à l'Armée du Salut. Je ne sais plus. Oui, Frankie, je crois bien qu'il avait un faible pour moi.

Elle eut un petit rire nerveux.

– Mrs Wilson, à quoi ressemblait Frankie?

– Grand, mince, les cheveux bruns. (Elle ferma un instant les yeux.) Tout ça est si loin. (Elle rouvrit les yeux et me regarda.) Je n'ai pas gardé une grande impression de son physique. Je m'en souviens comme d'un jeune homme ni beau ni laid. En fait, il avait un visage banal.

– Pensez-vous que l'hôpital ait gardé une photo de lui ?

– Non.

Nouveau silence, puis soudain Jeanie parut se souvenir de quelque chose.

– Il bégayait, dit-elle d'une voix lente.

– Pardon ?

– Parfois il bégayait. Je m'en souviens juste maintenant. Quand Frankie était énervé ou sous le coup de l'excitation, il se mettait à bégayer.

*Jim Jim.*

Ainsi Al Hunt disait vrai. Lorsque Frankie avait raconté à Hunt ce que Barnes lui avait fait ou essayé de lui faire, Frankie était sans aucun doute dans un état de grande agitation. Il avait bégayé. Et son bégaiement le reprenait chaque fois qu'il parlait de Jim Barnes à Hunt. Jim Jim !

En sortant de chez Jeanie Wilson, je me précipitai dans la première cabine téléphonique que je rencontrai, mais ce crétin de Marino était parti jouer au bowling.

## 14

Le lundi, le ciel roulait de gros nuages noirs qui voilaient la chaîne de la Blue Ridge et dérobaient le Valhalla Hospital à la vue. Les bourrasques chahutaient la voiture de Marino, et lorsqu'il se gara sur le parking de l'établissement, de petits flocons de neige s'écrasaient sur le pare-brise.

– Merde, maugréa-t-il en descendant de voiture. Il manquait plus que ça.

– C'est la saison, fis-je en grimaçant sous les flocons glacés qui me piquaient les joues.

Tête baissée contre le vent, nous gagnâmes en hâte l'entrée de l'hôpital.

Le Dr Masterson nous attendait au comptoir de la réception, le visage de marbre sous un sourire de circonstance. Lorsqu'il serra la main du lieutenant, les deux hommes se jaugèrent du regard comme deux chats de gouttière, et je ne fis aucun effort pour dissiper la tension car les manières mielleuses du psychiatre commençaient à me taper sur les nerfs. Il connaissait des choses que nous voulions savoir, et il nous donnerait ces informations, de son plein gré ou sur ordre du tribunal. C'était à lui de choisir. Il nous accompagna sans attendre jusqu'à son bureau, dont il ferma cette fois la porte.

– Bien, qu'attendez-vous de moi ? s'enquit-il dès qu'il se fut assis.

– Des informations complètes, dis-je.

– Bien sûr. Mais je dois vous dire, Dr Scarpetta, reprit-il comme si Marino n'était pas dans la pièce, que je ne vois pas très bien ce que je pourrais vous apprendre de plus sur Al Hunt. Vous avez consulté son dossier et je vous ai raconté tout ce dont je me souvenais...

– Ouais, justement, l'interrompit Marino en cherchant son paquet de cigarettes. On est venu vous rafraîchir la mémoire. Et c'est pas Al Hunt qui nous intéresse.

– Je ne comprends pas.

– On s'intéresse à son copain, expliqua Marino.

– Quel *copain* ? fit le Dr Masterson en lui jetant un regard glacial.

– Frankie, ça vous dit rien ?

Le Dr Masterson se mit à nettoyer ses lunettes, et je compris que c'était une diversion qu'il employait devant une question gênante.

– Il y avait un malade ici du temps où Al Hunt était chez vous, ajouta Marino. Un gosse nommé Frankie.

– J'ai peur de ne pas me souvenir.

– Oubliez vos peurs, Doc, et dites-nous ce que vous savez sur Frankie.

– Nous avons en permanence trois cents patients à Valhalla, lieutenant, répondit-il. Il m'est impossible de me souvenir de chacun d'entre eux, surtout quand ils ne restent que peu de temps.

– Vous voulez dire que ce Frankie n'est pas resté longtemps ? fit Marino.

Le Dr Masterson prit sa pipe. Il avait fait un faux pas et en parut contrarié.

– Je ne veux rien dire du tout, lieutenant. (Il se mit à bourrer sa pipe.) Mais peut-être que si vous me fournissiez quelques indications sur ce jeune Frankie, je pourrais le remettre plus facilement. Qu'avait-il de particulier à part d'être un gosse?

Il était temps que j'intervienne.

– Il semble que Al Hunt avait un ami pendant son séjour ici, dis-je. Un garçon qu'il appelait Frankie. Al m'en avait parlé. Ce jeune homme a été confiné au Backhall peu de temps après son admission, avant d'être transféré dans un autre service, où il a pu faire la connaissance de Al. D'après ce que nous savons, Frankie était brun, mince, de haute taille. Il aimait tricoter, ce qui est une activité plutôt rare chez les patients hommes, à ce qu'il me semble.

– C'est Al Hunt qui vous a raconté tout ceci? s'enquit le Dr Masterson d'un ton anodin.

– Frankie était également obsédé par l'ordre et le rangement, ajoutai-je en ignorant sa question.

– Le fait qu'un patient aime tricoter fait partie des détails qu'on ne juge pas nécessaire de me rapporter, remarqua le docteur en rallumant sa pipe.

– Il avait aussi tendance à bégayer quand il était tendu, dis-je en m'efforçant de maîtriser une impatience grandissante.

– Mmmm. Dans ce cas on a sans doute signalé une dysphonie spasmodique dans le diagnostic d'admission. Ça pourrait être un point de départ...

– Le meilleur point de départ, c'est que vous arrêtiez de nous débiter des salades, le coupa Marino avec rudesse.

– Vraiment, lieutenant, fit le Dr Masterson avec un sourire condescendant. Votre hostilité est tout à fait hors de propos.

– Peut-être, mais vous aussi vous êtes en dehors du propos. Remarquez que ça peut s'arranger. Je peux revenir avec un mandat et vous embarquer à coups de pompe dans le cul pour complicité de meurtre. Qu'est-ce que vous en dites? conclut Marino avec un regard fulminant.

– Je crois que j'ai assez supporté vos impertinences, lieutenant, répliqua le docteur d'un ton parfaitement calme. Je n'apprécie pas beaucoup les menaces, voyez-vous.

– Et je n'apprécie pas beaucoup les rigolos dans votre genre, rétorqua Marino.

– Qui est Frankie? tentai-je de glisser.

– Je n'en sais rien, me répondit le Dr Masterson. Mais si vous voulez bien patienter quelques minutes, je vais aller consulter notre ordinateur.

– Merci, dis-je. Nous vous attendons.

Le psychiatre était à peine sorti que Marino livra ses commentaires.

– Quel con.

– Marino…, fis-je d'un ton patient.

– Qu'il nous dise pas que sa bicoque est pleine de gamins. J' suis prêt à parier que presque tous ses pensionnaires ont plus de soixante ans. Un jeune type, il devrait s'en rappeler tout de suite, non? Il sait qui est Frankie. Je suis sûr qu'il pourrait nous dire quelle pointure il faisait.

– Peut-être.

– Il n'y a pas de peut-être. Ce type nous mène en bateau.

– Et il continuera tant que vous vous montrerez hostile, Marino.

– Merde. (Il se leva et alla se planter devant la fenêtre. Il écarta les rideaux et contempla cette fin de matinée blafarde.) Je supporte pas qu'on me raconte des bobards. J' vous jure que je vais l'épingler comme il faut s'il continue à tirer sur la ficelle. C'est ça que je peux pas encaisser avec les psy. Même s'ils ont Jack l'Eventreur comme client, ils s'en foutent. Ils continuent à vous raconter des salades, ils vont border le salopard dans son lit et le gavent de potage comme si c'était leur poulain préféré. (Il se tut avant d'ajouter en sautant du coq à l'âne.) En tout cas il neige plus.

J'attendis qu'il se rassoie.

– Vous avez poussé le bouchon un peu loin en le menaçant de complicité de meurtre, dis-je.

– Ça l'a forcé à nous écouter, non?

– Donnez-lui une chance de sauver la face, Marino.

Il tira sur sa cigarette en fixant la fenêtre d'un air maussade.

– Je pense qu'il a compris qu'il était de son intérêt de nous aider, dis-je.

– Peut-être bien, en tout cas c'est pas de mon intérêt de jouer au chat et à la souris avec lui. Pendant qu'on cause, Frankie le Tricoteur se balade dans la rue avec ses idées tordues, comme une bombe à retardement qui risque de péter d'un moment à l'autre.

Je songeai à mon paisible pavillon dans mon paisible quartier, au collier de Cary Harper enroulé à la poignée de ma porte, et au chuchotis sur mon répondeur. *C'est votre couleur naturelle ou vous vous teignez?...* Etrange. J'essayai de saisir le sens de cette question. En quoi la couleur de mes cheveux lui importait-elle?

– Si Frankie est l'assassin, dis-je en prenant une profonde inspiration, je ne comprends plus le rapport entre Sparacino et les meurtres.

– Nous verrons bien, marmonna-t-il en allumant une cigarette.

– Que voulez-vous dire, « nous » verrons bien?

– Je suis toujours étonné de voir comment une chose mène à une autre chose, fit-il d'un air mystérieux.

– Comment? Pourquoi dites-vous ça, Marino?

Il jeta un coup d'œil à sa montre.

– Où il est passé, bon Dieu? s'exclama-t-il. Il est parti bouffer ou quoi?

– J'espère qu'il a retrouvé le dossier de Frankie.

– Moi aussi, j'espère.

– Pourquoi dites-vous qu'une chose mène à une autre? répétai-je. A quoi pensez-vous? Ça ne vous ferait rien d'être un peu plus précis?

– Je vais vous dire ce que je pense, fit Marino. J'ai la nette impression que si Beryl avait pas voulu écrire ce foutu bouquin, ils seraient encore en vie tous les trois. Et Hunt aussi, probablement.

– Rien ne permet de l'affirmer.

– Bien sûr! Vous et votre sacrée objectivité! Eh bien moi, je le dis, d'accord? (Il détourna la tête et passa la main sur ses yeux fatigués.) C'est une impression que j'ai, c'est tout. Et mon impression me dit que le rapport entre tout ça, c'est Sparacino et ce bouquin. C'est ça qui a mené le tueur à Beryl, et puis une chose a mené à la suivante. Le tueur s'est payé Harper. Ensuite miss Harper a avalé un paquet de pilules capables de tuer un cheval pour pas moisir dans son château pendant que le cancer la grignotait. Et enfin on retrouve Hunt qui se balance en caleçon au plafond du sous-sol.

Dans mon esprit défilèrent la fibre orange en forme de feuille de trèfle, le manuscrit de Beryl, Sparacino, Jeb Price, le fils aux allures de jeune premier du sénateur Partin, Mrs McTigue, Mark enfin. Ils étaient les membres et les ligaments d'un corps que je ne parvenais pas à reconstituer. D'une façon encore inexplicable, ils représentaient une alchimie pour laquelle des gens et des événements apparemment sans rapport entre eux avaient produit un certain Frankie. Marino avait raison. Une chose en entraîne toujours une autre. Le meurtre ne connaît pas la génération spontanée. Le mal ne surgit jamais de rien.

– Avez-vous une idée de la nature de ce rapport? demandai-je à Marino.

– Non, pas la queue d'une, rétorqua-t-il en étouffant un bâillement au moment même où le Dr Masterson entrait et refermait la porte.

Je notai avec satisfaction qu'il apportait plusieurs dossiers.

– Bien, fit-il sans nous regarder. Je n'ai retrouvé aucun Frankie, ce qui m'amène à penser qu'il s'agit d'un surnom. C'est pourquoi j'ai recherché les dossiers de patients dont la date de séjour, la race et l'âge correspondent à celui que vous cherchez, en écartant naturellement Al Hunt. Voici six dossiers de patients hommes de race blanche traités à Valhalla à l'époque qui vous intéresse. Ils ont entre treize et vingt-quatre ans.

– Qu'est-ce que vous diriez de fumer tranquillement votre pipe pendant qu'on les étudie? fit Marino d'un ton à peine moins hostile que tout à l'heure.

– Pour des raisons de confidentialité, je préférerais vous les résumer, lieutenant. Si vous en trouvez un particulièrement intéressant, nous l'étudierons en détail. Cela vous paraît correct?

– Entendu, fis-je avant que Marino ne trouve à redire.

– Le premier, commença le Dr Masterson en ouvrant le dossier du haut de la pile, est un garçon de 19 ans originaire de Highland Park, dans l'Illinois, admis en décembre 1978 à la suite d'un abus prolongé de stupé-

fiants, héroïne surtout. (Il tourna la page.) Taille
1 m 50... 85 kilos... yeux marron... cheveux bruns. Il est
resté trois mois.

– Al Hunt n'est arrivé qu'au mois d'avril suivant,
rappelai-je au docteur. Ils n'ont pas pu se rencontrer.

– Vous avez raison. C'est une erreur de ma part. Nous
pouvons l'écarter.

Il posa le dossier sur son sous-main pendant que
j'adressai un regard appuyé à Marino, qui, le visage
écarlate, était sur le point d'exploser.

Le Dr Masterson ouvrit le deuxième dossier.

– Ensuite nous avons un garçon de 14 ans, blond, les
yeux bleus, 1 m 70, 75 kilos. Il a été admis en
février 1979 et il est ressorti six mois après. Il souffrait
d'hallucinations. Son diagnostic indique une schizophrénie de type destructurée ou hébéphrénique.

– Pourriez-vous nous expliquer ce que ça veut dire ?
invervint Marino.

– Incohérence, manies, extrême isolement social et
autres bizarreries de comportement. Par exemple... (Il se
tut pendant qu'il parcourait une page.)... un jour il part
prendre le bus le matin mais ne se présente pas à l'école,
et on le retrouve assis sous un arbre, en train de tracer
des signes incohérents dans son cahier.

– Je vois. Il vit à New York et il est devenu un peintre
célèbre, marmonna Marino d'un ton sarcastique. Son
prénom, c'est Frank, Franklin ou n'importe quoi qui
commence par F ?

– Non. Aucun rapport.

– Bon, au suivant.

– Le suivant est un garçon de 22 ans, du Delaware.
Roux, yeux gris, euh... 1 m 82, 75 kilos. Admis de mars
à juin 1979. Souffrant de syndrome hallucinatoire orga-
nique, dû à une épilepsie du lobe temporal et à un abus
de cannabis, état qui entraînait un comportement dysphorique. Il a aussi tenté de s'émasculer sous l'effet
d'une hallucination.

– Qu'est-ce que ça veut dire, « dysphorique » ?
demanda Marino.

– Anxieux, agité, déprimé.

– Il était comme ça avant ou après avoir essayé de se
transformer en soprano ?

Le Dr Masterson commençait à montrer quelques signes d'impatience, ce que je comprenais fort bien.

– Au suivant, décréta Marino avec le ton d'un sergent instructeur.

– Le quatrième patient est un garçon de 18 ans, brun, les yeux marron, 1 m 72, 71 kilos. Admis en mai 1979 pour schizophrénie de type paranoïde. Ses antécédents... (Le docteur tourna une page et tendit la main vers sa pipe.)... indiquent un état d'anxiété et de colère sans motif, des doutes sur son identité sexuelle et une angoisse d'être pris pour un homosexuel. Cette psychose serait née le jour où il a été abordé par un homosexuel dans des toilettes publiques...

– Stop! s'exclama Marino avant que j'aie pu le faire. Celui-ci me paraît intéressant. Combien de temps il est resté à Valhalla?

Le Dr Masterson était occupé à allumer sa pipe. Il parcourut le dossier d'un œil paresseux avant de répondre.

– Dix semaines, dit-il enfin.

– Donc il était ici en même temps que Hunt, déduisit Marino.

– Exact.

– Vous dites qu'il s'est mis à débloquer après s'être fait aborder dans un chiotte public. Qu'est-ce qui lui est arrivé? Quel genre de psychose? demanda Marino.

Le Dr Masterson parcourut quelques pages.

– Il a été victime d'hallucinations mystiques. Il pensait que Dieu lui ordonnait de faire certaines choses.

– Quel genre de choses? s'enquit Marino en se penchant en avant.

– Ça n'est pas précisé dans le dossier. On signale simplement qu'il parlait de manière bizarre.

– Et c'était un schizophrène paranoïde? demanda Marino.

– Oui.

– Vous pouvez nous expliquer ce que c'est? A quels symptômes on le reconnaît?

– Le plus souvent, répondit le Dr Masterson, le sujet est en proie à un délire hallucinatoire au contenu grandiose ou mystique. Il peut être victime de jalousie hallucinatoire, prête une intensité excessive aux relations

259

personnelles, a tendance à argumenter sur tout. Il peut aussi parfois se montrer violent.

— D'où était-il? m'enquis-je.

— Du Maryland.

— Merde, lâcha Marino entre ses dents. Il vivait avec ses parents?

— Avec son père.

— Vous confirmez qu'il était plus paranoïde qu'indifférencié? demandai-je.

La distinction était importante. Les schizophrènes dits indifférenciés présentent souvent un comportement erratique. Ils ne seraient pas capables de préméditer un crime et d'échapper ensuite à l'arrestation. L'individu que nous recherchions avait un esprit suffisamment organisé pour pouvoir non seulement planifier et exécuter ses crimes, mais aussi éviter d'être identifié.

— J'en suis certain, répondit le Dr Masterson. (Puis, après un instant de silence, il ajouta d'une voix neutre :) De plus, le prénom du patient est Frank.

Sur quoi il me tendit le dossier, que Marino et moi parcourûmes rapidement.

Frank Ethan Aims, ou Frank E. (et donc « Frankie », déduisis-je), avait quitté Valhalla à la fin du mois de juin 1979. Peu de temps après, si l'on en croyait la note du Dr Masterson, Aims s'était enfui de chez son père, dans le Maryland.

— Comment vous avez appris qu'il s'était enfui de chez lui? demanda Marino en levant les yeux vers le psychiatre. Comment vous savez ce qu'il est devenu quand il est parti d'ici?

— Son père m'a appelé. Il était bouleversé.

— Et ensuite?

— Ni moi ni personne n'y pouvions rien. Frank était majeur, lieutenant.

— Vous souvenez-vous si, à l'hôpital, quelqu'un l'appelait Frankie? demandai-je.

Il fit non de la tête.

— Jim Barnes était-il le thérapeute de Frank Aims? demandai-je.

— Oui, fit le docteur avec réticence.

— Frank Aims a-t-il vécu une expérience pénible avec Jim Barnes? fis-je.

Le Dr Masterson hésita.

– Il le prétendait.

– Une expérience de quelle nature?

– Il prétendait que c'était de nature sexuelle, Dr Scarpetta. J'essaie de vous aider, bon sang. J'espère que vous m'en saurez gré.

– Mais on vous en sait gré! intervint Marino. Tenez, c'est promis, on dira rien aux journaux.

– Donc Frank connaissait Al Hunt, fis-je.

Le Dr Masterson, visage tendu, eut un nouveau moment d'hésitation.

– Oui, dit-il enfin. C'est Al qui m'a rapporté les allégations de Frank.

– Bingo, marmonna Marino.

– Que voulez-vous dire exactement? demandai-je au Dr Masterson.

– Je veux dire qu'il s'est plaint à un des infirmiers, répondit le docteur sur un ton défensif. Il a aussi fait certaines allusions devant moi. On a interrogé Frank, mais il a refusé d'en dire plus. C'était un jeune homme très hostile, très renfermé. Il m'était impossible de prendre une quelconque mesure sur la simple foi des déclarations de Al Hunt. Sans confirmation de la part de Frank, les accusations restaient infondées.

Marino et moi gardâmes le silence.

– Je suis désolé, reprit le Dr Masterson avec agacement. Je ne peux pas vous dire où se trouve Frank à l'heure actuelle. Je ne sais plus rien de lui. La dernière fois que j'en ai entendu parler, c'était par son père, il y a sept ou huit ans.

– A quelle occasion? demandai-je.

– Mr Aims m'avait appelé.

– Pour quelle raison?

– Il voulait me demander si j'avais des nouvelles de Frank.

– Et vous en aviez? intervint Marino.

– Non, répondit le Dr Masterson. Frank ne m'a jamais donné de nouvelles.

– Alors pourquoi Mr Aims voulait-il savoir si vous en aviez? demandai-je avec un soupçon dans la voix.

– Il voulait le retrouver, il espérait que je savais où il

261

était. Parce que sa mère était morte. La mère de Frank, je veux dire.

– Où et comment est-elle morte ? demandai-je.

– Elle est morte à Freeport, dans le Maine. Je ne connais pas les circonstances exactes.

– Une mort naturelle ?

– Non, rétorqua le Dr Masterson en fuyant mon regard. Je sais que non.

Il ne fallut pas longtemps à Marino pour obtenir les compléments d'information. Il appela la police de Freeport. D'après leurs dossiers, en fin d'après-midi du 15 janvier 1983, Mrs Wilma Aims avait été battue à mort par un « cambrioleur » qui selon les constatations était entré chez elle pendant qu'elle faisait ses courses. Elle avait quarante-deux ans. C'était une femme de petite taille, avec des yeux bleus et des cheveux teints en blond. L'affaire n'avait jamais été élucidée.

Marino ni moi ne doutions de l'identité du « cambrioleur ».

– Peut-être bien qu'après tout Hunt était clairvoyant, hein ? fit Marino. Il savait que Frank allait massacrer sa mère. Et pourtant ça s'est passé un bon moment après que ces deux loufdingues soient sortis de l'asile.

Nous regardions d'un œil distrait les cabrioles de Sammy l'écureuil autour de la mangeoire aux oiseaux. Marino m'avait ramenée chez moi après notre visite à l'hôpital, et je l'avais invité à prendre une tasse de café.

– Vous êtes sûr que Frankie n'a jamais travaillé à la station de lavage de Hunt au cours des dernières années ? lui demandai-je.

– Je me rappelle pas avoir vu Frank ou Frankie Aims dans leurs registres, dit-il.

– Il a peut-être changé de nom.

– Sans doute, s'il a buté sa mère. Il s'est douté que les flics voudraient lui poser quelques questions. (Il prit sa tasse.) Le problème, c'est qu'on sait pas à quoi il ressemble aujourd'hui, et dans des boîtes du genre Masterwash, le personnel arrête pas de changer. Les types restent deux trois jours, une semaine, un mois. Vous avez une idée du nombre de types blancs, bruns et grands qui se baladent en ville? On en aurait jusqu'à la saint-glinglin de tous les contrôler.

Nous étions à la fois si proches et si éloignés de la vérité qu'il y avait de quoi devenir fou.

– Les fibres pourraient provenir d'une station de lavage, dis-je. Hunt travaillait dans le lavage où Beryl amenait sa voiture et connaissait peut-être son assassin. Vous comprenez ce que je vous dis, Marino? Si Hunt savait que Frankie avait tué sa mère, c'est peut-être parce qu'ils s'étaient revus après Valhalla. Frankie a peut-être travaillé au Masterwash, peut-être même récemment. Il est possible que Frankie ait vu Beryl pour la première fois au lavage, quand elle a amené sa voiture.

– Ils ont trente-six employés, dont onze seulement sont blancs, Doc, et sur ces onze, il y a six femmes. Ça en laisse cinq. Sur ces cinq, trois ont moins de vingt ans, c'est-à-dire qu'ils avaient sept ou huit ans à l'époque où Frankie était à Valhalla. Donc ça peut pas être eux. Et les deux autres ne collent pas pour différentes raisons.

– Quelles sont ces raisons?

– Ben, soit ils ont été embauchés dans les deux ou trois mois passés, ce qui fait qu'ils étaient pas là quand Beryl amenait sa voiture. Et puis leur allure coïncide pas avec la description de Frankie. Un des types est roux, l'autre est un nabot à peine plus grand que vous.

– Merci du compliment, fis-je.

– Je revérifierai tout ça, dit-il en détournant le regard de la mangeoire d'où Sammy nous observait avec des yeux cerclés de rose. Et vous?

– Comment ça, *moi*?

– Ils ont compris que vous bossez toujours avec eux, au bureau? fit-il.

Il me dévisageait d'un drôle d'air.

– Tout va bien, fis-je.

– J'en suis pas si sûr, Doc.

– Eh bien moi, si, rétorquai-je.

– Moi, insista Marino, je crois que ça va pas si bien que ça.

– Je ne retournerai pas au bureau avant quelques jours, lui dis-je d'une voix ferme. Il faut retrouver le manuscrit de Beryl. Ethridge y travaille. Nous devons savoir ce qu'il y a dedans. Peut-être que l'on y découvrira ce fameux lien dont vous parliez.

– Tant que vous suivez mes conseils, dit-il en repoussant sa chaise.

– Je fais attention, le rassurai-je.

– Pas de nouvelles de l'autre?

– Aucune. Pas de coup de fil, aucun signe, rien.

– Il appelait pas Beryl tous les jours non plus, fit-il.

Il était inutile de me le rappeler. Je ne tenais pas à ce qu'il embraye une nouvelle fois sur le sujet.

– S'il appelle, je lui dirais : « Salut *Frankie*, qu'est-ce qui se passe? »

– Hé, ce type est pas un rigolo. (Il s'arrêta dans le vestibule et se retourna vers moi.) J'espère que vous dites pas ça sérieusement, hein?

– Bien sûr que non, fis-je en lui tapotant le dos avec un sourire.

– C'est vrai, Doc. Jouez pas à ça avec lui. Si vous l'entendez sur le répondeur, décrochez surtout pas...

Je venais d'ouvrir la porte. Marino se tut brusquement et s'immobilisa, ouvrant des yeux horrifiés.

– *Nom-de-dieeeu*... fit-il en sortant sur le seuil.

Il dégaina stupidement son revolver tandis qu'une bouffée de chaleur réchauffait l'air glacial.

La LTD de Marino flambait dans la nuit, au milieu d'un volcan de flammes qui s'élançaient vers le quartier de lune. J'attrapai Marino par la manche et le tirai à l'intérieur. Le ululement d'une sirène se fit entendre au loin et, au même instant, le réservoir de la voiture explosa. Les fenêtres du salon rougeoyèrent tandis qu'une boule de feu jaillissait dans le ciel, embrasant au passage les petits cornouillers au bout de ma pelouse.

– Mon Dieu! m'exclamai-je lorsque le courant fut coupé.

Dans l'obscurité, je vis la silhouette massive de Marino qui tournait en rond dans la pièce comme un taureau enragé. Radio en main, il essayait de joindre son QG tout en jurant comme un charretier.

– L'enculé! L'enculé de sa mère!

264

Je congédiai Marino après que l'amas de tôles noircies qui avait fait son éphémère fierté ait été emporté sur la benne d'un camion. Il avait insisté pour passer la nuit chez moi. J'avais rétorqué que les voitures de patrouilles postées autour de la maison suffiraient à assurer ma sécurité. Il avait voulu que j'aille dormir à l'hôtel, mais j'avais refusé de céder. Qu'il s'occupe de son tas de ferraille, je m'occuperais de moi. Mon jardin était un véritable marécage, la maison envahie par une fumée nauséabonde. La boîte aux lettres plantée au bord de ma pelouse ressemblait à une grosse allumette calcinée. J'avais perdu une demi-douzaine de cornouillers et presque autant d'arbres. Mais, en dépit des craintes de Marino, j'avais besoin de me retrouver seule.

Il était minuit passé et je me déshabillais à la lueur des bougies lorsque le téléphone sonna. La voix de Frankie envahit ma chambre comme une vapeur nocive, empoisonnant l'air que je respirais, violant l'intimité rassurante de la maison.

Assise au bord du lit, je fixai le répondeur l'air hagard tandis que la bile me remontait dans la gorge et que mon cœur cognait à me rompre les côtes.

– ... j'aurais bien aimé pouvoir assister au spectacle. Est-ce que c'é-é-c'était impressionnant, Kay ? Jjj-joli feu d'artifice, non ? J'aime pas quand tu reçois un au-autre homme chez toi, Kay. T'as compris, main-maintenant, hein ? T'as bien compris ?

Le répondeur s'arrêta et le témoin lumineux des messages se mit à clignoter. Je fermai les yeux et, pendant que les ombres dansaient sur les murs, me forçai à une lente et profonde respiration pour calmer le rythme effréné de mon cœur. Comment une telle chose pouvait-elle m'arriver ?

Il n'y avait plus qu'une chose à faire : ce qu'avait fait Beryl Madison. Je me demandai si elle avait ressenti la même terreur chez Masterwash en découvrant le cœur gravé sur sa portière. D'une main tremblante j'ouvris le tiroir de ma table de nuit pour y prendre les Pages Jaunes. Après avoir effectué ma réservation, j'appelai Benton Wesley. Malgré que je l'aie tiré de son sommeil, il fut aussitôt en alerte.

– Je vous le déconseille, Kay, dit-il. Non. Sous aucun prétexte. Ecoutez-moi, Kay...

– Je n'ai pas le choix, Benton. Je voulais juste le dire à quelqu'un. Mettez Marino au courant si vous voulez, mais laissez-moi faire. Je vous en prie. Le manuscrit...

– Kay...

– Il faut que je le trouve! Je suis sûre qu'il nous fournira la réponse.

– Kay! Vous faites une erreur!

– Ecoutez, dis-je en haussant la voix. Qu'est-ce que vous voulez que je fasse? Que je reste ici jusqu'à ce que ce salopard décide d'enfoncer ma porte ou de faire sauter ma voiture? Si je reste ici, je suis morte. Vous n'avez pas encore compris ça, Benton?

– Vous avez une alarme. Vous avez une arme. Il ne pourra pas faire sauter votre voiture si vous êtes dedans... Euh... Marino m'a appelé. Il m'a raconté ce qui était arrivé. D'après les premières observations, on a imbibé un chiffon d'essence et on l'a fourré dans le conduit du réservoir. On a trouvé les marques. Le type a forcé le bouchon et...

– Seigneur, Benton! Vous ne m'écoutez pas!

– Ecoutez-moi. C'est à *vous* de m'écouter. Je vous en prie, écoutez-moi, Kay. Je vais vous envoyer quelqu'un. Une de nos agents qui s'installera chez vous, d'accord? Elle n'aura...

– Bonne nuit, Benton.

– Kay!

Je raccrochai et ne répondis pas à son rappel immédiat, sourde aux protestations qu'il débita sur le répondeur. Le sang me battait aux tempes tandis que me revenaient les images de la voiture de Marino explosant dans la nuit, puis celles des flammes grésillant sous les jets d'eau des pompiers qu'elles semblaient vouloir mordre comme des serpents en furie. Quand j'avais découvert le petit corps calciné au bout de ma pelouse, quelque chose en moi s'était brisé. Le réservoir de la voiture devait avoir explosé juste au moment où Sammy l'écureuil s'enfuyait le long de la ligne électrique. Voulant se mettre en sûreté, il avait bondi à terre, mais ses petites pattes avaient dû, pendant une fraction de seconde, faire contact entre le transformateur enterré et

266

la ligne. Vingt mille volts lui avaient traversé le corps, le carbonisant instantanément, et le courant avait sauté.

J'avais placé sa dépouille dans une boîte à chaussures et l'avais enterré le soir même parmi mes rosiers afin de ne pas avoir à supporter la vue de cette chose noircie à la lumière du jour.

Le courant n'avait toujours pas été rétabli lorsque je terminai mes bagages. Je descendis au rez-de-chaussée, où, près de mon Ruger luisant dans la lumière des lampes tempête, je bus du cognac et fumai des cigarettes jusqu'à ce que mon tremblement cesse. Je ne retournai pas au lit. Je ne jetai aucun regard à mon jardin dévasté lorsque, la valise battant contre mon mollet, les chevilles éclaboussées de boue noirâtre, je fonçai vers ma voiture. Je ne vis aucune voiture de patrouille le long de ma rue déserte. J'arrivai à l'aéroport peu après 5 heures et me précipitai dans les toilettes dames. Je sortis le pistolet de mon sac à main et le transférai dans ma valise.

## 15

Vers midi, sous un soleil resplendissant, j'empruntai la passerelle de débarquement et plongeai dans le brouhaha du Miami International Airport.

J'achetai le *Miami Herald* et commandai un café. Assise à une petite table dissimulée par un palmier en pot, j'ôtai mon blazer et relevai les manches de mon chemisier. Je sentais de grosses gouttes de transpiration dévaler mon dos et mes aisselles. Le manque de sommeil me brûlait les yeux, j'avais mal au crâne et ce que je découvris en ouvrant le journal ne contribua pas à me remonter le moral. En bas à gauche de la une, un cliché spectaculaire montrait les pompiers en train d'arroser la voiture en flammes de Marino au milieu d'un épais nuage de fumée à travers lequel on distinguait les arbres calcinés de ma pelouse. Une légende courait sous la photo :

## EXPLOSION D'UNE VOITURE DE POLICE

*Les pompiers de Richmond s'efforcent d'éteindre l'incendie de la voiture d'un policier de la brigade des Homicides, qui a pris feu dans une rue paisible d'un quartier résidentiel. Personne n'était à bord de la Ford LTD au moment où elle a explosé hier soir. Aucune victime n'est à déplorer. La police soupçonne un acte criminel.*

Dieu merci, on ne mentionnait pas devant chez qui s'était garé Marino, ni les raisons de sa présence. Cependant j'étais sûre que ma mère verrait la photo et m'appellerait aussitôt. « Reviens t'installer à Miami, Kay, me dirait-elle. Richmond est une ville trop dangereuse pour toi. Si tu voyais le nouveau bâtiment où ils vont installer le médecin expert ici à Miami... une merveille ! C'est simple, on dirait un décor de cinéma. » Curieusement, ma mère ne semblait pas réaliser qu'il y avait plus de meurtres, de fusillades, de trafic de drogue, d'émeutes raciales, de viols et de cambriolages dans ma ville natale, à présent largement hispanisée, que dans toute la Virginie...

Je l'appellerais plus tard. Pardonnez-moi, Seigneur, je ne me sens pas la force de lui parler maintenant.

Je rassemblai mes affaires, éteignis ma cigarette et, serrant mon sac contre les côtes, fendis la foule vêtue de chemises hawaïennes, chargée de sacs de boutiques détaxées et babillant dans toutes les langues.

Je ne commençai à me détendre que plusieurs heures plus tard, alors que je franchissais Seven Mile Bridge dans ma voiture de location. Tandis que je fonçai vers le sud, le golfe du Mexique à ma droite et l'Atlantique à ma gauche, je tentai de me souvenir de la dernière fois où j'étais venue à Key West. J'étais souvent venue rendre visite à ma famille avec Tony, mais nous étions restés à Miami, sans jamais pousser jusqu'à Key West. J'étais à peu près sûre que la dernière fois où j'y étais allée, c'était avec Mark.

Mark éprouvait une véritable passion pour la plage, la mer et le soleil, lesquels le lui rendaient bien. Comme elle le fait avec certains êtres, la nature semblait avoir prodigué ses faveurs à Mark. Nous avions passé en sa compagnie une semaine avec ma famille, mais je ne me souvenais ni de l'année, ni de l'endroit où nous étions allés. Ce dont en revanche je me rappelais très bien, c'était son bermuda de bain blanc et la chaleur de sa paume alors que nous marchions main dans la main sur le sable frais. Je revoyais encore la blancheur éclatante de ses dents tranchant sur le teint cuivré de sa peau, la gaieté qui animait ses yeux quand il ramassait coquillages et dents de requin pendant que je le regardais en souriant sous mon chapeau à large bord. Mais surtout, je me souvenais avoir éprouvé pour ce jeune homme nommé Mark James un amour plus grand que pour quiconque sur cette terre.

Qu'est-ce qui avait changé en lui? Il m'était difficile d'admettre qu'il était passé dans le camp ennemi, comme Ethridge le croyait. Mark avait toujours été un enfant gâté. Séduisant rejeton de parents riches et beaux, il pensait que tout lui était dû. Jouir des beautés du monde était pour lui un droit naturel. Mais il n'avait jamais été malhonnête. Il ne s'était jamais montré cruel. Il ne s'était même jamais montré condescendant envers les moins fortunés que lui, ni manipulateur envers ceux qui succombaient à son charme. Son seul véritable péché, c'est qu'il ne m'avait pas assez aimée. Pourtant, du point de vue que me conférait à présent mon âge, je pouvais le comprendre. Ce qu'en revanche je ne lui pardonnais pas, c'était sa duplicité. Je ne pouvais lui pardonner d'être devenu un homme de moindre valeur que celui que j'avais autrefois adoré et respecté. Je ne lui pardonnais pas de ne plus être *Mark*.

Je dépassai le Naval Hospital sur la US 1, longeai le rivage par la longue courbe de North Roosevelt Boulevard et me mis à la recherche de Duval dans le labyrinthe des rues de Key West. Le soleil blanchissait les ruelles où dansait l'ombre des plantes tropicales agitées par la brise. Sous un ciel d'un bleu lumineux, d'immenses palmiers et acajous d'un vert éclatant ombrageaient maisons et boutiques, tandis qu'hibiscus et bougainvillées éclaboussaient les trottoirs de bouquets de mauve et d'écarlate. Je roulais au pas parmi une nuée de cyclomoteurs et de promeneurs en short et sandalettes. Je remarquai peu d'enfants et une proportion démesurée d'hommes.

Le *La Concha* était un Holiday Inn rose qui dominait de sa haute taille un petit parc planté d'arbustes tropicaux. Je n'aurais sans doute aucune difficulté à trouver une chambre, puisque la saison touristique n'était pas commencée. Laissant ma voiture au parking, je me dirigeai vers le hall de réception désert sans pouvoir m'empêcher de repenser à ce qu'avait dit Marino. De toute ma vie je n'avais jamais vu autant de couples homosexuels. Je sentis que sous les dehors rieurs de cette île minuscule était tapi l'ogre de la maladie. Où que se porte mon regard, je voyais des hommes en train de mourir. Je ne craignais pas d'attraper une hépatite ou le sida, ayant appris depuis longtemps à me protéger contre les risques de mon métier. Je n'étais pas non plus gênée par la réalité homosexuelle. Plus je prends de l'âge, plus je suis convaincue que l'amour peut prendre de très nombreuses formes. Il n'y a pas de bonne ou de mauvaise façon d'aimer, il n'y a qu'une bonne et une mauvaise façon d'exprimer son amour.

Tandis que le réceptionniste me rendait ma carte de crédit, je lui demandai de m'indiquer les ascenseurs, puis, l'esprit engourdi, gagnai ma chambre au cinquième étage. Là je me débarrassai de mes habits, me glissai sous les draps en sous-vêtements et dormis quatorze heures d'affilée.

Le lendemain, le temps était toujours aussi splendide, et, sauf mon Ruger glissé dans mon sac à main, j'avais l'allure d'une banale touriste. Il s'agissait pour moi de retrouver, sur cette île peuplée d'une trentaine de milliers d'hommes, deux garçons que je ne connaissais que sous les appellations de PJ et Walt. Je savais, d'après les lettres que Beryl avait postées ici fin août, qu'ils étaient ses amis et logeaient au même endroit qu'elle. Je n'avais pas la moindre indication concernant l'adresse de la maison, et je formai des vœux pour que quelqu'un, chez Louie, puisse me renseigner.

J'explorai la ville en me repérant sur le plan que j'avais acheté à l'hôtel. Avec leurs balcons à balustrade, les boutiques et les restaurants qui se succédaient dans

Duval me rappelèrent le French Quarter de La Nouvelle Orléans. Des peintres exposaient leurs œuvres sur les trottoirs. Je dépassai des magasins de plantes exotiques, de soieries imprimées, de chocolats Perugina. A un carrefour, je regardai passer les wagonnets jaune vif du Conch Tour Train. Je commençai à comprendre pourquoi Beryl n'avait plus envie de repartir de Key West. A chacun de mes pas, la présence menaçante de Frankie semblait s'estomper. Lorsque je tournai à gauche pour prendre South Street, il me paraissait déjà aussi lointain que l'hiver glacial de Richmond.

Le restaurant Louie était une ancienne maison d'habitation en bois blanc qui faisait l'angle de Vernon et Waddell. Sur un parquet d'une propreté immaculée étaient disposées des tables recouvertes de nappes couleur pêche et ornées d'exquis petits bouquets. Après avoir suivi mon hôte à travers la salle à manger rafraîchie à l'air conditionné, je m'installai sur la terrasse, où parmi les palmiers et les plantes fleuries suspendues à des corbeilles en osier bercées par la brise marine, j'admirai la variété de bleus qu'offraient l'eau et le ciel. Un groupe de voiliers ancrés à courte distance de la rive se balançait doucement au gré des vagues. Je commandai un rhum-tonic et, songeant aux lettres de Beryl, me demandai si c'était là l'endroit où elle les avait écrites.

La plupart des tables étaient occupées, et je me sentais isolée dans mon coin contre la balustrade. A ma gauche, quatre marches descendaient à un vaste solarium où un petit groupe de jeunes gens se faisaient bronzer près d'un petit bar. Je vis un mince Latino en bikini jaune expédier d'une pichenette son mégot à l'eau, se lever et s'étirer avec langueur. Il se dirigea d'un pas traînant vers le bar et commanda une nouvelle tournée de bière au tenancier, un barbu qui se mouvait avec des gestes las.

J'avais terminé depuis longtemps ma salade et mon bol de potage de conques lorsque les jeunes gens se jetèrent bruyamment à l'eau et nagèrent en direction des voiliers. Je réglai mon repas et descendis vers le bar. Le barbu, assis sur une chaise, lisait un roman à l'ombre de son petit auvent de paille.

— Qu'est-ce que ce sera ? fit-il en se levant paresseusement après avoir remisé son livre sous le comptoir.

– Est-ce que vous avez des cigarettes? fis-je. Je n'ai pas vu de distributeur à l'intérieur.

– Voilà tout ce que j'ai, dit-il en désignant quelques paquets alignés derrière lui.

J'en choisis un, qu'il abattit sur le comptoir en me demandant d'un air morne la somme exorbitante de deux dollars. Il ne se montra guère plus aimable lorsque j'ajoutai au prix demandé un pourboire de 50 *cents*. Il avait des yeux verts, un regard dur, un visage tanné par des années de soleil, une épaisse barbe noire qui grisonnait çà et là. Il paraissait hostile, endurci, et j'eus le sentiment qu'il vivait depuis longtemps à Key West.

– Puis-je vous poser une question? lui demandai-je.

– C'est déjà fait, rétorqua-t-il.

Je souris.

– C'est vrai. C'était déjà une question. Alors je vais vous en poser une autre. Depuis combien de temps travaillez-vous chez Louie?

– Ça va faire cinq ans, dit-il en s'emparant d'un torchon avec lequel il se mit à astiquer le comptoir.

– Alors vous avez dû connaître une jeune femme qui se faisait appeler Straw, dis-je.

J'avais appris par les lettres de Beryl qu'elle avait tu son vrai nom pendant son séjour.

– Straw? répéta-t-il en fronçant les sourcils sans s'arrêter de frotter.

– C'était un surnom. Une fille blonde, mince, très jolie. Elle venait chez Louie presque chaque après-midi l'été dernier. Elle s'installait sur la terrasse pour écrire.

Il arrêta son nettoyage et me fixa d'un regard dur.

– Elle était quoi pour vous? Une amie?

– C'était une de mes patientes, dis-je.

Cette réponse me parut la seule qui puisse le mettre en confiance sans être totalement un mensonge.

– Hein? fit-il en relevant ses épais sourcils. Une patiente? Quoi? Vous êtes sa toubib?

– C'est exact.

– Eh ben j'ai le regret de vous dire que vous pouvez plus grand-chose pour elle, Doc.

Il se laissa retomber sur sa chaise et attendit la suite.

– Je suis au courant, dis-je. Je sais qu'elle est morte.

– Ouais, et ça m'a fichu un drôle de coup quand j'ai appris ça. Les flics ont fait une descente y'a une quinzaine de jours. Moi, je vous dirai la même chose que mes copains leur ont dit. Personne ici sait ce qui est arrivé à Straw. C'était une fille tranquille, tout ce qu'il y a de bien. Elle s'asseyait là-bas. (Il montra une table inoccupée, non loin de celle où j'avais mangé.) Elle s'asseyait toujours au même endroit, et elle menait son train sans embêter personne.

– Est-ce que les gens du restaurant ont sympathisé avec elle?

– Bien sûr, fit-il en haussant les épaules. On a tous bu un verre avec elle. Son truc, c'était les Coronas avec une rondelle de citron vert. Mais on peut pas dire qu'on la connaissait *personnellement*. Tenez, par exemple, personne savait d'où elle venait, à part que c'était du pays des bonshommes de neige.

– Elle vivait à Richmond, en Virginie, dis-je.

– Vous savez, reprit-il, ici les gens viennent passer un moment, et puis ils repartent. A Key West, on se préoccupe pas de ce que font les voisins. On a beaucoup d'artistes dans la dèche, aussi. Straw était pas tellement différente de beaucoup de gens que je connais. Sauf que eux, ils finissent pas assassinés. Bon dieu. (Il se gratta la barbe en secouant la tête.) J'arrive pas à y croire. Ça me tue.

– Il y a des tas de questions sans réponse, dis-je en allumant une cigarette.

– Ouais, comme par exemple comment ça se fait que vous fumez? Je croyais que les toubibs prenaient garde à leur santé.

– C'est une habitude répugnante et dangereuse, je suis bien de votre avis. Je sais que je devrais m'arrêter. Et en plus j'aime boire, alors si vous pouviez me préparer un rhum-tonic... Du Barbancourt avec un zeste de citron.

– Du quatre, du huit, qu'est-ce que vous aimez? fit-il pour tester mes connaissances.

– Du vingt-cinq, si vous avez.

– Non. Du vingt-cinq ans d'âge, vous en trouverez seulement dans les Caraïbes. Du velours à vous faire pleurer.

– Alors donnez-moi le meilleur que vous ayez, dis-je.

Le regard interrogateur, il désigna une bouteille sur l'étagère derrière lui. Je reconnus aussitôt le verre ambré et l'étiquette à cinq étoiles. Un rhum Barbancourt vieilli en fût pendant quinze ans, le même que j'avais trouvé dans le bar de Beryl.

– Parfait, dis-je.

Soudain revigoré, il retrouva le sourire, se leva de sa chaise et, avec des gestes de jongleur, déboucha la bouteille, versa une longue coulée d'or haïtien et y ajouta quelques giclées de tonic. Pour parfaire le tout, il trancha en deux un citron vert, le pressa dans l'alcool, puis découpa avec dextérité une spirale dans la peau du fruit et l'accrocha au rebord du verre. Après s'être essuyé les mains au torchon qu'il avait enfoncé dans la ceinture de son jean râpé, il plaça une serviette en papier sur le bar et me présenta son œuvre. En toute sincérité, c'était le meilleur rhum-tonic que j'aie jamais goûté, et je lui fis part de mon régal.

– C'est ma tournée, fit-il en écartant le billet de dix dollars que je lui tendais. Une toubib qui grille des clopes et s'y connaît en rhum, ça se rencontre pas tous les jours.

Il passa la main sous le bar et en sortit son paquet de cigarettes.

– J'vais vous dire une chose, reprit-il en éteignant son allumette. J'en ai par-dessus la tête d'entendre toutes ces salades sur le tabac. Vous voyez ce que je veux dire? On veut nous faire passer pour des camés criminels. Moi, ma devise, c'est vivre et laisser vivre.

– Oui. Je vois ce que vous voulez dire, dis-je tandis que nous aspirions d'avides bouffées.

– Il faut toujours qu'ils vous reprochent quelque chose, pas vrai? Ce que vous bouffez, ce que vous buvez, avec qui vous sortez.

– Oui, les gens ont trop souvent tendance à juger et à se montrer intolérants, dis-je.

– C'est la pure vérité. Amen.

Il reprit sa place à l'ombre, assis sous les étagères chargées de bouteilles, pendant que le soleil me tapait sur la tête.

– Bon, fit-il. Alors comme ça vous étiez la toubib de

Straw. Qu'est-ce que vous voulez savoir au juste, si je peux me permettre de poser la question?

– Il s'est passé juste avant sa mort des choses que je n'arrive pas à comprendre. C'est pourquoi je cherche des gens qui l'ont connue pour m'aider à clarifier certains points...

– Hé, une seconde, m'interrompit-il en se redressant sur sa chaise. Quand vous dites que vous êtes docteur, quel genre de docteur vous êtes?

– Je l'ai examinée...

– Quand?

– Après sa mort.

– Oh merde. Vous voulez dire que vous êtes médecin *légiste*? demanda-t-il d'un ton incrédule.

– Je suis médecin expert.

– Coroner?

– Plus ou moins.

– Ben merde alors, fit-il en me détaillant. Sûr qu'on dirait pas, à vous voir.

Je ne sus s'il convenait de prendre ça pour un compliment ou pas.

– Et c'est souvent qu'on envoie un – comment vous dites? – un expert comme vous pour se renseigner?

– Personne ne m'envoie. Je suis ici de mon plein gré.

– Pourquoi? demanda-t-il avec un regard soupçonneux. Il faut en faire du chemin pour venir jusqu'ici.

– C'est à cause de ce qui lui est arrivé. Ça me touche. Ça me touche beaucoup.

– Alors ce sont pas les flics qui vous envoient?

– Les flics n'ont aucune autorité pour m'envoyer où que ce soit.

– Ah! Ah! fit-il en riant. Ça, ça me plaît!

Je pris mon verre.

– Un tas de brutes. Ils se prennent tous pour Rambo. (Il écrasa sa cigarette.) Ils sont arrivés ici avec des gants en caoutchouc. Vous vous rendez compte? Vous imaginez l'effet sur la clientèle? Ils ont voulu interroger Brent, un de nos serveurs. Le pauvre, il était en train de mourir. Eh ben vous savez ce qu'ils ont fait? Ces trous du cul ont mis des masques de chirurgien, et ils sont restés à trois mètres de son lit pour l'interroger comme si c'était la Grande Vérole en personne. Et tout ça pour lui poser des questions à la mords-moi-le-nœud! Je vous jure bien que même si je savais quelque chose sur ce qui est arrivé à Beryl, je leur dirais rien du tout.

J'eus l'impression de recevoir une poutre sur la tête, et d'après l'expression de mon interlocuteur, il comprenait aussi l'importance de ce qui venait de lui échapper.

– Beryl? fis-je.

Appuyé contre son dossier, il ne pipa mot. J'insistai.

– Vous saviez qu'elle s'appelait Beryl?

– Ben ouais, je vous l'ai dit, les flics arrêtaient pas de poser des questions, de parler d'elle.

Mal à l'aise, il alluma une cigarette en évitant mon regard. Mon barman était un bien piètre menteur.

– Vous ont-ils interrogé?

– Non. J'me suis mis au vert quand j'ai vu ce qui se passait.

– Pourquoi?

– Je vous l'ai dit. J'aime pas les flics. J'ai une Barracuda, une vieille caisse que j'ai depuis que je suis môme. Je sais pas pourquoi mais ils essaient toujours de me coincer pour me flanquer une contredanse. Vous les verriez se dandiner autour de ma bagnole avec leurs gros pétards et leurs Ray-Ban, on dirait *Miami Vice*.

– Vous connaissiez déjà son nom quand elle était ici, dis-je avec calme. Vous saviez qu'elle s'appelait Beryl Madison bien avant que la police arrive.

– Et alors, même si c'est vrai? Qu'est-ce que ça peut bien foutre?

– Elle était très discrète là-dessus, expliquai-je. Elle ne voulait pas que les gens d'ici sachent qui elle était. Elle ne donnait son nom à personne. Elle payait en liquide pour ne pas utiliser sa carte de crédit, ses chèques ni rien qui puisse trahir son identité. Elle était terrifiée. Elle était menacée. Elle ne voulait pas mourir.

Il me regardait avec de grands yeux.

– Je vous en prie, dites-moi ce que vous savez. J'ai l'impression que vous la connaissiez bien.

Il se leva et, sans un mot, sortit de derrière le bar. Le dos tourné, il se mit à ramasser les bouteilles vides et les détritus laissés par les jeunes gens.

Je bus une gorgée de rhum et tournai la tête vers

l'océan. Au loin un jeune homme bronzé déroulait la voile bleu marine d'un bateau. Les feuilles de palmiers bruissaient dans la brise et un labrador noir bondissait dans les vagues.

– Zulu, marmonnai-je en le regardant d'un œil absent.

Le barman s'immobilisa et se tourna vers moi.

– Qu'est-ce que vous dites? fit-il.

– Zulu, répétai-je. Dans une de ses lettres, Beryl parlait de Zulu et des chats du restaurant. Elle disait qu'avec tous les restes de chez Louie les animaux mangeaient mieux que beaucoup d'humains.

– Quelles lettres?

– Elle a écrit plusieurs lettres pendant son séjour. Nous les avons retrouvées dans sa chambre après son assassinat. Elle disait que les gens d'ici étaient devenus comme une famille pour elle. Elle trouvait que c'était le plus bel endroit du monde. Elle n'aurait jamais dû retourner à Richmond. Il aurait mieux valu qu'elle reste ici.

La voix qui sortait de ma bouche me parut soudain celle d'une étrangère et ma vue se brouilla. Le manque de sommeil, la tension et le rhum montaient à la tête. J'avais l'impression que le soleil desséchait le peu de sang qui persistait à vouloir irriguer mon cerveau.

Le barbu regagna l'ombre du bar.

– Je ne sais pas quoi vous dire, mais c'est vrai, j'étais l'ami de Beryl, me confia-t-il d'une voix gonflée par l'émotion.

Je me tournai vers lui.

– Merci, dis-je. J'aimerais pouvoir dire que j'ai été son amie. Que je *suis* son amie.

Il baissa la tête avec gaucherie, mais j'avais eu le temps de remarquer que son visage s'était adouci.

– Vous pouvez jamais savoir qui est sympa et qui l'est pas, reprit-il. C'est difficile à dire par les temps qui courent.

Le sens de sa remarque ne s'éclaircit que lentement dans mon esprit.

– Vous voulez dire que vous avez vu des gens qui se renseignaient sur Beryl et qui n'étaient pas sympathiques? A part la police et moi?

Il se servit un Coke.

— Vous en avez vu? Qui était-ce? répétai-je avec une brusque inquiétude.

— Je ne connais pas son nom. (Il but une longue gorgée.) Un beau type. Jeune, même pas trente ans. Brun. Bien sapé, avec des lunettes noires de marque. Une vraie gravure de mode. Ça doit remonter à deux ou trois semaines. Il disait qu'il était détective privé ou une connerie comme ça.

*Le fils du sénateur Parkin.*

— Il voulait savoir où Beryl habitait quand elle était là, poursuivit-il.

— Vous le lui avez dit?

— Rien du tout, je lui ai même pas parlé.

— Est-ce que quelqu'un d'autre le lui a dit?

— Ça m'étonnerait.

— Pourquoi est-ce que ça vous étonnerait? Et quand allez-vous vous décider à vous présenter?

— Ça m'étonnerait parce que personne le savait, à part moi et un de mes copains, dit-il. Et je vous dirai mon nom si vous me dites le vôtre.

— Kay Scarpetta.

— Enchanté. Je m'appelle Peter. Peter Jones. Mes amis m'appellent PJ.

PJ vivait à quelques centaines de mètres de chez Louie, dans une maison minuscule nichée dans la forêt tropicale. La végétation était si dense que, si je n'avais pas aperçu la Barracuda garée devant, je n'aurais peut-être pas deviné qu'il y avait une maison dissimulée dans les feuillages. Dès que je vis la voiture, je compris pourquoi les policiers harcelaient son propriétaire. C'était un engin juché sur des roues démesurées, avec des spoilers, un pot d'échappement apparent, un arrière rehaussé et une carrosserie peinte de motifs psychédéliques dans le style des années 60.

— Voilà ma p'tite chérie, fit PJ d'un ton affectueux en tapotant le capot.

— Elle ne passe pas inaperçue, en effet.

— Je l'ai depuis que j'ai seize ans.

— Et vous ne devriez jamais vous en séparer, dis-je

avec sincérité en me baissant pour le suivre dans l'ombre fraîche des branchages.

– C'est tout petit, dit-il comme pour s'excuser lorsqu'il ouvrit la porte. Je loue le premier étage, avec un chiotte et une chambre. C'est là où habitait Beryl. Un de ces jours, je vais me décider à relouer. Mais je suis assez difficile sur mes locataires.

Le salon était encombré de mobilier de récupération : un canapé et un horrible fauteuil rose et vert, des lampes en conques et corail, une table basse découpée dans une vieille porte en chêne. Dans tous les coins traînaient noix de coco peintes, étoiles de mer, journaux, chaussures et canettes de bière, le tout baignant dans une forte odeur de moisi due à l'humidité.

– Comment Beryl a-t-elle su que vous aviez une chambre à louer ? demandai-je en prenant place sur le canapé.

– Chez Louie, répondit-il en allumant quelques lampes. Les premiers jours, elle avait pris une chambre à l'Ocean Key, dans Duval. Elle s'est vite rendu compte que ça allait lui coûter bonbon si elle voulait rester un moment dans le coin. (Il s'assit dans le fauteuil.) Ça devait être son troisième repas chez Louie. Elle s'installait sur la terrasse, commandait une salade et restait là à regarder l'océan. Elle n'écrivait pas encore à ce moment-là. Elle pouvait rester comme ça pendant des heures, presque tout l'après-midi. Et puis le troisième jour, elle est descendue vers mon bar et elle s'est accoudée à la balustrade, à regarder l'horizon. Elle me faisait de la peine.

– Pourquoi ? demandai-je.

Il haussa les épaules.

– Elle avait l'air perdue, déprimée. Je ne savais pas ce qui se passait, mais je sentais qu'il y avait quelque chose. Alors je lui ai parlé. Elle n'était pas du genre facile, vous pouvez me croire.

– Il était difficile de faire sa connaissance, acquiesçai-je.

– C'était presque impossible d'avoir une conversation amicale avec elle. Je lui ai posé deux ou trois questions banales, genre si c'était la première fois qu'elle venait ici, d'où elle venait, tout ça. Quelquefois elle ne répondait même pas. Comme si je n'existais pas. Et pourtant, c'est drôle, quelque chose me conseillait de ne pas laisser tomber. Je lui ai demandé ce qu'elle aimait boire. On a commencé à parler de choses et d'autres. Petit à petit elle s'est détendue, et puis de fil en aiguille, je lui ai fait goûter quelques-unes de mes spécialités. D'abord une Corona avec un zeste de citron, qu'elle a adorée. Ensuite le Barbancourt, comme je vous ai préparé.

– Je suppose que ça a fini de la détendre, remarquai-je.

Il sourit.

– Exact. Je l'avais fait assez fort. On a continué à bavarder et tout d'un coup elle me demande si je connais pas une piaule à louer dans le coin. Je lui ai dit que j'avais une chambre et qu'elle pouvait passer la voir en fin d'après-midi. C'était un samedi, et le samedi je finis toujours assez tôt.

– Et elle est passée?

– Oui, et j'en ai été le premier surpris. Je pensais pas qu'elle viendrait. Elle a trouvé la maison du premier coup. Walt venait juste de rentrer. Il vendait ses trucs au Square jusqu'à la tombée de la nuit. On a bavardé un moment et puis on est partis se balader dans le vieux quartier. On a fini chez Sloppy Joe. Comme elle était écrivain, elle était enchantée et elle nous a parlé d'Hemingway pendant des heures. C'était une fille drôlement futée, je vous le dis.

– Walt vendait des bijoux en argent, dis-je.

– Comment vous le savez? demanda PJ d'un air surpris.

– Par les lettres de Beryl, lui rappelai-je.

Il se tut un instant, le regard triste.

– Elle parlait aussi de Sloppy Joe, ajoutai-je. J'ai eu l'impression qu'elle vous aimait beaucoup, Walt et vous.

– Ouais, on a descendu un sacré paquet de bières à tous les trois, fit-il en ramassant un magazine par terre pour le poser sur la table basse.

– Vous êtes peut-être les deux seuls amis qu'elle ait eus, dis-je.

– Beryl était formidable, dit-il en levant les yeux vers moi. J'ai jamais rencontré quelqu'un comme elle et j'en rencontrerai sans doute jamais plus. Une fois que vous aviez vaincu ses défenses, c'était une fille sensationnelle. Astucieuse comme pas deux. (Il renversa la tête sur son dossier et contempla la peinture écaillée du plafond.) J'adorais l'écouter parler. Elle vous disait des trucs comme ça... (Il fit claquer ses doigts.)... que je pourrais jamais sortir même en réfléchissant dix ans. Ma sœur aussi est comme ça. Elle est prof d'anglais à Denver. Moi, j'ai jamais été fortiche avec les mots. Avant d'être barman, j'ai fait des tas de petits boulots dans le bâtiment. Maçonnerie, charpente. J'avais commencé à faire de la poterie mais j'ai arrêté sinon j'aurais fini par crever de faim! J'ai atterri ici à cause de Walt. Je l'avais rencontré dans une gare routière du Mississippi. On a sympathisé et on est allés ensemble en Lousiane. Et deux mois après, on est descendus tous les deux ici. C'est dingue. (Il redressa la tête pour me regarder.) Enfin, je veux dire... c'était il y a presque dix ans, et tout ce qui m'en reste c'est cette bicoque.

— Vous avez encore la vie devant vous, PJ, lui dis-je avec sympathie.

— Ouais.

Il reposa sa tête en arrière et ferma les yeux.

— Où est Walt à présent? demandai-je.

— La dernière fois que j'en ai entendu parler, il était à Lauderdale.

— Je suis désolée, dis-je.

— Ce sont des choses qui arrivent. Qu'est-ce qu'on y peut?

Le silence s'installa, et je jugeai le moment favorable.

— Beryl travaillait sur un livre quand elle était ici, dis-je.

— Exact. Quand elle picolait pas avec nous, elle travaillait à ce foutu bouquin.

— Il a disparu, fis-je.

Il ne répondit pas.

— Le pseudo détective dont vous m'avez parlé et d'autres personnes voudraient bien le récupérer. Vous le savez. Je sais que vous le savez.

Il demeura silencieux, les yeux clos.

— Vous n'avez aucune raison d'avoir confiance en

moi, PJ, mais je voudrais que vous m'écoutiez, poursuivis-je d'une voix grave. Je dois retrouver ce manuscrit.
J'ai des raisons de croire qu'elle ne l'a pas emporté à
Richmond quand elle est partie de Key West. Pouvez-
vous m'aider ?

Il ouvrit les yeux et me dévisagea.

— Avec tout le respect que je vous dois, Dr Scarpetta,
et même si je savais quelque chose, pourquoi devrais-je
vous aider ? Pourquoi devrais-je briser un serment ?

— Vous lui avez promis de ne pas révéler l'endroit où il
est ? demandai-je.

— Peu importe, mais vous ne m'avez pas répondu,
fit-il.

Baissant la tête, je détaillai le tapis à longs poils dorés
étendu à mes pieds, pris une profonde inspiration et me
penchai en avant.

— Je ne vois aucune raison de vous faire trahir votre
promesse, PJ, dis-je.

— Tu parles... Vous ne m'auriez pas demandé ça si
vous aviez pas une bonne raison.

— Beryl vous a-t-il parlé de lui ?

— Du trou du cul qui la harcelait, vous voulez dire ?

— Oui.

— Ouais, j'étais au courant. (Il se leva brusquement.)
Je ne sais pas vous, mais moi j'ai soif.

— Alors moi aussi, fis-je.

Mon esprit était encore embrumé par le rhum, mais je
pensais qu'il était important d'accepter son hospitalité.

Il revint de la cuisine et me tendit une bouteille de
Corona glacée, avec un morceau de citron flottant dans
le long goulot. La bière ainsi aromatisée était excellente.

PJ se rassit et commença à parler.

— Straw, enfin je veux dire Beryl, je crois que c'est
mieux de l'appeler comme ça, était morte de trouille.
Pour être tout à fait honnête, j'ai pas été surpris d'apprendre ce qui se passait. Bien sûr, ça m'a écœuré, mais
ça m'a pas vraiment surpris. Je lui ai dit qu'elle pouvait
rester, que je lui demandais même pas de loyer. Et c'est
drôle, au bout d'un moment, Walt et moi on avait
l'impression que c'était notre sœur. Ce salopard m'a
foutu en l'air, moi aussi.

– Je vous demande pardon? fis-je étonnée de cette soudaine colère.

– C'est à cause de lui que Walt est parti, quand elle nous a raconté cette histoire. Tout d'un coup Walt a changé. Ce qui arrivait à Beryl était peut-être pas la seule raison, mais ça lui a fait quelque chose. Il est devenu distant, il parlait presque plus. Et puis un matin il est parti. Disparu.

– Quand était-ce? Il y a quelques semaines, quand vous avez appris ce qui était arrivé à Beryl, quand les policiers sont venus chez Louie?

Il acquiesça d'un hochement.

– Moi aussi ça m'a fichue en l'air, PJ, dis-je. Ça m'a complètement fichue en l'air.

– Qu'est-ce que vous voulez dire? Comment ça a pu vous foutre en l'air, à part vous causer du souci et du boulot?

– Je suis en train de vivre le même cauchemar que Beryl, articulai-je avec peine.

Il but une gorgée de bière et m'observa.

– Moi aussi je me cache, pour la même raison qu'elle.

– Attendez, je comprends plus, fit-il en secouant la tête. Qu'est-ce que vous racontez?

– Est-ce que vous avez vu la photo en première page du *Herald*, ce matin? demandai-je. La photo d'une voiture de police incendiée à Richmond?

– Ouais, fit-il sans comprendre. Vaguement.

– Ça s'est passé juste devant chez moi, PJ. Le détective en question était chez moi, dans mon salon, quand sa voiture a sauté. Et ce n'est pas la première fois qu'il se passait des choses. Le même type est après moi, PJ, vous comprenez?

– Mais qui, bon sang?

Il avait pourtant bien compris.

– L'assassin de Beryl, articulai-je. Celui qui a tué aussi son mentor, Cary Harper. Elle vous en a certainement parlé.

– Des tas de fois. Merde, j'arrive pas à y croire.

– PJ, il faut que vous m'aidiez.

– Je ne vois pas comment. (Il était si bouleversé qu'il

283

se leva et se mit à arpenter la pièce.) Pourquoi ce salaud en aurait après vous ?

— Parce qu'il est obsédé, malade de jalousie. Parce que c'est un schizophrène dangereux. Parce qu'il hait tous ceux qui ont un rapport avec Beryl. Seigneur, pourquoi il m'en veut ? *Je n'en sais rien, PJ.* Mais il faut que je sache qui il est. Il faut que je le trouve.

— Mais je sais pas qui c'est, bon dieu ! Ni où il est. Si je le savais, y'a longtemps que j'aurais été lui arracher la tête !

— Il me faut ce manuscrit, PJ.

— Merde, mais qu'est-ce que ce foutu manuscrit a à voir avec ça ? s'exclama-t-il avec colère.

Alors je lui racontai. Je lui racontai l'histoire de Cary Harper et de son collier. Je lui parlai des coups de téléphone et des fibres, de l'autobiographie qu'écrivait Beryl et qu'on m'accusait d'avoir fait disparaître. Je lui racontai tout, en détail, malgré les tiraillements de ma conscience professionnelle. Jamais je n'avais parlé des affaires sur lesquelles je travaillais avec d'autres personnes que les enquêteurs ou les juges concernés. Quand j'eus terminé mon récit, PJ, sans mot dire, sortit de la pièce. Il revint quelques instants plus tard avec un sac à dos militaire qu'il posa sur mes genoux.

— Tenez, marmonna-t-il. Je jure devant Dieu que je voulais pas faire ça. Je suis désolé, Beryl.

J'ouvris le sac et en sortis délicatement ce qui me parut, d'après l'épaisseur de la liasse, un millier de feuilles dactylographiées annotées au crayon, ainsi que quatre disquettes, le tout serré par de gros élastiques.

— Elle nous avait demandé de ne jamais communiquer ça à personne s'il lui arrivait quelque chose. Je le lui avais promis.

— Merci, Peter. Dieu vous bénisse, dis-je avant de lui poser une dernière question. Beryl a-t-elle fait allusion à un certain « M » ?

Il se tint immobile, le regard plongé dans son verre.

— Savez-vous qui est cette personne ? insistai-je.

— Moi, dit-il.

— Je ne comprends pas.

— M pour Moi. Elle s'écrivait des lettres à elle-même, expliqua-t-il.

– Les deux lettres que nous avons trouvées dans sa chambre, après son assassinat, celles où elle parlait de Walt et vous, ces deux lettres étaient adressées à « M ».

– Je sais, fit-il en fermant les yeux.

– Comment le saviez-vous?

– Je l'ai compris quand vous avez parlé de Zulu et des chats. J'ai su que vous aviez lu ces lettres. C'est ce qui m'a prouvé que je pouvais vous faire confiance, parce que vous étiez bien ce que vous prétendiez être.

– Vous aviez donc lu ces lettres, vous aussi? fis-je avec stupéfaction.

Il hocha la tête.

– Nous n'avons pas retrouvé les originaux, fis-je. Nous n'en avons trouvé que des photocopies.

– Parce qu'elle a tout brûlé, dit-il en prenant une profonde inspiration.

– Pas son livre.

– Non. Elle m'a dit qu'elle ne savait pas où elle irait ni ce qu'elle ferait si le type continuait à la harceler. Elle devait m'appeler pour me dire où envoyer le livre. Elle m'a surtout recommandé, au cas où je n'aurais pas de nouvelles, de jamais le donner à personne. Elle a jamais appelé, bien sûr. Elle a jamais appelé, merde! (Il essuya ses larmes et détourna le visage.) Ce livre, c'était son espoir, vous comprenez. Son espoir de vivre. (Sa voix se brisa en ajoutant :) Elle espérait toujours que les choses allaient s'arranger.

– Qu'a-t-elle brûlé exactement, PJ?

– Une sorte de journal, si on peut dire, répondit-il. Une série de lettres qu'elle s'était adressées. Elle disait que c'était sa thérapie. Elle voulait les montrer à personne. Elle y mettait tout, ses pensées les plus intimes. La veille de son départ, elle les a toutes brûlées, sauf deux.

– Les deux que j'ai vues, murmurai-je. Pourquoi? Pourquoi a-t-elle gardé ces deux-là?

– Parce qu'elle nous les a données, à Walt et moi.

– Comme souvenir?

– Ouais, dit-il en prenant sa bière et en s'essuyant les yeux d'un revers de main. Comme un morceau d'elle-même, une trace des pensées qu'elle avait pendant qu'elle était ici. La veille de son départ, quand elle a tout brûlé, elle est allée photocopier ces deux lettres. Elle a gardé les copies et nous a donné les originaux, en nous disant que maintenant on était comme qui dirait liés par contrat. Qu'on serait toujours ensemble, en pensée, tant qu'on garderait ces lettres.

Lorsqu'il me raccompagna dehors, je me retournai brusquement et l'enlaçai pour le remercier.

Je regagnai mon hôtel alors que le soleil se couchait, incendiant l'horizon où se découpaient les palmiers. Une foule bruyante se pressait devant les bars jalonnant Duval, et l'air embaumé résonnait de musique, de rires et de lumières. Je marchai comme montée sur ressorts, le sac militaire en bandoulière. Pour la première fois depuis des semaines, je me sentais heureuse, presque euphorique. C'est pourquoi je n'étais absolument pas préparée à ce qui m'attendait dans ma chambre.

## 16

Ne me souvenant pas avoir laissé de lampes allumées, je me dis que la femme de ménage avait oublié d'éteindre après avoir refait mon lit et vidé les cendriers. Je refermais la porte en fredonnant lorsque je m'aperçus que je n'étais pas seule.

Mark était assis près de la fenêtre, une serviette ouverte posée au pied de sa chaise. Alors que mes pieds hésitaient sur la direction à prendre, nos regards se croisèrent. Pendant une fraction de seconde, mon cœur s'arrêta de battre et une indicible terreur m'envahit.

Le visage blême, vêtu d'un complet gris, il paraissait arriver tout droit de l'aéroport, avec sa valise posée contre le lit. Si son esprit était doté d'un compteur Geiger, mon sac militaire devait le faire grésiller comme une ligne à haute tension. C'est Sparacino qui l'envoyait. Je songeai au Ruger dans mon sac, mais je savais que je ne pourrais braquer une arme sur Mark James, encore moins presser la détente en cas de besoin.

– Comment es-tu entré? demandai-je d'une voix tendue.

– Je suis ton mari, rétorqua-t-il en sortant la clé qu'on lui avait remise à la réception.

– Salaud, murmurai-je le cœur battant.

Le sang reflua de son visage et il détourna les yeux.

– Kay...

– Bon sang! Espèce de salopard!

– Kay, je suis ici sur ordre de Benton Wesley, fit-il en se levant. Je t'en prie.

Stupéfaite, je le vis sortir une flasque de whisky de sa valise. Il se dirigea vers le bar et mit des glaçons dans deux verres. Il se mouvait avec des gestes lents, comme s'il prenait garde à ne pas augmenter ma nervosité. Il avait l'air épuisé.

– As-tu dîné? s'enquit-il en me tendant un verre.

Je le contournai et, d'un geste négligent, laissai tomber la sacoche militaire et mon sac à main sur la commode.

– Je suis affamé, ajouta-t-il en desserrant sa cravate. Bon sang, j'ai dû changer d'avion quatre fois. Je n'ai mangé que des cacahuètes depuis ce matin.

Je restai silencieuse.

– J'ai commandé un dîner pour deux, poursuivit-il d'une voix calme. Ils vont nous le monter dans la chambre.

J'allai à la fenêtre et contemplai les nuages pourpres au-dessus du vieux quartier de Key West. Mark tira une chaise à lui, ôta ses chaussures et posa les pieds sur le bord du lit.

– Tu me diras quand tu voudras que je t'explique, dit-il en faisant tourner les glaçons dans son verre.

– Je ne crois pas un mot de ce que tu me dis, Mark, l'avertis-je.

– C'est normal. On me paie pour mentir. Je suis devenu drôlement doué à ce jeu-là.

– En effet, tu es imbattable à ce petit jeu. Comment m'as-tu retrouvée? Certainement pas sur les indications de Benton, pour la bonne raison qu'il l'ignore et qu'il doit y avoir une bonne cinquantaine d'hôtels sur cette île, sans compter les pensions.

– C'est vrai. Je me doute qu'il y en a un tas. Mais je n'ai eu besoin que d'un coup de fil pour te trouver.

Vaincue, je m'assis sur le lit.

Il plongea la main dans sa veste, d'où il sortit un plan touristique plié.

– Tu le reconnais? fit-il.

C'était le même plan que nous avions retrouvé dans la chambre de Beryl Madison, et dont une photocopie figurait dans le dossier. L'ayant étudié un nombre incalculable de fois, je m'en étais souvenue dès que j'avais pris la décision de partir à Key West. Sur une face figurait une liste de restaurants, d'endroits à visiter et de boutiques, tandis qu'au verso s'étalait un plan des rues, entouré de publicités, parmi lesquelles celle de l'hôtel où j'étais descendue.

– Benton m'a contacté hier, reprit Mark. Il était très inquiet. Il m'a dit que tu étais partie pour Key West, alors nous avons tenté de te localiser. Nous avons trouvé la photocopie de la brochure de Beryl dans son dossier. Il a pensé que tu devais l'avoir vue, et que tu en avais sans doute fait une photocopie pour ton propre dossier. Nous en avons déduit que tu l'utiliserais probablement comme guide ici.

– Où as-tu trouvé celui-ci? demandai-je en lui rendant la brochure.

– A l'aéroport. Il se trouve que cet hôtel est le seul annoncé dans les publicités. C'est pourquoi j'ai commencé par appeler ici. Il y avait une chambre à ton nom.

– Admettons. Ça veut dire que je ferais une très mauvaise fugitive.

– Exact.

– C'est bien dans cette brochure que j'ai trouvé le nom de l'hôtel, admis-je avec humeur. J'ai étudié le dossier de Beryl si souvent que je me suis souvenue de ce plan et de la publicité pour l'Holiday Inn dans Duval. Je l'avais remarquée parce que je me suis souvent demandé si c'est là qu'elle logeait à Key West.

– Etait-ce le cas? demanda Mark en finissant son verre.

– Non.

Alors qu'il se levait pour aller nous resservir, on frappa

à la porte, et je frissonnai lorsque je vis Mark porter d'un geste instinctif la main dans son dos et sortir de sous sa veste un 9 mm automatique. Doigt sur la détente, il jeta un coup d'œil à travers le judas puis, rengainant l'arme, ouvrit la porte. Notre dîner fut servi et, lorsque Mark régla la note, la jeune fille lui décocha un sourire épanoui.

– Merci beaucoup, Mr Scarpetta. Et bon appétit.

– Pourquoi t'es-tu présenté comme mon mari ? lui demandai-je.

– Je dormirai par terre. Mais tu ne resteras pas seule, rétorqua-t-il en disposant les couverts sur la table près de la fenêtre.

Il déboucha la bouteille de vin, ôta sa veste qu'il lança sur le lit et posa son arme sur la commode, près du sac militaire, à portée de main.

J'attendis qu'il ait pris place à la table pour l'interroger sur cette arme.

– Un affreux petit monstre, mais peut-être mon seul ami, répliqua-t-il en coupant son steak. A ce propos, je suppose que tu as ton .38 avec toi, sans doute dans ton sac à dos ?

Disant cela il jeta un coup d'œil à la sacoche sur la commode.

– Non, il est dans mon sac à main, si tu veux tout savoir, m'empressai-je de dire. Comment sais-tu que j'ai un .38 ?

– Par Benton. Il m'a dit aussi que tu avais obtenu récemment un port d'arme et il était prêt à parier que tu ne sortais pas sans ton artillerie ces jours-ci. (Il goûta le vin.) Pas mauvais.

– Benton ne t'a pas donné ma taille de vêtements, pendant qu'il y était ? fis-je en me forçant à manger contre l'avis de mon estomac.

– Ça, il n'a pas besoin de me le dire. Tu fais toujours du 38, il n'y a qu'à te regarder. Tu es aussi mince que quand nous étions à Georgetown. Peut-être encore plus mince.

– Je préférerais que tu cesses tes galanteries de fils de pute et que tu me dises d'abord comment tu connais ne serait-ce que le nom de Benton Wesley, et encore plus la raison pour laquelle tu as le privilège de pouvoir parler de moi avec lui, débitai-je d'un seul souffle.

— Kay, dit-il en posant sa fourchette sous mon regard furieux. Je connais Benton depuis plus longtemps que toi. Tu n'avais pas encore compris? Faut-il que je te fasse un dessin?

— Oui, tu aurais intérêt, Mark, parce que je ne sais plus que croire. Je ne sais plus qui tu es. Je ne te fais plus confiance. Pour tout dire, en ce moment, tu me fiches une peur bleue.

Il s'appuya contre son dossier et son visage arbora l'expression la plus sérieuse que je lui aie jamais connue.

— Kay, je suis navré que tu aies peur de moi. Je suis navré que tu n'aies plus confiance en moi. Et je te comprends parce qu'il y a très peu de gens qui savent qui je suis en réalité, au point que moi-même je me pose parfois des questions. Je n'ai jamais pu t'en parler, mais à présent le secret n'a plus lieu d'être. (Il fit une courte pause.) Benton m'a formé à l'Academy bien avant que tu le rencontres.

— Quoi? Tu es un *agent*? fis-je d'une voix incrédule.

— Oui.

— Non! m'écriai-je. Non. *Cette fois je ne te crois pas!*

Sans un mot, il se leva, alla près du lit, décrocha le téléphone et composa un numéro.

— Viens ici, me dit-il.

Je m'approchai. Il me tendit le combiné.

— Allô? fit une voix que je reconnus aussitôt.

— Benton? dis-je.

— Kay? Ça va?

— Mark est ici, répliquai-je. Il m'a retrouvée. Oui, Benton, tout va bien.

— Dieu merci, vous êtes dans de bonnes mains. Il vous expliquera tout.

— J'y compte bien. Merci, Benton. A bientôt.

Mark reprit le récepteur et raccrocha. Lorsque nous eûmes regagné la table, il me regarda un long moment en silence avant de reprendre la parole.

— J'ai cessé de plaider après la mort de Janet, commença-t-il. Je ne sais pas exactement pourquoi, mais peu importe. J'ai voulu travailler sur le terrain, à Detroit, pendant quelque temps, et ensuite je me suis lancé dans l'infiltration. Quand j'ai prétendu travailler pour Orndorff & Berger, ce n'était qu'une couverture.

— Tu ne vas pas me dire que Sparacino travaille aussi pour les Feds ? dis-je.

Je m'aperçus que je tremblais.

— Foutre non, fit-il en détournant la tête.

— Qu'est-ce qu'il trafique, Mark ?

— Entre autres magouilles, il a escroqué Beryl Madison en ponctionnant ses royalties, comme il a fait avec nombre de ses clients. Et comme je te l'ai dit, il la manipulait, il jouait Beryl contre Cary Harper afin de faire un gros coup de pub. Ça aussi, il l'a déjà fait à plusieurs reprises.

— Donc ce que tu m'as dit à New York était vrai ?

— Pas tout. Je ne pouvais pas tout te dire.

— Sparacino savait-il que j'étais à New York ?

C'était la question qui me tourmentait depuis plusieurs semaines.

— Oui. J'avais tout arrangé, sous prétexte de te soutirer des informations supplémentaires et de te convaincre de lui parler. Il savait que tu n'accepterais jamais de le voir de ton plein gré, alors je lui ai proposé de t'amener à lui.

— Seigneur, marmonnai-je.

— Je croyais que j'avais l'affaire bien en main et qu'il ne soupçonnait rien. Mais en arrivant au restaurant j'ai compris que tout était foiré.

— Pourquoi ?

— Parce qu'il m'avait fait suivre. Je savais depuis longtemps que le fils Partin est un de ses indics. C'est comme ça qu'il gagne sa vie entre un rôle dans un feuilleton et une pub pour sous-vêtements. Il est devenu clair que Sparacino commençait à me soupçonner.

— Dans ce cas, pourquoi envoyer Partin ? Il a bien dû penser que tu le reconnaîtrais, non ?

— Sparacino ignore que je le connais, expliqua Mark. Quand j'ai vu Partin au restaurant, j'ai compris qu'il l'avait envoyé pour s'assurer que c'était bien avec toi que j'avais rendez-vous, tout comme il a ensuite engagé Jeb Price pour fouiller ton bureau.

– Tu ne vas pas me dire que Jeb Price est lui aussi un acteur au chômage?

– Non. Nous l'avons arrêté la semaine dernière dans le New Jersey. Il n'embêtera plus personne pendant un bon moment.

– Et je suppose que quand tu m'as dit connaître Diesner à Chicago, c'était encore un bobard?

– Je le connais de réputation, mais je ne l'ai jamais rencontré.

– Et je suppose que quand tu es passé me voir à Richmond, c'était aussi pour le compte de Sparacino? fis-je en refoulant mes larmes.

Il remplit nos verres avant de répondre.

– En réalité je n'arrivais pas de Washington en voiture. Je venais d'arriver de New York par avion. Sparacino m'avait envoyé pour te sonder, pour découvrir ce que tu savais du meurtre de Beryl.

Je bus mon vin en silence en m'efforçant de me ressaisir.

– Mark, est-il impliqué dans le meurtre? demandai-je au bout d'un moment.

– Au début, j'avais des soupçons, répondit-il. Même s'il n'était pas impliqué directement, je me demandais s'il n'avait pas poussé trop loin son jeu avec Cary Harper, qui serait devenu fou furieux et aurait tué Beryl. Mais ensuite, Harper est mort, et je n'ai rien découvert qui indique que Sparacino était pour quoi que ce soit dans les meurtres. Je pense que c'est par paranoïa qu'il voulait en savoir plus sur le meurtre de Beryl.

– Craignait-il que la police, en étudiant les papiers de Beryl, découvre qu'il l'escroquait?

– Possible. Une chose est sûre, il veut récupérer le manuscrit, quelle que soit sa valeur. Mais à part ça, je ne vois pas.

– Et son procès? Sa vengeance contre l'attorney général?

– Ça lui a fait une publicité énorme, répondit Mark. Sparacino méprise Ethridge, il serait enchanté de l'humilier, ou même de le faire virer de son poste.

– Scott Partin est venu ici récemment, l'informai-je. Il cherchait à se renseigner sur Beryl.

– Intéressant, se contenta-t-il de dire en avalant un morceau de steak.

– Depuis combien de temps es-tu en rapport avec Sparacino?

– Plus de deux ans.

– Seigneur...

– Le Bureau avait tout préparé avec soin. On m'a envoyé à New York sous l'identité de Paul Barker, un jeune avocat aux dents longues, pressé de s'enrichir. J'ai fait ce qu'il fallait pour attirer l'attention de Sparacino. Naturellement, il s'est renseigné sur moi, et constatant que certains détails ne collaient pas, il m'a demandé des explications. J'ai admis vivre sous un nom d'emprunt, parce que je bénéficiais du Programme fédéral de protection des témoins. L'histoire est compliquée, mais pour te la résumer disons que Sparacino croit que j'ai eu autrefois des activités illégales à Tallahassee, que je me suis fait pincer et que les Feds ont modifié mon identité et mon passé en échange de mon témoignage.

– As-tu été mêlé à des activités illégales? demandai-je.

– Non.

– Ethridge pense que si, dis-je. Il affirme que tu as été en prison.

– Ça ne me surprend pas, Kay. Les commissaires fédéraux ont une confiance aveugle dans le FBI. Or, sur le papier, le Mark James que tu as connu est très peu recommandable. Il passe pour un avocat rayé du Barreau à la suite de diverses entourloupes qui lui ont coûté deux ans de prison.

– Dois-je en conclure que les liens entre Sparacino et Orndorff & Berger font aussi partie de cettte machination? demandai-je.

– Exact.

– Mais dans quel but, Mark? Il se livre certainement à des activités plus graves que ses coups de pub tordus.

– Nous somme convaincus qu'il blanchit de l'argent provenant du trafic de drogue, Kay. Nous pensons aussi qu'il est lié au crime organisé grâce aux parts qu'il possède dans certains casinos. Des politiciens, des juges et d'autres avocats sont mouillés dans la combine. Les ramifications sont incroyables. Nous sommes au courant depuis longtemps, mais il est très délicat de faire attaquer une partie du système judiciaire par une autre. Il nous fallait des preuves solides. C'est pourquoi on m'a infiltré. Or, plus je fouillais, plus j'en découvrais, et les trois mois prévus au départ pour ma mission se sont transformés en six mois, puis en années.

– Je ne comprends pas, Mark. Son cabinet est tout ce qu'il y a de légal.

– New York est le pré carré de Sparacino. Il y détient un énorme pouvoir. Chez Orndorff & Berger, on sait très peu de chose sur ses activités. Je n'ai jamais travaillé pour eux. Ils ne connaissent même pas mon nom.

– Mais Sparacino, lui, te connaît, insistai-je. Je l'ai entendu t'appeler « Mark ».

– C'est vrai, il connaît ma véritable identité. Mais comme je t'ai dit, le Bureau a procédé avec le maximum de précautions. Ils m'ont inventé un passé si vraisemblable que toi-même ne reconnaîtrais pas le Mark James que tu as connu autrefois. Et ce nouveau Mark James, tu ne risquerais pas de l'aimer ! (Il se tut un instant, le visage fermé.) Sparacino et moi avions décidé qu'il m'appellerait Mark en ta présence. Le reste du temps, j'étais Paul. Je travaillais pour lui. J'ai même vécu chez lui pendant quelque temps. J'étais son fils loyal, ou du moins il avait cette impression.

– Je sais qu'on n'a jamais entendu parler de toi chez Orndorff & Berger, dis-je. J'ai essayé de te contacter à New York et Chicago, et ils m'ont dit ne pas te connaître. J'ai appelé Diesner, qui ne voyait pas non plus de qui je voulais parler. Je ne suis peut-être pas une bonne fugitive, mais tu ne soignes pas très bien tes couvertures non plus.

– Le Bureau a dû me récupérer, Kay. Dès que tu es intervenue dans cette affaire, j'ai pris trop de risques. Je me suis impliqué affectivement parce que je te savais impliquée aussi. J'ai été stupide.

– Je ne sais pas comment réagir à ça, Mark.

– Bois ton vin et regarde la lune se lever sur Key West. Ce sera la meilleure réponse.

– Mark, il reste un point essentiel que je ne comprends toujours pas, dis-je.

– Je suis sûr qu'il y a des tas de points que tu ne

comprends pas et que tu ne comprendras peut-être jamais, Kay. Toutes ces années que nous avons vécues chacun de notre côté ne peuvent être résumées en une soirée.

– Tu dis que Sparacino t'a envoyé me sonder. Comment savait-il que tu me connaissais? Tu le lui avais dit?

– Il a mentionné ton nom au cours d'une conversation, juste après le meurtre de Beryl. Il a précisé que tu étais le médecin expert général pour la Virginie. J'ai paniqué. Je ne voulais pas qu'il te cause des ennuis. Je préférais m'en charger.

– J'apprécie ton esprit chevaleresque! fis-je d'un ton ironique.

– Tu devrais, rétorqua-t-il. Je lui ai dit que nous avions eu une relation autrefois. Je lui ai demandé de me laisser m'occuper de toi. Il a accepté.

– C'était la seule raison?

– Je voudrais le croire, mais mes motivations étaient sans doute plus complexes.

– Plus complexes?

– Je crois que j'avais envie de te revoir.

– C'est ce que tu as prétendu l'autre jour.

– Je ne mentais pas.

– Est-ce que tu me mens ce soir?

– Je jure devant Dieu que je ne mens pas.

Je réalisai soudain que j'étais encore en short et polo, la peau poisseuse, les cheveux en désordre. Je lui demandai de m'excuser et passai dans la salle de bain. Une demi-heure plus tard, j'avais passé un peignoir et Mark dormait à poings fermés sur mon lit.

Il grogna et ouvrit les yeux lorsque je m'assis à côté de lui.

– Sparacino est un homme très dangereux, dis-je en lui caressant doucement les cheveux.

– Pas de doute, répondit-il d'une voix ensommeillée.

– Il a envoyé Partin se renseigner. Je ne comprends toujours pas comment il a appris que Beryl était venue se réfugier ici.

– Parce qu'elle l'a appelé d'ici, Kay. Il a toujours su qu'elle était là.

Je hochai la tête, pas vraiment surprise. Même si Beryl

avait compté jusqu'au bout sur Sparacino, elle avait fini par avoir des doutes sur son honnêteté, sinon elle lui aurait remis le manuscrit au lieu de le confier à PJ le barman.

– Que ferait-il s'il apprenait que tu es ici? demandai-je d'une voix calme. Que ferait Sparacino s'il savait que nous sommes ensemble, en train de parler de tout ça?

– Il serait vert de jalousie.

– Je suis sérieuse.

– Il nous liquiderait si on le laissait faire.

– Allons-nous le laisser faire?

Il m'attira contre lui.

– Pas question, souffla-t-il dans mon cou.

Le lendemain matin, nous fûmes réveillés par le soleil. Après avoir fait l'amour une nouvelle fois, nous nous rendormîmes, serrés l'un contre l'autre, jusqu'à 10 heures.

Pendant que Mark se douchait et se rasait, je contemplai la vue de notre fenêtre. Jamais les couleurs n'avaient été aussi vives, jamais le soleil n'avait brillé d'un tel éclat sur la petite île de Key West. J'avais envie d'acheter une maison où Mark et moi ferions l'amour tout le reste de notre vie. Pour la première fois depuis mon enfance, j'avais envie de remonter sur une bicyclette, de me remettre au tennis et d'arrêter de fumer. Je m'efforcerais d'améliorer mes relations avec ma famille et nous inviterions ma nièce Lucy aussi souvent que possible. J'irais manger chez Louie et PJ deviendrait notre ami. Je regarderais le soleil danser sur l'océan et dirais des prières pour une jeune femme du nom de Beryl Madison dont la mort avait donné à ma vie un sens nouveau en me réapprenant à aimer.

Après le brunch, que nous prîmes dans la chambre, je sortis le manuscrit de Beryl sous les yeux incrédules de Mark.

– Est-ce que c'est ce que je pense? fit-il.

– Oui.

– Bon sang, où l'as-tu déniché, Kay? demanda-t-il en se levant de table.

– Elle l'avait laissé à un ami, dis-je.

Nous entassâmes des coussins et, le manuscrit posé

296

sur le lit entre nous, je relatai à Mark ma conversation avec PJ.

De la journée nous ne mîmes les pieds dehors, sauf pour sortir nos couverts sales dans le couloir et récupérer les sandwiches que nous nous étions fait monter. Nous n'échangeâmes que de rares paroles durant les heures que nous passâmes à explorer, page après page, la vie de Beryl Madison. Le livre était si poignant que j'en eus plus d'une fois les larmes aux yeux.

Beryl était un oisillon perdu au milieu d'une tornade, un châle coloré et déchiqueté qui s'accrochait aux branches d'une existence douloureuse. Lorsque sa mère était morte, son père l'avait remplacée par une femme qui traitait Beryl avec un froid mépris. Incapable de supporter le monde dans lequel elle vivait, elle dut apprendre à s'en inventer un autre. L'écriture fut sa planche de salut et, tel le sourd qui peint ou l'aveugle qui compose, elle y mit une telle sensibilité que je pouvais goûter, humer et ressentir le monde qu'elle créait.

Sa relation avec les Harper fut aussi intense que déséquilibrée. La coexistence, dans le manoir de conte de fées de Cutler Grove, de trois tempéraments aussi électriques ne pouvait que déclencher un orage dévastateur. C'est pour Beryl que Cary Harper avait acheté et restauré l'immense demeure, et c'est dans la chambre où j'avais dormi qu'il lui ravit sa virginité alors qu'elle n'avait que seize ans.

Le lendemain matin, ne la voyant pas descendre pour le petit déjeuner, Sterling Harper était montée au premier et avait trouvé Beryl en position fœtale, secouée de sanglots. Refusant de regarder la vérité en face, Sterling Harper ne voulut jamais admettre que son célèbre frère avait violé leur protégée. Elle n'en parla jamais avec Beryl, ne tenta pas d'intervenir, et, chaque soir, fermait sa porte et s'endormait de son sommeil troublé de mauvais rêves.

Semaine après semaine, Cary Harper continua d'abuser de Beryl, mais le rythme se ralentit avec l'âge pour cesser tout à fait lorsque le lauréat du prix Pulitzer fut frappé d'impuissance à la suite de ses trop fréquentes soirées en beuverie et d'abus de stupéfiants. Lorsque les revenus de son livre et les restes de son héritage ne suffirent plus à entretenir ses vices, Cary Harper se tourna vers son vieil ami Joseph McTigue, qui réussit si bien à redresser la précaire situation de Harper qu'il parvint non seulement à le rendre à nouveau solvable, mais lui procura une aisance telle qu'il put à nouveau commander des caisses entières du meilleur whisky et s'offrir toute la cocaïne qu'il désirait.

Selon Beryl, c'est après son départ de Cutler Grove que Sterling Harper avait peint le portrait accroché au-dessus de la cheminée. Consciemment ou non, ce portrait d'une enfant dépouillée de son innocence était destiné à tourmenter à jamais l'âme de Cary Harper. Il se mit en effet à boire de plus en plus, à écrire de moins en moins et à éprouver les affres de l'insomnie. Il se mit à fréquenter *Culpeper's Tavern*, habitude encouragée par sa sœur, qui mettait à profit ces moments de solitude pour téléphoner à Beryl et comploter avec elle contre Cary. Le coup ultime fut porté lorsque Beryl, encouragée en sous-main par Sparacino, prit la décision courageuse de violer le contrat qui la liait à Harper.

Ce fut sa façon de se réapproprier sa vie et, selon ses propres termes, « de préserver la beauté de mon amie Sterling en conservant son souvenir entre ces pages comme une fleur séchée ». Beryl commença son livre peu de temps après que miss Harper eut appris qu'elle était atteinte d'un cancer. Le lien entre Beryl et Sterling était indestructible, leur amour immense.

Le manuscrit comprenait par ailleurs de longues digressions sur la façon dont étaient venues à Beryl les idées des livres qu'elle avait publiés. On y trouvait des extraits d'œuvres antérieures, ce qui pouvait expliquer le fragment de manuscrit retrouvé dans sa chambre après sa mort. Il ne s'agissait toutefois que d'une supposition. Il était difficile de savoir ce qui s'était passé dans l'esprit de Beryl. Une seule chose était sûre : son livre était un travail remarquable dont les révélations explosives avaient largement de quoi effrayer Harper et éveiller la convoitise de Sparacino.

Mais ce qui m'intriguait de plus en plus à mesure que l'après-midi s'écoulait, c'est l'absence de tout élément évoquant le spectre de Frankie. Le manuscrit ne faisait aucune allusion au cauchemar qui allait la tuer. Je suppose que sa terreur était trop grande pour qu'elle puisse y faire face. Peut-être espérait-elle que son tortionnaire finirait par la laisser en paix.

J'approchai de la fin du livre lorsque soudain Mark posa une main sur mon bras.

– Quoi ? fis-je en abandonnant ma lecture à contre-cœur.

– Kay, regarde un peu ça, dit-il en posant une page sur celle que je lisais.

C'était l'ouverture du chapitre 25, que j'avais déjà lue. Il me fallut un moment pour comprendre ce qui m'avait échappé. Il s'agissait d'une photocopie, et non d'un original comme le reste.

– Tu m'as pourtant dit qu'il n'en existait qu'un seul exemplaire, fit Mark.

– C'est ce que je croyais, rétorquai-je interdite.

– Peut-être qu'elle en a fait une photocopie et qu'elle a confondu deux pages.

– C'est fort possible, dis je. Mais dans ce cas où est la photocopie ?

– Aucune idée.

– Tu es sûr que Sparacino n'a aucun exemplaire ?

– Je le saurais. J'ai fouillé son bureau et son domicile à plusieurs reprises pendant son absence. Je pense qu'il me l'aurait dit, au moins à l'époque où il pensait que nous étions amis.

– Je crois que nous ferions mieux d'aller voir PJ.

Nous apprimes que c'était le jour de congé hebdomadaire de PJ. Il n'était ni chez Louie ni à la maison. Le crépuscule tombait lorsque nous finîmes par le trouver chez Sloppy Joe, déjà passablement imbibé. Je le détachai du bar et le conduisis, par la main, jusqu'à notre table, où je fis les présentations.

– Mark James, un ami à moi.

PJ hocha la tête et, d'un geste hésitant d'ivrogne, leva sa bouteille de bière en guise de toast. Il cligna plusieurs fois des paupières comme pour s'éclaircir la vue, tout en promenant sur mon séduisant compagnon un regard gourmand que Mark préféra ignorer.

Je haussai la voix pour me faire entendre dans le brouhaha de la foule et les décibels de l'orchestre.

– Le manuscrit de Beryl. Est-ce qu'elle en a fait une photocopie pendant qu'elle logeait chez vous?

PJ but une gorgée de bière tout en se dandinant sur la musique.

– J' sais pas. En tout cas elle m'en a pas parlé.

– Mais est-ce possible qu'elle l'ait photocopié? insistai-je. Elle l'a peut-être fait en même temps qu'elle photocopiait les lettres qu'elle vous a données?

Il haussa les épaules, des gouttes de sueur aux tempes, le visage empourpré. PJ était moins ivre que défoncé.

Je fis une nouvelle tentative sous le regard impassible de Mark.

– Est-ce qu'elle a emporté le manuscrit avec elle le jour où elle a photocopié ces lettres?

– *Just like Bogie and Bacall...,* chantonna PJ en tapant de la paume sur la table au rythme du morceau qu'interprétait l'orchestre.

– PJ! hurlai-je.

– Chut! répliqua-t-il sans détacher le regard de la petite scène. C'est ma chanson préférée.

Je m'affalai contre mon dossier pendant que PJ fredonnait son morceau préféré. Je profitai d'une courte pause de l'orchestre pour répéter ma question. PJ vida sa canette de bière avant de répondre d'une voix étonnamment claire.

– Tout ce dont je me souviens, c'est que Beryl avait pris le sac à dos ce jour-là. C'est moi qui lui avais donné, pour qu'elle puisse trimbaler ses affaires. Elle a pris le sac et elle est allée chez Copy Cat, je crois. Alors vous voyez... (Il sortit son paquet de cigarettes)... c'est possible qu'elle ait emporté le bouquin. Elle l'a peut-être photocopié en même temps que les lettres. Tout ce que je sais, c'est qu'elle m'a laissé le manuscrit que je vous ai donné l'autre jour.

– Hier, dis-je.

– Ouais, c'est ça. Hier.

Sur ce il ferma les yeux et recommença à battre le rythme sur le bord de la table.

– Merci, PJ, dis-je.

Il ne nous vit même pas sortir. Nous retrouvâmes avec plaisir la fraîcheur de l'air nocturne.

– Voilà ce qu'on appelle un exercice futile, remarqua Mark alors que nous prenions le chemin de l'hôtel.

– Je ne sais pas, rétorquai-je. Ça me paraît logique que Beryl ait photocopié son manuscrit. Je ne la vois pas le confier à PJ sans en garder une copie.

– Maintenant que je le connais, je ne la vois pas non plus prendre ce risque. PJ n'est pas ce que j'appellerais un homme de confiance.

– Et pourtant il l'est, Mark. Il était un peu parti ce soir.

– Camé jusqu'aux oreilles, tu veux dire.

– C'est peut-être à cause de moi. Me voir débarquer comme ça...

– En tout cas si Beryl a fait une photocopie de son manuscrit et l'a remporté à Richmond, ça veut dire que son assassin l'a subtilisé.

– Frankie, dis-je.

– Ce qui expliquerait pourquoi il a liquidé Cary Harper. Notre ami Frankie est devenu fou de jalousie – encore plus fou qu'il n'était – à l'idée de Cary Harper dans le lit de Beryl. Et Beryl mentionne dans son livre que Harper allait tous les soirs à *Culpeper's Tavern*.

– C'est vrai.

– Si Frankie a lu le manuscrit, il connaissait cette habitude de Harper et a compris que c'était le meilleur moment pour lui tendre une embuscade.

– Harper était à moitié ivre, il rentrait tard, dans l'obscurité, derrière une maison isolée. L'occasion rêvée !

– Ce qui m'étonne, c'est qu'il n'ait pas tué Sterling Harper pendant qu'il y était.

– C'était peut-être dans ses intentions.

– Peut-être bien, fit Mark. Mais elle l'a devancé en se suicidant.

Nos mains se rencontrèrent et nous marchâmes en silence, écoutant le bruit de nos pas sur le trottoir et des branches agitées par la brise. J'aurais aimé que cet instant dure une éternité. Je redoutais les vérités qu'il nous restait à découvrir. Ce n'est que de retour dans notre chambre d'hôtel, un verre de vin à la main, que je me décidai à lui poser la question.

– Où vas-tu aller à présent, Mark ?

– A Washington, dit-il en se tournant vers la fenêtre. J'y vais demain, en fait. On va me débriefer et me reprogrammer. Après... (Il poussa un soupir.)... après, je ne sais pas.

– Qu'est-ce que tu aimerais faire ?

– Je ne sais pas, Kay. Dieu sait où ils vont m'expédier ! (Il contempla la nuit en silence.) Et je sais que tu ne voudras jamais quitter Richmond.

– Non, je ne peux pas quitter Richmond. Pas pour l'instant. Mon travail représente trop pour moi, Mark.

– Ça a toujours été le cas, remarqua-t-il. Mon travail aussi, c'est toute ma vie. Ça laisse bien peu de place pour la diplomatie...

Ses paroles, son expression me brisaient le cœur. Je savais qu'il avait raison. Quand je voulus lui dire ce que je pensais, les larmes jaillirent de mes yeux.

Nous nous tînmes enlacés jusqu'à ce qu'il s'endorme entre mes bras. Je me dégageai avec précaution, me relevai et allai jusqu'à la fenêtre, fumant des cigarettes et ruminant mes pensées jusqu'à ce que l'aube rosisse le ciel à l'est.

Je pris une longue douche. L'eau brûlante me détendit mais affermit ma décision. Revigorée, je passai un peignoir et, sortant de la salle de bain envahie de vapeur, trouvai Mark en train de commander le petit déjeuner.

– Je repars à Richmond, lui annonçai-je d'un ton ferme.

– Ça ne me paraît pas une bonne idée, Kay, rétorqua-t-il en fronçant les sourcils.

– J'ai retrouvé le manuscrit, tu t'en vas et je ne tiens pas à me retrouver ici toute seule à attendre que Frankie, Scott Partin ou même Sparacino débarque.

– On n'a toujours pas retrouvé Frankie, objecta-t-il. C'est trop risqué. Je te procurerai une protection spéciale tant que tu seras ici. Ou alors va à Miami, ça serait encore mieux. Tu resteras dans ta famille pendant un certain temps.

– Non.

– Kay...

– Mark, Frankie a peut-être quitté Richmond. On risque de ne pas le retrouver avant plusieurs semaines.

Peut-être jamais. Qu'est-ce que je ferai, moi ? Je resterai cachée en Floride le restant de ma vie ?

Sans répondre, il s'appuya contre les coussins.

Je lui pris la main.

— Je ne veux pas que ma vie et ma carrière soient bouleversées à cause de cet individu, dis-je. Je refuse de me laisser intimider. Je vais appeler Marino pour qu'il vienne me chercher à l'aéroport.

Il serra ma main dans les siennes et planta son regard dans le mien.

— Viens avec moi à Washington, dit-il. Ou installe-toi à Quantico pendant quelque temps.

Je secouai la tête.

— Il ne m'arrivera rien, Mark.

Il m'attira contre lui.

— Je n'arrête pas de penser à ce qui est arrivé à Beryl.

Moi aussi, j'y pensais sans arrêt.

A l'aéroport de Miami, je l'embrassai une dernière fois et m'éloignai sans me retourner. Je ne m'éveillai que le temps de changer d'avion à Atlanta. Je dormis tout le reste du temps, physiquement et émotionnellement épuisée.

Marino m'attendait. Pour une fois, il parut comprendre dans quel état j'étais et, sans un mot, me suivit à travers le terminal. Les décorations et les paquets cadeaux exposés dans les vitrines pour Noël ne firent qu'accentuer ma déprime. La proximité des fêtes de fin d'année ne me réjouissait pas du tout. Je ne savais pas quand et dans quelles circonstances Mark et moi nous reverrions. Et pour couronner le tout, je dus attendre un long moment avec Marino, en vain, devant le tapis à bagages. J'en profitai pour le mettre au courant des derniers événements. Au bout d'une heure, je me résignai à signaler la perte de ma valise. Après avoir passé un bon moment à remplir un formulaire détaillé en plusieurs exemplaires, je récupérai ma voiture et, suivie de Marino, rentrai chez moi.

L'obscurité de cette soirée pluvieuse m'épargna le spectacle de mon jardin dévasté tandis que nous nous garions dans mon allée d'accès. Marino m'avait appris à l'aéroport qu'on n'avait toujours pas retrouvé la trace de Frankie, qui redoublait sans doute de précautions. Après avoir fait le tour de la maison avec sa torche pour repérer une fenêtre brisée ou d'autres traces d'effraction, il entra avec moi et nous procédâmes à un tour complet des pièces, en allumant toutes les lumières et en ouvrant les placards. Marino poussa le zèle jusqu'à jeter un coup d'œil sous chacun des lits.

Nous retournions à la cuisine pour prendre un café lorsque nous reconnûmes ensemble le code craché par sa radio portative.

– Deux-quinze, dix-trente-trois...

– Merde! s'exclama Marino en sortant l'appareil de sa poche.

Dix-trente-trois était un signal de détresse. Les messages radio ricochaient à travers la pièce. Les voitures de patrouille répondaient à l'appel comme des jets au décollage. Un policier était en difficulté dans un magasin de meubles proche de chez moi. Il paraissait avoir été blessé par balles.

– Sept-zéro-sept, dix-dix-sept! aboya Marino dans le micro pour signifier qu'il se rendait sur les lieux.

Il se précipita vers la porte.

– Bordel de merde! Walters! C'est encore un gamin! (Il sortit en courant sous la pluie et cria par-dessus son épaule.) Enfermez-vous bien, Doc! Je vous envoie deux agents!

Je fis les cent pas dans ma cuisine pendant un long moment, puis m'assis à la table et bus du scotch en écoutant tomber la pluie. J'avais perdu ma valise avec mon .38 à l'intérieur. Sous le coup de la fatigue, j'avais oublié de signaler ce détail à Marino. Trop nerveuse pour aller au lit, je me mis à feuilleter le manuscrit de Beryl, que j'avais eu la sagesse de garder avec moi dans l'avion, et me resservis un verre en attendant l'arrivée des policiers.

La sonnette retentit juste avant minuit. Je sursautai et me levai d'un bond.

Je jetai un coup d'œil à travers le judas et, au lieu des policiers que m'avait promis Marino, aperçus un jeune homme au visage pâle, enveloppé d'un imperméable sombre et coiffé d'une casquette d'uniforme. Le dos courbé contre les rafales de pluie, un porte-bloc serré contre la poitrine, il paraissait trempé et gelé.

– Qui est là? criai-je.

– Service Omega Courier, de Byrd Airport, répondit-il. Je vous ramène votre valise, madame.

– Ah, enfin! fis-je avec soulagement avant de désactiver l'alarme et de défaire le verrou.

Quand il posa ma valise dans le vestibule la terreur me paralysa. Je venais de me souvenir que sur la déclaration de perte, j'avais indiqué l'adresse de mon bureau et non celle de mon domicile!


# 17


Une courte frange de cheveux noirs dépassait de sa casquette et il évitait mon regard.

– Si vous voulez bien signer ici, madame.

Il me tendit le porte-bloc tandis qu'un tohu-bohu de voix éclatait dans ma tête.

« Ils étaient arrivés en retard parce qu'on avait perdu la valise de Mr Harper à l'aéroport. »

« Tes cheveux sont naturellement blonds, Kay, ou est-ce que tu les teins? »

« Ça s'est passé quand le garçon de l'aéroport a rapporté la valise. »

« Ils sont tous partis, maintenant. »

« Ça s'est passé quand le garçon de l'aéroport a rapporté la valise. »

Comme au ralenti, je me vis prendre le stylo que tendait une main gantée de cuir brun.

– Voudriez-vous avoir l'amabilité d'ouvrir la valise? m'entendis-je dire alors d'une voix que je ne reconnus pas. Je ne peux pas signer avant d'être sûre que toutes mes affaires sont là.

L'espace d'une seconde, son visage blême et dur parut sous le coup de la confusion. Ses yeux s'agrandirent imperceptiblement lorsqu'il les abaissa sur ma valise debout par terre, et je frappai si vite qu'il n'eut pas le temps de se protéger. Le bord du porte-bloc l'atteignit à la nuque, puis je bondis comme un animal sauvage.

J'étais dans le salon lorsque j'entendis ses pas derrière moi. Le cœur cognant dans ma poitrine je me précipitai à la cuisine, dérapant sur le linoléum alors que je stoppai devant le réfrigérateur pour décrocher l'extincteur pendu à côté. A l'instant où il déboucha dans la cuisine, je lui envoyai au visage un nuage de poudre sèche. Un long couteau tomba par terre tandis qu'il portait les mains à ses yeux en suffoquant. Saisissant une poêle en fonte posée sur la cuisinière, je la brandis des deux mains comme une raquette de tennis et lui assenai un coup violent au ventre. La respiration à moitié coupée, il se plia en deux et je le frappai une nouvelle fois de toutes mes forces. J'entendis craquer du cartilage. Je lui avais brisé le nez et sans doute plusieurs dents. Cela le ralentit à peine. Il se laissa tomber sur les genoux et, malgré la poudre qui l'aveuglait et le faisait tousser, tenta de me saisir les chevilles d'une main tandis que, de l'autre, il cherchait à récupérer son couteau. Je lâchai la poêle, écartai le couteau d'un coup de pied et me précipitai hors de la pièce, heurtant au passage la table de la hanche et le chambranle de l'épaule.

Effarée, secouée de sanglots nerveux, je parvins je ne sais comment à sortir le Ruger de ma valise et à glisser deux balles dans le barillet. Mais il était déjà sur moi. Je perçus en même temps le bruit de la pluie et celui, sifflant, de sa respiration. Le couteau n'était plus qu'à quelques centimètres de ma gorge lorsque, après trois pressions infructueuses sur la détente, le percuteur entra en contact avec une amorce. Dans une explosion assourdissante, une Silvertip lui déchira l'abdomen, l'envoyant valdinguer à plus d'un mètre. Il tenta de se relever, ses yeux vitreux tournés vers moi, le visage éclaboussé de chair sanguinolente. Il essaya de dire quelque chose tout en levant son couteau d'un geste exténué. Mes oreilles résonnaient encore du premier coup de feu. Stabilisant l'arme de mes mains tremblantes, je lui expédiai une seconde balle dans la poitrine. Je sentis l'âcre odeur de la poudre se mêler à celle vaguement écœurante du sang, puis la lumière s'éteignit dans les yeux de Frankie Aims.

Puis je craquai, et déversai des torrents de larmes tandis que le vent et la pluie fouettaient la maison et que le sang de Frankie se vidait sur le parquet de chêne. En pleurs, tremblant de tous mes membres, ce n'est qu'à la cinquième sonnerie du téléphone que je me levai.

Tout ce que je pus dire fut : « Marino. *Seigneur, Marino!* »

Je ne retournai pas au bureau tant que le corps de Frankie Aims n'avait pas quitté la morgue, tant que son sang n'avait pas été nettoyé des tables d'autopsie, évacué par les tuyauteries et mêlé aux eaux fétides des égouts de la ville. Je n'avais aucun regret de l'avoir tué. Mon seul regret, c'était qu'il soit venu au monde.

— D'après les premières investigations, fit Marino en me regardant par-dessus la déprimante pile de papiers accumulés sur mon bureau, Frankie a débarqué à Richmond l'année dernière en octobre. En tout cas c'est depuis ce temps-là qu'il louait sa piaule dans Redd Street. Quelques semaines après, il s'est dégoté un boulot de livreur de bagages perdus. Omega a un contrat avec l'aéroport.

Je restai silencieuse, décapitant d'un coup de coupe-papier une nouvelle enveloppe qui allait sans doute atterrir, comme beaucoup d'autres, dans ma corbeille.

— Les types qui bossent chez Omega doivent utiliser leur propre voiture. Manque de pot, Frankie a eu un problème avec la sienne en janvier dernier. L'arbre de transmission de sa Mercury Lynx 87 a lâché, et il avait pas de fric pour la faire réparer. A mon avis, c'est là qu'il est venu trouver son pote Al Hunt pour lui demander un petit service.

— Est-ce qu'ils s'étaient recontactés avant cela? demandai-je avec lassitude.

— Pour moi, rétorqua Marino, ça fait pas l'ombre d'un doute. Pour Benton non plus.

— Sur quoi vous basez-vous?

— D'abord, expliqua-t-il, on a appris qu'il y a un an et demi, Frankie vivait à Butler, en Pennsylvanie. On a épluché les factures de téléphone de papa Hunt depuis cinq ans. Il les garde toutes au cas où il aurait un contrôle fiscal. On a découvert que pendant la période où Frankie était en Pennsylvanie, les Hunt ont reçu cinq appels PCV en provenance de Butler. L'année d'avant, c'étaient des PCV venant de Dover, dans le Delaware, et l'année d'avant encore, des PCV de Hagerstown, dans le Maryland.

– C'est Frankie qui appelait? demandai-je.

– On est en train de vérifier. Mais pour moi, Frankie appelait Al de temps en temps. Il lui a certainement raconté ce qu'il avait fait à sa mère. C'est pour ça que Al vous en a tant raconté. Ça n'avait rien à voir avec la clairvoyance! Il répétait ce que lui avait dit son pote Frankie. Et plus Frankie devenait dingue, plus il se rapprochait de Richmond. Et puis boum! L'année dernière il débarque dans notre charmante cité et vous connaissez la suite.

– Et le lavage de voitures de Hunt? Frankie y venait-il régulièrement?

– Plusieurs employés disent avoir vu plusieurs fois depuis janvier un individu qui correspondrait au signalement de Frankie, dit Marino. La première semaine de février, si on en croit les factures qu'on a retrouvées chez lui, Frankie a fait monter un moteur sur sa Mercury pour cinq cents dollars. Il les avait probablement empruntés à Al.

– Savez-vous si Frankie était à la station de lavage le jour où Beryl a amené la sienne?

– A mon avis, oui. Pour moi, il l'a repérée la première fois chez Mrs McTigue le soir où il a rapporté le bagage de Harper. Et puis voilà que deux ou trois semaines plus tard, il la revoit au lavage pendant qu'il demande à Al de lui prêter cinq cents dollars. Bingo! Il prend ça pour un signe. Ensuite il la revoit peut-être à l'aéroport, où il se baladait constamment pour aller récupérer les bagages perdus. Peut-être qu'il voit Beryl une troisième fois à l'aéroport, un jour qu'elle prend l'avion pour Baltimore pour rejoindre miss Harper.

– Pensez-vous que Frankie a parlé de Beryl à Hunt?

– Impossible de le savoir. Mais ça m'étonnerait pas. Ça expliquerait pourquoi Hunt s'est pendu. Il a compris ce qui allait se passer, il avait prévu ce que son copain allait faire à Beryl. Et quand Harper s'est fait buter, Hunt a dû culpabiliser à mort.

Je changeai péniblement de position sur mon siège, déplaçant des piles de papiers en quête du tampon dateur que j'avais en main deux secondes auparavant. J'avais mal partout et me demandai si je n'allais pas me faire radiographier l'épaule. Quant à mon psychisme, je crois que personne n'aurait pu améliorer son état. Je ne me sentais plus moi-même. J'avais du mal à rester en place, et il m'était impossible de me détendre.

— Le raisonnement hallucinatoire de Frankie l'a conduit à accorder une signification profonde à ses rencontres avec Beryl, remarquai-je. Il la voit chez les McTigue, il la revoit au lavage, puis à l'aéroport. Tout ça a provoqué le déclic.

— Ouais. Ce dingo a cru que Dieu lui causait, et lui disait qu'il avait une relation spéciale avec cette jolie blonde.

A cet instant, Rose fit son entrée dans le bureau et me tendit un papier rose de notification d'appel, que j'ajoutai à la pile.

— De quelle couleur était sa voiture ? demandai-je en ouvrant une nouvelle enveloppe.

Quand la police était arrivée et que j'étais sortie de la maison, j'avais pourtant vu la voiture de Frankie, garée dans l'allée d'accès, balayée par l'éclat rouge des gyrophares, mais je n'en avais gardé aucun souvenir précis.

— Bleu marine.

— Et personne ne se souvient avoir vu une Mercury Lynx bleue dans le voisinage de Beryl ?

Marino secoua la tête.

— La nuit, les phares éteints, elle passait inaperçue.

— C'est vrai.

— Et pour liquider Harper, il s'est sans doute arrêté à une certaine distance, et il a fini à pied. (Il fit une pause.) La garniture du siège conducteur était pourrie.

— Je vous demande pardon ? fis-je en levant les yeux de mon courrier.

— Il avait recouvert son siège d'une couverture récupérée dans un avion.

— D'où la fibre orange ?

— On attend le résultat des examens. Mais ça paraît probable. La couverture a des rayures rouge orangé, et

Frankie l'avait déjà installée quand il est allé chez Beryl. Ça explique probablement cette histoire de terroristes. Un passager a dû utiliser une couverture semblable pendant un voyage en Europe. Le type change d'avion et une des fibres orange de la couverture reste sur le Boeing piraté en Grèce. Le Marine qui se fait descendre se retrouve avec une fibre orange sur lui. Vous imaginez le nombre de fibres qui se baladent d'un avion à l'autre?

— En effet, oui, fis-je en me demandant pourquoi mon nom figurait dans le moindre fichier publicitaire du pays. Ça explique aussi pourquoi Frankie avait autant de fibres sur ses vêtements. S'il était chargé de retrouver les bagages perdus, il se promenait dans tout l'aéroport et montait sans doute dans les avions. Il devait ramasser toutes sortes de débris et de poussières.

— Le personnel d'Omega porte des chemises d'uniforme, ajouta Marino. Elles sont en Dynel, de couleur brune.

— Intéressant.

— Vous devriez le savoir, Doc, fit-il en se penchant vers moi. Il en portait une quand vous l'avez descendu.

Je n'en avais aucun souvenir. Je ne me souvenais que de son imperméable sombre, de son visage couvert de sang mêlé à la poudre blanche de l'extincteur.

— D'accord, Marino, fis-je. Jusqu'ici, je vous suis, mais ce que je ne comprends pas, c'est comment Frankie a obtenu le numéro de téléphone de Beryl. Elle était sur la liste rouge. Et comment savait-il qu'elle reviendrait de Key West le 29 octobre? Et où a-t-il appris la date de mon retour de Floride?

— Par les ordinateurs, répondit-il. Tous les renseignements concernant les passagers, leur numéro de vol, leur adresse, leur téléphone sont dans les ordinateurs. On peut supposer que Frankie pianotait sur les ordinateurs quand il n'y avait personne au comptoir d'une compagnie, pendant la nuit ou très tôt le matin. Il connaissait l'aéroport comme sa poche. On ne faisait pas attention à lui, personne ne pouvait deviner ce qu'il manigançait. C'était un type qui parlait pas beaucoup, discret, on lui demandait jamais rien.

– Selon le Stanford-Binet, remarquai-je en appuyant le tampon dateur dans l'encreur desséché, il était d'une intelligence bien supérieure à la moyenne.

Marino resta silencieux.

– Son QI atteignait presque 130, ajoutai-je.

– Ouais, je sais, fit Marino avec une pointe d'impatience.

– Simple information, dis-je.

– Merde, vous y croyez vraiment à ces tests?

– Ils fournissent de bonnes indications.

– Mais ils sont pas infaillibles.

– Non, je ne dirais pas que les tests de QI sont infaillibles, admis-je.

– Moi, ça m'a jamais manqué de pas connaître le mien, fit-il.

– Vous devriez essayer, Marino. Il n'est jamais trop tard.

– Tout ce que j'espère, c'est que mon foutu QI est meilleur que mon score au bowling, marmonna-t-il.

– Ça m'étonnerait. A moins que vous ne soyez très mauvais au bowling.

– La dernière fois, j'ai été nul.

J'ôtai mes lunettes et me frottai les paupières avec lassitude. Je n'arrivais pas à me débarrasser de mon mal de crâne.

– Benton et moi, reprit Marino, on pense que Frankie a eu le numéro de Beryl par les ordinateurs de l'aéroport, et qu'ensuite il a suivi tous ses déplacements en avion. C'est sans doute comme ça qu'il a su qu'elle était partie à Miami en juillet, après avoir trouvé le cœur gravé sur sa portière.

– A propos, a-t-on découvert à quel moment il l'a gravé? l'interrompis-je en rapprochant la corbeille à papiers.

– Quand elle allait à Baltimore, elle laissait sa voiture à l'aéroport. La dernière fois qu'elle est allée rejoindre miss Harper là-bas, c'était début juillet, soit une semaine à peine avant que Beryl découvre le cœur.

– Il a donc pu le faire pendant que la voiture était à l'aéroport.

– A votre avis? fit Marino.

– Ça me paraît plausible.

– A moi aussi.

– Ensuite Beryl prend l'avion pour Key West, dis-je en continuant de trier mon courrier, et Frankie consulte tous les jours l'ordinateur pour savoir à quelle date elle va réserver son retour. C'est comme ça qu'il a su le jour exact.

– Le soir du 29 octobre, acquiesça Marino. Et Frankie avait mis au point un plan imparable. Pour lui c'était du gâteau. Comme il a accès sans problème à la zone des bagages, il surveille le déchargement, et quand il voit le sac avec l'étiquette de Beryl sur le tapis roulant, il le subtilise. Et Beryl va signaler la perte de son sac.

Frankie avait sans aucun doute utilisé le même subterfuge avec moi. Il avait appris mon retour grâce à l'ordinateur de la compagnie, retiré ma valise du tapis roulant, puis s'était présenté chez moi. Et je lui avais ouvert.

Le gouverneur m'invitait à une réception passée depuis une semaine. Je suppose que Fielding m'y avait remplacée. L'invitation atterrit dans la corbeille.

Marino me raconta ce que la police avait découvert dans l'appartement de Frankie Aims, à Northside.

Dans sa chambre, on avait retrouvé le sac de Beryl, contenant son chemisier et ses sous-vêtements ensanglantés. Près de son lit, une malle servant de table de nuit était remplie de magazines pornographiques violents, ainsi qu'un sac contenant les plombs de chasse ayant servi à lester le bout de tuyau utilisé pour assommer Cary Harper. On retrouva dans cette malle une enveloppe renfermant une deuxième série des disquettes de Beryl, scotchées entre deux bouts de carton, ainsi qu'un exemplaire photocopié de son manuscrit, dans lequel figurait l'original de la première page du chapitre 25, qu'elle avait interverti par mégarde. Selon Benton Wesley, Frankie lisait le livre de Beryl dans son lit pendant qu'il touchait les vêtements qu'elle portait quand il l'avait tuée. Peut-être. Ce qu'en revanche je savais, c'est que Beryl n'avait pas eu la moindre chance d'en réchapper. Lorsque Frankie avait sonné chez elle, il s'était présenté comme un employé de l'aéroport et lui rapportait son sac égaré. Même si elle l'avait reconnu comme étant le même garçon qui avait rapporté le sac de Cary Harper chez les McTigue, il n'y avait aucune raison pour qu'elle s'alarme de cette coïncidence.

— Si seulement elle ne l'avait pas fait rentrer, marmonnai-je.

Bon sang, où était encore passé ce satané coupe-papier?

— Pourquoi aurait-elle refusé? fit Marino. Frankie était tout sourire, il portait la chemise et la casquette de chez Omega. Il avait le sac de Beryl, donc son manuscrit. Elle ne pouvait être que soulagée. Et même reconnaissante. Elle ouvre la porte, désactive l'alarme, le fait entrer.

— Mais pourquoi a-t-elle rebranché l'alarme, Marino? Moi aussi j'en ai une, et je reçois des livreurs. Si mon alarme est branchée quand on m'apporte un paquet recommandé, je la désactive et j'ouvre la porte. Et si j'ai confiance dans le coursier, je le fais entrer, mais je ne vais pas rebrancher l'alarme aussitôt pour la désactiver et la rebrancher deux minutes après quand il repartira.

— Ça vous est déjà arrivé de verrouiller votre voiture en oubliant vos clés dedans? s'enquit Marino avec un regard songeur.

— Je... je ne vois pas le rapport avec...

— Répondez à ma question.

— Bien sûr que ça m'est arrivé, dis-je en retrouvant mon coupe-papier posé sur mes cuisses.

— Et pourquoi ça arrive si souvent, alors que les nouvelles voitures ont des tas de systèmes de sécurité pour l'éviter, hein?

— C'est juste. On y est tellement habitué qu'on finit par faire les gestes machinalement, et qu'on se retrouve dehors, avec les portes bloquées et les clés qui pendouillent sous le volant!

— Eh bien j'ai l'impression que c'est ce qui est arrivé à Beryl, reprit Marino. Je pense qu'elle était obsédée par cette alarme qu'elle avait fait installer à la suite des premières menaces. Je pense qu'elle la laissait branchée en permanence, et que c'était devenu un réflexe d'appuyer sur ces boutons dès qu'elle fermait la porte. (Il se tut un instant en contemplant d'un regard absent la petite vitrine où je range quelques livres.) C'est bizarre. D'un côté elle oublie son flingue à la cuisine, et de l'autre elle rebranche l'alarme dès que le type est entré.

Ça montre à quel point elle était secouée, à quel point ce salopard l'avait rendue nerveuse.

Je rassemblai quelques résultats de tests toxicologiques, les ajoutai à une pile de certificats de décès et les posai dans un coin. Mais, apercevant près de mon microscope la pile de cassettes où étaient enregistrés des rapports d'observation, le découragement me ressaisit.

– Bon sang, fit Marino, ça vous ferait rien de rester un peu tranquille pendant que je termine? Ça me rend dingue.

– C'est mon premier jour au bureau, lui rappelai-je. Il faut bien que je m'y mette. Regardez un peu ce désordre. On dirait que je me suis absentée un an. J'en ai au moins pour trois semaines à rattraper mon retard.

– A ce rythme-là, je suis sûr que vous aurez tout réglé avant ce soir 8 heures.

– Vous croyez? fis-je.

– Vous avez un personnel excellent. Ils se débrouillent très bien quand vous n'êtes pas là. Je ne vois pas le problème.

– Il n'y a pas de problème, dis-je.

J'allumai une cigarette et farfouillai dans les papiers à la recherche du cendrier.

Marino le rattrapa juste au bord du bureau et le fit glisser vers moi.

– Hé, je veux pas dire qu'on pourrait se passer de vous, précisa-t-il.

– Personne n'est indispensable.

– Je me doutais bien que vous penseriez ça.

– Je ne pense rien. Je suis juste un peu perdue, fis-je en tendant le bras vers l'étagère pour prendre mon agenda.

Rose avait annulé tous mes rendez-vous jusqu'à la fin de la semaine suivante. Ensuite ce serait Noël. Sans savoir pourquoi, je faillis éclater en sanglots.

Marino se pencha pour secouer sa cendre.

– Comment est le bouquin de Beryl, Doc? me demanda-t-il.

– C'est un livre qui vous brise le cœur et vous emplit de joie, dis-je les larmes aux yeux. C'est incroyable.

– Ouais. Espérons qu'il sera publié. Comme ça on aura l'impression qu'elle n'est pas morte, pas vrai?

Je pris une profonde inspiration.

– Mark va voir ce qu'il peut faire, dis-je. Je suppose que certains arrangements seront nécessaires. Il n'est pas question que Sparacino s'occupe encore des affaires de Beryl.

– Sauf de derrière des barreaux. Je suppose que Mark vous a parlé de la lettre.

– Oui, dis-je. Il me l'a fait lire.

L'une des lettres de Sparacino à Beryl que Marino avait retrouvées chez elle après sa mort avait acquis un sens nouveau depuis que Mark et moi avions lu le manuscrit :

> *Je suis très satisfait, Beryl, d'apprendre que Joe a aidé Cary – et j'en suis d'autant plus heureux que c'est moi qui les ai mis en contact quand Cary a acheté cette magnifique maison. Non, je ne trouve pas ça le moins du monde bizarre. Joe est l'un des hommes les plus généreux que j'aie jamais rencontrés. J'attends avec impatience de vos nouvelles.*

Ce paragraphe signifiait sans doute beaucoup plus que ne le laissait supposer sa formulation anodine, même si Beryl n'avait aucune preuve de ce qu'elle semblait avoir suggéré. Je doutais fortement qu'en mentionnant le nom de Joseph McTigue, Beryl ait eu la moindre idée de ce qu'elle approchait dangereusement la zone interdite que constituaient les activités illégales de Sparacino, lesquelles comprenaient d'innombrables sociétés bidon destinées au blanchiment d'argent. Mark pensait que McTigue, propriétaire de biens mobiliers et immobiliers considérables, était mouillé jusqu'au cou dans les combines de Sparacino, et que l'aide qu'il avait apportée à un Harper aux abois n'était en rien une manifestation de générosité. La paranoïa de Sparacino au sujet du manuscrit de Beryl provenait du fait que, ne l'ayant jamais lu, il entretenait les plus vives inquiétudes quant à ce qu'elle pouvait involontairement y révéler. C'est pourquoi lorsque le manuscrit avait disparu, ce n'est pas seulement par cupidité qu'il s'était lancé à sa recherche.

– Il a sans doute été soulagé par la mort de Beryl, reprit Marino. Elle serait pas venue l'embêter pendant la préparation du bouquin. Il aurait pu en retirer tout ce qui risquait de dévoiler ses magouilles. Il aurait publié la version expurgée et fait un malheur. Vous vous rendez compte le nombre d'exemplaires qu'il aurait pu vendre, après tout le foin qu'il a fait! Sans compter qu'on ne sait pas jusqu'où il aurait pu aller. Il aurait été capable de vendre les photos des cadavres de Harper et de sa sœur à un magazine...

– Sparacino n'a jamais récupéré les photos prises par Jeb Price, lui rappelai-je. Dieu merci.

– Peu importe. Ce qu'il y a de sûr c'est qu'après tout ce battage, même moi j'aurais été acheter ce foutu bouquin, moi qu'en ai pas acheté un seul en vingt ans!

– Quel dommage, marmonnai-je. Lire est une activité formidable. Vous devriez essayer, un de ces jours.

Nous levâmes tous les deux la tête en entendant Rose entrer, pour me remettre cette fois une longue boîte blanche ornée d'un somptueux ruban rouge. Perplexe, elle chercha une place libre sur mon bureau puis, renonçant, me fourra le paquet cadeau entre les mains.

– Qu'est-ce que c'est que ça...? fis-je d'un air ahuri.

Je repoussai mon siège pour pouvoir poser cette livraison surprise sur mes cuisses et entrepris de défaire le ruban de satin sous les regards de Rose et Marino. La boîte contenait deux douzaines de roses rouges resplendissant comme des rubis dans leur papier vert. Je fermai les yeux et humai leur parfum, avant d'ouvrir la petite enveloppe qui était jointe.

« Quand on a une montagne de boulot, pourquoi ne pas en profiter pour partir au ski? disait la carte. Je vais à Aspen après Noël. Dis que tu t'es cassé une jambe et viens me rejoindre. Je t'aime, Mark. »

# Le Livre de Poche/Thrillers

*Extrait du catalogue*

IMPRIMÉ EN FRANCE PAR BRODARD ET TAUPIN
Usine de La Flèche (Sarthe).
LIBRAIRIE GÉNÉRALE FRANÇAISE - 43, quai de Grenelle - 75015 Paris.
ISBN : 2 - 253 - 07635 - X